Carsten Fischer

Die Endzeit Chroniken

REVELATIONS

Für meinen Vater

- Gerd Fischer -

25.04.1947 - 12.10.2008

Carsten Fischer
Die Endzeit Chroniken
REVELATIONS

Kontakt: carsten@endzeit-chroniken.de

ISBN-13: 978-1481201308
ISBN-10: 1481201301

Covergestaltung:
Stefanie Fischer - www.sfischer.at
Foto #1: ID 23353843 - © Andy Dean - Fotolia.com
Foto #2: ID 20719275 - © siart - Fotolia.com

Bereits erschienen:
Teil 1 – Exodus
Teil 2 – Revelations

Die Endzeit Chroniken im Internet:
http://endzeit-chroniken.de

Die Endzeit Chroniken auf Facebook:
https://www.facebook.com/endzeit.chroniken

Das Wiki für Hintergrundinformationen:
http://endzeit-chroniken.de/wiki/

Folgt mir auf Twitter:
https://twitter.com/Carsten_Fi

1 - NACHBEBEN 7
2 - SCHATTEN DER VERGANGENHEIT 33
3 - REVANCHE 55
4 - DÉJÀ-VU 81
5 - ZUFLUCHT 102
6 - AUSZEIT 114
7 - PUNKT OHNE WIEDERKEHR 132
8 - ENDSTATION 162
9 - ZEITREISE 175
10 - REVELATIONS 223
11 - FEINDLICHES TERRITORIUM 241
12 - DIE HÖHLE DES LÖWEN 255
13 - IM AUGE DES STURMS 284
14 - ESKALATION 292
15 - REBELLION 300
ÜBER DEN AUTOR 333
DANKSAGUNG 335

»Menschen müssen entweder liebenswürdig behandelt oder vernichtet werden. Für leichte Verletzungen können sie sich rächen, für schwere können sie es nicht. Deshalb sollte die Verletzung derart sein, dass man die Rache nicht fürchten muss.«

Niccoló Machiavelli

1 - NACHBEBEN

Mit versteinertem Blick verfolgte Angel von der Spitze des großen Tigerfelsens aus, wie die Ranger den letzten Fahrzeugen des Evakuierungskonvois sichere Stellplätze zuwiesen. Nur hier, auf dem Wahrzeichen von Jaguar Bay, wo sie allein war, durfte sie ihre Maske ablegen und sich selbst einen Moment lang der schweren Niederlage hingeben.

Wie hatte es nur dazu kommen können? Alle Freien Enklaven waren binnen weniger Wochen zerstört worden und General Monroe zusammen mit vielen Kameraden im Kampf gefallen. Nun befand sich der zerschundene Rest der Ranger unter ihrem Kommando auf der Flucht.

Unter ihrem Kommando. Der Gedanke ließ die ehemalige Vulture mit den Augen rollen.

Schnell rieb sie sich die deprimierte Miene aus dem Gesicht, als sie das Keuchen und die unsicheren Schritte dreier Beine hinter sich vernahm; eines davon aus Holz. Sie erkannte Paul sofort, den Bürgermeister von Eagle Village, der seit ihrer ersten Begegnung behauptete, nur knapp über siebzig zu sein. Stolz, den vierundachtzig Stufen zur Spitze der sphinxähnlichen Felsformation erfolgreich getrotzt zu haben, ging er auf den Rand zu und stützte sich vor dem Abgrund auf seinen kunstvoll verzierten Gehstock.

»Wie viele von euch ...«, fragte er nach Luft schnappend, »sind entkommen?« Der rüstige Alte kannte Angel bereits, als sie noch mordend unter dem Banner der Vultures durch das Land gezogen war. Dementsprechend vermied er unnötige Höflichkeitsfloskeln, wenn sie allein waren.

Ein Jahr vor ihrer Läuterung hatte sie Pauls Konvoi überfallen und ihn zusammen mit seiner Frau Martha entführt. Eigentlich war es ihr Plan gewesen, die beiden Alten gegen Waffen und Munition auszutauschen, aber der Angriff einer rivalisierenden Gang hatte

Angels Vorhaben durchkreuzt. Während des Gefechts verlor sie ihr gesamtes Team und war selbst schwer verwundet worden. Damals lernte Paul ihren unerschütterlichen Kampfgeist zu schätzen, dank dem sie es bis nach Temple Town schafften. Mit ihren entzündeten Wunden blieb der stolzen Kriegerin keine andere Wahl, als sich von Paul und Martha vier Tage lang pflegen zu lassen. In dieser Zeit erhielt sie zum ersten Mal einen unverfälschten Einblick in die Struktur der Freien Enklaven, die sich als Gegenstück zu den marodierenden Banden gebildet hatten. Der alte Mann versuchte bis zuletzt, sie zum Überlaufen zu bewegen, doch dafür war sie noch nicht empfänglich gewesen. Als am vierten Abend ein Ranger-Team am Horizont auftauchte, hatte Angel sich von den beiden verabschiedet und war mit ihrem Buggy verschwunden.

»Etwa hundertfünfzig von uns, aber nicht mehr als eine Handvoll Kämpfer«, erwiderte sie als Antwort auf Pauls Frage. Bedrückt schwenkte sie den Kopf in seine Richtung. »Wie sieht‘s hier aus?«

»Diese Mistkerle haben keinen lebendig zurückgelassen«, fluchte er. »Was ist denn bei euch passiert? Ihr wart doch vorbereitet! Frank wusste doch genau, was da auf ihn zukam!«

Angel vergrub ihr Gesicht in den Handflächen und berichtete, wie die Sicarii den Verteidigungsgürtel um Silver Valley mit Hilfe von Mörserfeuer geschwächt und anschließend mit gepanzerten Kipplastern überrannt hatten. Als erfahrener Kommandeur hatte General Monroe diese Vorgehensweise zwar einkalkuliert und die Schützengräben verminen lassen, in denen die Angreifer nach Überwindung der Palisade Zuflucht suchten, aber irgendwie schafften es die Sicarii, die Zündung zu sabotieren. Noch immer sah sie Victors blutüberströmte Leiche im Staub neben den Kontrollen liegen. Sie fand keine Erklärung dafür, wie die Eindringlinge ihn in seiner getarnten Stellung hatten erwischen können.

»Verdammt«, brummte Paul niedergeschlagen. »Dagegen ließ es sich mit euch Vultures ja richtig gut aushalten!«

Argwöhnisch zog Angel ihre linke Augenbraue hoch, ehe sie an seinem gezwungen lächelnden Gesicht erkannte, dass er sie lediglich aufbauen wollte. Ihm war vollkommen bewusst, welche Verantwortung nun auf ihren Schultern lastete.

»Wie geht's Martha?«

»Ach, du kennst doch mein Herzblatt«, wiegelte Paul ab. »Solange sie sich nützlich machen kann, blüht sie richtig auf. Momentan kümmert sie sich darum, dass die Kinder etwas zu essen und eine Decke für die Nacht bekommen.«

»Wir können hier nicht lange bleiben, das weißt du«, mahnte Angel und fühlte sich plötzlich wie eine arrogante Göre, die einem Erwachsenen Befehle erteilen wollte. Paul spielte seine Rolle als gekränkter Dorfältester so überzeugend, dass sie sich beinahe entschuldigt hätte, bevor er die Situation mit einem Lachen rettete.

»Ich weiß, dass Frank dir das Kommando übertragen hat«, begann er kurz darauf, als sich die heitere Stimmung gelegt hatte. »Und um ehrlich zu sein, wüsste ich niemand Besseren, um den Karren aus dem Dreck zu ziehen.«

Nun zog Angel gleich beide Augenbrauen hoch. Sie musste einen Moment lang überlegen, bis sie verstand, was Paul mit seiner altmodischen Redewendung meinte.

»Was habt ihr eigentlich in Brackwood erfahren? Wer sind diese Sicarii überhaupt?«

»Ich weiß es nicht«, erwiderte Angel. Dann kniff sie ihre Augenlider zusammen und starrte den alten Mann zielstrebig an. »Aber ich kenne da jemanden, der es wissen sollte.«

Mit diesen Worten fegte sich die Lateinamerikanerin ihre braunen Haare aus dem Gesicht und begann mit dem Abstieg. Natürlich bot sie Paul ihre Hilfe an, doch ebenso selbstverständlich schlug er sie mit einem beleidigten Gesichtsausdruck aus. Angel achtete trotzdem auf jeden seiner Schritte an dem wackeligen Geländer, um ihn im Ernstfall auffangen zu können.

Die Sicarii hatten kaum ein Haus in Jaguar Bay unbeschädigt gelassen. Schwarzer Rauch stieg aus den unzähligen Ruinen und der beißende Gestank von Blut und verkohlten Leichen lag in der Luft. Laut Angels Befehl waren alle Trauerzeremonien untersagt und die Gefallenen stattdessen auf einem großen Scheiterhaufen verbrannt worden. Sie rechnete jeden Moment mit einem Angriff auf ihren Flüchtlingskonvoi und wollte den Aufenthalt in dem ehemaligen Binnenhafen so kurz wie möglich halten. Die apokalyptische Detonation des Tanklagers von Silver Valley schien den Invasoren jedoch schwerer zugesetzt zu haben, als die Verteidiger zu hoffen gewagt hatten. Die Sicarii ließen sich nicht zu einer Verfolgungsjagd hinreißen und bis jetzt meldeten die Späher keinerlei Kontakte am Horizont.

Als Angel sich dem zum fahrenden Lazarett umgebauten Wohnmobil näherte, wurde sie bereits von Cassidy erwartet. Die Siebzehnjährige hatte den Sanitätern nach ihrer Ankunft ihre Erste-Hilfe-Kenntnisse zur Verfügung gestellt und sich dabei ihre strähnigen, blonden Haare bis auf einen kleinen Pony zu einem Pferdeschwanz zusammengebunden.

»Wie lange braucht ihr noch?«, wollte Angel flüsternd wissen, als sie Cassidys blutige Latexhandschuhe bemerkte. Das Mädchen rechnete eigentlich damit, nach Überlebenden oder Verletzungen gefragt zu werden und hätte sich dafür am liebsten selbst geohrfeigt. Inzwischen sollte sie ihre abgebrühte Ausbilderin schließlich kennen!

»Wir haben getan, was wir konnten. Viele Brandverletzungen und Splitterwunden von den Granateinschlägen. Wir versuchen, sparsam mit dem Morphium umzugehen, aber unsere anderen Schmerzmittel gehen zur Neige«, murmelte sie erschöpft. Trotz der offensichtlichen Unruhe stand ihr die Entschlossenheit zur Vergeltung deutlich ins Gesicht geschrieben. Angels Kampfgeist schien allmählich auf ihre Schülerin überzugehen. Selbst im Lazarett behielt sie ihre Pistole bei sich, um nie wieder hilflos zu sein.

»Wo ist Sharon?«, fragte Angel, nachdem sie die kleine Studentin nicht unter den Sanitätern entdecken konnte. Skeptisch musterte Cassidy sie einen Moment lang. Sie kannte diesen Gesichtsausdruck genau. Angel hatte einen Plan!

»Die studiert mit Cole und Jesse Landkarten.«

Cassidy streifte sich dabei die Latexhandschuhe ab und führte Angel schweigend durch das qualmende Jaguar Bay. Die Situation wirkte abstrakt und surreal, denn kaum jemand schien um die Toten zu trauern. Der Schock über die geradezu biblische Zerstörung der verbündeten Ortschaft glich einem Überdruck aus Leid und Schmerz, der die Gefühle der Menschen betäubte.

Geblendet von der Abendsonne holte Cassidy eine Sonnenbrille mit seitlichen Aluminiumschutzblenden hervor, die Jesse in den Ruinen gefunden und ihr geschenkt hatte. Zusammen mit ihrer neuen Frisur und den dunklen, kreisrunden Gläsern vor ihren Augen wirkte sie viel reifer als noch vor sechs Wochen, als Angel sie in einem Erdloch kauernd vor einem Rudel Steppenwölfe gerettet hatte. Vielleicht ließen sie ihre entbehrungsreichen Abenteuer aber auch einfach nur in Windeseile altern.

»Jesse?«, fragte Angel auf dem Weg. »Was macht der denn bei Cole?«

»Anscheinend haben sich die beiden angefreundet, als ich nicht hingeschaut habe!«

Als Sharon sie kommen sah, nahm die junge Rangerin ihre kleine Brille ab und lehnte sich über die Motorhaube von Angels Humvee, auf dem sie Landkarten der Umgebung miteinander verglichen hatte. Jesse stand auf der Stoßstange und ließ sich von Cole gerade die militärischen Symbole erklären.

»Ich hab mich schon gefragt, wann du auftauchen würdest«, rief Sharon Angel unbehaglich entgegen, während sie ihre Sehhilfe putze. Kaum setzte sie die Brille wieder auf, verwandelte sie sich zurück in die zierliche Studentin, als die Cassidy sie zwei Wochen zuvor kennengelernt hatte. Angel antwortete ihr nicht, sondern interessierte sich scheinbar nur für die Karten. Als sie die fragenden Mienen von Cole, Jesse und ihrer Schülerin bemerkte, rollte sie mit ihren Augen in Richtung Camp und gestikulierte damit, dass sie allein mit Sharon reden wollte. Cassidy hatte sich daran gewöhnt, ihren Anweisungen zu gehorchen. Sie nahm Jesse an die Hand und schleppte sich für eine Pause zur Versorgungsstation. Der gebräunte Ranger mit seinem kurzen, gekräuselten Haar verschränkte hingegen provokativ die Arme. Auf den Lippen über seinem spitzen Kinn erschien ein verschmitztes Grinsen, das Angel sehr deutlich machte, dass er ihrem Befehl keinesfalls Folge leisten würde.

»Sie weiß etwas!«, sagte Cole entschlossen und zeigte mit dem Finger auf Sharon. »Sie weiß, wer meine Leute abgeschlachtet hat! Aber sie redet nur mit dir. Ich hab sie zu dir gebracht und jetzt will ich wissen, wer diese Typen sind, die mir den Krieg erklärt haben!«

Überrascht blinzelte Angel mit den Augenlidern in die untergehende Abendsonne, bis sie selbstgefällig die Mundwinkel hochzog. Der alte Paul war der einzige, der Cole nach seinem unfreiwilligen Austritt bei den Vultures eine Chance gegeben hatte. Entsprechend persönlich nahm er den Angriff auf *sein* Dorf, dessen Sicherheit ihm aufgrund seiner Erfahrung - und seiner selbstauferlegten Blutschuld - anvertraut worden war. Nun verstand Angel wieder, warum sie eine Zeit lang ihr Bett mit ihm geteilt hatte.

»Vor zweieinhalb Jahren hab ich Sharon bei einer kleinen Gruppe Flüchtlinge mitten in der Steppe gefunden. Sie ist die Einzige, die es lebendig bis zur nächsten Siedlung geschafft hat«, begann sie zu erklären.

Sharon senkte niedergeschlagen den Kopf, als Angel ihre verstorbene Familie erwähnte. Viel Zeit zum trauern blieb ihr nicht, denn Cole fragte sofort nach ihrer Herkunft.

»Das hat sie uns nie gesagt. Frank und ich haben ihre Entscheidung damals respektiert.« Angel wollte nicht weiter in der dritten Person von Sharon reden und hob ihr rundes Gesicht sanft am Kinn an. »Du kennst die Sicarii, nicht wahr?«

Mürrisch schüttelte sie sich. Sharon hasste es, wenn man sie als zerbrechliches Gut betrachtete, das um jeden Preis beschützt werden musste. Selbst zwei Jahre als Rangerin wogen die Vorurteile gegen ihre zierliche Statur nicht auf.

Der Beginn ihrer Geschichte klang wie die aller Sklaven, die von einer Gang eingefangen und zur Arbeit gezwungen worden waren. Seit sie sich erinnern konnte, musste sie Felder bestellen, Wasser tragen, Kisten schleppen oder hin und wieder die Behausungen ihrer Aufseher putzen. Wahrscheinlich würde sie noch immer Getreide anbauen, Vieh hüten und Kohlereste aus stillgelegten Bergwerksstollen zu Tage fördern, hätten die Sicarii sie nicht für eine Sondermission eingeteilt. Es war fast drei Jahre her, dass ihre ganze Familie als Teil einer Sklaveneinheit quer durch die Steppe nördlich des Hadesgebirges transportiert wurde, das die bekannten Wastelands der Ranger vom vermutlichen Sicariiterritorium trennte. In einer unwirtlichen Gegend umgeben von großen Hügelketten im Osten und geschützt von einem ausgetrockneten Flussbett im Westen befahlen ihnen die Aufseher, eingestürzte Kellergewölbe einer Stadtruine freizulegen und sie mit schweren Holzkisten zu füllen. Das Öffnen der Kisten war den Sklaven dabei unter Androhung der Todesstrafe verboten worden. Nach vielen Jahren der Zwangsarbeit erledigten die meisten ihre Aufgaben wie in Trance, ohne sich um Sinn oder Unsinn der Befehle zu kümmern. Ein Unterschied zur normalen Vorgehensweise der Sicarii hatte Sharon jedoch keine Ruhe gelassen. Ihre

Aufseher schlossen sie kurz vor Tagesanbruch in eines der leerstehenden Gewölbe ein und trieben sie erst nach Sonnenuntergang zurück an die Arbeit. Die Sklaven empfanden diese Behandlung als große Erleichterung und viele bedankten sich sogar. Zum einen waren die Tage zu jener Jahreszeit deutlich länger als die Nächte und zum anderen erleichterten die kühlen Stunden die schweißtreibende Anstrengung enorm.

Die geradezu positive Stimmung unter den Zwangsarbeitern änderte sich jedoch schlagartig, als am dritten Tag die letzten Kisten verstaut worden waren und sie die Sicarii vor ein Erschießungskommando stellten. Erst viel später keimte in Sharon der Gedanke, dass sie mit ihrer Familie etwas so Geheimes vergraben haben musste, dass ihre Aufseher kein Risiko eingehen wollten. Die meisten der Sklaven begannen auf Knien um Gnade zu flehen, darunter auch Sharons Mutter, auf dass die Wärter zumindest das Leben ihrer Tochter verschonen würden. Andere versuchten ihr Glück bei einer verzweifelten Flucht durch die alte Stadtruine, doch keiner entkam seinem Schicksal, bis die Sicarii schließlich Sharons Familie vor die blutige Grube führten, in der bereits einige ihrer Freunde lagen.

Aufgrund ihrer Kurzsichtigkeit konnte sie zu jener Zeit nicht genau erkennen, was als nächstes geschah. Sie hörte ebenso wie die Wärter das ansteigende Brummen von Motoren, die sich knirschend einen Weg zwischen den Ruinen hindurch zu bahnen schienen. Ohne weitere Vorwarnung brach plötzlich ein stählernes Ungetüm auf breiten Metallketten durch die letzte noch stehende Wand eines ehemaligen Kinos und spuckte dabei mit einem ohrenbetäubenden Donnern Feuer in Richtung des Erschießungskommandos. Sekundenbruchteile später explodierte der staubige Steinboden unter den Aufsehern und schleuderte die kreischenden Sicarii in hohem Bogen durch die Luft.

Sharons Familie blieb von der fauchenden Druckwelle nicht verschont. Sie stürzten rückwärts auf die Leichen ihrer ermordeten Freunde. Sharons Eltern waren vor Schreck über die ohrenbetäubenden Geräusche erstarrt und stellten sich instinktiv tot. Die neugierige Sklavin an der Grenze zum Erwachsenenalter hingegen krallte sich an der Brüstung fest und riskierte einen Blick auf das tosende Gefecht.

Die Sicarii versuchten nicht einmal, sich gegen das Stahlmonster zur Wehr zu setzen, sondern hatten bereits fluchtartig das Weite gesucht. Einer der Wächter war mit seinem Pick-up in einem Erdloch steckengeblieben und konnte sich im letzten Moment noch mit einem Sprung durch die fehlende Frontscheibe retten, bevor die metallene Bestie den Wagen unter seinen schweren Ketten zermalmte.

Sharon überlegte, ob sie sich den haushoch überlegenen Angreifern zu erkennen geben sollte, da rauschten zwei mindestens ebenso große Ungetüme mit lauten Schraubengeräuschen nur ein paar Meter über ihren Kopf hinweg. An den Seiten der fliegenden Kriegsmaschinen blitzten markerschütternd dröhnende Geschütze auf, die hunderte von Patronenhülsen binnen weniger Sekunden auf die zerfurchte Straße niederregnen ließen.

Dann war plötzlich alles vorbei. Das feuerspuckende Stahlmonster war auf seinen Eisenketten vor dem notdürftig versiegelten Kellergewölbe zum Stehen gekommen und hatte zwei große Laster zur Unterstützung herbeigerufen, deren Besatzungen eilig die Kisten verluden. Sharons Eltern stellten sich noch immer tot - oder waren einfach so schockiert, dass sie sich nicht zu bewegen wagten. Die unbekannten Angreifer schienen nicht das geringste Interesse an den Sklaven zu haben. Ein ausgemergelter Arbeiter war freudig auf seine vermeintlichen Retter zugelaufen und hatte sich bedanken wollen, doch die eingespielte Truppe ignorierte ihn vollkommen. Als er nicht aufgab und sich dem stählernen Ungetüm weiter näherte, richtete der Kommandant das schwere Dachgeschütz auf ihn und befahl ihm, zurückzutreten.

Inzwischen war eines der fliegenden Schlachtrösser gelandet und setzte Unterstützungstruppen ab, um die Verladeoperation zu beschleunigen. Die rechte Cockpittür öffnete sich und heraus trat eine zierliche Gestalt, die Sharon trotz ihrer Sehschwäche aufgrund der vielen kräftigen Männer um sie herum auffiel. Die kleine Frau überragte kaum die Frontscheibe ihres Hubschraubers, doch ihre Kameraden machten ihr dennoch respektvoll Platz, während sie das Schlachtfeld begutachtete.

Der verzweifelte Sklave startete einen weiteren Versuch um Hilfe zu bitten und Sharon hoffte, dass er die Gutmütigkeit des hochgerüsteten Überfallkommandos nicht zu sehr strapazieren würde. Im Gegensatz zu ihren abweisenden Untergebenen zitierte die Pilotin jedoch umgehend ihren Sanitäter mit einer Wasserflasche herbei. Der Anblick der gefüllten Feldflasche, die der überglückliche Zwangsarbeiter sogleich zu leeren begann, schürte Sharons Durst ins Unermessliche. Es dauerte nur einen kurzen Augenblick, bis sie sich nicht mehr beherrschen konnte und aus der Leichengrube herauskletterte.

»Was tust du da?«, zischte ihre Mutter.

»Die haben Wasser! Die helfen uns!«

Gefolgt von ihren Eltern stolperte Sharon auf die unbekannten Gönner zu. Aufgrund ihrer Kurzsichtigkeit übersah sie hin und wieder auf die Straße geschleuderte Gebäudereste und wäre um ein Haar von einer rostigen Stahlstange aufgespießt worden. Aus den Ruinen der Stadt tauchten insgesamt fünf weitere Mitgefangene auf, die alle auf einen Schluck Wasser hofften.

Der Anführer der Bodentruppen schien sich bei seiner hilfsbereiten Vorgesetzten über die von ihr angerichtete Situation zu beschweren. Beide waren fernöstlichen Ursprungs, er schon etwas älter mit einem beinahe kreisrunden Gesicht und wohlgenährtem Bauch, sie hingegen gertenschlank und mit einer länglichen Gesichtsform. Ohne auf seine Kommentare einzugehen, ordnete die Pilotin die notdürftige Versorgung der Zwangsarbeiter an.

»Kann jemand von euch eine Karte lesen?«, fragte sie, nachdem ihre Untergebenen an jeden Sklaven einen halben Energieriegel und ein paar Flaschen kristallklaren Wassers verteilt hatten. Während sie geduldig auf eine Reaktion wartete, fiel ihr immer wieder eine violette Strähne ihres ansonsten glänzend schwarzen Haares ins Gesicht, die sie augenrollend zur Seite strich.

Schockiert von den Erschießungen und eingeschüchtert von den gigantischen Kriegsmaschinen brachten die ausgemergelten Überlebenden keinen Ton hervor, bis sich Sharon zögernd einen Schritt nach vorne wagte. Die junge Asiatin deutete ihr mit einer Handbewegung, ihr zu dem fliegenden Ungetüm zu folgen, wo sie eine dünne Folie hervorholte, die in der Sonne in allen erdenklichen Farben glänzte. Als sie mit dem Finger darüberstrich und plötzlich fremdartige Bilder darauf erschienen, zuckte Sharon erschrocken zurück. Die Pilotin blinzelte amüsiert mit ihren tiefbraunen Augen und zauberte eine Karte der Umgebung hervor.

Ihre Kurzsichtigkeit ließ Sharon die digitale Zeichnung bis kurz vor die Nasenspitze heranholen, was der Befehlshaberin natürlich nicht verborgen blieb. Sie rief ihren Sanitäter herbei und bat ihn um seine filigrane Brille, die eigentlich zu klein für den Mann war. Es gab keine Möglichkeit, Sharons benötigte Brillenstärke festzustellen, daher setzte sie ihr die Asiatin kurzerhand auf und fragte, ob sie dadurch besser sehen könne. Der erste Blick durch die dünnen Gläser wirkte auf Sharon wie Magie. Von einem Moment zum anderen konnte sie ihre viele Meter entfernten Eltern so klar erkennen, wie es ihr sonst nur in buchstäblich intimer Nähe denkbar war. Auch die Karte vermochte sie nun problemlos zu entschlüsseln, nachdem ihr die Asiatin die Symbole erklärt hatte. Zur großen Überraschung der Pilotin dauerte es keine Minute, bis Sharon die Funktionen des E-Papers vollständig verstanden hatte. Mit viel Fingerspitzengefühl zoomte sie die Landschaftsdarstellung hinein und heraus und suchte nach Erkennungsmerkmalen ihres vorherigen Arbeitslagers.

Sharon besaß einen hervorragenden Orientierungssinn, dank dem sie auch ohne genaue Ortskenntnis den Weg ihres Konvois nachvollziehen konnte. Sie vermochte sich zwar an keine Details zu erinnern, prägte sich aber dafür unübersehbare Gebäuderuinen oder Flugzeugwracks umso besser ein. Sowohl der grimmige Bodenkommandeur als auch die gertenschlanke Pilotin zeigten sich erfreut und dankbar, weshalb Sharon es wagte, sie um weitere Hilfe zu bitten. Der untersetzte Panzerkommandant erwiderte sofort mit heftigem Protest und diesmal verzichtete seine Vorgesetzte darauf, ihm zu widersprechen. Stattdessen ließ sie die hilfsbereite Sklavin zu ihren Eltern zurückführen.

Wieder mit ihrer Familie vereint beobachtete Sharon neugierig und verunsichert zugleich, wie sich die junge Frau mit dem alten Soldaten und einer unbekannten Stimme aus dem Funkgerät zu streiten schien. Sie war noch immer fasziniert davon, wie klar sie plötzlich alles sehen konnte.

Die verbale Auseinandersetzung dauerte nur ein paar Minuten. Auf einmal schleuderte die Asiatin ihr Funkgerät wütend in den Hubschrauber hinein, schnappte sich das E-Paper vom Pilotensitz und kam niedergeschlagen auf die Sklaven zu. Sharon rechnete damit, keine weitere Hilfe zu erhalten, und hatte sich schon mit ihrem Schicksal abgefunden, da drückte ihr die junge Frau die digitale Karte in die Hand und zeigte auf ein großes Autobahnkreuz im Süden vor dem gewaltigen Gebirge. Sie sollten der breiten Straße in die Berge folgen. Dort würde das Hoheitsgebiet der Sicarii enden. Mehr könne sie nicht tun, entschuldigte sie sich.

Anschließend befahl sie die Verteilung von ein paar Pistolen und notdürftigem Proviant an die befreiten Sklaven, was im Widerspruch zu ihren Anweisungen gestanden haben musste, denn wieder weigerte sich der ältere Soldat bei der Ausführung. Die bildhübsche Pilotin brauchte die Besatzung ihres fliegenden Ungetüms jedoch nur mitleiderregend anzuzwinkern, schon fügten sie sich dem Befehl.

Sharon strengte sich an, sich so viel wie möglich von der komplizierten Karte einzuprägen, ehe sie ihrer Retterin die glänzende Folie zurückzugeben versuchte. Mit einem gönnerhaften Lächeln erklärte die Asiatin das E-Paper zum Geschenk, ebenso wie die zierliche Brille ihres Sanitäters, dem sie eine neue versprach. Ihrer Argumentation zufolge sollte Sharon die befreiten Sklaven aus dem Sicariiterritorium herausführen und könne das nicht blind tun.

Ein paar Minuten später zwang der mächtige Hauptrotor des fliegenden Schlachtrosses die Überlebenden, Deckung in den Ruinen zu suchen, um nicht vom herumfliegenden Wüstenstaub davongeweht zu werden. Auch der Kampfpanzer ratterte langsam aus der Stadt heraus, gefolgt von den voll beladenen LKW. Die Soldaten hatten nicht alle Kisten erbeutet, sondern schienen genau zu wissen, was sich darin befand und ließen die Ruine über dem Rest mittels einer Sprengladung einstürzen.

Kaum waren die Staubwolken des Konvois am Horizont verblasst und die überwältigende Begegnung mit der unbekannten Kommandoeinheit vorbei, ergriffen die befreiten Sklaven den überlassenen Proviant und traten den Weg zum südlichen Hadesgebirge an. Gern hätten sie die Kühle der Nacht für ihre Wanderung genutzt, doch aufgrund der Stromversorgung über Solarzellen versagte die glänzende Kunststoffkarte immer kurz nach Sonnenuntergang ihren Dienst. So mussten sie zwei erschöpfende Tagesmärsche lang auf der Hut vor Sicariipatrouillen sein, die von der Niederlage erfahren hatten und möglicherweise nach ihren entlaufenen Zwangsarbeitern suchten.

Als sie am dritten Abend endlich die Autobahn erreichten, erwies sich die Wanderung auf der asphaltierten und ebenen Straße zunächst als äußerst angenehm. Die Gruppe kam schnell voran und musste sich nicht vor Raubtieren im hohen Gras fürchten. Die dunklen Autobahntunnel wirkten jedoch wie unheimliche Höhlen, in denen menschenfressende Ungeheuer wohnen könnten, spendeten aber auch erholsamen Schatten während der heißen Wüstentage und Schutz vor der Kälte bei Nacht. Als sie nach drei Tagen durch die Berge keine Menschenseele entdeckt hatten, breiteten sich allmählich Zweifel über den kühnen Plan aus, aber ein zurück gab es nicht mehr. Erschöpft erreichten die Flüchtlinge am fünften Tag endlich den Ausgang des Gebirges, nur um eine weitere, schier unendlich erscheinende Steppenlandschaft vorzufinden.

Dem Hungertod nahe schleppte sich die ausgemergelte Gruppe am sechsten Tag entlang der Autobahn gen Süden. Das E-Paper hatte inzwischen den Geist aufgegeben und schien über keinerlei Daten für das Gebiet südlich des Passes zu verfügen. Die Hoffnung auf Rettung hatte sie schon längst verlassen, als ihnen am Horizont kleine Staubwolken auffielen, die allmählich größer wurden. Sharon war bereits zu schwach, um sich an den lauten Rufen um Hilfe zu beteiligen. Sie lag abseits der Straße unter dem Wrack eines Wohnmobils, in dessen Schatten sie ihre Mutter mit den letzten Wasservorräten versorgte. Die anderen führten beinahe einen Freudentanz auf, nachdem die Fahrzeuge ihre krächzenden Schreie bemerkt hatten und ihnen entgegen eilten. Dabei war es egal, ob es sich um hilfsbereite Reisende oder Sicarii handelte, die sie zurück in die Sklaverei schicken würden. Jeder motorisierte Mensch bot die Chance auf Wasser; und weiter vorauszuplanen war der Gruppe in der Mittagshitze unmöglich geworden.

Die Euphorie über die bevorstehende Rettung löste sich jedoch schnell in Luft auf, als schwarz lackierte Wüstenbuggys mit wild kreischenden Besatzungen ihre Vehikel quer durch die verängstigten Sklaven jagten, bis die Flüchtlinge panisch reiß aus nahmen. Nur Sharons Familie blieb im Schatten des zerstörten Wohnmobils zurück, während die Abfangjäger der Vultures den flüchtenden Sklaven hinterherjagten und sie wie Vieh durch die Steppe trieben.

Erst als die Abenddämmerung hereinbrach und die abflauenden Temperaturen sie wieder klar denken ließen, trauten sich Sharon und ihre Eltern hervorzukommen. Die knatternden Buggys waren längst verschwunden, ebenso wie jede Aussicht auf Rettung durch friedliche Steppenbewohner. Ziellos irrten sie auf der asphaltierten Straße entlang, bis sie keinen Fuß mehr vor den anderen zu setzen vermochten. Mit letzter Kraft errichteten sie ein wärmendes Feuer aus verholzten Sträuchern. Die Hoffnungslosigkeit stand ihnen allen ins Gesicht geschrieben, denn ohne Wasserquelle würden sie den nächsten Tag nicht überleben. Als die Müdigkeit sie trotz laut knurrender Mägen zu übermannen drohte, schreckte Sharon plötzlich auf und wich vor einer schwarzen Silhouette abseits des Rastplatzes zurück, die sie schon seit Stunden zu beobachten schien.

»... und da starrte sie uns auf einmal mit ihrer Pistole in der Hand an. Angel hatte sich völlig lautlos an das Lager herangeschlichen und uns wer weiß wie lange zugesehen!«, beendete Sharon mit gespielter Empörung ihre Geschichte.

»Eigentlich waren es nur ein paar Minuten gewesen«, kommentierte Angel die schmeichelhafte Übertreibung. »Butch gefiel die Idee überhaupt nicht, eine Feuerstelle bei Nacht so weit in feindlichem Territorium zu untersuchen, aber am Ende hat es sich gelohnt - zumindest für Sharon. Wir haben sie notdürftig versorgt und nach Sienna gebracht, doch für ihre Eltern kam jede Hilfe zu spät.«

Ausnahmsweise senkte Cole taktvoll den Kopf. Er hatte großen Respekt vor der zierlichen Rangerin bekommen, die so gar nicht seinen anfänglichen Vorurteilen entsprechen wollte. Nachdem Angel ihr bestätigend zugenickt hatte, ließ Sharon die beiden allein und joggte zu Anthonys provisorischer Versorgungsstation, um sich etwas Wasser für ihren trockenen Mund zu besorgen.

»Kampfpanzer und Hubschrauber«, murmelte Angel hinter vorgehaltener Hand und blickte Cole mit zusammengekniffenen Augen an. »Hast du so ein Ding schon mal in Aktion gesehen?«

Natürlich hatte er das nicht. Niemand hatte seit dem globalen Untergang vor dreiundzwanzig Jahren eines dieser stählernen Ungetüme zum Leben erwecken können. Meist fehlte es an technischem Know-how, doch selbst mit dem nötigen Wissen gab es kaum noch Ersatzteile geschweige denn das richtige Equipment zur Reparatur und Wartung. Dazu kam der astronomische Treibstoffverbrauch. Aber irgendjemand war in der Lage gewesen, die alten Kriegsmaschinen zum Laufen zu bringen. Und dieser jemand war ein Feind der Sicarii. Angels Augen leuchteten wie die eines Kindes zu Weihnachten. Sie musste diese Menschen finden, die ihre Gegner das Fürchten gelehrt hatten.

Ein Blick auf das zerstörte Jaguar Bay und die vielen hilfsbedürftigen Flüchtlinge holte sie jedoch auf den Boden der Tatsachen zurück.

»Was nun?«, wollte Cole wissen, während er Sharon etwas verloren hinterher sah.

»Erstmal müssen wir die Leute in Sicherheit bringen«, murmelte Angel. »Fällt dir da was ein?«

Cole hatte noch immer seine Arme vor der Brust verschränkt und rieb sich mit dem rechten Daumen nachdenklich über die Lippen.

»White Rock?«

»Nur weil die einmal Salz mit uns getauscht haben, werden die keine fünfhundert Menschen aufnehmen«, grübelte Angel. Zusammen mit den Flüchtlingen aus Eagle Village war die Zahl der Männer, Frauen und Kinder unter ihrem Kommando beträchtlich gestiegen. »Aber vielleicht sollten wir sie warnen. Das alte Salzbergwerk dürfte ein lohnenswertes Ziel für die Sicarii sein.«

In der allmählich untergehenden Abendsonne sah sie Pauls gebückte Silhouette bedächtig auf sie zuhinken. Der rüstige Bürgermeister aus Eagle Village spielte gerne den zerbrechlichen Rentner, nur um im richtigen Moment den Krückstock davonzuwerfen und auf flinken Sohlen die Flucht antreten zu können.

»Haben wir einen Plan?«, hustete er seinem Milizkommandeur zu. Trotz seiner allgemein guten Verfassung machten ihm lange Reisen durch die staubige Endzeitsteppe sehr zu schaffen. Noch ein Grund mehr für Angel, schnellstens eine sichere Zuflucht zu finden.

Frustriert schüttelte Cole mit dem Kopf. Er hatte eine tiefe Abneigung gegen Defensivsituationen und trug den Kampf wann immer möglich zu seinen Gegnern. Bei den Vultures war er nie Teil der regulären Überfallkommandos gewesen, sondern verübte mit großer Vorliebe Sabotageakte hinter den feindlichen Linien. Nun sah er sich bereits einen von allen Seiten angreifbaren Flüchtlingskonvoi beschützen. Mit einem nachdenklichen Seufzen holte Paul unterdessen seine antike Lesebrille hervor, stützte sich auf die Motorhaube des Humvees und studierte die darauf ausgebreiteten Landkarten.

»Ich hab mir ein paar Gedanken über mögliche Rückzugsgebiete gemacht«, begann der Alte etwas abgelenkt zu philosophieren. »Die Sicarii kennen inzwischen sicher alle unsere Enklaven und die dazugehörigen Sammelpunkte. Ständig in Bewegung zu bleiben können wir uns nicht leisten, also müssen wir einen Ort finden, der nicht mal Monroe und seinen Rangern bekannt war.«

Nun hatte er Angels und Coles ungeteilte Aufmerksamkeit, die mit hochgezogenen Augenbrauen und verschränkten Armen auf weitere Erklärungen warteten. Das wiederum ließ Paul rot anlaufen und ein etwas schüchternes Lächeln aufsetzen. Mit seiner perfekt inszenierten Illusion von Unsicherheit markierte er ein unscheinbares Gebiet im nördlichen Hadesgebirge.

»Wenn mich mein Gedächtnis nicht täuscht, liegt dort ein verlassenes Kloster«, murmelte er dabei. »Mein Vater, Gott habe ihn selig, hat da oben als Touristenführer gearbeitet. Das ist natürlich ein paar Jahrzehnte her und es gibt keine Garantie, dass sich in dem alten Gemäuer nicht schon irgendwelches Gesindel eingenistet hat. Aber ich hielt es für vernünftig, euch darüber zu informieren.«

Mit diesen Worten nahm er seine Lesebrille ab und verstaute sie sorgfältig in einem braunen Lederetui. Anschließend griff er nach seinem handverzierten Krückstock und spazierte unschuldig summend davon. Angel und Cole sahen sich einander sprachlos an, bis sie gemeinsam erleichtert loslachten. Der alte Mann hatte ihnen gerade einmal wieder das Leben gerettet und es dabei aussehen lassen, als wäre ihm die Idee einfach so während des Nachmittagstees gekommen.

Nun war die Frage beantwortet, wohin sie den Konvoi führen würden. Der Weg in die Berge stellte sie jedoch vor völlig neue Herausforderungen, denn er war lang und führte auf den vorzeitlichen Hauptverkehrsstraßen mitten durch feindlich gewordenes Territorium. Cole begann zu verstehen, dass sie um eine schlagkräftige Eskorte nicht herumkämen. Er suchte bereits nach Ausreden, um sich davor zu drücken, als Angel ihm unverhofft zuvorkam.

»Was hältst du von etwas Sabotage, um unseren Abzug zu sichern?«, fragte sie herausfordernd. »Auf der Brücke vor Silver Valley könnte man eine hübsche Blockade errichten.«

Natürlich war ihr seine Vorliebe für Kommandooperationen bekannt, doch das war nicht der Hauptgrund für ihr großzügiges Angebot. General Monroe hatte den Sicarii durch die Sprengung der Treibstofftanks von Silver Valley einen schweren Schlag versetzt, aber die Invasoren aus dem Norden hatten schon früher ihre enorme Improvisationsgabe demonstriert. Es war daher äußerst unwahrscheinlich, dass sie den Flüchtlingskonvoi kampflos entkommen lassen würden. Coles stahlblaue Augen funkelten in Vorfreude auf den vor ihm liegenden Alleingang. Endlich durfte er wieder agieren, ohne Verantwortung für Untergebene tragen zu müssen und konnte dabei gleichzeitig Rache für den Überfall auf seine Siedlung nehmen! Auch Angel waren solche Gefühle nicht fremd, aber den Luxus der Vergeltung musste sie der langfristigen Planung unterordnen, wenn sie den Krieg je gewinnen wollte.

»Was ist eigentlich aus unserer Schwertkämpferin geworden, die sich mit mir in Eagle Village duelliert hat?«, fragte sie, um Cole wieder in die Realität zurückzuholen.

»Die ... ist uns entwischt«, antwortete er ausweichend. »Ein paar von meinen Leuten wollten sich scheinbar für den Angriff rächen und eines Morgens fand ich sie mit aufgeschlitzten Kehlen vor dem geöffneten Käfig.«

Augenrollend seufzte Angel bei dem offensichtlichen Mangel an Disziplin in seiner Miliz. Allerdings hatte sie insgeheim damit gerechnet, dass Jade einen Fluchtweg finden würde. Wahrscheinlich war es nur eine Frage der Zeit, bis sich ihre Pfade ein weiteres Mal kreuzten.

»Du hast deinen Auftrag. Präg dir die Karte ein und triff uns dort in spätestens einer Woche«, entschied sie mürrisch, um das Gespräch zu beenden. »Ich muss noch etwas erledigen.«

»Und was?«, fragte Cole neugierig, aber Angel ignorierte ihn und schlenderte auf die verbrannten Mehrfamilienhäuser zu, in denen die meisten Bewohner von Jaguar Bay gewohnt hatten. Cole hasste es, wenn sie ihn im Regen stehen ließ, und reagierte sich an einem Kieselstein ab, dem er Flugstunden über dem Rangierbahnhof erteilte.

Einer der Vorteile des höheren Ranges war es, dass man nicht jeden Befehl erklären müsse. Diese Worte lehrte sie General Monroe kurz nach dem legendären Überfall der Vultures auf Silver Valley. Damals hatte er das Kommando der Allianz übernommen und Angel gegen den Willen von Kim zur Kommandeurin des ersten Ranger-Teams ernannt. Die rothaarige Tochter seines Vorgängers war für ihre temperamentvolle Art bekannt und lieferte sich einen wochenlangen Zickenkrieg mit der neuen Konkurrentin. Erst als der Einfluss ihres beleibten Freundes Johnny ans Tageslicht kam, der sie immer wieder angestachelt und anschließend am liebsten Eintrittskarten für die täglichen Theateraufführungen verkauft hätte, verbündeten sich die Kriegerprinzessinnen gegen ihren gemeinsamen Feind. Seitdem kursierten Horrorgeschichten über Johnnys Radikaldiät durch die Freien Enklaven, auf die ihn die beiden während einer zweiwöchigen Mission gesetzt hatten.

Nun saß Kim regungslos auf der angebrannten, purpurfarbenen Couch im Elternhaus ihres Freundes und starrte apathisch auf ein flackerndes, solarbetriebenes Foto aus besseren Zeiten. Vorsichtig bahnte sich Angel einen Weg an der eingestürzten Anbauwand vorbei und unter den verkohlten Dachbalken hindurch ins ehemalige Wohnzimmer. Cassidys Schäferhund Scott lag zu Kims Füßen und schien ebenfalls um seinen verschleppten Kameraden zu trauern, dem er während der letzten Schlacht nicht hatte helfen können. Angel entschied sich gegen den Versuch, etwas Aufmunterndes zu sagen und setzte sich vorsichtig neben ihre Kameradin. Das Foto auf dem Tisch zeigte Johnny zusammen mit seinem drahtigen Bruder Mike, dessen Arm mal wieder viel zu eng um Kims Hüfte geschwungen war. Angel konnte sich gut daran erinnern, wie Mikey eine schallende Ohrfeige von ihrem eifersüchtigen Freund erhalten hatte, als er das Digitalfoto kurz darauf in den Händen hielt.

»Ich …«, begann Angel flüsternd. An ihr war mit Sicherheit keine Diplomatin verloren gegangen, aber sie vermochte durchaus Einfühlsamkeit zu zeigen, wenn es die Situation erforderte. »Ich hab eine Mission für dich.«

»Nein!«, giftete Kim prompt zurück und überraschte damit sogar ihre abgebrühte Kommandeurin. Bevor Angel den Befehl geschmeidiger formulieren konnte, setzte Kim bereits nach. »Ich fahre nach Brackwood! Die haben Cassidy dort gefangen gehalten und werden sicher auch Johnny da hinbringen!«

Angel atmete erleichtert auf, als sie in Kims Augen ihren gewohnten Kampfgeist auflodern sah. Leider war das nicht ganz die Mission, die sie für ihre temperamentvolle Freundin im Sinn hatte. Einen Augenblick lang versuchte sie sich die richtigen Argumente für die bevorstehende Diskussion bereitzulegen, bis ihr Kims blutiger rechter Oberschenkel auffiel. Während der Schlacht um Silver Valley war sie von einem Granatsplitter getroffen worden, der eine offensive Rettungsmission völlig ausschloss. Die Information allein würde sie jedoch nicht von dem Versuch abhalten, darum griff Angel nach dem frischen Verband und drückte beherzt zu. Der stechende Schmerz ließ Kim mit einem lauten Schrei von der purpurfarbenen Couch aufspringen. Ihr giftiger Blick, der nicht ohne Grund als ihre tödlichste Waffe galt, bohrte sich in die sadistisch funkelnden Augen der Lateinamerikanerin. Nach einer mehr erzwungen als aufrichtig klingenden Entschuldigung hatte sich die Diskussion um Kims Mission erledigt. Gemeinsam mit Butch sollte sie die Eskorte auf der Reise zum Kloster anführen. Angel wollte ihr keine falschen Hoffnungen machen, war sich jedoch sicher, dass die Sicarii den Versuch unternehmen würden, den Flüchtlingskonvoi aufzuhalten. Die große Verantwortung und die Aussicht auf zumindest ein paar kleinere Gefechte um ihren Rachedurst zu stillen beruhigten Kim wieder.

Nach einem wehmütigen Blick auf das flackernde Bild ließ Angel ihre trauernde Freundin allein, bahnte sich einen Weg aus dem verbrannten Mehrfamilienhaus und schlurfte auf die Versorgungsstation zu. Der schwerste Gang ihres quälend langen Tages lag noch vor ihr.

Anders als die Flucht aus Silver Valley war die Evakuierung von Eagle Village geordnet und ohne Panik abgelaufen. Nachdem Angel die Siedlung mit ihrem Team verteidigt hatte und den Bewohnern keine direkte Gefahr mehr drohte, nahmen sie sich Zeit, um Vorräte, Treibstoff und Wasser zu verladen. Nun verteilte die Dorfmiliz unter der Leitung von Pauls Ehefrau Martha und dem dicken Koch Anthony Brotscheiben und frischen Eintopf an die geschwächten Menschen. Cassidy und ihr acht Jahre älterer Bruder Caiden gönnten sich gerade eine Pause. Die Siebzehnjährige versuchte ihn über den Verlust seiner Freundin hinwegzutrösten, aber wann immer sie Faith erwähnte, bemühte er sich, das Gespräch zu beenden.

»Habt ihr Butch gesehen?«, fragte Angel die beiden und riss sich dabei ein Stück von Cassidys Brot ab. Mit gesenktem Kopf zeigte ihre Schülerin in Richtung des provisorischen Parkplatzes. Der Tod von Victor lastete schwer auf dem ganzen Team, doch seinen Bruder traf der Verlust am meisten. Er hatte den orangefarbenen Pick-up seit der Ankunft in Jaguar Bay nicht verlassen. Angel murmelte etwas Unverständliches, während sie auf dem Kanten herumkaute. Anschließend ging sie zögernd auf den leicht gepanzerten Kleintransporter zu, mit dem sie Cassidy vor sechs Wochen in der Steppe aufgelesen hatte.

Die Originalfarbe war nach zwei Jahrzehnten heißer Wüstensonne kaum noch zu erkennen und die vielen Beulen und Kratzer wären in der Lage gewesen, ein ganzes Abenteuerbuch zu schreiben. Butch saß mit geschlossenen Augen auf dem Fahrersitz und zog kräftig an einer Zigarette. Eigentlich hatte er dieses Laster seinem Bruder zuliebe aufgegeben, der immerhin berufsbedingt mit explosiven Materialien hantierte, aber das brauchte ihn jetzt nicht mehr zu kümmern. Angel überlegte, ob sie sich bemerkbar machen sollte, bevor sie die Beifahrertür öffnete.

»Wie konnten die Victor erwischen?«, schallte es ihr plötzlich aus dem Innenraum entgegen. Butch hatte sie längst erwartet. »Er war doch die ganze Zeit in deinem Blickfeld!«

Seit der überstürzten Flucht durch das aufgesprengte Notfalltor im Norden Silver Valleys stellte Angel sich dieselbe Frage – und fand keine Antwort darauf. Wortlos setzte sie sich neben den Mechaniker und schlug die Tür zu. In ihrem Kopf hatte sie einige Theorien durchgespielt und dabei alle bis auf zwei verworfen. Beide entsprangen der Erkenntnis, dass die Sicarii ihre Ziele bevorzugt infiltrierten, ehe sie einen Angriff starten. Als hilflose Flüchtlinge getarnt, hatten sie die stationären Geschütze in Eagle Village mit Sprengsätzen sabotiert und anschließend die Wachposten überwältigt. In Silver Valley musste etwas Ähnliches geschehen sein. Entweder war ihnen der Plan bekannt gewesen oder Victor ein Verräter zum Verhängnis geworden. Die letzte Möglichkeit ließ Angel keine Ruhe, denn das schwarze Schaf konnte sich noch mitten in ihrer Herde befinden und jederzeit wieder zuschlagen.

»Jemand hat den Sicarii geholfen«, hauchte sie ihm zu, als bestünde Gefahr, belauscht zu werden. Nun öffnete Butch zum ersten Mal die Augen und starrte durch die vergitterte Frontscheibe auf die qualmenden Ruinen. Die Sonne näherte sich unaufhaltsam dem Horizont und die Abendröte verwandelte die Menschen in gespenstisch anmutende, schwarze Silhouetten. Eine unheimliche Stille hielt in den verrauchten Innenraum des Pick-ups Einzug. Beinahe jeder der Schatten, der sich an der Versorgungsstation anstellte, an Krücken zu provisorischen Schlafplätzen hinkte oder Wache schob, konnte in Wirklichkeit ein Sicarii sein. Ein Großteil der Leute begutachtete neugierig den hohen Pfahl mit dem Holzadler, den die Sicarii schon in Sienna zurückgelassen hatten. Die Flüchtlinge wussten nicht, ob sie ihn zu Boden reißen oder als Mahnmal erhalten sollten.

»Caiden war als letzter bei ihm«, brummte Butch mit zusammengekniffenen Augen, so als würde er nach ihm Ausschau halten. Angel zögerte einen Augenblick mit ihrer Antwort. Sie stützte ihren Kopf mit dem Ellenbogen auf dem offenen Beifahrerfenster auf und starrte auf die Essensausgabe, wo Cassidy nach wie vor mit ihrem Bruder saß.

»Nein.«

Ihr Flüstern glich einem Gebet, denn innerlich spürte sie, wie ihnen der junge Vulture etwas verheimlichte. Gleichzeitig hatte sie aufrichtiges Entsetzen in Caidens schockiertem Blick erkannt, als er keuchend von Victors Tod und dem Versagen der Sprengfallen berichtete.

»Sein einziges Ziel war die Suche nach seiner Schwester. Er würde sie mit einem derartigen Verrat nicht in Gefahr bringen. Aber …« Angel drehte das Gesicht zu Butch, um sicher zu gehen, dass er ihr zuhörte. »Er weiß mehr, als er uns glauben machen will.«

Der Mechaniker warf seinen Zigarettenstummel aus dem Fenster und wischte sich brummend den Schweiß aus den Haarstoppeln auf seinem Kopf.

»Warum holst du es dann nicht aus dem Bengel heraus?«

Angel blickte ihren eigentlich für seine Gutmütigkeit bekannten Kameraden verdutzt an. Zu früheren Zeiten wäre er der erste gewesen, der sie bei ihren Verhören zurückhielt.

»Er ist Cassidys Bruder. Ich kann ...«

»Duellier dich doch mit ihm! Die Kleine hast du auf die Art schließlich auch gefunden!«, schnitt er ihr plötzlich das Wort ab und schlug mit aller Kraft auf das Lenkrad ein.

»Du bist nicht der Einzige, der jemanden verloren hat!«, giftete Angel affektartig zurück. »Dog und Frank mussten sterben, weil die Spielzeuge deines Bruders mal wieder versagt haben!«

Schnaufend vor Wut griff Butch nach ihren langen Haaren und stand kurz davor, ihren Kopf in das Armaturenbrett zu rammen. Die agile Akrobatin reagierte jedoch prompt. Sie ergriff seinen Arm und drehte sich mit aller Kraft von ihm weg. Dabei zog sie seinen Arm mit sich, so dass sie das Ellenbogengelenk überdehnte, bis seine Stirn auf das Lenkrad knallte. Während er vor Schmerz aufheulte, zückte Angel reflexartig ihre Pistole und hielt sie entsichert an seinen Hals.

»Verdammt!«, keuchte Butch. Schadenfroh zerrte sie den Arm noch ein paar Zentimeter weiter, was sofort von kapitulierenden Stöhnlauten untermalt wurde, bevor sie ihr muskelbepacktes Opfer frei ließ.

»Was machen wir hier eigentlich!«, fluchte Angel trotzig und trat gegen das Armaturenbrett, während sie ihre Pistole wegsteckte. »Du bist die einzige Familie, die ich noch habe! Wenn du mich jetzt im Stich lässt, kannst du mich auch gleich erschießen.«

Kaum hatte sie die letzten Worte über ihre Lippen gebracht, vernahm sie das vertraute Klicken eines Revolvers unter Butchs sandfarbener Armeejacke. Eigentlich sollte es sie nicht überraschen, dass ihr ältester Freund bei den Rangern nie den Fehler beging, sie zu unterschätzen.

»Victor würde aus dem Grab steigen und mich umbringen. Dafür stand er viel zu sehr auf dich«, brummte Butch und ließ seine verchromte Ersatzwaffe zurück in die Fahrertür gleiten. Als er Angels schockierten Blick bemerkte, fügte er hinzu, »Was glaubst du denn, weshalb er dich ständig in Frage gestellt und dir Streiche gespielt hat? Der wollte nur deine Aufmerksamkeit!«

»Warum hat er nie was gesagt?«, hakte sie verdutzt nach. »Ich hatte keine Ahnung!«

Butch griff vorsichtig ins Handschuhfach und achtete darauf, nicht noch einmal in Angels gefürchtetem Schwitzkasten zu landen. Mürrisch stellte er fest, dass seine immerhin dreiundzwanzig Jahre alte Zigarettenpackung fast leer war.

»Weil er nicht dämlich war!«, erwiderte er hustend, nachdem er sich einen neuen Glimmstängel angezündet hatte. »Wir haben doch alle von deinem Schoßhund bei den Vultures gewusst. Victor war nun mal nicht dein Typ und hat sich keinen Illusionen hingegeben.«

Verwirrt raufte Angel sich ihre braunen Haare. Dieser verrückte Tag wollte einfach kein Ende nehmen! War sie am Morgen noch neben Dog aufgewacht, so war sein Sattelschlepper vier Stunden später im Minengürtel vor Silver Valley explodiert. Kurz davor hatte sie im Schützengraben das Oberkommando aller verbündeten Enklaven erhalten und augenblicklich Hals über Kopf fliehen müssen. Jetzt waren von den Siedlungen lediglich Ruinen übrig, deren ehemalige Bewohner sich nun auf ihre Führung verließen. Sie wollte tief einatmen, musste aber aufgrund des Zigarettenrauchs sofort husten und seufzte schließlich gestresst, bevor sie die Wagentür auftrat und sich aus dem Pick-up heraus schwang. Butch war ebenfalls nicht verborgen geblieben, wie die anderen vor dem Humvee warteten und immer wieder tuschelnd in ihre Richtung schauten. Er warf die widerlich schmeckende Kippe auf den trockenen Steppenboden und folgte Angel zur Lagebesprechung.

Die untergehende Abendsonne tauchte das Land in ein Meer aus warmen Orangetönen, die nur von den Schatten der Trümmer unterbrochen wurden. Kim und Sharon waren als erste vor dem schweren Geländewagen eingetroffen. Der Rotschopf hatte sich notgedrungen mit ihrem Eskortenauftrag abgefunden und skizzierte gerade eine Defensivformation, um die verbliebenen Ranger möglichst effektiv zu nutzen. Caiden hockte zusammen mit seiner Schwester und ihrem Schäferhund auf dem staubigen Steppenboden, der in den Abendstunden angenehm warm war. Cassidy hatte den Versuch aufgegeben, ihren Bruder über den Verlust seiner Freundin hinwegzutrösten. Starrköpfigkeit war ein weit verbreitetes Laster in ihrer Familie und sie wusste aus eigener Erfahrung, dass ihn mit Fragen zu löchern nur einen gegenteiligen Effekt provozieren würde. Paul hinkte unterdessen an seinem Gehstock herbei, während Cole seine Frau Martha am Ellenbogen zur Versammlung führte. Zwei Milizionäre stellten Campingstühle vor dem schweren Geländewagen auf, damit sie ihre alten Knochen schonen konnten. Angel zog die linke Augenbraue hoch und starrte Cole fragend an, als Jesse schüchtern hinter ihm hervortrat.

»Er gehört zu mir!«, rief Cole in die Runde. »Jesse hat uns als erster vor den Sicarii in Eagle Village gewarnt. Und er hat sich auf der Suche nach einer Fluchtmöglichkeit quer durch den feindlichen Stützpunkt in Brackwood geschlichen!«

»Und er würde sich ohnehin nur unter dem Wagen verstecken und lauschen, wenn wir ihn davonschicken«, fügte Cassidy hinzu.

»Schon gut, schon gut«, beschwichtigte sie Angel mit erhobenen Händen und erteilte anschließend Sharon das Wort. Sie begann die Lagebesprechung und fasste kurz ihre Erlebnisse mit den Sicarii zusammen. Kims Augen weiteten sich in einer Mischung aus Furcht und Unglauben, als sie den Beschreibungen der feuerspuckenden Eisenbüchsen hörte. Paul und Martha nickten dagegen nur bestätigend; ihnen waren Panzerfahrzeuge nur allzu bekannt. Zwar hatten die präapokalyptischen Kriege ihren Landstrich nie direkt betroffen, jedoch waren sie durch Nachrichten und Reportagen aus aller Welt über die meisten Vorgänge informiert gewesen. Zumindest, bis das globale Satellitennetzwerk von Terroristen sabotiert worden war. Cassidy hatte in der Bibliothek von Silver Valley Fachliteratur derartiger Technologie überflogen, doch für sie glich das eher den Geschichten aus ihren Märchenbüchern.

»Jedem sollte klar sein, dass wir weiterziehen müssen. Früher oder später werden sich die Sicarii von dem Schock erholen und die Jagd auf uns eröffnen«, kommentierte Angel die Erzählung und erntete zustimmendes Brummen. »Dank unserem lieben Paul haben wir zumindest eine mögliche Zuflucht gefunden, auch wenn der Weg dorthin nicht leicht wird.«

In groben Zügen beschrieb sie den Weg in das nördliche Hadesgebirge. Schon bei dem Gedanken daran lief es Sharon kalt den Rücken herunter und Angels ganzem Team brannte nur eine einzige Frage auf der Zunge: Wie weit lag das Kloster von der verfluchten Militärbasis entfernt, in der sie um ein Haar alle ums Leben gekommen waren? Zur allgemeinen Beruhigung tippte Angel auf ein gut zweihundert Kilometer entferntes Tal.

Nun war es an der Zeit, die Missionen zu verteilen. Cole bat um Victors übriggebliebene Sprengsätze und versprach, Butchs getötetem Bruder damit ein würdiges Denkmal zu setzen. Butch schloss sich unterdessen kommentarlos der Führung des Flüchtlingskonvois an. Seine Eltern würden es ihm nie verzeihen, sollte er die Menschen aus Rachedurst schutzlos zurücklassen. Überraschend verkündete Angel, dass sie sich nicht an der Eskorte beteiligen werde. Wenn ihr die Vorgehensweise der Sicarii eines gelehrt hatte, dann, dass präzise Informationen über den Gegner in diesem Krieg die alles entscheidende Variable wäre. Sie hatte sich noch längst nicht damit abgefunden plötzlich der General zu sein, der Feldzüge von einem Schreibtisch aus kommandierte. Die defensive Art, mit der sie ihre Entscheidung zum feindlichen Vorposten in Brackwood zurückzukehren kundtat, entlockte Paul ein süffisantes Lächeln. Er hatte nichts anderes von seiner alten Feindin erwartet. Während der ganzen Zeit war von Caiden nicht ein Ton zu hören gewesen, doch nun sprang er unvermittelt auf und bestand förmlich darauf, Angel bei ihrer Aufklärungsmission zu begleiten. Da sie ihn und Cassidy ohnehin mitnehmen wollte, nickte sie ihm bestätigend zu. Seine plötzliche Hartnäckigkeit erklärte sie sich mit der Hoffnung auf Rettung seiner Freundin Faith, die seit dem Verlust von Silver Valley verschollen war. Ihr selbst waren solche Gedanken ebenfalls nicht fremd. Obwohl sie mit eigenen Augen mit ansehen musste, wie der Minengürtel das Wüstenschlachtschiff der Vultures zerfetzt hatte, hegte auch sie die stille Hoffnung, dass Dog dem schwarzen Metallsarg auf wundersame Weise entkommen sein könnte.

»Es gibt da noch eine Sache, die ich erwähnen muss«, fügte Angel nach einstimmiger Annahme ihrer Befehle hinzu. »Die Vorliebe der Sicarii für Illusionen ist uns mittlerweile bekannt, aber ich bin davon überzeugt, dass sie längst noch nicht alle Karten auf den Tisch gelegt haben.«

»Schau dich hier mal um. Sieht das vielleicht aus, als wenn die sich zurückgehalten hätten?«, entgegnete Cole ihr schnippisch. Angel gab durchaus zu, dass die Brutalität der Überfälle beispiellos war, aber darauf wollte sie gar nicht hinaus.

»Hat sich niemand von euch gefragt, wie die Sicarii derart präzise Angriffe durchführen konnten? Die wussten genau, wann und in welche Richtung unsere Verteidiger vom Palisadenwall geflüchtet sind. Die wussten genau, auf welchem Weg Kim ihre Leute beim Rückzug von den Schützengräben geführt hat. In Eagle Village haben sie *gesehen*, wo wir mit dem Humvee in Stellung gegangen sind!«

Angel ließ ihre Worte einen Moment auf die Gruppe einwirken. Das Gefühl, permanent beobachtet zu werden, ist beinahe genauso unerträglich wie ein tropfender Wasserhahn oder ständiges Ohrensausen. Mit der Zeit löst es Paranoia und Verfolgungswahn aus, dem sie nun vorbeugen musste.

»Kurz vor dem Angriff auf Silver Valley habe ich einen einzelnen Geier bemerkt, der über der Siedlung seine Kreise zog. Zunächst bin ich davon ausgegangen, dass sich das Mistvieh auf ein Festmahl gefreut hat, und wollte ihn vom Himmel holen. In Wirklichkeit war es aber eine unbemannte Aufklärungsdrohne, die höchstwahrscheinlich Bilder unserer Verteidigungsstellungen an die Sicarii gesendet hat.«

Reflexartig starrte nun die ganze Gruppe nach oben, wo natürlich aufgrund der einbrechenden Dunkelheit kaum noch etwas zu erkennen war und dem ein resigniertes, kollektives Seufzen folgte.

»Warum haben wir nicht mehr von solchem Hightech Krimskrams gesehen?«, warf Butch ein. »Warum nur Technicals und Mörser und keine ... was weiß ich ... taktischen Nuklear-raketen?«

Affektartig mussten die anderen hinter vorgehaltener Hand lachen. Auch Angel gönnte sich ein Schmunzeln, bevor sie der Ernst der Lage wieder einholte, denn sie vermochte die Frage nicht zu beantworten. Im günstigsten Fall verfügten die Sicarii nur über diese eine fortschrittliche Technologie. Wahrscheinlicher war aber, dass sie ihre Taktik der zu erwartenden Gegenwehr angemessen hatten und sich schlicht ihre Optionen offen hielten, um Ressourcen zu sparen. Nach dem für beide Seiten katastrophalen Ausgang der Schlacht um Silver Valley würde sich ihre Einschätzung der strategischen Lage jedoch grundlegend ändern.

Angel erklärte die Lagebesprechung für beendet und befahl ihren Leuten, ein paar Stunden zu schlafen. Cole schickte Jesse zu seiner Mutter und blieb als einziger zurück. Er lehnte sich ächzend mit dem Rücken über den Humvee und zog genüsslich an einer Zigarette.

»So, der Hundesohn hat es also endlich geschafft, sich mitsamt seinem Truck gegen die Wand zu fahren.«

Er rechnete mit einem sofortigen Tritt in besonders schmerzempfindliche Regionen. Immerhin hatte er jahrelang Angels Massagen genießen dürfen, wodurch sie seine wunden Punkte kannte. Zu seiner Überraschung funkelte sie jedoch lediglich mit ihren braunen Augen und strafte ihn mit Ignoranz. Stumm verstaute sie die Landkarten in Monroes Ledermappe und wendete sich von ihm ab. Nun traf Cole eine fatale Fehlentscheidung, indem er sie mit einer Hand auf der Schulter zurückhalten wollte. Blitzschnell ergriff Angel seinen Arm und drehte ihn um hundertachtzig Grad, so dass ihr verstoßener Liebhaber vor Schmerz aufheulte. Anschließend stellte sie ihm ein Bein, wodurch er rückwärts auf den Boden stürzte, und kniete sich zwischen die Muskeln seiner Oberarme, was Cole in Höllenqualen unkontrolliert mit den Augen rollen ließ.

»Ich wäre dir außerordentlich dankbar ...«, flüsterte sie ihm ins Ohr. »... wenn du mir ein Andenken von ihm mitbringen würdest!«

Angel zwinkerte ihm mit dem unschuldigsten Wimpernaufschlag zu, den sie hervorzaubern konnte, bevor sie sich erhob, nach ihrer Tasche griff und den Weg zur Versorgungsstation antrat. Cole rieb sich zitternd die Arme und seufzte erleichtert, als der Schmerz endlich nachließ. Er hob seine Zigarre vom Boden auf, doch als er daran zog, strafte ihn sein Körper mit schwerer Atemnot. Während seiner Flucht aus dem Großstadtdschungel hatte ihm seine einstige Jugendgang drei Rippen gebrochen, die nie wieder richtig zusammengewachsen waren. Jede Belastung seines Oberkörpers, wie etwa durch Angel, die sich daraufsetzte, sorgte seit dem für starke Schmerzen und Schwierigkeiten beim Atmen. Er wollte sich jedoch keine Blöße geben, lehnte sich an den rechten Kotflügel des Humvees und tat so, als würde er ganz normal weiterrauchen, während er Angel mit zusammengekniffenen Augen verfolgte. Er entschied, dass allein dieser Satz die Folter wert gewesen war. Nun musste er nur noch einen Beweis für das Ableben seines alten Erzfeindes finden und schon würde sie wieder ihm gehören!

2 - SCHATTEN DER VERGANGENHEIT

Der nächste Morgen begann für Angel mit einem lauten Poltern auf der Ladefläche des Pick-ups, in dem sie die Nacht verbracht hatte. Kim war bereits mit den ersten Sonnenstrahlen auf den Beinen gewesen und stellte gemeinsam mit Butch ihre Ausrüstung zusammen. Immer wieder zischte sie vor Schmerz und fluchte darüber, dass sie sich den Granatsplitter in Silver Valley selbst aus der blutenden Wunde gerissen hatte. Angel machte sich mit einem schadenfroh klingenden Räuspern bemerkbar und stieß die Wagentür mit den Füßen auf. Nachdem sie ein wenig schlaftrunken aus dem unbequemen Kleintransporter geklettert war, streckte sie sich gähnend in der angenehm frischen Morgenluft. Etwas überrascht musterte sie das friedliche Flüchtlingslager. Sie hatte die ganze Nacht mit halboffenen Augen verbracht und jederzeit mit einem Angriff gerechnet. Argwöhnisch suchte sie den Himmel nach verräterischen Aufklärungsdrohnen ab, doch nicht mal echte Geier hatten sich bisher über Jaguar Bay eingefunden.

Bei ihrem Gang zur Versorgungsstation entdeckte sie Cassidy und ihren Bruder Caiden beim friedlichen Schlummern in den heruntergeklappten Sitzen des schweren Humvees. Ihrer Schülerin gefiel der mächtige Geländewagen so sehr, dass sie sich nicht einmal bei Nacht vom Steuer trennen mochte. Einen Augenblick lang überlegte Angel, ob sie mit Hilfe der Hupe eine unangekündigte Alarmübung veranstalten sollte. Doch das Trauma der Flüchtlinge, das sie nicht noch verstärken wollte, rettete die beiden Geschwister vor ihrem unsanften Morgengruß. Stattdessen strich sie Cassidy den blonden Pony wie einen Pinsel über das Gesicht, so dass die strähnigen Haare ihre Nasenspitze kitzelten und sie prustend aus ihren Träumen gerissen wurde. Auch ihr Bruder schreckte bei dem lauten Geräusch hoch und griff instinktiv nach seinem russischen Sturmgewehr zwischen den Sitzen.

»Guten Morgen meine Süßen!«, rief Angel schadenfroh in den Humvee hinein. Sie war sicherheitshalber etwas zurückgetreten, falls ihre Schülerin Rachegedanken hegen sollte. Stattdessen blinzelten sie die beiden aber nur finster an und quälten sich fluchend aus dem Geländewagen. Gemeinsam schlurften sie zur Versorgungsstation, wo Paul bereits die Rationen für die Reise verteilte. Ohne zusätzliche Wasserquelle reichten sie für genau drei Tage, was dem Konvoi auf dem Weg in die Berge nicht den geringsten Handlungsspielraum einräumte. Etwas abseits des modifizierten Campingtrailers stießen sie auf Sharon, die sich über eine Mulde gebeugt unkontrolliert übergeben musste. Sofort lief Cassidy auf sie zu und versuchte ihr zu helfen, doch die zierliche Rangerin wies sie zurück. Einen Augenblick später stand sie mit blassem Gesicht auf und meinte, dass ihr die ganze Aufregung der vergangenen Tage wohl nicht bekommen sei.

Bei der Versorgungsstation angekommen überließ Paul seiner Frau das Kommando und setzte sich mit der letzten Gebäckreserve zu seiner alten Feindin. Cassidy hätte die köstliche Süßspeise lieber den Kindern überlassen, doch Angel bestand darauf, dass die Geschwister den trockenen Sandkuchen aßen. Die Flüchtlinge mussten die nächsten Tage *nur* überleben. Cassidy dagegen würde mit großer Wahrscheinlichkeit in neue Kämpfe verwickelt werden und brauchte die Energie. Außerdem ließ sich so der bittere Kaffee besser ertragen, den ihnen Martha zum Frühstück spendierte.

Die Stimmung der Menschen hatte sich durch die erholsame Nacht deutlich gebessert. Nach wie kannte niemand außerhalb von Angels engstem Kreis das Ziel der Flüchtlinge, und dabei sollte es auch bleiben, aber überhaupt ein Ziel zu haben, hob die Moral des ganzen Konvois. Die Milizionäre aus Eagle Village waren unterdessen in die Reihen der Ranger eingegliedert worden und standen nun unter dem Kommando der Wüstenprinzessin Kimberley. General Monroes Adoptivnichte war für den gewissenhaften Umgang mit den Leben ihrer Untergebenen bekannt, was die kämpfende Truppe optimistisch in die Zukunft blicken ließ.

Unter den morgendlichen Gästen befanden sich auch Mary und Stan, die nach ihrem ersten, gemeinsamen Trauma unzertrennlich schienen. Der zottelbärtige Jäger aus Cassidys Dorf hatte sich den Oberschenkel gebrochen, als der sicariianische Kipplaster durch die Palisade von Silver Valley gekracht war. Nun pflegte Mary ihn als seine persönliche Krankenschwester. Neben seinem Stuhl lehnten Victors alte Krücken am Frühstückstisch, dank denen Stan sich wenigstens langsam vorwärtsbewegen konnte.

Als sich Caiden und Cassidy gerade die Finger nach dem köstlichen Morgenmahl ableckten, stürmte Cole gefolgt von Sharon an den provisorischen Campingtischen vorbei. Die zierliche Rangerin rief dem braungebrannten Einzelkämpfer etwas hinterher und klang dabei äußerst frustriert, während er scheinbar aussichtslos versuchte, von ihr loszukommen. Dann entdeckte er Angel zwischen den verdutzt zuschauenden Flüchtlingen und schlug mürrisch mit den Fäusten auf ihren Tisch.

»Sag ihr, dass ich allein arbeite!«, verlangte er lautstark und deutete auf Sharon, die ihm gefolgt war.

»Was ist dein Problem, verdammt nochmal?«, erwiderte sie, bevor Angel überhaupt die Chance zum Antworten erhielt.

»Mein Problem ist, dass ich allein arbeite! Was ist daran so schwer zu verstehen?«, fluchte Cole und unterstrich seine Entscheidung mit der abweisenden Haltung seiner Hände.

Mit verschränkten Armen spähte Angel an den beiden Streithälsen vorbei und blickte amüsiert auf die Milizionäre an den Frühstückstischen. Sie schienen ihrem Kommandanten keine allzu großen Chancen im Konflikt mit der geradezu niedlich wirkenden Rangerin einzuräumen. Durch zwei weitere Runden des ungleichen Schlagabtauschs erfuhr Angel, dass Sharon Cole auf seiner Sabotagemission begleiten wollte. Ohne die Turteltäubchen bei ihrem Balztanz zu stören, wägte sie ihre Argumente gedanklich gegeneinander ab und überprüfte dabei gleichzeitig Sharons äußerlichen Gesundheitszustand.

»Du nimmst sie mit.«

Urplötzlich kehrte Ruhe an den Tischen ein und beide Seiten starrten sie verblüfft an. Cole wirkte fast ein wenig dankbar über die Zwangspause, da ihm sein Brustkorb schwer zu schaffen machte, bis er in Angels Augen den Ernst ihrer Worte erkannte.

»Sharon ist ausgebildete Rangerin und hat in den letzten zwei Jahren eine Vielzahl von Einsätzen erfolgreich durchgeführt.«

Das zeigte Wirkung. Sharon verschränkte siegesbewusst die Arme und war sich sicher, dass die Diskussion damit beendet wäre. Doch diesmal durfte Angel die Generalskarte nicht ausspielen, wenn sie heute noch aufbrechen wollte. Eine Erklärung tat not.

»Außerdem kennt sie die Sicarii besser als jeder andere von uns. Möglicherweise kann sie Verhaltensmuster oder gar Kommandostrukturen erkennen und etwas über ihre Pläne in Erfahrung bringen.«

So langsam dämmerte Cole, dass er in dieser Angelegenheit kein Mitspracherecht erhielt. Triumphierend hakte sich Sharon bei ihm ein und führte ihn an seinen Milizionären vorbei zur Essensausgabe. Seine Schwäche für starke Frauen war allgemein bekannt und dementsprechend heiter fielen die Zurufe seiner Leute aus, die ihm mit unverhohlener Schadenfreude viel Erfolg wünschten.

Für Angel begann mit dem Ende des Frühstücks der angenehme Teil ihrer Arbeit. Die nicht ganz uneigennützige Abwälzung ihrer Verantwortung auf Kim ließ sie die Vorbereitung ihrer Mission wie zu besseren Zeiten genießen. Dank der Generalüberholung des Humvees in Silver Valley war der schwere Geländewagen in einem Top-Zustand und verlangte förmlich nach einer gefährlichen Reise tief in feindliches Territorium.

Nachdem die von Angel bei Nacht entsandten Späher ins zerstörte Jaguar Bay zurückgekehrt waren und die Flüchtlinge ihre Lager abgebaut hatten, versammelte sie die Menge zwischen den Einsatzfahrzeugen. Sie wollte eine motivierende Ansprache halten, wie es General Monroe häufig vor riskanten Einsätzen getan hatte, doch derartige Fertigkeiten lehrte einem das harte Leben in den Gangs nicht. Angels bloßer Anblick auf der Motorhaube des Humvees genügte glücklicherweise bereits, um die Menschen zum Schweigen zu bringen. Hoffnungsvoll starrten sie die Männer, Frauen und Kinder an.

»Seht euch um!«, rief sie ihren Leuten zu. »Seht euch genau um und vergesst nichts davon!«

Mit ausgestreckten Händen zeigte sie auf die verkohlten Gebäude, die eingerissenen Galgen, den Pfahl mit dem Holzadler und die Schwelfeuer unter den Leichenbergen. Aus den Reihen der Ranger und Milizionäre drang zustimmendes Raunen, die Zivilisten schlossen einander in die Arme und hätten sich am liebsten abgewendet, doch Angel bestand darauf.

»Die Sicarii mögen unsere Siedlungen zerstört haben, aber wir sind noch hier!«, fuhr Angel fort. Jetzt hatte sie Blut geleckt und stolzierte auf der Motorhaube hin und her. »Schon früher mussten wir Enklaven aufgeben, verloren sie an Gangs, die glaubten, uns besiegen zu können! Und wo sind sie jetzt? Wo sind die Chimeras? Die Red Dragons? Selbst die Vultures gibt es nicht mehr!«

Die Erwähnung ihrer eigenen Gang entlockte der sonst so distanzierten Kommandeurin ein ungewolltes Räuspern hinter vorgehaltener Hand, was die Stimmung merklich aufheiterte. Alle Flüchtlinge waren sich inzwischen einig, dass allein Angel sie zum Sieg über die verhassten Invasoren führen konnte.

»Ich werde euch sagen, wo sie sind! Begraben im Sand unter unseren Füßen! Und genau da werden wir auch die Sicarii hinschicken!«

Wütend stampfte sie bei ihren letzten Worten auf die Motorhaube, so dass der Geländewagen Staubwolken hustete und für einen kurzen Moment ins Schwanken geriet. Unterdessen waren die Leute nicht mehr zu halten.

»Angel! Angel! Angel!«, schallte es durch den Morgen, während sie wie ein vorzeitlicher Superstar von ihrer Bühne sprang, um ein Bad in der Menge zu nehmen. Sie hatte es geschafft, den Menschen ihre Hoffnung zurückzugeben.

»Noch höher kann man die Erwartungen in sie wohl nicht stapeln«, kritisierte Cole zurückhaltend den überschwänglichen Auftritt. Augenrollend hämmerte Kim ein paar Mal auf die Hupe von Butchs orangefarbenen Pick-up, um das Spektakel zu beenden und gab damit gleichzeitig den Befehl zum Aufsitzen. Lediglich Paul rümpfte angesichts des offensichtlichen Neids die Nase und begrüßte ihr ungewohntes Vorgehen außerordentlich.

»Angel! Angel! Angel!«, wiederholten Caiden und Cassidy grinsend den Chor, nachdem Angel sich auf den Beifahrersitz des Humvees zurückgezogen hatte. Ihre blitzenden Augen verrieten, wie unangenehm ihr die ganze Sache in Wirklichkeit gewesen war. Erst als sie im Geschützturm des schweren Geländewagens stand und ihre Lederjacke als Abfahrtssignal im Kreis herumschwenkte, war sie wieder in ihrem Element. Die Motoren der Jeeps, Pick-ups, Wohnmobile, Reisebusse, Mannschaftstransporter und des aus Silver Valley geretteten Tanklasters heulten gemeinsam auf. Eine gewaltige Staubwolke hüllte die zerstörten Ruinen von Jaguar Bay ein, als der Konvoi Kurs auf die ungewisse Zukunft setzte.

***

Für gut eine Stunde blieben die Fahrzeuge zusammen und bildeten eine lange Reihe, die sogar vorzeitliche Güterzüge vor Neid hätte erblassen lassen. Als erstes spalteten sich Cole und Sharon von ihnen ab. Die zierliche Studentin klammerte sich verängstigt auf dem Rücksitz seiner japanischen Rennmaschine fest. Das kleine Genie wäre nie freiwillig auf eine Mission mit dem leidenschaftlichen Biker gegangen, wenn sie jemand über sein Motorrad informiert hätte. Zumindest war es Cole gelungen, einen zweiten Sturzhelm für sie aufzutreiben; in gemütlich wärmendem Schwarz. Der Anblick allein genügte, um Angel den Schweiß ins Gesicht zu treiben. Mit einem letzten Abschiedsgruß reichte sie den beiden ein Stück Papier durch das offene Seitenfenster, auf dem sie den Weg zur verfluchten Militärbasis eingezeichnet hatte. Die Markierung stellte klar, dass genau dort der geplante Evakuierungspunkt der Flüchtlinge liegen würde. Anbei lag eine Anweisung, diese Karte den Sicarii unterzuschieben, sofern sich die Möglichkeit dazu bot. Im Fall einer Gefangennahme sollten sie den Plan nach einer glaubwürdigen Verhördauer preisgeben und so etwaige Verfolger von dem eigentlichen Konvoi ablenken. Derartige Sicherheitsmaßnahmen waren für Cole nichts Neues. Er verstaute das Papier unter seiner Lederjacke, ließ den Motor aufheulen und jagte auf der alten Autobahn in Richtung Süden davon.

Der Flüchtlingszug setzte unterdessen seinen Weg nach Nordwesten fort, angeführt von Butchs orangefarbenem Pick-up. Cassidy ging längsseits, damit Angel ihm ebenfalls die falsche Karte reichen konnte. Zwar wären die Freien Enklaven mit der Zerstörung des Konvois verloren, aber das genmanipulierte Wolfsrudel in den Bergen dürfte in diesem Fall einen würdigen Racheplan darstellen. Die extreme Geheimniskrämerei, mit der Angel den letzten Befehl erteilte, verdeutlichte ihrer Schülerin, für wie wahrscheinlich sie Verräter in den eigenen Reihen hielt.

***

Zur Mittagszeit verließ der Humvee den schützenden Konvoi und wählte einen Kurs, der sie nach Temple Town führte, wo Angel wie gewohnt die Nacht verbringen wollte. Sie hatte die Flüchtlinge am Vortag quer durch die Wüste gejagt, da sie keinesfalls mit derart vielen Verwundeten in den verlassenen Ruinen übernachten konnte, wie es die Ranger für gewöhnlich auf Reisen zwischen Silver Valley und Jaguar Bay taten. Etwas wehmütig blickten Angel, Caiden und Cassidy auf die langgezogene Staubwolke am Horizont, bis ihre Freunde endgültig davon verschlungen wurden. Cassidy hatte ihren Hund zurücklassen müssen, war aber überzeugt, dass sich Jesse gut um ihren treuen Gefährten kümmern würde.

Von einem Augenblick zum anderen verwandelte sich Angel wieder in die routinierte Kommandeurin, holte Landkarten und Spähberichte hervor und begann sie aufmerksam zu studieren. Misstrauisch musterte sie den Himmel über sich. Die völlige Lethargie der Sicarii bereitete ihr zunehmend Sorgen. Nicht einen Moment lang glaubte sie daran, dass die Invasoren sie friedlich ziehen lassen würden. Bisher hatten hinter jeder feindlichen Aktion gleich eine ganze Reihe von Absichten gestanden und so musste es auch mit der momentanen Untätigkeit sein.

In den frühen Abendstunden erreichten sie die Ruinenlandschaft rund um die alte Kirche, die ihnen schon so oft als mehr oder weniger sicherer Rastplatz gedient hatte. Bedächtig steuerte Cassidy den schweren Geländewagen auf der Hut vor einem Hinterhalt durch die vorzeitlichen Mauerreste, doch auch hier wurden Angels Hoffnungen auf ein paar Antworten enttäuscht.

Die ganze Fahrt über hatten sie kaum ein Wort miteinander geredet. Cassidy musste sich auf den für sie viel zu großen Humvee konzentrieren und ihr Bruder schien gedanklich weit entfernt zu sein. Da Angel auf der Straße ohnehin die Ruhe der Konversation vorzog, riskierte sie erst nach Entfachung des obligatorischen Lagerfeuers in der frühen Abenddämmerung ein Gespräch mit ihrer Schülerin.

»Und? Schon was in Erfahrung gebracht?«, murmelte sie ihr mit einem Stück Trockenfleisch zwischen den Zähnen zu, als Caiden gerade neues Feuerholz besorgte.

»Nein. Er redet nicht mit mir«, erwiderte Cassidy kopfschüttelnd.

»Hat er sowas öfter?«

Zum ersten Mal seit dem Aufbruch nahm Cassidy ihre Sonnenbrille ab und verstaute sie in der linken Brusttasche ihrer Uniform.

Nachdenklich sah sie ihrem Bruder hinterher, der in den Ruinen nach trockenen Ästen und Zweigen suchte. An Trauer und Verlust waren sie aufgrund des harten Lebens in der postapokalyptischen Steppe gewohnt. Daran konnte seine plötzliche Verschlossenheit nicht liegen. Irgendetwas anderes musste in Silver Valley mit ihm passiert sein. Etwas derart schockierendes, dass er nicht mal mit ihr darüber zu reden vermochte. Noch einmal schüttelte sie mit dem Kopf und blickte ihrer Ausbilderin in die braunen Augen.

»Er weiß selbst nicht, was geschehen ist«, antwortete sie. »Erst wenn er für sich eine Antwort gefunden hat, wird er sie mit mir teilen.«

Solch philosophische Anwandlungen war Angel von ihrer jungen Schülerin gar nicht gewohnt. Entsprechend verwundert zog sie ihre linke Augenbraue hoch und hoffte, dass es nur ihre staubigen Bücher waren, die langsam auf sie abfärbten.

»Kann er kämpfen?«, fragte Angel argwöhnisch und gleichzeitig so taktlos, wie Cassidy es inzwischen am liebsten hatte. Etwas erleichtert darüber, dass Angel ihre Prioritäten richtig setzte und das Thema für den Moment beiseiteschob, nickte sie bestätigend.

»Gut. Dann darf er heute Nacht Wache halten«, entschied Angel mit ernster Miene. Zur selben Zeit war Caiden ans Lagerfeuer zurückgekehrt und blickte sie an wie ein getroffener Hund. Einspruch gegen Angels Anweisungen waren aber so gut wie aussichtslos. Daher fügte er sich notgedrungen dem Befehl.

Kaum war die Sonne hinter dem Horizont verschwunden, legten sich Angel und Cassidy auf den Kirchenstufen schlafen und ließen Caiden mit seinen Gedanken allein. Die Müdigkeit nach der langen Fahrt war kein großes Problem für ihn. Seine Erinnerungen an das tragische Ende von Silver Valley hielten ihn wach. Immer wieder stellte er sich die gleiche Frage: *Warum?* Warum hatte Faith Victor ermordet und damit nicht nur das Schicksal der Freien Enklaven besiegelt, sondern sie beide zu Flüchtlingen gemacht?

»Vergiss, dass du mich je gekannt hast!«, waren ihre letzten Worte gewesen. Wie konnte er, nach allem, was sie zusammen durchgestanden hatten? Schon kurz nach seiner Versklavung durch die Vultures war er ihr aufgefallen; als unbeugsamer Bauernlümmel, der sich ohne Furcht auf die Mörder seines Vaters stürzte. Zehn Männer schlugen ihn daraufhin zu Boden und traten

immer wieder auf ihn ein, bis Dog dazwischenging. Sie stand direkt hinter ihm - mit zwei funkelnden Klingen in den Händen, bereit, jeden Widerstand im Keim zu ersticken. Faith, die dunkelhäutige Amazone, von der niemand so recht wusste, woher sie gekommen war. Angeblich hatte sie sich eines Nachts in die Festung geschlichen, dem sadistischen Anführer Eric eines ihrer unzähligen Messer an den Hals gehalten und um Aufnahme gebeten. Nun genügte ihr bedrohlicher Anblick allein, um die Vultures eingeschüchtert zurücktreten zu lassen.

An diesem Tag machte Dog ihm das Angebot seines Lebens: Beitritt oder Sklavenarbeit bis zum Tod. Mit diesen Worten wendete er sich ab, ohne Caiden auf die Beine zu helfen. Faith ließ ihre blitzenden Klingen zurück in ihre Lederscheiden gleiten und folgte ihm. Beinahe verängstigt machten ihnen die Vultures Platz und dachten nicht mal im Traum daran, sich noch einmal auf den am Boden liegenden Sklaven zu stürzen. Das verschwommene Bild der davonschwebenden Amazone hatte sich in Caidens Gedächtnis eingebrannt.

Während des darauffolgenden Treffens mit Eric lehnte Faith an der Wand hinter dem Anführer und ließ Caiden nicht aus den Augen. Fast schien es ihm, als fand sie Gefallen an seiner Bedingung, der Hinrichtung der Mörder seines Vaters, welcher der Riese mit seiner blonden Lockenmähne lachend zustimmte. Als Dog den Befehl zur Festnahme der Schuldigen gab, stürzten sich ihre vorherigen Kameraden wie Hyänen auf die beiden Todgeweihten. Caiden ließ sie auf eine provisorische Arbeitsplattform oberhalb der Festungsmauer führen. Genauer gesagt, einem einzelnen Holzbrett an zwei Seilen. Zu seiner Linken stand Dog, die Arme vor der Brust verschränkt. Erics rechter Hand war der aufgeregte Junge äußerst sympathisch und erinnerte ihn an eine gewisse lateinamerikanische Sklavin, die vor vielen Jahren ein ähnliches Exempel an ihren Peinigern statuiert hatte. Von der anderen Seite reichte Faith ihm einen blitzenden Kampfdolch, mit dem Caiden das Seil des Flaschenzugs durchtrennen sollte, an dem das dünne Brett gut zehn Meter über der Erde schwebte.

Auf dem Boden vor der Mauer hatten sich im Laufe der Zeit Unmengen von Stahlbetonresten angesammelt, deren herausragende Eisenstangen jeden unachtsamen Schritt bitter bestraften. In seiner Euphorie dachte Caiden nicht einen Moment an Gnade, zumal die Leiche seines Vaters noch immer in der heißen Nachmittagssonne ausblutete. Der Blick seines angeschwollenen linken Auges traf sich mit Faith, die ihn skeptisch abzuschätzen schien, als würde sie seine Absichten in Frage stellen. Der Mord rückte zunehmend in den Hintergrund. Vielmehr wollte er ihr seine Entschlossenheit beweisen, als er an dem drei Finger dicken Seil zu schneiden begann.

Faiths Klinge war ungeheuer scharf und glitt durch das Tau wie ein heißes Messer durch Butter. Viel schneller als erwartet kreischten die beiden Vultures auf und stürzten mit dem Gesicht voran in die Tiefe. Um ein Haar hätte Caiden den Moment des Triumphs verpasst. Seine Opfer wanden sich schreiend am Boden, bis sie nach ein paar Minuten nur noch hilflos wimmerten. Die Vultures um ihn herum klatschten Beifall und machten sich über ihre sterbenden Kameraden lustig, während Faith ausdruckslos ihren Kampfdolch zurückverlangte. Nach einem letzten Blinzeln mit verschränkten Armen folgte sie Dog beim Abstieg von der Mauer. Caiden wollte ihr nachgehen und unzählige Fragen stellen, doch er wurde von den Männern umzingelt, die ihm nun anerkennend auf die Schulter klopften und in ihren Reihen aufnahmen. Euphorisiert von seinem Sieg und der plötzlichen Achtung, die er sich jahrelang in seinem Heimatdorf gewünscht hatte, ließ er sich davon mitreißen.

***

Wachsam suchte Caiden den Horizont von Temple Town mit zusammengekniffenen Augen ab. Die Sicarii mussten von diesem Ort wissen, genau wie die Vultures. Warum wählte Angel die alte Ruinenlandschaft als Rastplatz aus? Legte sie es auf eine Konfrontation an, oder rechnete sie damit, dass die Invasionsarmee sie überall, nur nicht hier suchen würde? Cassidy hatte ihren Bruder vor den hin und wieder ungewöhnlichen Strategien ihrer Ausbilderin gewarnt. Wer sonst hätte seinen Todfeind um Hilfe bei einer Rettungsmission gebeten? Zumindest war das Lagerfeuer bei Einbruch der Dunkelheit von ihr gelöscht worden.

Zwei Stunden vor Sonnenaufgang schreckte Angel plötzlich hoch. Seufzend rieb sie mit den Händen über ihr verschmutztes Gesicht und lehnte sich an die Kirchenmauer, an der vor fünf

Wochen Kim die Nacht verbracht hatte. Caiden trat aus der Ruine heraus und hockte sich ausdruckslos neben sie.

»Alles in Ordnung?«, murmelte er abwesend. Angel schien noch nicht ganz wach zu sein und zuckte überrascht zusammen.

»Ja ...«, versuchte sie sich selbst zu überzeugen. »War nur ein verrückter Traum.«

Caiden brummte eine Bestätigung und wollte seine Patrouille fortsetzen, da hielt Angel ihn zurück.

»Willst du dich nicht ein paar Stunden aufs Ohr legen? Ich kann ohnehin nicht mehr schlafen«, bot sie ihm an. Inzwischen machte sich seine Müdigkeit deutlich bemerkbar. Sichtlich erleichtert, nicht länger mit seinen Erinnerungen alleingelassen zu werden, nickte er Angel zu und legte sich in den warmen Schlafsack neben seine Schwester.

Noch immer etwas benommen torkelte Angel zum Humvee und kramte vorsichtig in ihrem beigefarbenen Armeerucksack. Sie hatte Cole nicht alle Sprengsätze mitgegeben. Eine Handvoll von Victors explosiven Spielzeugen behielt sie für sich. Angel wusste nicht, was sie in Brackwood erwarten würde, aber die baufälligen Ruinen, in denen die Sicarii bei Nacht schliefen, waren ihr gut in Erinnerung geblieben. Ein paar vorteilhaft platzierte Ladungen konnten Angels zahlenmäßige Unterlegenheit im Fall der Fälle zu ihren Gunsten ausgleichen. Sie plante weit mehr als eine simple Aufklärungsmission.

***

Im Morgengrauen erwachte Cassidy mit gewohnt spröden Lippen, die ihr bei Ausflügen in die Wildnis schon immer ein Dorn im Auge gewesen waren. Schlaftrunken krabbelte sie auf allen Vieren die Kirchentreppe hinauf, wo sie ihre Wasserflasche abgestellt hatte. Inmitten der Lichtstrahlen, die durch die zerstörten Mosaikfenster fielen, erblickte sie Angel, die in der schummrigen Morgendämmerung zu tanzen schien. Erst bei genauerem Hinsehen erkannte Cassidy die flüssigen Bewegungen als anmutige Dehnungsübungen, mit denen sie ihr morgendliches Nahkampftraining begann. Angel hatte das Oberteil ihrer Uniform und die löchrige Kevlarweste abgelegt. Als sie für einen Augenblick ins direkte Sonnenlicht trat, ließen Cassidy die tiefen

Narben auf ihrem nackten Rücken instinktiv durch die Zähne zischen. Angel unterbrach ihre Übungen und hockte sich zu ihrer schockierten Freundin.

»Auch dir einen guten Morgen!«, versuchte sie ihre junge Schülerin aufzuheitern.

»Was haben die mit dir gemacht?«, fragte Cassidy mit ungläubigen Augen. In einer Mischung aus morbider Faszination und Neugier hätte sie die tiefen Wunden um ein Haar berührt, aber bevor sie die Chance dazu erhielt, stand Angel mürrisch auf und holte ihre Kleider.

»Im Vergleich zu deren Schicksal? Nicht viel«, schallte es von den Wänden des alten Kirchengemäuers, ehe sie zum Eingang zurückkehrte. »Erinnerst du dich an die Geschichte von Stellas Kühlerfigur in Form eines Schädels? Die meisten Narben sind von dem Bastard, dem die Rübe mal gehört hat. Ich hab dir doch erzählt, wie wir die Knochen ausgekocht haben, oder?«

Auf einen Schlag erübrigten sich weitere Erklärungen. Cassidy stürzte die Kirchentreppe hinunter am Lagerfeuer vorbei und erbrach kreidebleich die Reste des Abendessens. Caiden war inzwischen erwacht und sah seiner Schwester besorgt hinterher, bis Angel aus dem alten Gemäuer heraustrat und schadenfroh meinte, »Tja, ich schätze sie weiß, wie man eine gute Suppe kocht.«

Nach einem derartig unappetitlichen Morgengruß hielt sich das Frühstück in überschaubaren Grenzen. Schon fünfzehn Minuten später holperte der schwere Geländewagen aus der Ruinenlandschaft heraus, was Cassidy nicht unbedingt dabei half, wieder Farbe ins Gesicht zu bekommen. Den ganzen Tag lang warf sie ihrer hinterhältigen Ausbilderin giftige Blicke zu, die sich über jeden einzelnen zu amüsieren schien.

***

Nach großzügigen Erholungspausen erschien in den späten Nachmittagsstunden der riesige schwarze Fleck namens Black Forrest am Horizont, den Angel vor zwei Wochen schon einmal auf der Suche nach ihrer Schülerin durchquert hatte. Die beiden Geschwister sahen die verbrannte Waldfläche von den Ausmaßen eines kleinen Landes dagegen zum ersten Mal aus der Nähe. Mit dem Zusammenbruch der Zivilisation verschwanden auch die organisierten Feuerwehren. Unscheinbare Brandherde entwickelten sich innerhalb von Tagen zu unaufhaltsamen Feuerwalzen, die Menschen, Tiere und ganze Städte verschlangen. Black Forrest war ein Massengrab der vorzeitlichen, selbsternannten Hochkultur. Ein Symbol für den unbeschreiblichen Verlust von Leben, der sich binnen weniger Jahre überall auf der Welt ereignet hatte.

Bei ihrem letzten Besuch zwang Angel die Eile den unheimlichen Forst bei Nacht zu durchqueren, aber das wollte sie den eingeschüchtert aus den Fenstern blickenden Geschwistern ersparen. Außerdem benötigten sie alle drei eine Rast, weshalb Angel sie zu einer alten Blockhütte am Rande des Waldes führte, die von den Rangern als versteckter Rastplatz vor dem Niemandsland errichtet worden war. Die verkohlten Balken der Außenverkleidung stellten eine perfekte Tarnung zur verbrannten Umgebung dar und mit Hilfe einer mattschwarzen Kunststoffplane wurde auch der treue Humvee nahezu unsichtbar.

Im Inneren erwarteten sie harte Holzpritschen ohne jeglichen Komfort, die aber kombiniert mit den dazugehörigen Stoffdecken einen angenehmen Unterschied zum unbequemen Steppenboden darstellten. Bei näherer Betrachtung im Taschenlampenlicht fiel jedoch die allgemeine Unordnung der Hütte auf.

»Jemand hat in meinem Bettchen geschlafen!«, kommentierte Cassidy das offensichtliche Durcheinander.

»Jemand hat aus meinem Becherchen getrunken!«, stimmte Caiden mit ein, woraufhin die Geschwister gemeinsam lachen mussten.

Angel fand die Aussicht auf unangemeldeten Besuch alles andere als amüsant und zückte ihre Pistole.

»Ihr bleibt hier!«, befahl sie mürrisch, verließ das Haus und schlug hinter sich die Tür zu, als wolle sie von weiteren Kommentaren der beiden verschont bleiben. Caiden und Cassidy verging das Gelächter jedoch augenblicklich, als sie den Zettel sahen, der mit einem rostigen Messer an die Innenseite der Tür genagelt worden war. Er zeigte eine symbolisch aufgemalte Sonne, die die Herrschaft über die Erde verlangte. Eine Vielzahl unwürdiger Strichmännchen lag tot auf dem Boden verteilt. Dazwischen kniete eine kleine Gruppe Männer, um deren Köpfe sich eine Schlange gelegt hatte und die zu dem brennenden Stern am Himmel beteten.

»Snakes«, kommentierte Angel knapp die Skizze, nachdem sie von den Geschwistern zurückgerufen worden war, und schleuderte das Papier zusammengeknüllt aus dem Fenster. »Diese Spinner haben mir gerade noch gefehlt.«

Unwillkürlich griff Cassidy nach der längst verheilten Schussverletzung an ihrem Hals, die sie im Gefecht mit den Schlangenanbetern in Temple Town erlitten hatte.

»Die waren aber nicht erst gestern hier«, versuchte Caiden sie zu beruhigen. »Bei dem ganzen Staub auf den Tischen und Bänken muss das einige Wochen her sein.«

»Black Forrest ist eine einzige Dreckschleuder«, erwiderte Angel kopfschüttelnd, jedoch nicht, ohne eine gewisse Anerkennung für seine Beobachtungsgabe in ihrer Stimme mitschwingen zu lassen. »Jeder noch so kleine Windhauch verteilt den Ascheteppich kilometerweit.«

Nachdem sie die kalte Feuerstelle und den Grillrost untersucht hatte, fügte sie aber erleichtert hinzu, dass die religiösen Fanatiker schon vor einigen Tagen weitergezogen sein mussten. Wahrscheinlich waren sie genau wie die Ranger auf der Flucht vor den Sicarii. Ein großes Feuer blieb aufgrund des weithin sichtbaren Lichts dennoch außer Frage. Angel erlaubte lediglich ein paar Kerzen zu entzünden, mit denen sie sich etwas Tee und drei Tassen von Marthas berühmter Hühnerbrühe aufwärmten.

Die Nacht verlief ruhig. Der tote Wald war bekannt für seine lähmende Stille, die einem die Luft abzuschnüren schien. Jedes noch so leise Knistern verwandelte sich schnell in eine feindliche Armee oder ein blutrünstiges Monster direkt vor der Tür. Dazu gesellten sich die ganz persönlichen Erinnerungen, die in der Dunkelheit die Kontrolle über das Unterbewusstsein an sich rissen.

Angel erwachte mehrfach beim Anblick des explodierenden Wüstenschlachtschiffs und Caiden wurde abermals von Faiths Mord an Victor verfolgt. Cassidy plagte das Trauma ihrer Entführung durch die Sicarii. Nicht mal während der Gangüberfälle auf ihr Dorf hatte sie sich derart schutzlos und verletzlich gefühlt. Caiden war immer für sie da gewesen. In Brackwood war sie allein unter Fremden, die zwei Tage lang nichts anderes zu tun hatten, als sich die schlimmsten Zukunftsszenarien auszumalen. Ohne Jesse hätte sie vermutlich einen Nervenzusammenbruch erlitten.

Der Morgen stellte für alle drei die herbeigesehnte Erlösung ihres halbwachen Alptraums dar. Nach einem kurzen Frühstück aus Zwieback und zum zweiten Mal aufgebrühten Teebeuteln steuerte Angel den schweren Humvee in den unheimlichen Black Forrest hinein. Insgeheim war Cassidy froh, den Geländewagen in dem Massengrab nicht selbst steuern zu müssen, ließ aber trotzdem schmollend Kritik an der Entscheidung verlauten.

Den ganzen Tag über stand Caiden im Geschützturm; jederzeit bereit einen eventuellen Hinterhalt zu vereiteln, während seine Schwester durch die Heckklappe nach heimlichen Verfolgern Ausschau hielt. Angel wählte diesmal eine alternative Route und vermied die vorzeitlichen Hauptverkehrsadern. In dem lückenlosen Ascheteppich auf den Nebenstraßen hätten andere Fahrzeuge oder Wanderer deutliche Spuren hinterlassen und würden sie so vor möglichen Fallen warnen. Diese äußerst langsame Art des Reisens vergrößerte natürlich auch das Risiko sich zu verirren, weshalb Angel regelmäßige Pausen zur Orientierung einlegte.

Die zähen Stunden der unbequemen Fahrt forderten einen hohen Tribut. Millionen von kleinsten Aschepartikeln ließen die Augen tränen und brannten im Hals. Angel ertappte sich dabei, wie sie ihre Augen immer länger geschlossen hielt und manchmal erst im letzten Moment die Kurve bekam. Sie musste etwas unternehmen, um die lähmende Stille zu lindern.

»Hier soll es passiert sein«, sagte sie zur Nachmittagszeit und blickte Ausschau haltend aus den Fenstern. Der Humvee kämpfte sich gerade durch ein in Flammen aufgegangenes Sägewerk, das der Feuersturm bis auf die Grundmauern niedergebrannt hatte. Nur die schweren Maschinen hatten dem Brand trotzen können und ihre verkohlten Sägeblätter erhoben sich wie Mahnmale aus den Ruinen.

»Was denn?«, fragte Cassidy.

»Hier hat Cole angeblich die Bewohner von Black Forrest getroffen.«

»Hier leben Menschen!?«, wunderte sich Caiden und steckte dazu seinen Kopf durch das Turmluk.

»Mh-hm«, nickte Angel. »Nachdem Dog ihn aus den Vultures verbannt hatte, musste er Black Forrest durchqueren, um unser Territorium zu verlassen, bevor ihn seine Späher einholen würden.«

»Wieso hat Dog ihn eigentlich rausgeworfen?«, fragte Caiden.

»Das ist eine lange Geschichte«, wiegelte Angel ab. »Viel wichtiger ist, dass er mit gebrochenen Beinen und leerem Tank unterwegs war. Angeblich haben ihn die Menschen von hier wieder gesund gepflegt und vor den Vultures geschützt, bis er seinen Weg fortsetzen konnte.«

»Dann scheinen die doch ganz nett zu sein«, sagte Caiden und entspannte sich etwas am Dachgeschütz.

»Mh-hm«, bestätigte Angel seine Einschätzung und schwieg, bis Cassidy sich von der Rückbank nach vorn lehnte und ihr Bruder ebenso neugierig durch das Dach blickte. »Naja ... die wollten von ihm eine gewisse ... Bezahlung. Nur sind die Bewohner von Black Forrest Überlebende des großen Feuers, das diese Gegend zerstört hat.«

»Wie haben die das geschafft?«, wunderte sich Cassidy.

»Vielleicht gibt's hier alte Bunkeranlagen«, vermutete Caiden.

»Niemand weiß, wie sie überlebt haben. Darüber sprechen sie nicht. Aber man erkennt sie sofort, denn sie sehen aus ...« Angel holte so tief Luft, wie es ihre gereizten Lungen gestatteten, und zeigte aus dem Fenster. »... wie der Wald selbst. Schwarze, verkohlte Haut und aschfarbenes Haar. Ihre Kleidung hat sich in ihr Fleisch gebrannt, so dass sie sie seit Jahrzehnten nicht ablegen konnten. Wer sie einmal gesehen hat, beschreibt sie als bis zur Unkenntlichkeit entstellte Kreaturen. Als Monster, wie sie nur aus einem grausamen Märchen stammen können. Darum waren sie mindestens ebenso froh, dass Cole sich in ihrem Wald verirrt hatte, wie er, dass ihm jemand half. Um seine Schuld zu begleichen, musste er ...« Angel unterbrach ihre Erzählung abermals und schluckte schwer, als würde sie es kaum übers Herz bringen, Coles dunkelstes Geheimnis auszuplaudern. »Musste er mit jeder ihrer hässlichen Frauen ein Kind zeugen, damit ihre zukünftige Generation ein besseres Leben außerhalb dieses unheimlichen Massengrabs führen könnte.«

Weder Cassidy noch ihr Bruder gaben einen Laut von sich. Beide blickten fassungslos auf die missgebildeten Bäume am Wegesrand und versuchten sich auszumalen, wie die Bewohner von Black Forrest aussahen. Als sie ihre Gedanken weitertrugen und sie schon fast bei der Stelle angelangt waren, bei der es um

Coles Bezahlung seiner Schulden ging, hörten sie Angel plötzlich leise lachen.

»Das ist doch nie passiert!«, rief Caiden empört vom Dach herein.

»Hier lebt in Wahrheit niemand, oder?«, fragte Cassidy zögerlich.

»Nein!«, erwiderte Angel und wischte sich beim Anblick ihrer schockierten Schülerin eine Träne aus dem Auge.

Cassidy verzog mürrisch das Gesicht und setzte sich trotzig auf die Rückbank, ohne noch ein weiteres Mal aus dem Heckfenster zu sehen. Auch Caiden sicherte das Dachgeschütz und lehnte sich betont entspannt zurück. Keiner von beiden wollte sich noch länger von Angels Geistergeschichten einschüchtern lassen. Und trotzdem genügte schon ein kurzer Tritt auf die Bremse oder ein argwöhnisches Stirnrunzeln, um die Geschwister in der unheimlichen Gegend wieder in höchste Alarmbereitschaft zu versetzen.

Eine Stunde vor Einbruch der Abenddämmerung tauchte endlich der langersehnte Waldrand am Horizont auf. Erleichtert tauschte Angel mit Cassidy die Plätze und konzentrierte sich auf die Suche nach einem geeigneten Rastplatz. Da sie sich nun in ehemaligem Vulturegebiet befanden, beteiligte sich Caiden am Studieren der Karten. Sein erster Einsatz fand in dieser Gegend statt und er erinnerte sich an eine verlassene Farm, die Faith und ihm Schutz vor den überraschend angreifenden Sicarii geboten hatte.

Als die Sonne sich langsam dem Horizont näherte und sich die Temperatur auf ein erträgliches Maß reduzierte, erreichten sie die Überreste des alten Gutshofs. Angel gefiel das verrottete Herrenhaus, da es sich hervorragend vom Dachboden aus verteidigen lassen würde. Bei näherer Betrachtung offenbarten sich unzählige Einschusslöcher, kürzlich zerstörte Möbel und frisch zerbrochene Fensterscheiben. Caiden erklärte ihnen, dass Faith und er an diesem Ort zum ersten Mal auf die Sicarii getroffen waren. Im Glauben daran, dass lediglich eine der Scavengergruppen aus den Großstädten den Aufstand probte, verbrachten sie hier die Nacht, um am nächsten Tag in den nördlichen Vulturelagern nach dem Rechten zu sehen. Ursprünglich sollten Faith nur drei erfahrene Männer begleiten, aber Dog hielt es für klug, ihr *den*

Neuen mitzugeben, auf dass er von ihr lernen würde. Außerdem schien sie während seines schmerzhaften Sklavenaufstands sehr von ihm angetan gewesen zu sein. Umsomehr wunderte es den Hünen, dass sie auf einmal vehement gegen diese sogenannte Zusatzbelastung protestierte. Dogs Entscheidung stand jedoch fest und dementsprechend frustriert nahm sie den neuen Rekruten mit in die Wüste.

Den ganzen Tag lang hatten sie nicht ein Wort gesprochen und Caiden begann allmählich, die Schuld für ihren unvorhersehbaren Sinneswandel bei sich selbst zu suchen. Als bei Einbruch der Nacht auch noch ein Sandsturm über der Steppe aufzog, schlugen sie ihr Lager im Schutz des Dachbodens auf. Die erbarmungslose Naturgewalt beschränkte die Sicht außerhalb des Herrenhauses auf wenige Meter. Wie aus heiterem Himmel befahl Faith plötzlich, dass Caiden mit seinen neuen Kameraden den Schlafplatz bewachen sollte, während sie einem Geräusch aus der Umgebung nachgehen wollte. Cassidys Bruder vermochte sich beim besten Willen nicht vorzustellen, wie sie innerhalb des heulenden Sturms etwas anderes als den Wind hören konnte. Da sein verletztes Auge und der dicke Verband um den Kopf aber noch immer seine Sinne trübten und er, genau wie die übrigen Vultures, ohnehin kein Mitspracherecht hatte, blieb er folgsam nickend zurück.

Mit jeder verstreichenden Minute wurde er unruhiger, doch ohne Uhr ließ sich die Zeit nur schwer einschätzen. Nach einer gefühlten halben Stunde hielt Caiden es nicht mehr aus und wollte sie suchen gehen, obwohl ihm die anderen Männer mit deutlichen Worten davon abrieten.

Im tosenden Sandsturm konnte er kaum etwas erkennen und schlich sich vorsichtig an der staubigen Außenmauer des Haupthauses zum Buggy, wo er Faith am ehesten vermutete. Der Motor war kalt und Faith nirgends zu sehen. Nach ihr zu rufen war inmitten des Sturms ebenfalls zwecklos. Als er schon beinahe erfolglos den Rückweg angetreten hätte, hörte er die nahe Scheunentür im Wind gegen den Türrahmen schlagen. Caiden war sich sicher, dass der Eingang bei ihrer Ankunft mit einem schweren Balken versperrt gewesen war, doch bevor er seiner Vermutung nachgehen konnte, zischten plötzlich Kugeln an ihm vorbei. Seine getrübten Sinne brauchten einen Moment, ehe er den Schusswechsel im Herrenhaus zu orten vermochte und die

Lichtblitze der Feuerstöße durch die zerbrochenen Fenster erblickte.

Ohne lange nachzudenken, lehnte er sich gegen den Sandsturm auf, um seinen neuen Kameraden zu Hilfe zu eilen. Die Vultures hatten das Lagerfeuer gelöscht und seinen Augen fiel es schwer, in der Dunkelheit Freund von Feind zu unterscheiden. Erst das wilde Kampfgeschrei und ziellose Feuern ließ eine eindeutige Identifizierung zu. Die unbekannten Angreifer kämpften im Gegensatz zu den Vultures diszipliniert und vor allem leise. Lediglich Caidens anfängliche Abwesenheit wurde ihnen zum Verhängnis, da sie die zurückgebliebenen Vultures in das Dachgeschoss verfolgten und sie ihm somit den Rücken zukehrten. Mit ein paar gezielten Schüssen aus seiner Pistole streckte er die Sicarii auf kurze Distanz nieder, doch einer der Angreifer schleuderte zuvor noch eine Handgranate die Treppe hinauf, deren Explosion die Nacht kurzzeitig hell erleuchtete.

Sofort wollte Caiden nach seinen Kameraden sehen, da spürte er den kalten Lauf eines Gewehrs auf seinem Genick. Er hatte einen der Sicarii übersehen, der sich in einer dunklen Ecke versteckt hielt. So schnell hatte der frischgebackene Vulture nicht mit seinem Ableben gerechnet und suchte fieberhaft nach einem Ausweg, doch Faith kam ihm zuvor. Ein kurzes, schmerzhaftes Stöhnen und das Geräusch einer rasiermesserscharfen Klinge, die durch blutiges Fleisch getrieben wurde, schon sackte der Mann leblos zu Boden.

»Wo zum Teufel warst du?«, fragte Caiden und wunderte sich selbst über den barschen Ton gegenüber der berüchtigten Killerin. Sie antwortete ihm nicht sondern stieg die Treppe hinauf, um nach ihren Kameraden zu sehen.

Einer der drei Vultures war bereits im Erdgeschoss getötet worden, einen anderen hatte der Sprengsatz augenscheinlich sofort umgebracht. Der einzige Überlebende wies ebenfalls schwerste Verletzungen auf. Unzählige Metallsplitter hatten seinen blutgetränkten Körper durchbohrt und er wand sich vor Schmerz stöhnend auf dem Dachboden. Faith blickte ihren erschütterten Rekruten einen Augenblick lang an. Dann zog sie ohne zu fragen die Pistole aus seiner Hose und versetzte dem Vulture einen Gnadenschuss in den Kopf, ehe sie Caiden die Waffe mit einem selbstverständlichen Gesichtsausdruck zurückgab.

Er erinnerte sich noch lebhaft an die Fassungslosigkeit, mit der er Faith hinterhersah, die scheinbar völlig unbeeindruckt die Treppe hinunterstieg und die Angreifer durchsuchte. Da die meisten Vultures mit geradezu hinterwäldlerischer Ausrüstung ausgestattet waren, freute sie sich über die reichen Gaben der Sicarii. Caiden wies sie sein schwarzes, russisches Sturmgewehr zu, dem letzten Nachfolgemodell der berühmten Kalaschnikow, dessen Präzision und Feuerkraft er schon bald sehr zu schätzen lernte.

Faith hatte nie den Anschein erweckt, etwas mit dem Überfall zu tun gehabt zu haben. Eine knappe Erklärung an Dog mit der Aussage, dass, wer auch immer die Vultures angreifen würde, seinen Weg gen Süden fortsetzte, war alles, was sie zu dem Vorfall zu sagen hatte. Durch ihren Mord an Victor rückten die Ereignisse jedoch in ein gänzlich anderes Licht.

Caiden hatte sich erneut für die Nachtwache einteilen lassen und stahl sich auf den Spuren von Faith davon, als er überzeugt war, dass Angel und Cassidy schliefen. Die im Sandsturm gegen die Lagerhalle schlagende Holztür war sein erstes Ziel. Sein Gedächtnis hatte ihn nicht im Stich gelassen. Noch immer lag das schwere Kantholz neben dem Eingang, das sich keinesfalls von selbst gelöst haben konnte.

Im Inneren der Scheune stapelten sich alte Strohballen, in denen wahrscheinlich unendliche Kolonien von Krabbeltieren ein zu Hause gefunden hatten, weswegen Caiden sie vorerst ignorierte. Stattdessen leuchtete er mit seiner Taschenlampe auf der Suche nach Auffälligkeiten an den Wänden entlang. Zwischen einer Vielzahl von verrotteten Overalls, wie sie bei Farmarbeitern üblich gewesen waren, entdeckte er eine kleine schwarze Ledertasche. Zwar war das hochwertig wirkende Etui verstaubt wie alles andere in der Scheune, wirkte jedoch völlig deplatziert. Vorsichtig öffnete Caiden die im Taschenlampenlicht glänzende Silberschnalle und zog einen zusammengefalteten Briefumschlag heraus, der mit einem Wachssiegel verschlossen worden war. Das Siegel zeigte den Kopf einer Frau mit verbundenen Augen. Aus irgendeinem Grund kam ihm dieses Symbol bekannt vor, doch er konnte es beim besten Willen nicht zuordnen.

Jade,

Infiltration erfolgreich. Vultures liegen in Stellungskrieg mit einer Gruppe namens Ranger. Situation aussichtslos. Oberhaupt Eric unangefochten, brutal, primitiv. Empfänglich für Phase 2. Eliminierung alternativer Anführer und Schwächung der Moral erforderlich. Zerstörung des sogenannten Flaggschiffs ‚STELLA' sollte genügen. Zugriff auf Befehlshierarchie möglich. Erwarte uns im Planquadrat SC13.

Lang lebe das Imperium,
Faith

Die Nachricht traf Caiden wie ein Dolchstoß mitten ins Herz. Am liebsten hätte er das Blatt Papier auf der Stelle zerrissen und verbrannt. Das war der Beweis, nachdem er gesucht hatte! Sämtliche Hoffnungen, dass seine Freundin vielleicht zu ihrem Verrat gezwungen worden war, fielen zusammen wie ein instabiles Kartenhaus inmitten eines Sandsturms. Damit nicht genug: Die versteckte Flaschenpost bewies eindeutig, dass Faith den Sattelschlepper mitsamt ihm und Dog in eine Falle führen wollte. Doch was bedeutete Phase zwei, für die Eric angeblich empfänglich sei? Und warum musste Dog zuvor aus dem Weg geräumt werden?

Auf dem Rückweg zum Lagerplatz fühlte Caiden, wie das sorgfältig zusammengefaltete Papier in seiner Brusttasche immer schwerer wurde. Die brennende Frage, ob er seiner Schwester davon erzählen sollte, ließ ihn den aufrecht stehenden Schatten neben der Treppe zum Obergeschoss vollkommen übersehen.

»Wir zwei haben sehr unterschiedliche Ansichten über die Durchführung einer Nachtwache«, tadelte ihn eine leicht kratzige Stimme aus der Dunkelheit. Erschrocken riss Caiden sein russisches Sturmgewehr hoch und zielte in die Richtung der Silhouette, bis er Angels misstrauisches Gesicht im Licht seiner Taschenlampe erkannte, die mit verschränkten Armen auf ihn zu stolzierte. »Hast du gefunden, wonach du gesucht hast?«

So schnell hatte er nicht mit einem Verhör gerechnet. Sofort fielen ihm Dogs Horrorgeschichten über die allzu konventionellen Foltermethoden der legendären Vulturekommandeurin ein.

Insgeheim hoffte er auf Rettung durch seine Schwester, vor deren Augen Angel ihm wohl kaum die Fingernägel ausreißen würde.

»Nein. Es waren vielleicht doch nur Scavenger«, antwortete er kopfschüttelnd und versuchte, seine innerlich bebende Stimme so ruhig wie möglich wirken zu lassen. Der Zettel drückte dabei mit dem Gewicht eines Schmiedeambosses auf seine Brust. Als Angel auch noch um ihn herum schlich und argwöhnisch seine Körperhaltung musterte, stellten sich seine Nackenhaare auf und er wäre am liebsten davongelaufen.

»Du solltest jetzt schlafen gehen«, befahl sie flüsternd. Nickend wendete Caiden sich ab und spürte, wie ihn misstrauische Blicke die Treppe hinauf verfolgten. Kaum war er auf dem Dachboden außer Sichtweite, wischte er sich leise keuchend den Angstschweiß von der Stirn und betete innerlich, dass Angel seine Anspannung in der Dunkelheit nicht bemerkt hatte. Von nun an würde er die verräterische Botschaft nicht mehr aus der Hand legen, bis er in Brackwood ein paar Antworten erhalten hätte.

3 - REVANCHE

Mit den ersten Sonnenstrahlen rief Angel die Geschwister zum Frühstück. Caiden empfand ein Gefühl der Dankbarkeit, nicht länger mit seinen Gedanken allein zu bleiben. Er hatte ohnehin kaum ein Auge zugetan. Cassidy hingegen wehrte sich standhaft gegen den viel zu frühen Morgengruß, bis Angel ihr damit drohte, den Humvee nicht mehr fahren zu dürfen.

Im Licht der Morgensonne erstrahlte der verlassene Gutshof mit seinen weitläufigen Feldern und Weiden beinahe wieder in alter Pracht, auf denen so weit im Norden seit über zwanzig Jahren unkontrollierter Wildwuchs herrschte. Ein holpriger Trampelpfad, der wohl noch von Pferdekutschen angelegt worden war, führte den mürrisch grollenden Geländewagen kurz darauf zurück zur asphaltierten Hauptverkehrsstraße in Richtung Brackwood. Den ganzen Tag lang behielt Angel den Himmel im Auge, immer auf der Suche nach unbemannten Aufklärungsdrohnen, die ihre Ankunft vorzeitig verraten könnten. Der Krieg zwischen Sicarii und Vultures war mit Sicherheit noch nicht entschieden und die Gegend daher äußerst gefährlich. Umsomehr wunderte es Angel, dass sie auf keinen einzigen Nachschubkonvoi stießen. Eine Belagerung des massiven Gefängniskomplexes, den die Vultures zur Festung ausgebaut hatten, dürfte selbst mit Hilfe moderner Infanterieartillerie eine Weile dauern.

Unbehelligt und hoffentlich unbemerkt jagte Cassidy den schweren Humvee stundenlang durch die leblose Einöde, die nur selten von Fernfahrerrasthöfen oder Abzweigungen in verlassene Großstädte unterbrochen wurde. Ihr war äußerst unwohl beim Gedanken an eine Rückkehr nach Brackwood, wo sie die Sicarii zwei Tage lang in ein dunkles Kellerverlies gesperrt hatten. Besonders die jungen und attraktiven Frauen von Eagle Village waren schnell der Panik verfallen und fürchteten Vergewaltigungen, wie sie bei den Vultures und anderen Gangs häufig vorkamen. In der Tat beäugten die Wärter sie ständig mit lüsternen Blicken, tauschten anzügliche Bemerkungen aus und drohten bei Ungehorsam mit allerlei kreativen Züchtigungs-maßnahmen; und doch hatten sie es nie zum Äußersten kommen lassen. Nachdem sich Jesse unbemerkt durch einen Spalt in der Gefängnistür gequetscht hatte, berichtete er von Gesprächen, in denen sich die Männer vor der Vergeltung seitens ihrer Vorgesetzten fürchteten, sollten sie sich an den Frauen vergehen. Cassidy wurde schon damals bewusst, dass die Sicarii keinem der bekannten Gangprofile entsprachen, die man im Geschichtsunterricht von Silver Valley lehrte. Sie bereute es, Angel nicht davon erzählt zu haben, aber vor einer Woche lagen ihre Prioritäten noch ganz woanders.

Nach der sechsstündigen, beschwerlichen Reise durch die Steppenlandschaft erreichten sie die ersten Vororte von Brackwood im einfachen Holzbaustil, die sich die Natur schon kurz nach dem globalen Untergang vor dreiundzwanzig Jahren zurückerobert hatte. Um nicht denselben Zufahrtsweg wie bei Cassidys Rettung zu nutzen, führte Angel sie auf einem großzügigen Umweg von Norden an die Stadt heran. Kniehohes, gelbgrünes Gras wucherte aus den verlassenen Häusern, deren Überreste den Straßenrand säumten. Häufige Sandstürme hatten die Dächer abgetragen und die oberen Etagen zu Nistplätzen von Raubvögeln werden lassen, die in den Ruinen einen täglichen Kampf um Mäuse und Ratten gegen die herumstreunenden Katzen führten. Tausende zerbrochene Dachziegel knirschten unter den breiten Reifen des schweren Geländewagens, der sich mit majestätischer Behäbigkeit einen Weg durch die verwahrlosten Straßen bahnte. Argwöhnisch betrachtete Angel die zerstörten Fenster und vermutete insgeheim einen Hinterhalt, noch bevor sie die Stadt überhaupt betreten hatten; doch nichts dergleichen geschah. Es schien, als wäre der Krieg schon beendet und die Sicarii weitergezogen.

Gut zwei Stunden vor Einbruch der Abenddämmerung versteckten sie den Humvee im Wohnzimmer einer Doppelhaushälfte, deren Front in Folge einer Explosion des Gastanks im Kellergeschoss herausgerissen worden war. Vom Dachboden aus konnte Angel bereits die Ruinenlandschaft von Brackwood erkennen. Sofort fiel ihr der zusammengestürzte Wohnblock auf, den Victor mit seinem Mörser bei Cassidys Rettungsaktion schwer beschädigt hatte. Ihre erste Vermutung war, dass die Bausubstanz äußerst brüchig gewesen sein musste, so dass das Gebäude kurz darauf von selbst kollabiert war. Das erklärte jedoch nicht die Zerstörung der umliegenden Bauwerke, die von dem Artillerieeinsatz kaum in Mitleidenschaft gezogen worden waren. Ein Blick durch die Zieloptik ihres Gewehrs ließ sie zumindest einige Sicarii entdecken, die gelangweilt auf dem eingezäunten Areal patrouillierten. Die Bibliotheksgewölbe, in denen sie Cassidy gefunden hatte, schienen keine besondere Aufmerksamkeit zu genießen. Daher ging Angel davon aus, dass die verschleppten Bewohner von Silver Valley an einem anderen Ort auf Rettung warteten.

Die beiden Geschwister hatten bereits ihre Ausrüstung angelegt und mussten sich eine halbe Stunde lang in Geduld üben, bis Angel endlich vom Dachboden herabstieg und sie über die Lage informierte. Ihr Adlerauge hatte unterhalb der Ruinen aufgeplatzte Abflussrohre entdeckt, die zum Kanalisationssystem der Stadt gehörten und groß genug schienen, um auf diesem Weg unbemerkt in den feindlichen Stützpunkt einzudringen. Kim hatte bei ihrer Aufklärungsmission mit Faith dieselbe Idee geäußert, doch die südlichen Zugangswege waren von den Sicarii zugeschüttet worden. Angel hoffte im Norden auf etwas mehr Glück, denn ansonsten blieb ihnen nur die gefährliche, oberirdische Infiltration bei Nacht, die sie weder Caiden noch seiner Schwester zumuten wollte.

Vor Einbruch der Dunkelheit stärkten sich die drei mit trockenem Brot und den letzten Kaffeeresten, die ihre Sinne für den riskanten Auftrag schärfen sollten, auch wenn der Effekt nur temporär war und eher als Ritual diente. Wie schon an den Tagen zuvor redeten sie kaum miteinander. Jeder kämpfte mit seinen eigenen Dämonen, die in Brackwood auf sie warten würden.

Cassidy überprüfte ihre Ausrüstung mindestens vier Mal, um keinesfalls wieder in Gefangenschaft zu geraten. Ihr älterer Bruder strich sich nachdenklich über die tiefe Narbe seines linken Auges, die ihn beinahe mehr als alles andere an Faith erinnerte - und dazu unaufhörlich juckte. Die einzige Ausnahme war ihr zauberhaftes Panflötenspiel, das selbst den barbarischen Eric und seine Bande von masochistischen Vultures becircen konnte. Wann immer sie eines ihrer äußerst seltenen Konzerte gegeben hatte, war es in der Festung still geworden. Andächtig setzten sich die Mörder und Vergewaltiger um das Lagerfeuer und lauschten gemeinsam mit ihren Sklaven den melancholischen Tönen aus dem unscheinbaren

Holzinstrument. Caiden war überzeugt, dass Faith ihre Panflöte als eine ihrer tödlichsten Waffen betrachtete. Während des Spielens wirkte sie unglaublich zerbrechlich, so dass sich selbst der ruchloseste Widersacher einen Moment der Schwäche erlauben würde, den sie im richtigen Augenblick auszunutzen wüsste.

Angel versuchte ihre Rache an den Sicarii zu planen, um sich von der mehr als unwahrscheinlichen Hoffnung abzulenken, Dog lebendig wiederzusehen. Noch einmal prüfte sie Victors Sprengladungen, die im unverdienten Ruf standen, entweder zu früh oder gar nicht zu detonieren. Schadenfroh erinnerte sie sich daran, dass sie größtenteils für diesen Ruf verantwortlich war. Es fiel ihr nach wie vor schwer zu glauben, dass Butchs schwerhöriger Bruder gerade ihr verfallen gewesen sein sollte. Warum hatte er nie etwas gesagt? Nicht, dass es ihn irgendwie weitergebracht hätte. Aber zumindest wäre ihm eine geringfügig freundlichere Behandlung zuteilgeworden. Nein - ihr Herz gehörte Dog, seit er es der Red Dragon Gang zusammen mit ihrem Körper entrissen hatte. Selbst Cole war nur ein Spielzeug in ihren Händen gewesen, mit dem sie Dog eifersüchtig machen wollte und zudem ihre eigenen Triebe befriedigen konnte, wenn der Hüne gerademal wieder den Kriegsherren in der Wüste mimte. Nun blieb ihr als einziger Trost der apokalyptische Untergang, bei dem ihr mächtiger Gefährte sein heroisches Ende gefunden hatte; gemeinsam mit General Monroe, dem sie ebenfalls ein würdiges Denkmal zu setzen gedachte. Insgeheim beneidete sie die gefallenen Helden, die auf ewig in den Geschichten beider Seiten weiterleben würden, während sie *den Karren aus dem Dreck ziehen* musste, wie der alte Paul es ausgedrückt hatte.

Kaum war die Sonne hinter dem Horizont verschwunden, banden sich Angel und Cassidy die langen Haare eng am Kopf zusammen, um nicht aufgrund eines zufälligen Windhauchs entdeckt zu werden. Zu dritt schmierten sie sich gegenseitig das Gesicht mit Tarnschminke ein. Anschließend führte Angel die Geschwister im Gänsemarsch durch den Vorstadtdschungel bis zu den Ausläufern des Kanalisationssystems. Das Nachtsichtgerät aus der verfluchten Militärbasis kam ihr dabei sehr gelegen. Butch hatte sie mit einem selbstgebauten Adapter zum Aufladen an der Autobatterie des Humvees versorgt. Cassidy und ihr Bruder mussten sich mit dem spärlichen Licht der abnehmenden

Mondsichel am Himmel begnügen. Je näher sie Brackwood kamen, desto häufiger stoppte Angel ihren geduckten Vormarsch, suchte nach Sicariipatrouillen, die bei Einbruch der Nacht zugenommen hatten, und ließ sie unbehelligt passieren. Weit entfernten diese sich jedoch nie von der Stadt, weswegen Angel froh war, den Humvee einige Kilometer außerhalb des Vorpostens versteckt zu haben.

Nachdem sie sich dem Maschendrahtzaun des Stützpunkts bis auf einhundert Meter genähert hatten, erfuhren sie den Grund für die vielen eingestürzten Gebäude, denn plötzlich begann die Erde unter ihren Füßen zu beben. Eine Patrouille, die gerade auf ihrer Höhe an der Absperrung nach Auffälligkeiten suchte, krallte sich an den Maschen fest, um nicht zu Boden zu stürzen. Dabei fiel ihr Blickfeld genau auf Angels Annäherungsweg.

»Nicht bewegen«, zischte sie den Geschwistern leise zu und erstarrte selbst zur Salzsäule. Caiden lehnte in diesem Moment an einem alten Elektroautowrack und hatte keine Probleme mit dem Befehl. Seine Schwester hingegen hockte zwischen einem gelben Schulbus und einer defekten Werbetafel. Solange sie unbeweglich blieb, könnten die Sicarii sie im schwachen Mondlicht für eine prall gefüllte Mülltüte oder eins der überall herumliegenden Autoteile halten. Verlor sie jedoch die Nerven, und würde versuchen, sich bei ihrem Bruder in Sicherheit zu bringen, wären die zwei vorsichtig herangeschlichenen Kilometer für die Katz gewesen. Angel holte mit sehr langsamen Bewegungen ihr schweres Scharfschützengewehr hervor und legte auf die beiden Männer an. Aufgrund des andauernden Erdbebens bestand nicht der Hauch einer Chance, die Sicarii auszuschalten, bevor sie Alarm auslösen konnten, aber ein paar Schüsse dürften genügen, um zumindest ihre eigene Flucht zu ermöglichen.

Auf einmal hörte das unheimliche Geschaukel so abrupt auf, wie es begonnen hatte. Angel behielt die Patrouille genau im Auge. Nur eine verdächtige Bewegung, ein Fingerzeig in ihre Richtung, und sie hätte beiden eine Kugel mitten durch die Brust gejagt. Zu ihrem Glück schienen sie lediglich über die Naturgewalt zu lachen und ihre scharlachroten Militärbaretts zurechtzurücken, die ihnen bei dem Erdbeben vom Kopf gerutscht waren, ehe sie ihren Weg fortsetzten.

»Wieso haben die mich nicht bemerkt?«, flüsterte Cassidy, die sich schleunigst neben Caiden in Sicherheit gebracht hatte. »Ich stand doch völlig frei!«

»Der Mensch ist ein Bewegungsseher«, erklärte Angel erleichtert und verstaute das Präzisionsgewehr wieder in ihrer Ledertasche. »Wenn du still stehenbleibst und dich wie der Hintergrund verhältst, werden dich ungeübte Beobachter häufig übersehen.«

Nachdem die Patrouille endgültig zwischen den Wohnblöcken verschwunden war, führte Angel ihr kleines Team schnellstmöglich zu den Abwasserrohren. Im ersten Moment stellte sie enttäuscht fest, dass die Sicarii die Nordseite ebenfalls mit Müll und Schutt verstopft hatten, bis ihr eine mannshohe Betonröhre auffiel, die mit einem massiven Stahlgitter verschlossen war. Noch vor einer Woche hätte sich dieser Zugang wohl als unpassierbar herausgestellt, doch die Erdbeben hatten das Gitter im Fundament so stark gelockert, dass es sich ohne große Kraftanstrengung herausreißen ließ.

Im Inneren des jahrhundertealten Kanalisationssystems gab es weder brauchbare Hinweisschilder noch Orientierungspunkte, weswegen Angel ausschließlich ihrem Kompass folgen konnte. Angewidert stieg das ungleiche Kommandoteam über menschliche und tierische Überreste zugleich. Brackwood schien von der Welle der Anarchie während des globalen Untergangs nicht verschont geblieben zu sein. Die weitläufigen Tunnel waren schnell zum Schauplatz blutiger Gefechte zwischen perspektivlosen Jugendgangs geworden, bei denen keine Seite als Sieger hervorgegangen war. Mit Kreide an die Wände gemalte Markierungen warnten vor fremden Hoheitsgebieten, die keinerlei Bedeutung mehr hatten, aber zumindest vom Versuch der Ordnung zeugten. Vermutlich wählten die Sicarii Brackwood als Stützpunkt, weil die ehemaligen Gangs schon lange vor ihnen für einen gewissen Grad an Befestigungsanlagen gesorgt und die Stadt frei von Scavengern gehalten hatten.

Angels Orientierungssinn zufolge sollten sie sich nach einer halben Stunde kurz vor dem Stützpunktzentrum befinden. Sie suchte sich einen Abwasserschacht, der breit genug war, um mitsamt dem Gepäck hinaufzusteigen. Sorgfältig überprüfte sie die Lage mit Hilfe ihres zusammenklappbaren Schminkspiegels.

Direkt neben dem massiven Gullideckel türmte sich ein hoher Berg aus Kleidung und Schuhen auf. Lederjacken mit Gangsymbolen vermischten sich mit Kinderschuhen, flickenübersäten Rangeruniformen, nietenbeschlagenen Armbinden und gewöhnlicher Unterwäsche. Hier waren sie richtig. Doch kaum wollte Angel den schweren Eisendeckel von dem Abwasserschacht wuchten, hörte sie sich nähernde Schritte. Sofort zog sie ihre Hände zurück und deutete den Geschwistern mit ihrem Zeigefinger auf den Lippen, absolut still zu sein. Die beiden hockten sich lautlos an die zerbröckelte Tunnelwand und lauschten mit Angel den Wortfetzen, die von dem Gehweg über ihnen hinunterschallten. Zumindest bestätigte die Ruhe, mit der die Sicarii ihre Patrouille durchführten, dass sie noch nicht entdeckt worden waren.

»Sollten wir nicht allmählich abgelöst werden?«, fragte eine jung und unerfahren klingende Stimme.

»Jetzt mach mal halblang«, konterte sein gelangweilter Kamerad. »Die Nacht hat grade erst begonnen. Ich hab dir doch gesagt, du sollst beim Schweinebraten richtig zulangen!«

»Was ist eigentlich mit dem Konvoi passiert, der aus diesem ... wie nannten die das nochmal, Silver Valley?«

»Die kommen nicht weit«, antwortete der gelangweilte Soldat selbstsicher. »Angeblich haben wir sie heute Morgen auf dem Weg ins Gebirge aufgespürt«

Cassidys Augen versteinerten bei dem letzten Satz, bis sie Angels ausdruckslosen Blick bemerkte. Die abgebrühte Kämpferin starrte nach wie vor mit gespitzten Ohren auf den mit Kanalisationsmüll übersäten Boden, so als wäre nichts geschehen. Wahrscheinlich hatte sie Recht. Kim wegen der Aussage eines dahergelaufenen Nachtwächters abzuschreiben, erschien ihrer Schülerin auf einmal furchtbar naiv.

Angel wartete geduldig, bis sie die beiden ahnungslosen Sicarii außer Hörweite glaubte, ehe sie die Lage erneut sondierte und kurz darauf den schweren Gullideckel mit einem unterdrückten Stöhnen beiseiteschob. Ohne zu zögern führte sie die Geschwister in eine Ruine neben der Straße und schloss anschließend den Abflusskanal, um keine Spuren zu hinterlassen.

Angel erinnerte sich an den etwaigen Aufbau des Stützpunkts, aber die Erdbeben hatten viele Gebäude einstürzen lassen.

Meterhohe Schuttberge aus Stahlbeton, verbogenen Feuerleitern und rasiermesserscharfen Glassplittern blockierten immer wieder aufs neue ihren Weg. Inzwischen waren sie fast am zentral gelegenen Lagerhaus angekommen, das Angel als wahrscheinlichstes Gefängnis betrachtete. Sie rechnete jeden Augenblick mit dem alarmierenden Aufschrei eines Wachpostens, doch vorerst verbarg sie die dunkle Nacht vor allzu neugierigen Blicken. Die Leichtigkeit ihrer Infiltration kam ihr zunehmend suspekt vor, aber beschweren wollte sie sich auch nicht.

Nach zwei weiteren Patrouillen, denen sie geschickt auswichen, erblickten sie die Überreste des Sicariibunkers, von dem aus Johnny so schwer verletzt worden war und den Victor kurz darauf mit seinem Mörserbeschuss zerstört hatte. Angel stoppte den Vormarsch und ließ Cassidy mit Hilfe einer Räuberleiter das erste Stockwerk eines der angrenzenden Wohnhäuser vor dem ehemaligen Stadtpark erkunden. Zu ihrer Erleichterung erwies es sich als völlig unbewohnt. Aufgrund der befohlenen Funkstille erschien sie ein paar Minuten später im Treppenhaus und winkte ihr Team herein.

Das Zentrum des Stützpunktviertels bestand neben der östlichen Lagerhalle aus fünfstöckigen Wohnblöcken, die sich um den inzwischen mit Artilleriekratern entstellten Park wanden. Die pastellfarbenen Fassaden wiesen hunderte Einschusslöcher auf und ließen darauf schließen, dass die Kleinstadt schon lange vor den Endzeitkonflikten heftigen Gefechten ausgesetzt gewesen war. Mit großer Wahrscheinlichkeit lag hier der Ursprung einer der vielen Gangs, die später in die klimaveränderte Steppe zogen und ihr eigenes Territorium zu besetzen begannen.

Die Sicarii hatten rund um den zerstörten Bunker Lagerfeuer angelegt, die die ausgeblichenen Hausfassaden in einem warmen, nahezu beruhigenden Licht flackern ließen. Ein paar Schritte weiter westlich neben den Betonüberresten reihten sich hölzerne Sitzbänke im Kreis um eine ungleich größere, aber erloschene Feuerstelle. Genau wie der Rest des Stützpunktzentrums waren sie, bis auf ein einzelnes Paar Beine, das vor dem Schutthaufen herausragte und vermutlich zu einem schlafenden Sicarii gehörte, völlig menschenleer.

Nach und nach suchte Angel das gesamte Areal mit ihrer Zieloptik ab, immer auf der Suche nach einer Art Kommandozentrale, die sie infiltrieren, oder einem Gefängnis, deren Insassen sie befreien könnte. Gerade als sie die abgedunkelten und mit Sicherheitsgittern versehenen Schaufenster auf der Westseite in Augenschein genommen hatte, tippte ihr Cassidy nervös auf die Schulter und zeigte auf das Zentrum.

Angel traute ihren Augen nicht, als sie die Überreste des Bunkers erneut untersuchte. Da saß Dog, direkt vor ihrer Nase und an daumendicke Seile gefesselt! Die Sicarii hatten ihn ausgestellt wie eine Zirkusattraktion, als wollten sie ihren großen Fang stolz auf dem Silbertablett präsentieren.

»Eine Falle«, hauchte Angel, setzte ihr Präzisionsgewehr ab und hockte sich mit dem Rücken an die Wand. Sie ließ ihren Kopf mit geschlossenen Augen in den Nacken sinken und tadelte sich für ihre eigene Unvorsichtigkeit.

»Woher sollen die wissen, dass gerade du zu seiner Rettung kommst?«, flüsterte Cassidy ihr zu. »Die kennen dich doch gar nicht. Ich hab denen nichts erzählt!«

»Jade«, erwiderte Angel säuselnd, als wollte sie ihre unheimliche Widersacherin mit einem magischen Spruch herbeibeschwören. »Sie hat sich mit mir duelliert. Mit einem Schwert! Nur um mir anschließend genau zu zeigen, wo wir dich und die anderen finden würden. Und sie kannte meinen Namen. Sie kannte *mich!*«

Ungläubig starrte Cassidy auf den gefesselten Hünen, der sich immer wieder umzusehen schien, als erwartete er ein kommendes Ereignis.

»Das alles, dieser ganze Krieg, ist nur ein Spiel für sie«, fuhr Angel mit einer weit ausholenden Handbewegung fort. »Sie hat vor unseren Augen einen ihrer Männer ermordet, nur damit er mir nicht verrät, worum ich mit ihr kämpfen sollte. Das da unten ...« Sie zeigte blind mit ihrem Daumen auf den hinter ihr liegenden Schutthaufen. »... das ist ihre Einladung zur Revanche.«

Es war nicht das erste Mal, dass der berüchtigten Kommandeurin eine derartige Aufmerksamkeit von ihren Feinden zu teil wurde, doch noch nie zuvor hatte sie gleichzeitig so viel und so wenig zu verlieren gehabt. Neugierig auf Jades Falle spähte sie nochmals durch ihre hochempfindliche Zieloptik und musste unfreiwillig schmunzeln, nachdem sie Dog eine Weile in seiner neuen Rolle als Köder beobachtet hatte. Er wirkte ausgesprochen wütend. Wie immer, wenn man ihn einsperrte und er seinen Willen nicht bekam - oder als wüsste er über seine schmachvolle Aufgabe Bescheid. Nichtsdestotrotz empfand Angel ein unbeschreibliches Glücksgefühl, das er der Explosion des Wüstenschlachtschiffs entkommen war. Außerdem erklärte die völlig offensichtliche Falle das Fehlen jeglicher Sicariitruppen, die sie im Zentrum des Vorpostens erwartet hatte, und den geradezu mühelosen Zugang zum Stützpunkt.

»Und was nun?«, fragte Cassidy sichtlich verwirrt. »Wir können ihn doch nicht einfach zurücklassen!«

Dem stimmte ihr Bruder voll und ganz zu. Für ihn stand fest, dass er Brackwood nicht ohne Dog verlassen würde.

»Jade hat uns ohnehin bereits den Rückweg abgeschnitten«, erwiderte Angel und ließ dabei ihren Galgenhumor in der Stimme mitschwingen. »Wir kommen hier nur noch lebend raus, wenn sie uns lässt.«

Cassidy fühlte sich auf einmal an jenen Zeitpunkt in Silver Valley zurückversetzt, an dem Angel ihr von Vulturespionen innerhalb der Freien Enklaven erzählt hatte. Fröstelnd rieb sie sich über die Gänsehaut auf ihren Oberarmen.

»Heißt das, wir sollen einfach so in ihre Falle laufen und hoffen, dass sie uns anschließend gehen lässt?«

»Nein«, erwiderte Angel kopfschüttelnd. »Wir müssen ihr schon was bieten, um uns die Flucht zu verdienen.«

Während sich die beiden über die weitere Vorgehensweise unterhielten, bat Caiden um das Scharfschützengewehr, um den *Köder* selbst einmal aus der Nähe begutachten zu können. Angel betrachtete ihre Waffen als Verlängerung ihres Körpers und verlieh sie nur in absoluten Ausnahmefällen, doch der Benutzung als Fernrohr, ohne den Abzug zu betätigen, stand wohl kaum etwas im Wege.

»Naja, Caiden und ich könnten Dog befreien. Wir warten dann, bis sie auftaucht, und du gibst ihr, wonach sie verlangt. Mit Überschallgeschwindigkeit«, schlug Cassidy vor, was bei Angel eine weit hochgezogene Augenbraue auslöste. Anscheinend hatte ihr Protegé trotz der misslichen Lage weder den Humor verloren noch ihren zweiwöchigen Crashkurs über Schusswaffen vergessen.

»Da hinten bewegt sich etwas«, murmelte Caiden und war kurz davor, die Rädchen der hochpräzisen Zieloptik zu verstellen, ehe

Angel ihr Gewehr freundlich aber bestimmt an sich reißen konnte. Erneut musterte sie die vergitterten Schaufenster auf der Westseite des großen Platzes, die sie vor Cassidys schicksalhafter Entdeckung interessiert hatten. Nun erkannte sie die Silhouetten von gefesselten Männern, die in der Dunkelheit zusammengepfercht ausharrten.

»Die sind ja alle ... nackt!«, berichtete sie stutzig, doch dann erinnerte sie sich an die aufgestapelten Kleider neben dem Gullideckel. Ein leicht veränderter Blickwinkel vom Nachbarfenster ließ sie die Vermutung äußern, dass dort unten ausschließlich Vultures gefangen gehalten wurden. Sie vermochte nicht eine einzige Frau zu erkennen. Außerdem behauptete sie zynisch, die hygieneresistenten Ferkel ihrer alten Gang nun quer über den Platz riechen zu können. Nicht gerade die Nachricht auf die Kim gehofft hatte, aber äußerst vorteilhaft für Angels Plan. Nacheinander holte sie vier kleine Sprengladungen aus ihrem Armeerucksack hervor, die Victor zum Öffnen von Schlössern und Türen vorgesehen hatte.

»Kannst du mit sowas umgehen?«, fragte sie Caiden. Der junge Mann fuhr sich zögernd durch seine nackenlangen Haare und nahm vorsichtig eins der Päckchen in die Hand. Sie fühlten sich wie weiche Knete an und ließen sich mit Leichtigkeit in Türritzen oder zwischen Gitterstäbe pressen. Der einzige Nachteil waren die primitiven Zeitzünder in Form von fettigen Lunten, die laut Victor pro Minute dreißig Zentimeter lang sein mussten.

Caiden nickte zuversichtlich und steckte die Sprengsätze ein, nachdem Angel ihm erklärt hatte, dass die plötzliche Freilassung der Vultures ein gewaltiges Chaos anrichten würde. Dadurch könnte ihnen die Flucht mit Dog auch ohne Jades Einverständnis gelingen. Skrupel über die Benutzung seiner ehemaligen Kameraden als Kanonenfutter hatte er dabei nicht. Er war kein Vulture gewesen. Er war Teil von Dogs Team und bei ihm lag seine Loyalität.

Cassidy fiel schon wieder eine Unterstützungsaufgabe zu. Sie sollte von ihrem Fenster aus die Augen offenhalten und Angel notfalls Feuerschutz geben. Ihr leiser Protest war völlig hoffnungslos, vor allem weil ihr Bruder der Entscheidung ganz und gar zustimmte. Widerwillig fügte sie sich dem Mehrheitsbeschluss, schaltete ihr Headset ein und wartete auf das große Spektakel.

Minutenlang schwenkte Cassidy ihr rotes Leuchtpunktzielvisier immer wieder über den Hünen im Stadtzentrum hinweg. Dog hatte es inzwischen offenbar aufgegeben, seine daumendicken Fesseln mit purer Muskelkraft zerreißen zu wollen und wandte seine Aufmerksamkeit der südlichen Seite des Bunkers zu, die Cassidy nicht einzusehen vermochte.

Auf einmal schreckte er jedoch wieder hoch und sah sich nach Norden um, als hätte er ein verdächtiges Geräusch gehört. Angel war dem flackernden Lagerfeuerlicht geschickt ausgewichen und schlich sich bereits um den schattenspendenden Geröllhaufen des zerstörten Bunkers herum. Nur noch wenige Schritte trennten sie von ihm, nur noch ein kurzer Augenblick, ein schneller Schnitt mit ihrem Kampfdolch und er war frei.

»Bist du verrückt?«, zischte Dog, nachdem er den Schatten identifiziert hatte. »Das ist eine Falle!«

»Wissen wir«, erwiderte Angel flüsternd. »Wo sind unsere Leute?«

»Heute Morgen in Richtung Hadesgebirge fortgeschafft. Diese Irre hat mich extra für dich hierbehalten und du fällst auch noch drauf rein!«

Kommentarlos setzte sie Dog ein Headset auf und reichte ihm das Messer für die übrigen Fesseln.

»Der Hund ist aus dem Zwinger. Status?«

»Hier tut sich nichts«, antwortete Cassidy über Funk und klang dabei sichtlich nervös.

»Die Päckchen wurden abgeliefert«, bestätigte Caiden seine erfolgreiche Mission. »Die ... äh ... Vögel sind bereit zu fliegen!«

Etwas Besseres fiel ihm nicht ein, aber er wollte die bevorstehende Freilassung der Vultures, was übersetzt immerhin Geier bedeutete, nicht einfach so herausposaunen. Wer Aufklärungsdrohnen einsetzte, verfügte sicherlich auch über eigene Funkgeräte. Inzwischen hatte Dog seine restlichen Fesseln durchtrennt, sprang auf die Beine und humpelte in nördlicher Richtung um den Schutthaufen herum.

»Wo willst du hin?«, zischte Angel ihm hinterher. »Wir müssen hier raus!«

»Nicht ohne Faith!«

»Faith? Was ist mit Faith?«, schallte Caidens energische Frage aus den Ohrstöpseln, doch weder Dog noch Angel gingen darauf ein. Die unglaublich hochmütige Amazone, die Angel als makellos schöne und bezaubernde Erscheinung in Erinnerung behalten hatte, lag leblos und gefesselt etwas nördlich von Dogs Position, die von Cassidy nicht einzusehen gewesen war. Nachdem ihr Bruder keine Antwort erhalten hatte, kam er keuchend auf den großen Platz gestürmt. Die Sicht auf die aufgeplatzte Haut seiner Freundin raubte ihm den Atem. Faiths einst so elegantes, hautenges Lederkorsett hing zerfetzt an ihrem geschundenen Körper herunter, die unzähligen Klingen waren verschwunden. Nur die Panflöte hatten ihr die Sicarii gelassen; in zwei Teile zerbrochen und achtlos in den Sand geworfen. Das Zerschneiden ihrer Fesseln ließ Faith für einen Moment erwachen. Mit gläsernen, ausdruckslosen Augen blickte sie ihren Freund an, ohne ihn zu erkennen oder sich ihrer Situation bewusst zu sein. Während Caiden sie und ihre Panflötenteile in den schützenden Schatten der Nordseite des Bunkers trug, fiel sie zurück ins Delirium. Aber sie war am Leben und das war für ihn Grund genug, nicht mehr von ihrer Seite zu weichen. Insgeheim fragte er sich, warum sie ihre eigenen Leute direkt neben Dog platziert hatten, doch ihm blieb keine Zeit, darüber nachzudenken.

»Angel!«, knisterte die Stimme seiner Schwester aus dem Funkgerät. »Sie ist da!«

Aus der pastellgelben Häuserfassade der Südseite kamen genau sechs schwerbewaffnete Sicarii in einer Reihe gemächlich auf sie zu. Vier Männer und zwei Frauen, eingehüllt in dicke Schutzwesten, ausgerüstet mit Headsets, unterschiedlichsten Maschinenpistolen und Sturmgewehren. Jeder von ihnen schien für die eigene Ausrüstung Sorge zu tragen, die weit über die übliche Ausstattung der sicariianischen Armee hinausging. Das einzige Merkmal, das sie sich teilten, waren pechschwarze Baretts mit silbern funkelnden Emblemen auf der hochstehenden Seite.

Angeführt wurden sie von der adelig stolzierenden Schwertkämpferin, die sich Angel als Jade zu erkennen gegeben und Cassidy vor dem Angriff auf Eagle Village wie ein Stück Vieh auf dem Markt begutachtet hatte. Dem Mädchen lief ein kalter Schauer den Rücken hinunter, als sie die gleichmäßigen Schritte der hochgewachsenen Frau verfolgte. Neben ihrem rasiermesserscharfen Katanaschwert in seiner japanischen Saya-Scheide ragte eine hochmoderne Schrotflinte mit Zielvisier über ihrer rechten

Schulter empor. Darunter verbarg ein hellbrauner, knielanger Trenchcoat aus feinstem, naturfarbenen Hirschleder ihren durchtrainierten Körper, den Angel nach eigener Überzeugung nur aufgrund ihrer Schulterverletzung hatte besiegen können. Der breite, heruntergeklappte Kragen bot ein freies Sichtfeld auf ihr kantiges, hellhäutiges Gesicht und den beinahe anzüglich tiefen Ausschnitt ihres darunterliegenden Hemdes. Ihre kupferfarbenen Haare waren zu einem einzigen, perfekten Zopf zusammengeflochten worden, der bis zwischen ihre Schulterblätter reichte und damit eine vollendete Symbiose mit den parallel nebeneinanderliegenden Waffen bildete. Zusätzlich hielt sie einen hellgrauen, einen Meter langen und, verglichen mit ihrer schlanken Statur, drei Finger dicken Stab in den Händen, den Angel aus der Entfernung nicht zu identifizieren vermochte.

Dog schnaufte zornig und ließ sich nur mit einem beherzten Griff an seinen verschwitzten Nacken davon abhalten, wie ein tollwütiger Grizzlybär auf die unbeeindruckt näherkommenden Sicarii zuzustürmen. Für einen Augenblick glaubte Angel sogar, Schaum vor seinem unterdrückt aufheulenden Mund zu sehen, ehe er sich notgedrungen wie ein geschlagener Hund fügte.

»Caiden«, murmelte sie und warf ihm dabei einen ernsten Blick zu, als ginge es um Leben und Tod. »Dreißig Sekunden.«

Er verstand und sandte mit seiner kleinen Stabtaschenlampe unbemerkt Lichtzeichen an die eingesperrten Vultures, während Angel bedächtig auf die Sicarii zustolzierte und sie damit ablenkte.

»Ich glaube, du schuldest mir eine Revanche!«, rief Jade, als sie nur noch ein paar Meter voneinander entfernt standen. Die sechsköpfige Eskorte blieb einige Schritte hinter ihr zurück. Mit ihren auf den Boden gerichteten Gewehren machten sie deutlich, dass sie sich nicht einmischen würden. Aus den dunklen Hausecken traten zusätzlich vereinzelte sicariianische Patrouillen hervor, die offensichtlich nicht verstanden, was hier vor sich ging, und vorerst im Schatten der Gebäude verharrten.

Als Angel ihre Kontrahentin nicht sofort mit einer Antwort würdigte, schleuderte Jade ihr die hellgraue Kunststoffstange zu, die sie die ganze Zeit lang vor ihrem Körper präsentiert hatte.

Während hochrangige Befehlshaber bis in die letzten Kriegsjahre blitzende Dolche und Säbel als zeremonielle Symbole führten, schufen sich Spezialkommandos mit Teleskopstäben aus neuartigen Verbundwerkstoffen ihren eigenen Mythos. Im Gegensatz zu den größtenteils nutzlosen Stichwaffen gewöhnlicher Offiziere dienten die extrem stabilen Stäbe als Stützen für Feldlager, provisorische Bahren zum Transport von Verwundeten, Fahnenmasten für Feldzeichen oder in Nahkämpfen als tödliche Waffen. Ein kleiner Schieberegler entsicherte die Teleskopmechanik, die anschließend auf Knopfdruck je zwei weitere Elemente pro Seite aus dem Stab herausschoss. Auf Wunsch konnte man auch nur eine Seite ausfahren, da militärische Zelte hinter feindlichen Linien wohl kaum zwei Meter in die Höhe ragen sollten, was die Gesamtlänge des Kampfstabs darstellte. Absolut staub- und wasserdicht, mit reichhaltiger Ausstattung über einen Kompass bis hin zum sicher verstauten Nähset reichte diese Waffe an die Vielseitigkeit der legendären Schweizer Taschenmesser heran.

Ein wahrhaft königliches und äußerst seltenes Geschenk, das Angel aufgrund ihrer langjährigen Stabkampferfahrung nur allzu gern entgegennahm, egal, von wem es stammte. Sie nickte ihrer Widersacherin bestätigend zu und akzeptierte damit die Herausforderung. Jade vollführte rudernde Handbewegungen in Richtung ihrer Männer, die kommentarlos zurücktraten und den Platz für das bevorstehende Duell freiräumten. Diesmal wiederholte sie ihren Fehler aus Eagle Village nicht, sondern überließ Angel den ersten Angriff, die sich problemlos mit der Mechanik des Kampfstabes vertraut gemacht hatte.

Doch Angel zögerte. Noch ein paar Sekunden, nur noch einen kurzen Moment. Endlich explodierten die vier Sprengladungen an den vergitterten Schaufenstern im Westen. Die Sicariieskorte suchte instinktiv Schutz hinter herumliegenden Trümmerteilen des zerstörten Bunkers und auch Jade zuckte einen Augenblick lang zusammen, starrte dann aber geradezu entzückt auf das von Angel angerichtete Chaos.

Kaum waren die Detonationen und das Geprassel des Schutts verhallt, stürmten zwei Dutzend Vultures mit nacktem Oberkörper auf die überraschten Sicarii zu. Jades Kommandoeinheit bildete sofort mit angelegten Gewehren eine Defensivformation, bis ihre Anführerin ihnen per Handzeichen Befehle erteilte. Anschließend wendete Jade sich wieder Angel zu und ignorierte das Treiben hinter ihrem Rücken. Sie riss ihr blitzendes Katana aus der verzierten Scheide und hielt es mit beiden Händen aufrecht vor ihren Körper. Mit leicht nach vorn gesenktem Kopf lächelte sie Angel aus den Augenhöhlen zu, die ihrerseits den Kampfstab blitzartig auf seine volle Länge ausfuhr und anschließend mit einem zornigen Kampfschrei die Initiative übernahm.

Erst als die Vultures schon den halben Platz überquert hatten, eröffneten die sicariianischen Patrouillen eigenmächtig das Feuer auf die lebensmüde kreischenden Barbaren. Caiden und Cassidy konnten das ungleiche Gefecht teilweise zu ihren Gunsten beeinflussen, indem sie immerhin zwei Gegner ausschalteten. Zur selben Zeit fielen jedoch auch zahlreiche Vultures dem Beschuss zum Opfer. Nur Jades Kommandoeinheit hielt sich auffällig zurück und wartete, bis sich die Gang angeführt von Dog im Nahkampf auf die Sicarii stürzte, wodurch ein Feuerschutz durch die Geschwister nicht länger möglich war.

Das erste Aufeinandertreffen von jahrhundertealtem Stahl und Hightech-Kampfstab verlief für beide Seiten zufriedenstellend. Angel fand schon nach wenigen Sekunden großen Gefallen an der ungewöhnlich leichten Waffe, während Jade ihre genesene Stärke unter Beweis stellte. Nach einer schnellen Drehung, von der sie wusste, dass Angel sie problemlos abwehren konnte, lehnte sie sich mit aller Kraft in ihr Schwert hinein, bis sie nur noch ein paar Zentimeter von ihrer knurrenden Kontrahentin entfernt war.

»Na? Gefällt er dir?«, fragte Jade schelmisch und lachte mit glänzend weißen Zähnen, die man in den Wastelands nur noch äußerst selten zu Gesicht bekam. Angel antwortete ihr nicht, sondern drehte sich ihrerseits um die eigene Achse. Dabei wirbelte sie den aluminiumgrauen Kampfstab auf Bodennähe herum, wodurch Jade in die Luft springen musste, um nicht von den Beinen gerissen zu werden. Ohne zu zögern, revanchierte sie sich mit einem hohen Angriff, dem Angel mit einer seitlichen Ausfallrolle entging und ihrer Kontrahentin anschließend den Stab in den Rücken schmetterte.

Mit einem zornigen Grollen, wohl eher bezogen auf ihre eigene Unachtsamkeit als auf den kräftigen Schlag, rammte Jade ihr Katana in den Boden und krümmte sich einen Augenblick lang nach hinten. Mit beiden Händen rieb sie an den Hüften über ihren hellbraunen Trenchcoat, bis der Schmerz nachließ, und ignorierte dabei Angel, die inzwischen wieder aufrecht stand. Ihre geradezu fahrlässige Achtlosigkeit inmitten des blutigen Gefechts zwang nun Angel, ihrerseits die Mundwinkel hochzuziehen. Sie hatte jahrelang betrogen, gelogen und skrupellos gemordet, um ihre Ziele zu erreichen, und doch fiel es ihr nicht im Traum ein, Jade in diesem Moment in den Rücken zu fallen.

Während die beiden Frauen in ihrem surrealen Spiel versunken waren, kämpften sowohl Sicarii als auch Vultures um ihr Leben. Jades Leibgarde erwies sich im Nahkampf als ausgesprochen gut ausgebildet, aber auf die psychotisch kreischenden, halbnackten Wilden hatte sie ihr Training nicht vorbereitet. Überdeutlich vernahm man unter all dem Lärm Dogs röhrendes Kampfgeschrei. Aus vollem Hals brüllte er den eingeschüchterten Sicarii die kreativsten Beleidigungen ins Gesicht, die schon aufgrund seiner hünenhaften Statur zurückwichen.

Endlich war sein Tag der Rache gekommen! Für die schmachvolle Niederlage der Vultures, den Tod seiner Kameraden und den Verlust seines geliebten Wüstenschlachtschiffs! Einem Berserker gleich schlug er mit einem faustdicken Kantholz um sich, das beinahe so lang wie Angel groß war. Es spielte keine Rolle, wo er seine Gegner damit traf, sie gingen in jedem Fall zu Boden. Die Glücklichen blieben bewusstlos liegen, den anderen versetzte er brüllend den Gnadenstoß.

Das laute Schlachtgetümmel hatte inzwischen die etwas weiter entfernten Patrouillen aus der Umgebung angelockt. Darunter auch den Unerfahrenen und den Gelangweilten, der von der unmittelbar bevorstehenden Vernichtung des Flüchtlingskonvois ausgegangen war. Während der dienstältere sich mit dem Beschuss des Stadtparks zurückhielt, versuchte der jüngere, Jade zu helfen und nahm Angel aufs Korn. Cassidy wollte ihr Feuerschutz geben, aber die beiden befanden sich direkt unterhalb ihres Fensters. Bevor sie sich entscheiden konnte, ob sie ihre Stellung verlassen oder sich hinauslehnen sollte, zischte bereits ein Schuss aus Jades Schrotflinte heran. Ein Teil der Schrotladung traf den rechten Oberschenkel des übermütigen Frischlings. Sein älterer Kamerad wusste genau, warum er sich nicht in das Duell eingemischt hatte und zog den vor Schmerz heulenden Jungspund in den Hausflur hinein. Zwar war damit die Gefahr für Angel gebannt, doch Cassidy musste von nun an auf der Hut sein, nicht von hinten erwischt zu werden.

Angel hatte die Ablenkung unterdessen genutzt und sich das eingestürzte Bunkerdach erkämpft. Sie stand somit gut einen Meter über Jade, die mit dem gesenkten Katana in der rechten Hand wie ein Wolf im Jagdfieber um den Schutthaufen herumtänzelte. Ihre geradezu manisch leuchtenden, smaragdgrünen Augen und ihre gefletschten Zähne, zwischen denen sie ihre Zunge entlangstreichen ließ, zeigten eindeutig, dass sie nur für Momente wie diese lebte. Von einem Augenblick zum anderen wechselte sie ihre Schwerthand, ein Manöver, das Angel schon einmal fast das Leben gekostet hatte, und katapultierte sich mit Hilfe einer herausstehenden Stahlstrebe auf die entgegengesetzte Seite des Bunkerdachs. Kaum hielt Jade das Katana wieder in beiden Händen, wirbelte sie es auf Hüfthöhe im Kreis herum und schlich dabei wie auf Katzenpfoten über die zerbrochenen Betonplatten. Angel hingegen stellte sich unbeweglich in die Mitte der eingestürzten Ruine und beobachtete ihre Kontrahentin nur aus den Augenwinkeln. Erst als Jade plötzlich zu ihren gefürchteten Stichattacken überging, erwachte die Statue zu neuem Leben und versuchte, ihren Schwertarm zu treffen. Diesmal jedoch wurde ihre Widersacherin nicht durch eine Verletzung behindert und führte die blitzende Klinge mit beiden Händen.

Jades Kommandoeinheit war es inzwischen gelungen, einen Großteil der geschwächten Vultures auszuschalten, doch an den laut brüllenden Hünen trauten sie sich nur in großer Zahl heran. Langsam aber sicher schwanden Dogs Kräfte, der sich mit dem schweren Kantholz völlig verausgabt hatte. Caiden musste ihm immer häufiger den Rücken decken und riskierte dabei jedes Mal, Faith aus den Augen zu verlieren. Cassidy konnte sie zwar im Notfall schützen, würde jedoch gleichzeitig ihre eigene Position an die unter ihr verharrenden Sicarii verraten.

»SCHLUSS!«, schmetterte Jade plötzlich durch den ehemaligen Stadtpark. Dog versuchte gerade zwei Männer loszuwerden, die sich mit aller Kraft an seinen Hals klammerten und ihn rückwärts zu Boden reißen wollten. Als sie den Befehl von den Wohnblöcken tausendfach reflektiert hörten, verloren sie einen Moment lang die Konzentration, wurden von seinen Stahlfäusten ergriffen und kopfüber auf die zerfurchte Erde geschleudert. Trotz der beginnenden Schwäche loderte in dem Hünen noch immer der Blutrausch der Vergeltung, bis er Angel auf der Betonplatte der

Bunkerruine liegen sah, mit Jades funkelndem Katana an ihrer Kehle.

Im Gegensatz zu den Vultures verfielen die übriggebliebenen Sicarii nicht dem Schockzustand und nutzten den Moment, um etwas Abstand zu gewinnen. Zum ersten Mal entsicherte Jades Kommandoeinheit die Gewehre. Ein eindeutiges Signal, dass das Spiel vorbei war.

»Die Waffen runter!«, befahl Jade erschöpft und blickte dabei zunächst Caiden und dann die pastellgelbe Hausfassade an, hinter der sich seine Schwester nach wie vor verschanzt hielt. »Das gilt auch für dich, Cassidy!«

Die donnernden Worte stachen der Teenagerin mitten ins Herz. Vereinzelte Schüsse aus der dritten Etage zu bemerken war bestimmt kein Kunststück, aber sich nach einer fünfminütigen, zufälligen Begegnung an ihren Namen zu erinnern, grenzte für Cassidy an Zauberei. Kaum hatte sie ihr Sturmgewehr gesenkt, hörte sie das Poltern von schweren Fußtritten hinter sich. Kurz darauf führte sie der dienstältere Sicarii zusammen mit seinem verletzten Kameraden auf den großen Platz. Auch Caiden war inzwischen entwaffnet worden, ließ sich jedoch nicht von Faiths Seite bewegen.

Nachdem sie alle versammelt waren, reichte Jade ihrer Widersacherin die Hand, so wie Angel es nach ihrem Sieg in Eagle Village getan hatte. Anschließend trat sie vor und stellte als eindeutige Siegerpose ihren linken Fuß auf einen großen Betonbrocken oberhalb des Schutthaufens. Erneut kehrte sie dabei Angel den Rücken zu, die immer noch über einen Kampfdolch und ihre auffällig sichtbare Pistole am rechten Oberschenkel verfügte.

»Ich bringe eine frohe Botschaft für die Vultures!«, begann Jade und verwandelte sich innerhalb von Sekunden zurück in die adelige Befehlshaberin, der man allein aufgrund ihres Auftretens Respekt und Ehrfurcht entgegenbrachte. »Euer Anführer Eric ist endlich zur Vernunft gekommen und hat die Schwäche seiner Unabhängigkeit erkannt. Seit heute Morgen gehört der Stamm der Vultures offiziell zum *Sicariianischen Imperium!*«

Ein Raunen ging durch die halbnackten Männer, die zunächst einander und dann Dog fragend anblickten. Sie waren vor seinem Überlaufen gefangen genommen worden und wussten nichts von den Veränderungen der Befehlshierarchie, weswegen sie sich ohne

Fragen zu stellen auf der Seite des charismatischen Hünen in die Schlacht geworfen hatten.

»Allerdings gibt es drei Ausnahmen«, fuhr Jade unbeeindruckt von der Verwirrung fort und konzentrierte ihren Blick auf Dog. »Eric war äußerst ungehalten, als er von eurem Verrat erfahren hat. Erst stehlt ihr seinen Triumphwagen, greift damit diesen Stützpunkt an, während seine Unterhändler mit uns verhandeln, und schlagt euch anschließend sogar gänzlich auf die Seite seiner Feinde!«

Mit diesen Worten zeigte sie auf Angel, die inzwischen ihren Kampfstab aufgehoben hatte und wie eine ehrenhafte Verliererin wartete, bis sie an der Reihe war. Die Vultures hingegen wurden zusehends unsicherer und viele traten ein paar Schritte von Dog zurück, wodurch sie den Hünen seiner Anklägerin wie auf dem Silbertablett präsentierten.

»Für Verräter wie euch ist kein Platz bei den Sicarii!«, rief sie ihm erbost zu, blinzelte dabei aber beinahe unbemerkt in Faiths Richtung, die nach wie vor bewusstlos vor dem Bunker lag. Da nur Caiden von ihrer wahren Identität wusste, verstand nur er allein den giftigen Blick ihrer grünen Augen.

»Der Rest von euch erhält fünf Minuten, um über sein Schicksal zu entscheiden!«

Ohne weitere Befehle abzuwarten, trennte ihre Eskorte die Vultures von Dog und den Geschwistern. Jade drehte sich zu Angel um und verwandelte sich zurück in die enigmatische Schwertkämpferin mit den manisch funkelnden Augen. Sie ließ ihre Klinge in der Scheide auf dem Rücken ihres Hirschledertrenchcoats verschwinden und tänzelte auf dem Bunkerdach hinab. Mit zusammengekniffenen Lippen stellte sie sich direkt neben Angel und warf ihr aus den Augenwinkeln triumphierende Blicke zu.

»Du hast sicher eine Menge Fragen«, flüsterte sie verspielt. Angel entschied sich, für den Anfang auf ihr Bühnenstück einzugehen, um so möglichst viele Informationen zu erhalten. Eine anschließende Gefangennahme schloss sie nicht aus, allerdings hätte sie Jade dann völlig falsch eingeschätzt.

»Hat noch jemand außer Dog die Explosion überlebt?«

Die Siegerin zögerte einen Augenblick lang.

»Nein«, antwortete sie teilnahmslos und versuchte mit zusammengekniffenen Augenlidern Angels Reaktion einzuschätzen. »Er konnte sich in den gepanzerten Durchgang hinter dem Führerhaus retten, bevor unsere Rakete einschlug.«

Sie rieb sich mit den Fingern der rechten Hand nachdenklich an ihrem Kinn und drehte sich zu dem Hünen um.

»Die Explosion hatte ihn ganz schön mitgenommen. Trotzdem gelang es ihm, ein paar übermütigen Schatzsuchern das Genick zu brechen, ehe sie ihn überwältigen konnten«, fügte sie mit einem anerkennenden Unterton hinzu. »Wenn du ihm irgendwann überdrüssig sein solltest, überlass ihn mir. Ich würde schon einen Weg finden, mir seine Ausdauer zu Nutze zu machen.«

Angel wunderte Jades launische Vielseitigkeit längst nicht mehr. Ihren Liebhaber zu teilen, hatte sie jedoch noch nie zuvor in Betracht gezogen. Dafür hatte es einfach zu wenig Frauen bei den Vultures gegeben. Bevor sie allerdings eine treffende Antwort zu formulieren vermochte, wechselte Jade taktvoll das Thema.

»Willst du mich gar nicht nach Johnny fragen?«

»Hat er denn überlebt?«

Jade nickte ihr blinzelnd zu, als versuchte sie, seinen Wert als Kriegsgefangenen abzuschätzen.

»Der Legionskommandeur wollte ihn nach dem Debakel von Silver Valley eigentlich sofort hinrichten lassen. Er wirkte nicht gerade wie ein tüchtiger Sklave und war obendrein schwer verletzt.«

Wieder suchte sie in Angels Gesicht nach einem Anzeichen für versteckte Emotionen, der es aber mit etwas Mühe gelang, weiterhin die Unbeteiligte zu spielen.

»Nachdem ich mich aus den Fängen eurer allzu männlichen Wachen befreien konnte und nach Brackwood zurückgekehrt war, entdeckte ich seinen Wanst unter den frisch eingetroffenen Gefangenen und erinnerte mich an ihn«, fuhr sie nachdenklich fort. »Zu Beginn weigerte er sich mit mir zu reden, aber ich ließ ihn trotzdem von unseren Ärzten versorgen. Anschließend musste ich nur noch warten.«

Die letzten Worte schienen Jade unglaublich zu amüsieren. Sie hielt sich die Hand vor den Mund und erwiderte Angels fragenden Blick mit einem unschuldigen Wimpernschlag.

»Du kannst ihm wirklich keine Vorwürfe machen. Er hat sich tapfer gewehrt!«

Angel runzelte argwöhnisch die Stirn. Wie sollte sich ein schwerverletzter Mann, der aufgrund seiner Schussverletzungen nicht einmal geradezustehen vermochte, gegen das Verhör einer Spezialistin wie Jade wehren können? Gerade Johnny, dem man nur seine fünf Mahlzeiten am Tag nehmen musste, um ihn in den Wahnsinn zu treiben! Da fiel es ihr wie Schuppen von den Augen.

»Es stand eine Weile wirklich auf Messers Schneide, aber nachdem ich fast ein halbes Spanferkel vor seiner Nase heruntergewürgt hatte, gab er endlich auf.«

Angel stöhnte frustriert bei dem Gedanken an die Höllenqualen, die Kim ihrem Freund zufügen würde, wenn sie davon erführe, und drückte dabei Daumen und Zeigefinger der rechten Hand tief in ihre Augenhöhlen.

»Was hat der Dicke diesmal erzählt?«

»Zu Beginn eigentlich dasselbe, was wir immer zu hören bekommen. Anklagen gegenüber unseren Methoden, eine Aufzählung sogenannter Kriegsverbrechen und natürlich, dass wir am Ende ohnehin verlieren würden«, antwortete sie und zuckte dabei so unschuldig mit den Schultern, als redete sie von alltäglichen Bagatelldelikten. »Anschließend haben wir über euch gesprochen. Stimmt es, dass du ihn zwei Wochen lang auf eine Diät gesetzt hast, um dich an ihm zu rächen?«

In diesem Augenblick erschien das erste Lächeln seit Beginn des Gesprächs auf Angels verschmutztem Gesicht, was Jade als Bestätigung auffasste.

»Was wird mit ihm geschehen?«

»Ich will dir nichts vormachen. Er ist als Kriegsgefangener äußerst wichtig für mich und anders als dein muskelbepacktes Statussymbol für unsere Verhöre empfänglich. Darum kann ich ihn dir nicht zurückgeben«, philosophierte Jade. Für einen Moment klang es beinahe, als versuchte sie, ihre Handlungen zu rechtfertigen. »Sei aber versichert, dass wir uns um seine Verletzungen kümmern und er nicht leiden wird.« Mit einem Augenzwinkern fügte sie hinzu: »Nun ja, jedenfalls nicht mehr als unter deiner Behandlung. Vielleicht wird mir sein Rotschopf am Ende sogar dankbar sein.«

»Du bringst deine eigenen Männer für ein verlorenes Duell um, versklavst unsere Leute und gibst mir im selben Atemzug andere zurück. Jetzt die Vorzugsbehandlung für Johnny«, fasste Angel ungläubig zusammen und schüttelte dabei den Kopf. »Warum das alles?«

»Warum ich euch nicht einfach umgebracht oder dir überhaupt erst die Position für diesen Stützpunkt verraten habe?«, erwiderte Jade und zuckte erneut mit den Schultern. »Ich sagte es dir doch bereits in Eagle Village. Wir sind immer auf der Suche nach Potential. Provinzen, Sklaven und Soldaten gibt es überall, aber Menschen wie du und ich sind wertvoller als jede Armee, jedes Land und jede Rohstoffquelle. Leider kann man sie nicht erobern, sondern lediglich überzeugen und für die eigene Sache gewinnen.«

»Dann dient dieses ganze Spiel nur dazu, mich zum Überlaufen zu bewegen?«, fragte Angel zweifelnd, obwohl ihr die Rolle keinesfalls unbekannt war. Paul hatte sie ein Jahr vor ihrer schicksalhaften Begegnung mit Butch und Victor zu bekehren versucht. Bedingt durch ihre einzigartige Stellung als weibliche Kommandeurin waren der legendären Vulturebraut und berüchtigten Schlächterin von Archer Hill auch wiederholt Offerten der unterschiedlichsten Gangs zugetragen worden. Jedoch hatte ihr noch nie jemand zunächst wortwörtlich den Boden unter den Füßen weggerissen und erst im Anschluss daran sein Angebot unterbreitet.

»Warum nicht?«, antwortete Jade mit selbstsicherem Blick. »Du hast es doch schon einmal getan.«

Das lange Stehen in tiefster Dunkelheit ließ sie allmählich frösteln. Ihr dünner Ledertrenchcoat war zwar äußerst kleidsam, wärmte aber kaum, so dass sie bibbernd die Arme verschränkte, ihren Kopf zwischen dem hochgeklappten Kragen vergrub und ein paar Schritte um Angel herumstolzierte.

»Wie wäre es, wenn du mir nach all meinen wahrheitsgetreuen Informationen auch mal etwas zukommen lassen würdest?«, fragte sie fordernd. »Ein Nachschubdepot zum Beispiel, an das ihr ohnehin nicht mehr herankommt?«

Angel spürte, wie das Papier mit der Route zur verfluchten Militärbasis auf ihre Brust zu drücken begann. Jade standen mit Sicherheit Mittel und Wege zur Verfügung, um den Bunker zu öffnen, unter dem sich das versteckte Forschungslabor befand.

Aber das dort hausende Wolfsrudel war gezüchtet worden, um hochgerüstete Armeen im Kriegseinsatz zu bekämpfen und hatte zwanzig Jahre Zeit zur unkontrollierten Vermehrung gehabt. Nicht einmal die Sicarii sollten auf so einen Gegner vorbereitet sein.

Doch aus irgendeinem Grund zögerte sie, die unschuldig herumtänzelnde Schwertkämpferin in den sicheren Tod zu schicken. Zwischen all den Angeboten des Überlaufens fühlte sie sich ihrem am meisten zugetan. Am Ende stand es für sie dennoch außer Frage, das Andenken General Monroes zu entehren oder ihre Kameraden zu verraten. Außerdem blieb ihr gar keine Wahl, wenn sie den Flüchtlingen Raum zum Atmen verschaffen wollte.

»Versuch es mal hier«, erwiderte sie und zog das zusammengefaltete Papier aus der Brusttasche ihrer Uniform. Jade breitete es aus, drehte sich zum Licht des nächsten Lagerfeuers und zog erstaunt die Augenbrauen hoch.

»Wir wussten gar nicht, dass ihr so weit oben noch Enklaven habt.«

»Das ist keine unserer Siedlungen«, erklärte Angel flüsternd und schaltete dabei vorsorglich ihr Headset ab, so als wollte sie verhindern, dass Cassidy von ihrer kleinen Planänderung erfuhr. Sie hielt es für richtig, Jade zumindest eine faire Warnung zukommen zu lassen. »An der Stelle liegt ein verlassener Militärstützpunkt. Mehr kann ich dir nicht sagen, aber geh nicht allein.«

Jade war die Heimlichtuerei nicht verborgen geblieben. Sie respektierte ihren Wunsch und ließ das Papier unauffällig in ihrem Trenchcoat verschwinden.

»Was nun?«, wollte Angel wissen.

»Was nun«, wiederholte Jade gedankenversunken. »Soll ich dich abführen lassen, wie du es mit mir getan hast? In einen Käfig gesperrt und ausgestellt wie eine Zirkusattraktion?« Sie ließ ihre Worte einen Moment lang wirken, obwohl inzwischen beide Frauen wussten, dass es nicht dazu kommen würde. »Nein, ich denke nicht. Du wirst mich auf der Suche nach deinem Stamm von ganz allein aufsuchen. Unser Pass ist wohl kaum der einzige Weg über das Gebirge.«

»Warum sagst du mir nicht gleich, wo ich sie finde?«, schlug Angel vor, woraufhin Jade amüsiert mit den Augen funkelte.

»Weil es ebenso eine Lüge wäre, wie die Karte zu eurer prall gefüllten Waffenkammer, nicht wahr?«

Bevor Angel sich rechtfertigen konnte, winkte sie bereits ab.

»Dein Weg führt über das, was ihr Hadesgebirge nennt. Vierhundert Kilometer östlich von hier auf der anderen Seite wirst du eine tiefe Schlucht finden. Folge ihr, bis du auf eine stählerne Bogenbrücke triffst. Überquere die Brücke in Richtung Osten und halte diesen Kurs einen Tag lang.«

Angel versuchte in ihren smaragdgrünen Augen eine List zu entdecken und vermutete eine weitere Falle.

»Es ist keine Falle«, beschwichtigte Jade ihre offensichtliche Sorge. »Aber auch du solltest ...« Sie schwieg einen Augenblick und zog überlegen den rechten Mundwinkel hoch. »... dein Team mit Bedacht wählen.«

Mit diesen Worten ging sie zum äußersten Rand der Bunkerruine und stellte ihren linken Fuß abermals auf den großen Stein, um ihre Überlegenheit zu demonstrieren.

»Eure Zeit ist um!«, rief sie den Vultures zu. »Wie habt ihr euch entschieden?«

Trotz der chaotischen Zustände innerhalb der meisten Gangs behielt die Loyalität zur eigenen Flagge einen gewissen Wert. Da sich jedoch ausgerechnet ihre beiden Anführer entzweit hatten, sahen sich die Männer einem echten Dilemma gegenüber. Auf der einen Seite konnte Dog mit seinem gewaltigen Charisma punkten, auf der anderen fürchteten sie Erics blutige Rache für Ungehorsam. Des Weiteren galten die Ranger als Schwächlinge, was ihre Niederlage gegen die Sicarii zu beweisen schien. Am Ende entschieden sich gerade einmal zwei von ihnen, Dogs Schicksal zu teilen. Wortlos gesellten sie sich zu ihm und den Geschwistern, bereit, ihr Todesurteil zu empfangen.

Stattdessen drehte sich Jade stirnrunzelnd zu Angel um und fragte rhetorisch, ob der Humvee denn überhaupt Platz für sieben Personen hätte. Ohne die Antwort abzuwarten, zeigte sie in Richtung Süden, wo der zweite Vulturebuggy im Zuge ihrer Flucht vor der anrückenden Sicariiarmee zurückgelassen worden war. Den könne sie aufgetankt zurückhaben. Cassidy traute ihren Ohren nicht, als ihnen Jade freies Geleit versprach und versicherte, dass sie kein Sicarii im näheren Umkreis von Brackwood aufhalten würde.

Bevor sie Angel entließ, zog sie ein daumengroßes Silberamulett aus ihrem hellbraunen Trenchcoat, dessen Oberseite die Gravur einer Eule mit übergroßen Augen zeigte. Die Rückseite schmückte der Kopf einer Frau mit verbundenen Augen. Sollte Angel je in Bedrängnis geraten, könnte ihr das funkelnde Schmuckstück vielleicht helfen. Anschließend verließ sie die ehemalige Grünanlage mitsamt ihrer Eskorte und den übergelaufenen Vultures, ohne noch ein einziges Mal zurückzublicken.

4 - DÉJÀ-VU

Den ganzen Tag über ließ Angel die beiden Wagen nicht zur Ruhe kommen. Jades Versprechen auf freies Geleit hatte sich als verlässlich erwiesen. Nicht eine einzige Sicariipatrouille war ihnen gefolgt. Wie schon bei der Reise durch das Vultureterritorium machte die friedliche Landschaft den Anschein, als wäre ihr unaufhaltsamer Feldzug längst beendet. Die vorbeiziehende Steppen der nördlichen Wastelands wirkte mit ihren hohen Gräsern, kleinen Wildtierherden und versteckten Raubtieren so unglaublich beruhigend, dass der grausame Krieg, der sie alle zu Waisen gemacht hatte, fast in Vergessenheit geriet.

Entgegen den Protesten ihrer Schülerin saß Angel seit sieben Stunden nahezu ununterbrochen am Steuer des Humvees. Cassidy war derart lange Nachteinsätze nicht gewohnt. Sogar als Gefangene in der verfluchten Militärbasis hatte sie etwas schlafen können, wenn auch nicht ganz freiwillig. Ein Blick auf den Beifahrersitz ließ Angel triumphierend mit den müden Augen blinzeln. Mit dem Verlassen der Vorstädte von Brackwood war Cassidy in einen annähernd komatösen Zustand gefallen und seitdem nicht mehr erwacht.

Auf der Rückbank sorgte sich Caiden um Faiths Wohlergehen. Die starke Dehydrierung stellte das größte Problem dar, doch zum Glück verlangte sie instinktiv bei jedem Aufwachen wie ein frisch geschlüpfter Vogel nach Wasser. Ihre Orientierung hatte sie längst nicht zurückgewonnen.

Seit der Abreise aus Brackwood warf Angel den beiden argwöhnische Blicke durch den Rückspiegel zu. Weder Dog noch die anderen Vultures waren körperlicher Folter ausgesetzt worden, wenngleich die seelischen Wunden des Hünen als Köder von einer Frau für eine Frau wohl nie ganz heilen würden. Aber warum hatten die Sicarii ausgerechnet Faith derart eindringlich verhört? Einstiche und Pflasterreste an ihren Armen zeugten vom Drogeneinsatz während ihrer Befragungen. Laut Dog hatte sich Jade zwei Tage lang fast ausschließlich mit ihr beschäftigt und sie permanent in einen fensterlosen Raum gesperrt, den niemand außer ihr betreten durfte. Angel war völlig klar, dass Caiden mehr wusste, als er zugab. Sie war dennoch einer Meinung mit seiner Schwester, dass er selbst noch keine schlüssigen Antworten hatte, und entschied sich, mit ihrem Verhör auf einen günstigeren Zeitpunkt zu warten.

Mit hundert Metern Abstand folgte der schwarze Vulturebuggy dem unaufhörlich Sand aufwirbelnden Humvee. Auch die großzügige Distanz vermochte die drei Insassen nur unzureichend vor der undurchsichtigen Staubwolke zu schützen. Glücklicherweise hatten Dogs Leute ihre Schutzbrillen beim Angriff auf Brackwood zurückgelassen und nun wiedergefunden, ohne die sie wohl längst im Straßengraben gelandet wären.

Dog beanspruchte standesgemäß den Beifahrersitz. Am Steuer saß ein älterer Mann, hellhäutig und mit einer weithin sichtbaren Hakennase, namens Samuel. Er war einer der ersten Gangmitglieder gewesen und hatte Erics Gefängnisrevolte hautnah miterlebt. Sein Urteil lautete lebenslänglich für Mord und schweren Raub, nachdem ihm bei der Geiselnahme in einer Kleinstadtbank ein übermütiger Kunde seine Pistole abzunehmen versucht hatte. Als die Anarchiewelle über die Gefängnismauern schwappte, rettete er Dog vor dem Lynchmob der anderen Insassen und erhielt dafür später einen festen Platz an seiner Seite.

Auf dem provisorischen Rücksitz hinter dem aufgeschweißten Maschinengewehr klammerte ein abgemagerter Vulture namens Kalidas an den schwarzen Metallrohren des Überrollbügels. Dog und ihn verband eine tiefe Freundschaft, seit ihre Väter als Gefängniswärter bei der Revolte ermordet worden waren. Nur wenige Jahre vor dem Kollaps hatte seine Familie Indien aufgrund religiöser Unruhen verlassen. Seine Mutter eröffnete damals ein indisches Gourmetrestaurant, das bis zum globalen Untergang hervorragend lief und ihn die Kunst des Kochens lehrte. Eine Fertigkeit, die er trotz der rauen Sitten unter den Vultures nie verlernt hatte und derentwegen er auch ohne überragende kämpferische Eigenschaften geschätzt wurde.

Bis auf eine Pause zum Auftanken der Wagen an den mitgeführten Kanistern gönnte sich Angel den ganzen Tag über keine Rast. Obwohl sie Kims Fähigkeiten, den Rettungskonvoi zu beschützen, durchaus vertraute, wollte sie die Sicarii kein zweites Mal unterschätzen. Erst nach Einbruch der Dunkelheit stoppte sie den Humvee für die Nacht. Sie hatten Black Forrest im Norden entlang des Gebirges umfahren und sollten laut ihren Landkarten nur noch zweihundert Kilometer von dem Autobahnkreuz entfernt sein, über das der Flüchtlingszug zum rettenden Kloster fahren musste. Angel versteckte die Wagen zwischen einem Haufen verrotteter Elektroautowracks und verbot erneut jegliche Form von Lagerfeuern.

Nachdem Cassidy sich am Vormittag mehr oder weniger ausgeschlafen hatte, meldete sie sich freiwillig für die Nachtwache und versprach ihrem Bruder, ein Auge auf Faith zu werfen.

Während der ereignislosen Stunden gönnte sich Cassidy ein paar trockene Brotreste und entzündete eine Kerze, um wenigstens ihr Selbststudium von Angels Philosophie und Strategiebüchern fortführen zu können. Seit dem Überfall der Sicarii begann sie zu verstehen, dass gute Ausrüstung und Talent im Umgang mit Schusswaffen allein keinen Krieg gewinnen konnten. Angel hatte ihr besonders die Kapitel über Guerillataktiken ans Herz gelegt. Infiltration und Sabotage würden die Sicarii zwar nicht besiegen, aber hoffentlich so lange beschäftigen, bis sie genügend Kriegsgefangene befreit hatten, um einen echten Gegenschlag zu planen.

Faith wälzte sich währenddessen ununterbrochen auf der Rückbank des Humvees herum, bis sie kurz nach Mitternacht schweißgebadet aufwachte und röchelnd um Wasser bat.

»Was ist passiert?«, fragte sie heiser. »Wo sind wir?«

»Im Niemandsland«, antwortete Cassidy flüsternd und legte dabei ihren Zeigefinger auf die Lippen. »Wie fühlst du dich?«

Faith wollte ihr antworten, doch dann bekam Cassidy das Gefühl, als fiele ihr plötzlich ein verdammt guter Grund zum Schweigen ein, und ihr von der Sonne aufgeplatztes Gesicht erstarrte.

»Ich hab ihm gesagt, er soll mich vergessen«, hauchte sie und ließ sich wieder auf die Rückbank fallen. »Warum habt ihr mich zurückgeholt?«

Mit diesen Worten verlor sie erneut das Bewusstsein. Cassidy überlegte, ob sie ihren Bruder wecken und ihm davon erzählen sollte. Doch dann entschied sie, dass ein prophetisches Zitat seiner Freundin wohl kaum Grund genug sei, sie in sein Geheimnis einzuweihen.

Zwei Stunden vor Sonnenaufgang beendete Cassidy gerade ein interessantes Kapitel über die psychologischen Folgen des Tötens für Soldaten, als sie in der Ferne ein Aufblitzen bemerkte. Sofort rüttelte sie Angel aus ihren Träumen, die nach ihrem Gewehr griff und gebannt in Richtung Osten starrte. Im schwachen Neumondlicht war eine einzelne, gewaltige Explosion zu erkennen, nicht aber deren Auslöser. Schon nach einer Minute war das Feuerwerk vorbei und die beiden sahen sich einen Augenblick lang erschüttert an.

»Kim? Der Konvoi?«, hauchte Cassidy.

Angel verlor keine Zeit mehr, sondern weckte die anderen mit dem Starten des schnaufenden Humveemotors und jagte kurz darauf mit Höchstgeschwindigkeit über die aufgerissene Autobahn. In der dunklen Nacht spiegelte sich das Licht des einzigen noch verbliebenen Scheinwerfers auf der Straße, so dass sie zumindest den Weg erkennen konnte. Das Risiko, aufgrund der Festtagsbeleuchtung entdeckt zu werden, war ihr durchaus bewusst, doch mit dem Flüchtlingskonvoi unter Beschuss blieb ihr keine Wahl.

In den weitläufigen und unbebauten Ebenen der Steppe ließen sich Entfernungen nur schwer einschätzen. Was bei ihrem Aufbruch wie ein paar dutzend Kilometer gewirkt hatte, erwies sich im Laufe der Stunden als eine halbe Tagesreise. Entsprechend groß musste die Explosion gewesen sein, was nur einen Schluss zuließ: Der letzte Tanklaster der Ranger war zerstört worden.

»Kim! Butch!«, rief Angel in ihr Funkgerät. »Meldet euch, verdammt nochmal!«

Seit Sonnenaufgang hatte sie es versucht und keine Antwort erhalten. Faith war von der rasenden Fahrt erwacht und klammerte sich benommen am Seitenfenster fest. Ihre Augen rollten noch immer mehr oder weniger ziellos in den Höhlen, aber allmählich ließen die Drogen nach und sie verstand, wo sie war und wer sie mit Wasser versorgte.

»... cross ... bikes ... Geht in Deckung!«, schallte es plötzlich aus dem Lautsprecher.

»Butch! Bist du das? Melde dich!«, antwortete Angel. Inzwischen waren sie nur noch zwei Kilometer von den rauchenden Konvoiwracks entfernt und der Funkkontakt klarte zunehmend auf.

»Sharon ... werden angegriffen ... Süden!«, erwiderte eine hohe Stimme, die ihnen nur allzu bekannt vorkam. Nach einer letzten Anhöhe kam das Schlachtfeld mitten auf der Autobahn in Sicht. Der Tanklaster stand qualmend quer auf der sechsspurigen Asphaltstraße und war völlig ausgebrannt. Um ihn herum lagen mehrere zerstörte Konvoifahrzeuge, darunter auch der gelbe Schulbus mit seinen vergitterten Fenstern. Dahinter verschanzte sich ein sechsköpfiges sicariianisches Jagdkommando, das offenbar mit Motocross-Bikes Jagd auf Cole und Sharon gemacht und sie hier gestellt hatte.

»Dog, Flanke sichern!«, befahl Angel in ihr Headset, bevor sie den Humvee durch die Rauchschwaden des brennenden Sattelschleppers steuerte. Der Hüne gab den Befehl an Samuel weiter, der daraufhin mit einem waghalsigen Tempo südlich an den zerstörten Konvoiwracks vorbeiraste. Kalidas hielt sich am Bordgeschütz noch zurück, da er bei dem Geholper ohnehin nichts treffen würde. Dog störte das hingegen keineswegs. Er fixierte sein leichtes Maschinengewehr an dem eigens dafür über dem Armaturenbrett angeschweißten Scharnier und deckte die völlig überraschten Sicarii mit funkenschlagendem Beschuss ein.

Caiden eröffnete im selben Augenblick das Feuer aus der ratternden Bordkanone des Humvees, wodurch sich die Angreifer von einem Moment zum anderen mitten in einem tödlichen Kreuzfeuer befanden. Als auch Kalidas dem Zusammenspiel beiwohnte, ergriff das hoffnungslos unterlegene Jagdkommando Hals über Kopf die Flucht. Nur drei von ihnen schafften es lebend auf ihre Geländemaschinen und rasten mit Höchstgeschwindigkeit davon, ohne einen Blick auf die zurückbleibenden Kameraden zu werfen.

Angel stoppte den Humvee und setzte sich in das geöffnete Seitenfenster.

»Mein Gewehr!«, rief sie Faith zu.

Ihr erster Schuss war sofort ein Treffer, doch der Rest des Magazins verfehlte die in der Steppe auf und ab springenden Motorräder. Der Vulturebuggy unterstützte sie mit lautem Getöse aus beiden Geschützen, aber die Sicarii waren für die Maschinengewehre schon zu weit entfernt.

Auf einmal fegte Coles Rennmotorrad kreischend durch das verrauchte Schlachtfeld. Mit Sharon auf dem Rücksitz jagte er den flüchtenden Angreifern hinterher. Angel wusste genau, dass sie die Männer keinesfalls entkommen lassen durften, schwang sich zurück auf den Fahrersitz und schloss sich der Verfolgung an. Der Humvee war kein Rennwagen und konnte den anderen lediglich Rückendeckung geben, weswegen Dog gar nicht erst auf ihren Befehl wartete, sondern sofort an Angel vorbeipreschte.

Coles übermotorisierte Maschine holte die Sicarii mit Leichtigkeit ein; zumindest solange die in der Nähe der Autobahn blieben. Als sie ihn und Sharon bemerkten, wichen sie wieder auf die holprige Steppenlandschaft aus, wo sie ihre Geschwindigkeit drosseln mussten, aber Cole ihnen aus Angst um sein Prachtstück nicht zu folgen wagte. Es dauerte jedoch nur kurz, bis Dog im geländegängigen Vulturebuggy zu ihm aufgeschlossen hatte und sie die Sicarii in die Zange nahmen. Auf wenige Meter Entfernung spielte das Geholper kaum noch eine Rolle und eine der beiden Geländemaschinen überschlug sich schon ein paar Sekunden nachdem Kalidas das Feuer eröffnete hatte.

Gegen eine derartige Feuerkraft war der verbliebene Flüchtling machtlos und versuchte daher sein Glück im Zweikampf mit Cole. Er steuerte auf eine Grasinsel zu, die ihn knapp eine Motorradlänge hoch in die Luft und zurück auf die Straße katapultierte. Im letzten Moment zog Cole mit voller Kraft an seinen Bremsen, wodurch Sharon beinahe kopfüber von ihrem Sitz geschleudert worden wäre, aber auch die Kugeln des Sicarii gefahrlos ein paar Schritte vor ihnen im Asphalt einschlugen. Noch bevor er wieder Gas geben konnte, rauschte bereits der Humvee an ihm vorbei, an dessen Bordgeschütz Caiden nun völlig freies Schussfeld hatte. Unterstützt von Cassidy, die sich mit ihrem Gewehr aus dem Beifahrerfenster lehnte, zerstörte er die flüchtende Geländemaschine, die sich ein halbes dutzend Mal überschlug und anschließend ins Sandbett geschmettert wurde.

Der Sicarii war mit Sicherheit tot, doch Angel wollte kein Risiko eingehen, stoppte den Geländewagen und überprüfte das persönlich. Zur selben Zeit sammelten sich die anderen neben dem Humvee. Verschwitzt riss Sharon sich den schwarzen Sturzhelm vom Kopf, stolperte ein paar Schritte und übergab sich auf den Asphalt. Cassidy kam ihr sofort zu Hilfe gelaufen, aber sie winkte gereizt ab.

Cole und Dog zeigten hingegen nicht das geringste Interesse an der Situation, sondern standen sich schnaufend gegenüber. Wie zwei Bullen zur Brunftzeit, kurz davor, den anderen auf die Hörner zu nehmen, starrten sie sich mit geballten Fäusten an. Der Hüne überragte den Motorradfahrer um eine Kopflänge, doch der ließ sich davon keineswegs einschüchtern, obwohl er sich reflexartig auf die Zehenspitzen stellte.

»Verschiebt das auf später!«, brummte Angel den beiden zu, während sie sich zwischen den Testosteronpaketen hindurchzwängte. »Wie geht's ihr?«

»Ist nur die Hitze«, keuchte Sharon und richtete sich mit den Händen auf den Knien wieder auf. »Wo kommt ihr auf einmal her? Was ist mit deinen Leuten?«

Angel steckte ihre Pistole zurück in den Oberschenkelholster und raufte sich durch ihre dunkelbraunen Haare.

»Die haben sie über die Berge verschleppt, nach Norden. Und die Vultures gehören jetzt zu den Sicarii.«

»Was? Warum ist *er* dann hier?«, fragte Cole schuldzuweisend und ließ Dog derweil keinen Moment aus den Augen.

»Weil er zu uns übergelaufen ist. Seinen Männern hat Jade die Wahl gelassen.«

»Jade?«, grollte Cole. »Hat sie es etwa zu ihren Leuten geschafft?«

»Sie ist viel mehr als eine einfache Soldatin«, murmelte Angel. »Wir hatten ein kleines ... Déjà-vu. Aber diesmal hat sie gewonnen.«

»Und sie hat euch ohne weiteres gehen lassen?«, wollte Sharon misstrauisch wissen.

»Dafür haben wir jetzt keine Zeit«, entschied Angel. »Was ist mit dem Konvoi? Wo ist der Rest davon?«

Cole berichtete ihr von der Explosion, aufgrund derer sie bereits während der Nacht zum Schlachtfeld geeilt waren. Bei ihrer Ankunft hatten sie nur die rauchenden Wracks vorgefunden, kurz bevor sie das Jagdkommando der Sicarii entdeckte.

Gemeinsam kehrten sie zu den qualmenden Überresten zurück und suchten nach Anhaltspunkten für den Verbleib ihrer Freunde. Mehrere gepanzerte Pick-ups waren zu Verteidigungsstellungen zusammengeschoben worden, hinter denen sich erschossene Ranger und von der Explosion entstellte Sicarii befanden, die jedoch keine Schusswunden aufwiesen. Unter ihren getöteten Kameraden entdeckten sie Steven, den dunkelhäutigen Arzt und früheren Assistenzchirurgen aus Silver Valley. Vermutlich wollte er den eingekesselten Männern zu Hilfe eilen oder Verwundete von der Front bergen und wurde dabei selbst Opfer eines Kopfschusses. Respektvoll kreuzte Angel ihm beide Hände über der Brust und schloss seine Augen, bevor sie ihre Untersuchung fortsetzte.

Bei genauerer Betrachtung der Fahrzeugwracks zeichnete sich das deutliche Bild einer Defensivschlacht ab, während der sich die Ranger immer weiter nach Norden zurückziehen mussten. Als sich unter den Opfern weder unbewaffnete Zivilisten noch Kinder fanden, spekulierte Angel, dass es sich zumindest teilweise um ein geplantes Manöver gehandelt hatte. Das erklärte auch, warum sich der Sattelzug mit dem Treibstoff direkt in der Mitte des Schlachtfelds befand. Die Rauchschwaden ließen eine genauere Analyse nicht zu, aber anhand der Verformungen und Verteilung des doppelwandigen Stahlmantels lag die Vermutung nahe, dass Kim den Laster mit Absicht gesprengt hatte. Wieder einmal war den Sicarii ihre Gier nach Benzin zum Verhängnis geworden. Jade würde sicher Gefallen an der Ironie des Schicksals finden, dachte sich Angel.

»Und was machen wir nun?«, fragte Cole erzürnt mit einem der verkohlten Wrackteile in der Hand. »Viele Wagen können von dem Konvoi nicht mehr übrig sein und ohne den Tanklaster werden die es kaum bis in die Berge schaffen!«

Inzwischen hatte sich auch Faith dazugesellt und stolperte mit zitternd zusammengefalteten Armen durch den zerstörten Fuhrpark. Angel betrachtete sie eine Weile unbemerkt aus den Augenwinkeln und versuchte ihren Gemütszustand einzuschätzen. Die Amazone wirkte, als würde sie versuchen sich zu konzentrieren, um die Schlacht zu analysieren.

»Hier werden wir keine Antworten mehr finden und das war sicher nicht die letzte Patrouille in dieser Gegend. Der Qualm ist bei Tageslicht aus hundert Kilometern Entfernung sichtbar. Wir müssen hier weg«, entschied Angel mürrisch. »Wir folgen dem Plan. Kim hat diesen Angriff überlebt und kämpft sich wahrscheinlich nur eine Tagesreise vor uns mit dem Rest der Leute durch die Steppe. Holt den restlichen Treibstoff aus den Wracks. Dann verschwinden wir.«

Der Befehl, das Schlachtfeld zu verlassen, stieß auf ungeteilte Zustimmung. Fünfzehn Minuten später führte Cassidy den Humvee in Richtung Norden aus den Wracks heraus. Angel hatte ihr wieder das Steuer überlassen und Sharon angeboten, ihren Platz auf Coles Rücksitz zu übernehmen, was Dog mit geballten Fäusten rot anlaufen ließ. Zur allgemeinen Verwunderung fand Sharon jedoch inzwischen zunehmend Gefallen an der luftigen Art zu reisen, solange sie nicht gerade bei zweihundert Stundenkilometern beschossen wurden. Nachdem Cole ihr außerdem die Lufteinlässe ihres glänzend schwarzen Sturzhelms erklärt hatte, störte sie nicht einmal mehr die schweißtreibende Steppenhitze. Darüber hinaus hielt Sharon sich mittlerweile an seinem Ledergürtel fest, um Coles Brustkorb zu schonen. Allein die Tatsache, dass sie davon wusste, zeugte von einem großen Vertrauensbekenntnis seitens Cole, der seine Schwäche selbst unter starken Schmerzen nur allzu gern verheimlichte. Kurz nach Verlassen des Schlachtfelds übernahmen die beiden auf der Rennmaschine die Führung mit zwei bis drei Kilometern Vorsprung, um die anderen vor möglichen Hinterhalten warnen zu können.

In den monotonen Stunden der Reise gen Norden holte Angel Jades silbernes Amulett hervor, betrachtete es ausgiebig und suchte nach versteckten Botschaften oder einem Öffnungsmechanismus. Auf dem Rand standen drei eingravierte Worte:

CONCORDIA - CONVOCATIO - DICIO

Angel hielt es für einen Code und grübelte, was die Buchstaben bedeuten könnten, doch nach einer Weile gab sie gelangweilt auf und ließ es immer wieder auf ihren Fingern herabrollen. Vom Beifahrersitz aus vermochte sie nicht zu sehen, wie Faith die ganze Zeit gebannt auf das glänzende Schmuckstück starrte. Nur Caiden fiel ihr geradezu apathischer Blick auf. Auch er erkannte das eingestanzte Symbol der Frau mit den verhüllten Augen, durfte Faith aber kaum in Angels Anwesenheit zur Rede stellen. Als er stattdessen nach ihrer rechten Hand griff und sie sanft umschloss, erwachte sie aus ihrer Trance und blickte ihn verstört an, so als würde sie sich am liebsten aus seiner Umklammerung lösen. Sie zog ihren Arm zurück und rollte sich auf ihrer Seite der Rückbank zusammen, die braunen Augen auf die vorbeiziehende Steppe gerichtet. Im Rückspiegel konnte Cassidy die Unentschlossenheit ihres Bruders erkennen. Für einen Außenstehenden wirkte er wahrscheinlich besonders warmherzig und mitfühlend, aber sie wusste es besser.

Zur Nachmittagszeit kratzte endlich eine Stimme aus dem Funkgerät und unterbrach die eintönige Reise. Cole war das Benzin ausgegangen. Insgeheim klopfte Angel sich einmal mehr dafür auf die Schulter, dass sie auf wenig Gepäck und viel Treibstoff bestanden hatte. Unter anderem Benzin, was der Humvee mit seinem Dieselmotor eigentlich gar nicht vertrug. Inzwischen versorgte sie sowohl die Rennmaschine als auch den Vulturebuggy und ihre Reserven gingen zunehmend zur Neige. Viel war in den Konvoiwracks nicht mehr drin gewesen. Kim hatte deren Tanks vermutlich geleert, bevor sie sie opfern musste.

Die ganze Gruppe genoss eine wohlverdiente Pause und schlenderte auf der heißen Straße herum. Cassidy und Sharon vollführten gar Aerobicübungen, für die in Silver Valley Kurse angeboten worden waren. Nachdem Cole sein Motorrad aufgetankt hatte, rief Angel ihn und Dog zu sich, um anhand der Landkarte die weitere Reise zu planen. Vorsichtshalber stellte sie sich dabei zwischen die Streithälse und unterband schon erste Anzeichen von Konflikten mit schmerzhaften Schlägen in die Leistengegend.

Dogs Kameraden Kalidas und Samuel erkundigten sich unterdessen nach Faiths Befinden. Genau wie der Hüne hatten sie ihren schwindenden Geisteszustand miterlebt, bevor die beiden von Jade als Köder missbraucht worden waren.

Nach einer Stunde brach der kleine Tross wieder auf, um das verbliebene Tageslicht möglichst lange ausnutzen zu können - obwohl ihnen inzwischen alle Knochen wehtaten. Cole verringerte sogar das Tempo, damit sich Sharon nicht mehr so stark an ihm festklammerte. Angel wies Caiden an, ständig den Himmel im Auge zu behalten und nach Aufklärungsdrohnen zu suchen.

Am späten Nachmittag erreichten sie die ersten Gebirgsausläufer. Kahle Bäume von der Größe mehrstöckiger Wohnblöcke säumten die flachen Hänge rund um die Auffahrt. Ein Wald von ausgeblichenen Schildern warnte vor den Gefahren der steilen Serpentinen, die sich im Zickzack-Kurs in die Höhe schlängelten.

Die brüchige Asphaltstraße, aus deren Rissen gelbgrünes Steppengras spross, war stellenweise nur noch aufgrund der Wegweiser zu erkennen. Abgeknickte Äste über der Fahrbahn und Spuren von beseitigten Geröllawinen bewiesen jedoch, dass die Gruppe zumindest irgendwem folgte. Angel betrachtete die wilde Natur mit Genugtuung, denn hier würden sie so schnell keine fliegenden Spione entdecken.

Auf einer schattigen Lichtung inmitten eines abgestorbenen Nadelwaldes unterbrach sie die Reise und untersuchte die Warnschilder genauer, insbesondere die faustdicken Metallrohre, an denen sie angeschraubt waren. Zwei davon wiesen frische Sägespuren in Bodennähe auf und das Schild fehlte ganz. Angels geübtes Scharfschützenauge hatte dieselbe Unregelmäßigkeit bereits am Fuße der Berge bemerkt, doch erst die Wiederholung brachte sie auf den Grund. Sehenswürdigkeiten wie antike Ruinen, reißende Ströme oder Wasserfälle wurden häufig als Touristenattraktionen ausgeschildert und hätten etwaige Verfolger schnurstracks zum Kloster geführt. Kim musste sie abgesägt und versteckt haben, vermutete Angel erleichtert. Ihre Freundin lebte, genauso wie der Konvoi. Um auch die letzten Spuren zu beseitigen, kehrte sie mit ihrem Fuß Sand auf die Aluminiumstümpfe, bis sie nicht mehr zu erkennen waren.

Bevor Angel die Fahrt fortsetzte, wurde sie neugierig auf ein außergewöhnlich vertrocknet wirkendes Dickicht abseits der Straße. Die gesamte Vegetation litt unter Wassermangel, doch ein mannshoher Haufen frisch abgebrochener Zweige und Äste schien ihr übertrieben. Kaum hatte sie das Gestrüpp beiseite gezogen, fiel ihr Blick auf zwei Jeeps. Cole identifizierte sie anhand der Markierungen als Milizfahrzeuge aus Eagle Village. Die Tanks stellten sich als knochentrocken heraus, genau wie die der Wracks auf der Autobahn. Kim war offenbar gezwungen gewesen, die beiden Geländewagen mangels Benzin zurückzulassen. Es grenzte ohnehin an ein Wunder, dass der Konvoi es ohne den Tanklaster bis hierher geschafft hatte.

Die exponierte Lage der Lichtung war im Falle einer Verteidigung zwar relativ unpraktisch, im Gegenzug konnte man herannahende Feinde schon von weitem entdecken. Kurzerhand entschied sich Angel, die eigenen Fahrzeuge zwischen den Nadelhölzern zu verstecken und das Nachtlager aufzuschlagen.

Beim Verzehr der Notverpflegung in Form von trockenem Brot und Marthas Keksen erzählte Cole vom Verlauf seines Auftrags, die Sicariiarmee an ihrer Verfolgung des Konvois zu hindern. Trotz Sharons anfänglicher Abneigung gegenüber seiner waghalsigen Reisegeschwindigkeit erreichten sie die gigantische Stelzenbrücke vor Silver Valley noch am Tag des Aufbruchs. Näher wagten sie sich nicht an die eroberte Siedlung heran, auch wenn ihnen die Großstadt unter ihren Füßen keine Ruhe ließ. Unbeeindruckt von den Konflikten der Wastelands um sie herum hausten kannibalische Scavenger, die mehr mit Tieren als Menschen gemein hatten, in den weitläufigen Ruinen, die bei Nacht für jeden Außenseiter zur Todesfalle wurden. Angel erinnerte sich schaudernd an General Monroes Expedition zur Materialbeschaffung, die bei Einbruch der Abenddämmerung mit einem blutigen Gefecht und einer geradezu panikartigen Flucht geendet hatte.

Cole und Sharon versteckten sich während der Dunkelheit zwischen den unzähligen Elektroautowracks auf der Überführung. An Schlaf war trotzdem nicht zu denken. Sie nutzten stattdessen die Zeit, um den Hinterhalt für die Sicarii zu planen. Keiner von beiden war Sprengstoffexperte, doch Victors Überraschungspäckchen mit Lunte bedurften kaum einer detaillierten Anleitung. Eine Sprengung der Stützpfeiler oder gar der ganzen Brücke war völlig ausgeschlossen. Ihre Überlegungen führten sie zu einer Blockade, welche den Militärkonvoi aufhalten und zum Umweg durch die Großstadtruine zwingen würde, in der ihnen die Einheimischen den Rest geben sollten. Aufgrund der primitiven Zündschnüre mussten sie jedoch bis zur Detonation direkt am Ort des Geschehens bleiben und anschließend in Windeseile flüchten. Cole zog seine Mundwinkel bis zu den Ohren hoch, als Sharon bei der Vorstellung an seine Raserei sofort wieder übel wurde.

Zu ihrer Verwunderung ließen sich die Sicarii am gesamten Folgetag nicht blicken. Zunächst glaubten sie, die apokalyptische Explosion des Tanklagers hatte einen größeren Effekt erzielt als erwartet. Doch mit jeder vorbeiziehenden Stunde steigerte sich die Sorge, dass die feindliche Armee schon längst an ihnen vorbeigezogen sein könnte. Das Auftauchen der Vorhut in den Morgenstunden des dritten Tages löste beinahe ein Gefühl der

Erleichterung aus, endlich aus dem unheimlichen Versteck entkommen zu können.

Der Hauptstreitmacht fuhr ein Gruppe aus sechs geländegängigen Motorrädern voraus, die sich auf der Brücke gegenseitig dazu anfeuerten, immer höher und weiter über die Wracks zu springen. Dabei übersahen sie glücklicherweise Coles verstaubte Rennmaschine und die beiden Ranger, die sich im Heck eines Kleintransporters versteckt hielten. Sharon rieb sich im Gedanken daran grummelnd die Stirn. Eines der Motocross-Bikes war direkt auf ihrem Dach gelandet, hatte sie dadurch das Gleichgewicht verlieren lassen, wodurch sie mit voller Wucht gegen die Aluminiumwand geschmettert worden war.

Zehn Minuten später vernahmen Cole und Sharon die schnaufenden Motoren der trägen Einsatzfahrzeuge, die sich schwerfällig durch die Elektroautowracks schlängelten. Um eine möglichst undurchdringliche Barriere zu erschaffen, mussten zum einen ein paar schwere Laster und Busse zusammengeschoben und zum anderen wenigstens ein Teil der Straße aufgerissen werden. Dafür griff Mutter Natur den beiden unter die Arme, denn die Autobahn hatte aufgrund der jahrzehntelangen Temperaturschwankungen tiefe Risse bekommen, in die Sharon mit Leichtigkeit Sprengladungen stopfen konnte. Zumindest den Mannschaftstransportern und Kipplastern, die von den Sicarii bevorzugt bei Sturmangriffen eingesetzt wurden, sollte dadurch die Weiterfahrt unmöglich gemacht werden.

Cole hatte seinerseits zwei Sattelschlepper präpariert. Einer davon beladen mit einem halben dutzend Elektroautos, der andere noch zur Hälfte mit Kies unter seiner aufgerissenen Plane gefüllt. Zur Seite gekippt dürften beide ein nahezu undurchdringliches Hindernis darstellen.

Völlig ahnungslos schob sich der Militärkonvoi weiter auf die Brücke. Da Angel bei der Flucht aus Silver Valley eine alternative Route gewählt hatte, war ihr das gesamte Ausmaß der Sicariiarmee verborgen geblieben. Drei Geländewagen mit aufgeschweißten Maschinengewehren führten den Tross an, gefolgt von einer Handvoll Unterstützungsfahrzeugen wie Mannschaftstransportern und Tanklastern. Die Nachhut bildeten drei Baufahrzeuge, darunter der superschwere, zum Belagerungsturm umgebaute Kipplaster aus der Schlacht um Silver Valley, den die Sicarii wieder instand gesetzt hatten.

Als sie die Fahrer der Vorhut bereits miteinander reden hören konnten, war es endlich so weit. Über Funk abgesprochen entzündeten sie in Windeseile die Lunten und nahmen anschließend die Beine in die Hand. Victors Zeitzünder standen schließlich in dem Ruf, äußerst ungenau zu sein. Es dauerte nicht lange, bis die Sicarii ihre überstürzte Flucht bemerkten und die ersten Fahrzeuge zur Verfolgung ansetzten. Cole schwang sich schleunigst in den Sattel seiner Rennmaschine. Kaum fühlte er Sharons Umklammerung, ließ er den Motor aufheulen, so dass ihn wahrscheinlich sogar noch die Geländemaschinen in ein paar Kilometern Entfernung hören konnten.

Im selben Moment explodierten die Sprengladungen hinter seinem Rücken. Der vorderste Jeep war der Detonation an dem Kieslaster entkommen, doch schon kurz darauf stürzte sich der Sattelschlepper mit seinen sechs Elektroautos auf die kreischenden Sicarii. Die Wagen der oberen Ladeebene rissen sich aus ihren Verankerungen und rollten scheppernd über die sechsspurige Autobahn, bis sie im Kiesbett des ebenfalls umgekippten Lasters auf der anderen Seite zum Stehen kamen. Ohne auf die Verluste zu achten, preschten die verbliebenen Geländewagen durch die Unfallstelle hindurch, nur um ein paar Meter dahinter von Sharons wohlpräparierter Falle erwischt zu werden. Die Sprengladungen ließen den Asphalt eine Wagenlänge weit aufplatzen und gaben den Blick auf das darunterliegende Stahlgeflecht bis in die Tiefe der Großstadt frei. Einer der Jeeps konnte nicht mehr rechtzeitig ausweichen, stürzte mit der Motorhaube in das Loch hinein und wurde kopfüber auf die Straße geschleudert. Der folgende Wagen vermochte zwar das klaffende Loch zu umfahren, verlor dann aber die Kontrolle und raste direkt in die äußere Betonbegrenzung der Brücke. Die Wucht des Aufpralls zerstörte die marode Bausubstanz und ließ das zwei Tonnen schwere Auto ungebremst in die Tiefe stürzen. Die Mannschaftstransporter und Belagerungsfahrzeuge waren inzwischen zum Stehen gekommen und machten keine Anstalten, dem Beispiel ihres Vorauskommandos zu folgen.

Cole raste unterdessen von der explodierenden Überführung herunter und gönnte sich dabei nicht mal einen Blick in den

Rückspiegel. Kaum hatte er die Brücke hinter sich gelassen, erkannte er die näherkommenden Motocross-Bikes, denen die Geschehnisse nicht verborgen geblieben waren. Die zahlenmäßige Überlegenheit schloss ein Gefecht völlig aus. Stattdessen lehnte er sich mit Sharon auf dem Rücken so weit nach vorn wie möglich und drehte den Gasgriff bis zum Anschlag. Seine übermotorisierte Rennmaschine war das Einzige, was sie jetzt noch retten konnte.

Zu ihrem Glück hatten sich die Sicarii offenbar in der Steppe vergnügt und die Zeit nicht für die Errichtung einer Blockade auf der Autobahn genutzt. Hastig sprangen sie auf die Straße zurück und holten ihre Maschinenpistolen hervor, da rauschte Cole bereits zwischen ihnen hindurch. Der gewaltige Sog seines über zweihundert Stundenkilometer schnellen Motorrads schaffte es dabei sogar, einen der Fahrer von seiner leichten Geländemaschine zu schleudern. Die anderen eröffneten das Feuer, aber nach ein paar riskanten Ausweichmanövern war er längst außerhalb ihrer Reichweite. Die Sicarii machten seinen Angaben nach nicht einmal den Versuch der Verfolgung, die ohnehin zwecklos gewesen wäre, sondern kehrten zu ihrem Konvoi zurück. Wie sich später herausgestellt hatte, erhielten sie dort offenbar den Befehl, ihn zur Strecke zu bringen, was in dem Gefecht bei dem zerstörten Tanklaster endete, wo Angel den beiden zu Hilfe geeilt war.

Sharon bestätigte jedes Detail seiner Geschichte, weshalb nach wie vor die Frage im Raum stand, warum der Flüchtlingskonvoi einem so verheerenden Angriff ausgesetzt worden war. Die Armee aus Silver Valley hatte dazu keine Gelegenheit gehabt. Die Tatsache, dass die Sicarii ihre Kriegsgefangenen direkt im Anschluss an ihren Überfall zunächst nach Brackwood und anschließend über die Berge geschafft hatten, beruhigte sie jedoch etwas. Cole und Sharon war die ganze Zeit unwohl dabei gewesen, ihre hilflosen Freunde durch die von Scavengern dominierte Großstadtruine zu schicken, auch wenn die Sicherheit des Exodus-Konvois Vorrang besaß.

Als die Nacht hereinbrach, verschwand einer nach dem anderen in den Fahrzeugen oder Schlafsäcken. Angel wollte nicht unnötig Streit zwischen Cole und Dog provozieren und gesellte sich stattdessen zu Cassidy im Humvee. Grummelnd akzeptierten die beiden ihre Entscheidung und gingen friedlich getrennter Wege. Angel ignorierte das Balzverhalten der streitsüchtigen

Testosteronpakete und spielte im Schneidersitz mit ihrem Silberamulett. Cassidy hatte ihre misstrauischen Blicke auf das Schmuckstück schon während der Fahrt bemerkt und wollte nun endlich wissen, wie sie daran gekommen war.

»Sollte ich je in Bedrängnis geraten, müsste ich es nur vorzeigen«, wiederholte Angel Jades prophetisch klingende Worte. Anschließend reichte sie ihrer Schülerin die Silberplakette, die mit ihren zarten Fingern über die Gravuren strich.

»Sicariianisches Imperium«, murmelte Angel nachdenklich. »Lächerlich.«

»Kannst du lesen, was da auf dem Rand steht?«

»Concordia, Convocatio, Dicio.«

»Aha«, erwiderte Cassidy schnippisch. »Und was heißt das?«

»Keine Ahnung. Ich weiß ja nicht mal, was für eine Sprache das ist«, sagte Angel. »Ich hab versucht, es rückwärts zu lesen oder die Buchstaben anders anzuordnen, aber es ergibt einfach keinen Sinn.«

»Und was bedeutet der Vogel auf der Rückseite mit seinen riesigen Augen?«, fragte Cassidy. Angel zuckte mit den Schultern und ließ sich das Silberamulett zurückgeben.

»Sieht aus wie eine Eule«, antwortete sie und untersuchte die fingernageltiefe Gravur im Taschenlampenlicht genauer. »Ich glaube, diese Biester sind nachtaktive Jäger und brauchen deswegen so große Augen.«

»Und die blinde Frau?«

»Da klingelt was bei mir«, überlegte Angel. »Irgendwas mit Recht und Gesetz. Diese neue Freundin von Stan, Mary, hat uns doch davon erzählt.«

Cassidy erinnerte sich an Marys Geschichten des präapokalyptischen Rechtssystems. Weder sie noch Angel konnten die Erzählungen von Anwälten und Richtern glauben, die in feine Anzüge gekleidet über Verbrechen urteilten. Die Frau mit den verbundenen Augen nannte Mary Justitia und bezeichnete sie als das Wahrzeichen dieses Systems.

»Soll das heißen, Jade sieht sich als eine Art Richterin?«, fragte Cassidy.

»Naja«, erwiderte Angel und legte den Kopf auf die Seite. »Sie erschießt und ersticht ihre eigenen Leute. Das hätten mir nicht mal die Vultures ohne Weiteres durchgehen lassen.«

Neugierig kratzte sie mit ihren Fingernägeln zwischen der sauber ausgestanzten Figur herum. Besonders am scharfen Schnabel der Eule fanden sich winzige Teile einer weinroten Substanz, die sich wie Kerzenwachs zerdrücken ließ. Nach diesem Erfolg untersuchte sie die Rückseite mit dem Frauenkopf und entdeckte dort dieselben Rückstände. Verwundert blickte Cassidy ihr hinterher, als sie aus ihrem Armeerucksack Victors letzte Sprengladung hervorholte und den Anhänger in die kaugummiartige Masse drückte. Zum Vorschein kam ein ungefähres Abbild der Gravur. Nun wurde ihr klar, dass das Amulett weit mehr als ein Schmuckstück war. Es diente wohlmöglich als Siegel für Jades Befehle. Nur warum hatte sie es dann gerade ihrer ärgsten Feindin geschenkt?

»Hast du ihr eigentlich deine falsche Karte zugesteckt?«, fragte Cassidy zurückhaltend. Angel war einerseits froh, dass ihr Flüsterton in Brackwood den gewünschten Effekt erzielt hatte, andererseits wollte sie ihre Schülerin aber auch nicht anlügen.

»Ich hab ihr gesagt, sie soll nicht allein gehen«, antwortete sie nickend. »Die Warnung war ich ihr schuldig.«

Ohne auf Bestätigung oder Tadel zu warten, stand sie auf und verstaute die Sprengladung wieder in ihrem Rucksack auf der Ladefläche. Cassidy zog die Beine an die Brust und verschränkte die Arme. Angel kannte diesen Blick. Sie wartete auf weitere Erklärungen, bevor sie sich ein Urteil erlaubte. Eine Eigenschaft, durch die ihrer Freundschaft schon so manche Streiterei erspart geblieben war.

»Sie hätte mich bei unserem Kampf jederzeit töten können!«, begann Angel sich mit erhobenen Armen zu rechtfertigen, ehe sie wieder auf dem Beifahrersitz Platz nahm. »Stattdessen hat sie uns gehen lassen, mir Dog fein säuberlich verschnürt zurückgegeben und sogar noch gesagt, wo wir Hilfe finden würden.«

»Sie hat was!? Wo denn?«

»Wir sollen das Gebirge überqueren und uns an eine Schlucht halten, bis wir zu einer Brücke kommen. Wenn wir die in Richtung Osten überquert haben, werden wir nach einer Tagesreise auf etwas stoßen, dass uns zumindest weiterhelfen könnte«, wiederholte Angel die Anweisungen schulterzuckend. »Sie ist nicht ins Detail gegangen, ebenso wenig wie ich. Jade glaubt, oder vielmehr glaubt nicht, dass sich in der Militärbasis eines unserer

Waffenlager befindet. Sie wird trotzdem hinfahren, genauso wie ich ihrer Wegbeschreibung folgen muss.«

»Ist das wieder so eine Mission, bei der du gezwungen bist, allein zu reisen, dann aber doch das gesamte Team mitnimmst?«, wollte Cassidy grinsend wissen. Gleichzeitig vergrub sie ihren Kopf zwischen den angezogenen Knien, um eventuellen Vergeltungsmaßnahmen zu entgehen.

Abseits der Lichtung lauschte Caiden mit Genugtuung dem fröhlichen Gelächter seiner Schwester. Er konnte sich kaum noch an das letzte Mal erinnern, als er sie so unbeschwert hatte lachen hören. Faith hingegen saß auf einem Baumstumpf, wo sie mit Hilfe einer Taschenlampe die Einstiche an ihren Armen begutachtete. Jade war bei dem Verhör nicht zimperlich vorgegangen, aber die Wunden verheilten bereits. Als sie Caidens Schritte hinter sich vernahm, wollte sie aufstehen und nach ihrem Schlafsack sehen, doch er hielt sie mit sanftem Druck auf den Schultern zurück.

»Wer bist du?«, hauchte er und holte dabei die zusammengefaltete Botschaft hervor. Sie standen kurz vor dem Kloster und trotz seiner tiefen Zuneigung würde er seine Schwester nicht länger durch die Anwesenheit einer Verräterin in Gefahr bringen. Außerdem verlangte sein Innerstes nach einem Grund für ihre Handlungen.

Faith suchte seit ihrer Flucht nach den richtigen Worten; ohne Erfolg. Stattdessen übergab sie ihm die kleine Stabtaschenlampe. Anschließend streifte sie den handbreiten Korsettträger von ihrer linken Schulter, bis der Kopf einer Frau mit verbundenen Augen zum Vorschein kam, der eine exakte Kopie der Gravur von Jades Amulett war. Nun verstand Caiden, warum ihm das Symbol so bekannt vorgekommen war.

»Wir nennen uns Bacchae. Agentinnen der Sicarii«, sprach sie mit versteinertem Blick. »Jade und ich hatten den Auftrag, die südlichen Wastelands zur Vorbereitung unserer Invasion zu infiltrieren. Ich sollte die Vultures unterwandern, Jade die Ranger.«

Im Flüsterton erklärte ihm Faith, dass besonders attraktive, intelligente oder anderweitig außergewöhnliche Mädchen bereits an der Grenze zum Teenageralter ausgewählt und in der Kunst der Infiltration, Sabotage und Verführung geschult wurden, um später als Bacchae tief im Feindesland operieren zu können. Dort dienten sie häufig als Assassinen und Aufklärerinnen, aber mitunter auch als verdeckte Diplomatinnen, wie es mit Faith bei den Vultures der Fall gewesen war.

Caiden erfuhr nun als Einziger, dass die Gerüchte über Faiths ungewöhnlichen Eintritt in die Gang durchaus der Wahrheit entsprachen. Nach zweiwöchiger Observation aus der Ferne hatte sie sich entschieden, mit Einschüchterung mehr erreichen zu können, als mit einem offenen Angebot. Um Mitternacht und im Schutze des Neumonds kletterte sie über die Festungsmauern des ehemaligen Gefängniskomplexes und schlich sich in Erics Quartier. Sie sorgte mit Absicht dafür, dass seine Leibwachen sie entdeckten, wodurch der Riese erwachte und mit ansah, wie Faith seine Männer in einem Wirbelwind aus Blut und Stahl umbrachte. Ihre Einschätzung seines inflationären Egos erwies sich als korrekt, denn er rief nicht um Hilfe, sondern ließ sich auf einen Zweikampf ein. Überlegen säuselnd berichtete Faith, wie sie ein paar Minuten lang mit ihm spielte, bevor ihm die Luft ausging und er sich kurz darauf mit einer Klinge am Hals auf dem Boden wiederfand.

Erst jetzt offenbarte sie ihm, wer sie war und warum er auf ihr Angebot eingehen sollte. Provinzen der Sicarii, die dem Imperium aus freien Stücken die Treue geschworen hatten, genossen einen hohen Status und eine gewisse Unabhängigkeit. Im Gegenzug waren sie gezwungen, sich an den Feldzügen mit eigenen Legionen zu beteiligen und regelmäßige Abgaben zu entrichten, die einer aggressiven Macht wie den Vultures jedoch nicht schwerfallen würden. Faith malte dem stolzen Riesen Bilder von großen Schlachten und reicher Beute, die er zum Teil für sich behalten dürfe. Außerdem versicherte sie ihm militärische Unterstützung zur Lösung des Ranger-Problems. Eric stimmte nicht sofort zu, schwor aber angesichts der Klinge an seinem Hals, ihr Angebot in Erwägung zu ziehen und Stillschweigen darüber zu bewahren.

Bei den folgenden Verhandlungen wurde Faith bewusst, dass der Egomane seine eigenen Kräfte maßlos überschätzte. Sie musste ihm einen Dämpfer verpassen und die Vernichtung von Dogs Team mitsamt dem Wüstenschlachtschiff STELLA sollte ein klares Zeichen der sicariianischen Überlegenheit aussenden. Faith ließ sich dem Sattelschlepper zuteilen und plante fortan den

Hinterhalt auf Erics rechte Hand, was schließlich in der Nachricht an Jade gipfelte.

Womit sie jedoch nicht gerechnet hatte, war die tiefe Zuneigung gegenüber Caiden. Zu Beginn verspürte sie nur ein Gefühl von Mitleid über seinen baldigen Tod, dann wurde daraus der Wunsch ihn zu schützen, was sie bei dem Angriff auf das Landhaus instinktiv handeln ließ. Die Sicariitruppen sollten eigentlich erst zur Mittagszeit des Folgetages auf dem Gutshof eintreffen und ihre versiegelte Botschaft an Jade weiterleiten. Normalerweise hätte Faith sie für ihre Unachtsamkeit gemaßregelt, die Vultures getötet und ihre Leute anschließend mit der Meldung nach Norden entsandt; doch Caidens Anwesenheit änderte in dieser Nacht alles. Als sie sah, wie sich einer der Männer aus dem Schatten an ihn heranschlich, konnte sie nicht anders, als ihn zu retten. Das bedeutete aber auch, dass Jade ihre Nachricht nie erhalten hatte.

Wochenlang war sie hin und hergerissen zwischen Versprechungen an Eric, ihrem Pflichtgefühl und ihrer Zuneigung zu Caiden. Außerdem stellte sich Dog als überraschend aufrichtig und ehrenhaft heraus. Mehr und mehr fühlte sich ihre sorgfältig geplante Infiltration wie Verrat an. Die getöteten Sicarii bei Cassidys Rettung blieben ebenfalls nicht unbemerkt, auch wenn Jade derartige Morde bei ihrem späteren Verhör als durchaus notwendige, vertrauensbildende Maßnahmen bezeichnete.

Als ihre Armee vor Silver Valley stand, musste sie sich endgültig für eine Seite entscheiden. Obwohl sie Victor erstochen, und damit das Ende der Ranger besiegelt hatte, öffnete sie ihnen zugleich einen Fluchtweg, nur um Caiden und seine Schwester zu retten. Anschließend tauchte sie in den Rauchschwaden unter und stellte sich ihren eigenen Leuten.

In Brackwood trennte Jade sie sofort von den anderen Gefangenen und verhörte sie zwei Tage lang. Faith nahm es ihr nicht übel, sie bis zur Bewusstlosigkeit mit Drogen vollgestopft zu haben. Die meisten Bacchae bevorzugten diese subtile Methode anstelle von Folter, die häufig nur unzureichende Informationen lieferte, und sie rechnete nicht mit bleibenden Schäden.

Faith hatte erwartet, von Jade wegen Hochverrats hingerichtet zu werden, doch nichts dergleichen geschah. Irgendetwas außergewöhnliches musste bei ihrer eigenen Mission passiert sein, denn sie schien geradezu entzückt darüber, dass Angel der Übermacht entkommen war. Die Vorstellung, dass sie bereits auf dem Weg zu ihr nach Brackwood sein könnte, löste ganze Begeisterungsstürme in der emotionalen Frau aus. Während ihres Deliriums verstand Faith nur wenig von dem, was Jade philosophierte, aber sie bot ihr an, zu Dog zurückzukehren. Bei den Sicarii sei kein Platz mehr für die bekannte Verräterin, dafür hätten die Truppenkommandeure inzwischen gesorgt. Sollte der Mord an Victor jedoch ans Tageslicht kommen, würde Angel sie ebenfalls umbringen, weswegen ihre Tarnung aufrechterhalten werden musste. Jade verbannte so viele sicariianische Soldaten aus Brackwood wie möglich und besetzte die verbliebenen Patrouillen mit unerfahrenen Rekruten oder müden Veteranen, die für Angels Eindringen kein Hindernis darstellten. Anschließend brauchte sie nur noch zu warten.

Das Nächste, an das Faith sich erinnern konnte, waren Caidens blaue Augen und, dass er sie von ihren Fesseln in Brackwood befreite. Sie schwor ihm mit starrem Blick, keinen blassen Schimmer von Jades wahrer Intention oder ihren Plänen für Angel zu haben. Allerdings hatte Jade in ihren Ausführungen die Irrelevanz der Flüchtlinge für ihre Strategie deutlich gemacht, was erneut die Frage aufwarf, warum der Konvoi dennoch überfallen worden war.

5 - ZUFLUCHT

Der Morgen im Gebirge begann mit einer sanften Verdrängung der Schatten auf den Berghängen, deren höhergelegene Wälder nach dem Abschmelzen der großen Gletscher fast vollständig vertrocknet waren. Die kahlen Gipfel strahlten bereits in beruhigenden Brauntönen, die mit zunehmender Entfernung hellblau erschienen und einen malerischen Kontrast zum beinahe weißen Horizont bildeten.

Cassidy empfand ein ungewohntes Gefühl von Ruhe und Frieden, als sie die wilde Natur am Rand der Lichtung betrachtete. Nur hundert Meter von ihr entfernt labte sich eine Bergziege an den spärlichen Gräsern der Umgebung, sprang über den felsigen Untergrund und freute sich des Lebens.

Zumindest bis plötzlich ein ohrenbetäubender Donnerschlag das Bild wie einen Scherbenhaufen zusammenbrechen ließ und tausendfach von den Berghängen reflektiert wurde. Nur ein paar Sekunden später erschien Angel mit gezückter Pistole im Dickicht hinter ihrer Schülerin. Caiden und Faith waren aus ihren Schlafsäcken hochgeschreckt und starrten ebenfalls fragend den Berg hinab. Aus der Richtung von Dogs Vulturebuggy schepperte es gewaltig, gefolgt von Flüchen, die man Kindern besser nicht erzählen sollte.

»Bist du verrückt geworden?«, brüllte Angel, als sie Cole mit seinem Präzisionsgewehr bewaffnet über die Felsbrocken steigen sah. »Das hat man bis nach Silver Valley gehört!«

»Ach, mach dich doch nicht lächerlich«, grunzte er zurück. »Ich hab's satt, mich von trocken Brot zu ernähren!«

In diesem Moment kam Dog endlich aus dem Waldrand gestolpert. Schlaftrunken rieb er sich die Augen und suchte nach dem heranrückenden Feind, bis er Angel haareraufend zum Humvee zurückkehren sah.

»Ich bring ihn um!«, grollte sie. Cassidy gefiel der Gedanke an die zerstörte Ziegenidylle auch nicht, doch ihr Magen knurrte auf einmal so laut, dass sogar ihre Ausbilderin über die Komik der Situation schmunzeln musste. Ändern konnten sie die unüberlegte

Jagd ohnehin nicht mehr, also gestattete Angel das Entzünden eines Lagerfeuers bei Tageslicht, um das Fleisch zu rösten.

Während sich die anderen die Ziege eine Stunde später schmecken ließen, bezog sie am Rand der Lichtung Position, von wo aus sie die Umgebung im Auge behielt und die Weiterfahrt plante. Die Landkarten der Ranger waren völlig nutzlos, so dass Angel nur wage Vermutungen über ihre Entfernung zum Ziel anstellen konnte.

»Na, gewinnen wir?«, fragte sie Dogs tiefe Bassstimme, der mit einem Tablett voll dampfender Fleischstücke aus dem Dickicht heraustrat. Nach einem Kuss des Dankes verzehrte Angel die erste richtige Mahlzeit seit einer Woche. Der Hüne amüsierte sich dabei jedes Mal über ihre Tischmanieren. Nur in Ausnahmefällen berührte sie das Fleisch mit den Händen und führte immer ein komplettes Besteckset mit sich. Fett auf ihrer Ausrüstung oder gar dem hochempfindlichen Scharfschützengewehr war für die ansonsten so pragmatische Kommandeurin ein Graus. Sogar ihren Kampfdolch an der rechten Wade setzte sie nur äußerst ungern zur Nahrungszerkleinerung ein.

»Weit kann es nicht mehr sein«, murmelte sie mit vollem Mund. »Die werden Cole sicher schon gehört haben.«

Dogs geballte Fäuste sprachen Bände über den Morgengruß seines Konkurrenten, aber sein knurrender Magen hatte ihn davon abgehalten, den übermütigen Motorradfahrer unangespitzt in den Boden zu rammen.

»Und was dann?«, fragte er mit verschränkten Armen und lehnte sich stirnrunzelnd an eine der vertrockneten Fichten. Faul herumzusitzen kam für ihn nicht in Frage, besonders nicht nach seiner schmachvollen Gefangenschaft.

»Dann ...«, antwortete Angel nuschelnd, ehe sie das Silberbesteck beiseitelegte und ihre Lippen mit einem löchrigen Taschentuch säuberte. »Dann helfen wir unseren Leuten beim Aufbau der neuen Siedlung.«

Augenrollend ließ sich Dog auf den Boden rutschen und rieb frustriert über seine Stirn.

»Ich hasse Bauarbeiten! Was glaubst du, warum wir für sowas Sklaven hatten?«

Amüsiert blinzelte Angel in die hochstehende Morgensonne und stellte sich den Hünen mit einem knallgelben Schutzhelm und einer Schaufel in der Hand vor.

»Ich werd schon eine anspruchsvolle Aufgabe für dich finden«, versuchte sie ihn zu beruhigen und erinnerte Dog gleichzeitig daran, dass er schließlich einen guten Draht zur Chefin hätte. »Wir können ohnehin nicht lange bleiben. Ein paar Tage, mehr nicht.«

Die Furchen auf seiner Stirn verwandelten sich bei Angels Geheimniskrämerei in kleine Schützengräben.

»Jade hat mir die Richtung gezeigt, in der wir Hilfe finden werden.«

»Jade!«, echote Dog erzürnt in Gedanken an seine schmachvolle Zeit als ihr persönlicher Gefangener. »Wahrscheinlich willst du Cole auch noch mitnehmen! Genau wie deine ganze Bande von ach so hilfreichen Versagern!«

Er stand auf und blickte griesgrämig den Berg hinab.

»Warum machen wir es nicht wie früher? Nur du und ich!«

»Und was wird aus deinen Leuten?«

»Kalidas und Samuel?«, erwiderte Dog nachdenklich. »Anständige Männer, aber es hatte Gründe, dass sie nicht in meinem Team waren. Der Alte würde deine Kriege nicht mehr durchstehen und Kalidas kann besser kochen als schießen.«

»Ang ... ko ... du bald?«, kratzte eine Stimme aus Angels Ohrstöpsel. Die Akkus der Funkgeräte gaben kurz vor dem Ziel den Geist auf und niemand hatte daran gedacht, sie während der Nacht an den Autobatterien aufzuladen. Das war bisher immer Butchs Aufgabe gewesen. Bei diesem Gedanken verspürte Angel einen Moment lang unglaubliches Heimweh. Es wurde wirklich Zeit aufzubrechen. Sie kehrte mit Dog auf die Lichtung zurück und rief die anderen zur Versammlung.

Der Weg zum Kloster war nicht schwer zu finden, aber die einspurige Bergstraße hatte schon lange vor dem globalen Zusammenbruch keine Wartung mehr erfahren. Gletscherschmelzen und Geröllawinen stellten den kleinen Konvoi vor Gefahren, denen sie noch nie im Leben begegnet waren. Angel brummte Cole ein Geschwindigkeitslimit von maximal fünfzig Kilometern pro Stunde auf, was Sharon überaus freute. Aufgrund der zusammengebrochenen Funkverbindung sollte er außerdem permanent in Sichtweite bleiben, um nicht nach einem Unfall vergessen zu werden, woraufhin Dog auf einmal Partei für ihn und seine waghalsigen Fahrmanöver ergriff.

Die hochstehende Sonne sorgte während des Tages für Unmut bei den Fahrern, da sie auf den Serpentinen im Minutentakt von vorn nach hinten und wieder zurück wanderte. Nachdem Angel ihrer Schülerin die gefährlichen Manöver zunächst nicht zumuten wollte, ließ sie sich aufgrund ihrer immer stärker werdenden Höhenangst doch dazu erweichen, Cassidy das Steuer zu übergeben.

Nur selten passierten sie verlassene Berghütten, kleine Wegschreine und gelegentlich ein unbekanntes Dorf, die ein unheimliches, ausgestorbenes Bild der ansonsten atemberaubend schönen Landschaft malten. Die Gegend lag weit von den großen Touristenzentren entfernt, besaß weder Skilifte noch Hotels und schien aufgrund ihrer Abgeschiedenheit bereits vor dem Weltuntergang kaum Verkehr gesehen zu haben. Auf den Straßen standen auch keine Elektroautos, die man von den Hauptverkehrsadern in den Ebenen der Wastelands gewohnt war. Die angeblich saubere Mobilitätsrevolution hatte im schwer zugänglichen Gebirge abseits der gut ausgebauten Autobahnpässe nur wenig Anklang gefunden.

Kniehohe, halbtrockene Gräser und verholzte Sträucher dominierten den hellbraunen Farbmix der Täler, an denen sich hin und wieder recht reproduktionsfreudige Schafsherden labten. Auf den strahlenden Felshängen sonnten sich graue Bergwölfe, die angesichts des Nahrungsüberschusses aus verwilderten Nutztieren ihren ehemaligen Lebensraum zurückerobert hatten. Auf den höher gelegenen Klippen sprang eine kleine Gruppe Bergziegen umher und lieferte sich lautstarke Zweikämpfe, deren zusammenstoßende Geweihe über das ganze Tal hinweg hörbar waren.

Sprachlos starrten die Reisenden auf die unberührte Natur und verfluchten die jahrelangen Konflikte, die im Angesicht einer solchen Pracht auf einmal furchtbar unbedeutend schienen. Allerdings hatte General Peterson Silver Valley bewusst in einer der trockensten Gegenden errichtet, die er finden konnte. In einem derartigen Paradies wären sie nur in absoluter Isolation vor den Gangs sicher gewesen und das kam für ihn nicht in Frage. Die engen Serpentinen und die unbegrenzte Anzahl von Aussichtspunkten boten zwar einen gewissen Schutz, hätten aber zu allem entschlossene Banden wie die Vultures oder Fanatiker wie die Snakes nicht von ihren Angriffen abgehalten. Dasselbe galt nun für die Sicarii, weshalb Angel bereits nach geeigneten Plätzen für Spähposten Ausschau hielt.

Cole und Sharon hatten ihre Sturzhelme abgenommen, um die saubere Bergluft bei der gemütlichen Fahrt in vollen Zügen genießen zu können. Cassidy bat Caiden ans Steuer und stellte sich in den Geschützturm des Humvees. Sie nahm ihre Sonnenbrille ab, breitete die Arme aus und ließ ihre langen, blonden Haare mit geschlossenen Augen im Fahrtwind wehen. Das unbeschreibliche Gefühl glich ihrer Vorstellung vom Schweben der Adler, die im Segelflug über den Tälern kreisten. Sogar Faith schien zum ersten Mal wieder so etwas wie Lebensmut zu verspüren und steckte ihren Kopf genau wie Caiden weit aus dem Fenster.

Doch plötzlich endete die surreale Fahrt durch das trockene Paradies, als Caiden den Fuß vom Gas nahm und den Humvee stoppte. Cole hatte umgedreht und kam direkt neben ihm zum Halten, was auch die Neugier der Vultures im Buggy hinter ihnen weckte.

»Was ist?«, fragte Dog, als er Angel mit ihrem Gewehr in der Hand aussteigen sah. Wortlos kletterte sie auf die Ladefläche des schweren Geländewagens, öffnete die Schutzklappen und blickte durch ihre Zieloptik. Die anderen konnten es mit bloßem Auge kaum erkennen, doch ihrem geschulten Scharfschützenblick waren die hellgrauen Klostermauern am Horizont nicht verborgen geblieben. Aufgrund der im Berg gespeicherten Wasservorkommen hatte die tieferliegende Gebirgsvegetation große Teile der Festungsmauern zurückerobert, so dass nur noch die Ruinen der Ecktürme über den Baumwipfeln emporragten. Hauptsächlich Nadelgewächse, die auch jahrelange Trockenperioden überstehen konnten.

»Nichts«, murmelte Angel unentschlossen. »Niemand zu sehen.«

Sie setzte ihr Gewehr stirnrunzelnd ab und wartete auf Coles Einschätzung, der als Einzelgänger hinter feindlichen Linien ebenfalls ein talentierter Beobachter war. Nickend bestätigte er kurz darauf ihre Aussage.

»Vielleicht hat Kim sich verfahren?«, fragte Sharon vorsichtig.

»Der Weg verlief seit der Lichtung nur geradeaus«, erwiderte Caiden kopfschüttelnd.

Misstrauisch beobachtete Angel die Greifvögel am Himmel auf der Suche nach Spionagedrohnen, aber jeder davon schien in regelmäßigen Abständen mit den Flügeln zu schlagen, um wieder an Höhe zu gewinnen.

»Lasst uns doch einfach nachsehen?«, schlug Dog vor. »Wenn da etwas schiefgelaufen wäre, hätten wir schon längst Wracks von dem Konvoi oder Rauchschwaden aus den Gemäuern gesehen.«

Angel wusste genau, auf was für dünnem Eis sie sich befand. Mit der Fahrt durch das Gebirge folgte sie bereits dem Pfad, den Jade für sie vorgesehen hatte. Ihr Gefühl wollte der Schwertkämpferin trauen, aber ihre Vernunft mahnte zu äußerster Vorsicht. Mangels Alternativen stimmte sie dennoch zu und setzte die Reise fort.

Aus ein paar Kilometern Luftlinie wurden in den engen Bergstraßen schnell anderthalb Stunden. Erst mit der hereinbrechenden Abenddämmerung erreichten sie die steile Kopfsteinpflasterauffahrt zum Kloster, die mit ihren scharfen Kurven für den geopferten Tanklaster unpassierbar gewesen wäre. Caiden stand genau wie Kalidas einsatzbereit am Bordgeschütz und Dog hatte sein Maschinengewehr auf dem Armaturenbrett des Buggys fixiert. Cole blieb ein paar Meter hinter ihnen zurück, da er bei einem Hinterhalt feindlichem Feuer ungeschützt ausgesetzt sein würde.

Plötzlich knisterte es im Unterholz abseits der Straße. Sofort richteten Caiden und Kalidas ihre Geschütze darauf aus, gefolgt von dem Poltern kleiner Äste, die unkontrolliert den steilen Berghang hinunterrollten.

»Nicht schießen!«, rief Cassidy schockiert und sprang bei laufendem Motor aus dem Humvee. Schützend stellte sie sich vor den zwölfjährigen Jesse, der wie versteinert nur wenige Meter neben der Auffahrt stand und sein fleißig gesammeltes Feuerholz vor Schreck fallengelassen hatte. Sofort sicherte Caiden das Bordgeschütz und winkte Kalidas zu, seinem Beispiel zu folgen. Einen Augenblick später tauchte Scott hinter Jesse auf und hüpfte freudig bellend um Cassidy herum.

Nacheinander trauten sich nun fünf weitere Kinder aus den Büschen. Die meisten von ihnen hielten ebenfalls trockenes

Feuerholz in den Händen und strahlten von einem Ohr zum anderen, als sie Angel und Cassidy erkannten. Nachdem Cole zum Konvoi aufgeholt hatte, eskortierten die Jungen und Mädchen sie bis hoch zum Kloster, wo die Neuankömmlinge mit lauten *»Sie sind hier! Sie sind hier!«*-Rufen angekündigt wurden, ehe sie überhaupt den Torbogen passiert hatten.

Umgeben von einer dicken Mauer aus Natursteinen thronte im Zentrum der Anlage die standesgemäße Kirchenruine, die unzweifelhafte Ähnlichkeit mit dem Gotteshaus von Temple Town aufwies. Allerdings trotzten die Außenwände bis zu diesem Tag der erbarmungslosen Witterung. Lediglich das Dach fehlte, was auch beim Konventhaus links daneben der Fall war. In dem standhaften Gemäuer mit seinen kleinen Kachelfenstern pflegten die Mönche zu wohnen, bevor das Kloster vor einem Jahrhundert aufgegeben und zur Touristenattraktion umfunktioniert worden war.

Die Ankunft der Flüchtlinge hatte die Ruine inzwischen mit neuem Leben erfüllt. Ein knappes dutzend Lagerfeuer loderten zwischen den zusammengekehrten Trümmerhaufen, deren Grillgestänge einen appetitlichen Duft von geröstetem Fleisch und Brot ausströmten. Neben den Rangern und Zivilisten, die froh über die Rückkehr ihrer Anführerin waren, humpelte der alte Paul aus der Kapelle heraus, um Angel und ihre Kameraden zu begrüßen. Bei Dog und seinen Leuten schienen gerade die Bewohner aus Eagle Village etwas zurückhaltend, doch die Heldentaten von ihm, Faith und Caiden bei der Rettungsmission in Brackwood und der Verteidigung von Silver Valley waren längst in aller Munde. Enttäuscht verbreitete sich die Kunde, dass Angel keinen ihrer Familienangehörigen und Freunde zu retten vermocht hatte.

Nachdem sie weder Kim noch Butch in der Menge entdecken konnte, erklärte ihr Paul, dass die beiden eine Höhle nördlich des Klosters erkundeten, die Jesse mit ein paar anderen Kindern entdeckt hatte. Bei einer kurzen Erfrischung ließ Angel sich den Weg erklären und folgte anschließend ihren Kameraden, begleitet von Dog.

Der Pfad führte den Kopfsteinpflasterweg hinunter ins Tal und einen knappen Kilometer nördlich wieder hinauf. Anhand von abgebrochenen Zweigen und umgetretenem Gestrüpp konnte Angel mit Leichtigkeit erkennen, wo Butch mit seinen Bärentatzen entlang gestiefelt war. Es dauerte nur ein paar Minuten, bis sie den überwucherten Eingang entdeckten und den Abstieg begannen.

Die Höhle war auf natürlichem Weg entstanden und wies keinerlei Nutzung als Touristenattraktion auf. Glitzernde Felsen reflektierten das kegelförmige Licht der Taschenlampen und führten sie über spiegelglatte Natursteine in die Tiefe. Nach ein paar Metern hatte Angel das Gefühl, an den Wänden nasse Hände zu bekommen, und die steigende Luftfeuchtigkeit bestätigte kurz darauf ihre Annahme, dass sie sich einer Wasserquelle näherten. Aus der Ferne drangen bereits Echos von bekannten Stimmen durch den engen Tunnel, in dem Dog ständig den Kopf einziehen musste.

»... Frage ist nur, wie lange das Wasser reichen wird«, brummte ein vertraut pessimistischer Tonfall.

»Länger als unsere Vorräte!«, erwiderte Angel ächzend, die sich gerade an einem gigantischen Felsbrocken vorbeizwängte. Sofort richteten sich zwei Taschenlampen auf sie, begleitet von einem bekannt klingenden Revolverklicken.

»Tolle Begrüßung!«, hallte Dogs Bassstimme durch die Höhle. »Dafür hab ich mich nun geopfert!«

Amüsiert half ihm Angel über den riesigen Stein und musterte anschließend interessiert die Felsgrotte. Die ovalen Ausmaße betrugen gut zwanzig Meter in der Länge und noch einmal fünf in der Breite, ohne dabei geringfügige Unregelmäßigkeiten mitzurechnen. Bis auf einen kleinen Gang entlang der Wände, auf dem man sich höchstens kriechend bewegen konnte, und eine spitze Insel im Zentrum war sie komplett mit Wasser gefüllt. Die leichte Oberflächenbewegung ließ die Lichter der Taschenlampen an der hellgrauen Gesteinsdecke in einem unheimlichen Ballett entlangwabern.

Kim und Butch kamen ihnen geduckt auf dem schmalen Grat entgegen, begrüßten Angel mit einer herzhaften Umarmung und Dog mit einem kräftigen Händedruck. Da die beiden Männer wahrscheinlich nicht mal im kalten Wasser aufrecht stehen konnten, setzten sie sich kurzerhand an den Rand.

Kim lagen unzählige Fragen auf der Zunge, aber die erste vermochte Angel ohne Nachzudenken zu erraten. Dogs Anwesenheit machte deutlich, dass sie Gefangene befreit hatten, doch nun musste sie ihr beichten, dass ihr Freund nicht darunter war.

»Jade? Diese Verrückte hat jetzt meinen Johnny?«, erwiderte Kim mit einer Mischung aus Entsetzen und Unglauben. »Wieso lässt die ihn über die Berge schleppen und dich wieder laufen?«

»Ich glaube nicht, dass es dabei um den Dicken geht«, versuchte Angel ausweichend zu erklären, was sie selbst nicht ganz verstand. »Angeblich wollten ihn die Truppenkommandeure als Rache für Monroes Feuerwerk und seine mangelnde Sklaventauglichkeit hinrichten lassen, doch sie ließ ihn stattdessen versorgen und abtransportieren. Ich denke, sie wird ihn als Druckmittel gegen mich einsetzen wollen.«

»Ein Druckmittel? Warum gegen dich?«

»Die Schlampe ist völlig durchgedreht!«, warf Dog grollend ein, was von der Höhle mit einem wütenden Echo gewürdigt wurde. Er war längst nicht über seine schmachvolle Rolle in Jades kleinem Spiel hinweg, aber damit Kim und Butch die Geschichte verstehen konnten, mussten sie beim Anfang beginnen.

Eine Stunde lang berichteten die beiden von ihren unterschiedlichen Erlebnissen der letzten Tage. Angefangen von der Zerstörung des Wüstenschlachtschiffs, dem verlorenen Duell in Brackwood bis zu den ausgebrannten Konvoiwracks. Kim bestätigte die Vermutung, den Tanklaster selbst gesprengt zu haben. Am Tag vor der Schlacht hatte die Nachhut der Ranger die herannahende Armee gemeldet, die genau zu wissen schien, wo sich der Konvoi befand. Das untermauerte Angels Befürchtungen von Spionen in den eigenen Reihen. Daraufhin hatte Kim die Eskorte geteilt und war mit einer Gruppe Freiwilliger zurückgeblieben, um den Verfolgern eine Falle zu stellen. Währenddessen führte Paul den Konvoi unbehelligt auf Schleichwegen um Eagle Village herum in die Berge und traf einen ganzen Tag vor Angel im Kloster ein.

Anders als die diszipliniert vorgehenden Angreifer von Silver Valley waren die Sicarii diesmal jedoch eher wie eine wilde Gang auf sie zugestürmt. Bei diesen Worten rieb sich Dog frustriert über das erschöpfte Gesicht und erklärte, dass die Vultures nun zum sogenannten *Sicariianischen Imperium* gehörten. Dadurch war die Frage nach der Herkunft der neuen Truppen beantwortet worden.

Am Ende verstand Kim aber noch immer nicht, warum ausgerechnet ihr handzahmer Johnny ein Kriegsgefangener bleiben musste, während Killermaschinen wie Dog und Faith freigelassen wurden. Nachdenklich starrte sie auf Jades Silberamulett, das Angel herumgereicht hatte.

»Und du bist dir sicher, dass sie uns nicht in eine Falle lockt?«, fragte sie gedankenversunken.

»Sicher? Wohl kaum«, antwortete Angel mit einem Kopfschütteln. »Wenn sie uns auslöschen wollte, hätte sie jedoch mehr als genug Möglichkeiten gehabt. Ich denke, sie verfolgt ganz eigene Pläne, die nicht unbedingt mit den Zielen der Armee übereinstimmen.«

»Willst du der Psychopatin jetzt etwa helfen?«, brummte Butch mürrisch, dachte dann aber einen Moment über seine Worte nach und fügte vorsichtig hinzu, »Glaubst du vielleicht, du kannst sie auf unsere Seite ziehen?«

Überrascht zog Angel die linke Augenbraue hoch. Auf die Idee war sie noch gar nicht gekommen, doch es wunderte sie auch nicht, dass gerade ihr erster Freund bei den Rangern diese Vermutung äußerte.

»Warum nicht?«, antwortete sie nachdenklich, wechselte anschließend aber das Thema. »Wenn wir uns stattdessen hier oben verstecken und einfach abwarten, werden die Sicarii irgendwann vor der Klostermauer stehen und uns den Rest geben.«

Dem stimmten ihre Kameraden voll und ganz zu. Die nächste Konfrontation musste im Feindesland erfolgen.

»Momentan erwartet Jade, dass wir das Gebirge überqueren, um unsere verschleppten Leute zu befreien. Genau das wollten wir doch ohnehin tun«, fuhr Angel fort. »Also lasst uns die Flüchtlinge versorgen und anschließend nach Norden aufbrechen.«

Kim gab ihrer Kameradin nickend das Silberamulett zurück und führte die Gruppe aus der Höhle hinaus. Das durch die Felsen sickernde Wasser hatte den unterirdischen Teich während der Gletscherschmelze entstehen lassen. Er würde nicht ewig zur Verfügung stehen, aber das Überleben der Menschen sichern, bis sie jenseits der Berge ein paar Antworten gefunden hätten.

***

Bei ihrer Rückkehr zur Klosterruine wartete bereits das Abendessen auf sie. Anthony hatte mit tatkräftiger Unterstützung von Kalidas ein bescheidenes Festmahl zubereitet. Der indischstämmige Koch vermochte gerade Ziegenfleisch in ungeahnte Köstlichkeiten zu verzaubern.

Angel blieben die besorgten, teilweise aber auch vorwurfsvollen Blicke der Menschen nicht verborgen. Warum war ausgerechnet ihrem Liebhaber die Flucht gelungen, während die verschleppten Einwohner von Silver Valley und Jaguar Bay einem Leben in Sklaverei entgegensehen mussten? Mit Ausnahme von Butch und Kim wusste noch niemand von dem Wiedersehen mit Jade und Angel wollte es auch dabei belassen.

Nach Einbruch der Dunkelheit versammelte sie ihre gesamte Führungsriege zur Lagebesprechung. Nacheinander ließ sie jeden zu Wort kommen und die Ereignisse der vergangenen Tage wiederholen, damit alle über denselben Informationsstand verfügten. Dieses Mal gestattete sie Jesse die Teilnahme nicht. Die neuen Entwicklungen waren einfach zu gefährlich und unsicher. Sie durfte nicht riskieren, dass die Sicarii von Jades doppeltem Spiel erfuhren. Sie vertraute dem aufgeweckten Jungen, aber er hatte keine Ausbildung zum Durchhalten eines feindlichen Verhörs erhalten. Sie erklärte Jesse, dass sein Ausschluss von der Besprechung ebenso seinem eigenen Schutz wie dem der Flüchtlinge galt, womit er sich vorerst zufriedengab.

Kim interessierte sich als leidenschaftliche Nahkämpferin sehr für den Hightech-Kampfstab und entdeckte einen versteckten Schalter, durch den man am oberen Ende eine zwölf Zentimeter lange, beidseitig geschliffene Klinge herausschnellen lassen konnte. Mit seinem perfekt ausbalanciertem Gewicht ließ sich die einmalige Waffe dadurch auch als Wurfspeer für die Jagd oder als Lanze benutzen.

Der alte Paul runzelte besorgt die Stirn, als er von Angels erneutem Duell erfuhr und gab zu Protokoll, wie wenig er davon hielt, Jades Vorschlägen zu vertrauen. Den anderen ging es ähnlich, aber niemand hatte eine echte Alternative vorzuweisen. Außerdem bestand die Gefahr, dass Jade beim Nichtbeachten ihrer Anweisungen das Interesse an Angel verlieren könnte - mit nicht absehbaren Konsequenzen für die Flüchtlinge.

Abseits der Gruppe nutzte Kim die Chance, sich bei Faith für ihre waghalsige Rettungsaktion während der Schlacht um Silver Valley zu bedanken. Faith erinnerte sich an ihr plötzliches Verlangen, einer Freundin zu helfen. Ein Gefühl, das sie als Bacchae der Sicarii kaum gekannt hatte. Ebenso wenig wie die tiefe Zuneigung zu einem anderen Menschen, bis Caiden beinahe vor ihren Augen erschossen worden wäre. Beide Male hatte sie instinktiv gehandelt und dabei ihre eigenen Leute ermordet. Sie hoffte aufrichtig, dass der naive Rotschopf nie von ihrer wahren Identität erfahren würde.

Als ihre Freunde schon längst schlafend in den umliegenden Ruinen lagen, hockte Angel auf einem der Festungstürme und ließ ihren Blick über die Kopfsteinpflasterstraße und das Gebirgstal zu ihren Füßen schweifen. Gedankenversunken starrte sie auf ihren mattgrauen Kampfstab, fuhr ihn mit einem Klicken aus und wieder ein, aus und wieder ein. Immer wieder, bis ihr Daumen zu schmerzen begann. Auch wenn es Truppen der Vultures waren, die Kims Konvoi aufgrund ihrer Ortskenntnis mit Leichtigkeit eingeholt hatten, mussten es doch die Sicarii gewesen sein, die über Kenntnisse aus den Reihen der Ranger verfügten. Es existierten demzufolge definitiv Verräter unter ihnen, die selbst in diesem Moment Informationen an den Feind weiterleiten könnten.

6 - AUSZEIT

Die nächsten Tage glichen für Angels Team fast einem Urlaub in den Bergen. Aufgrund der leicht zu überwachenden Serpentinenstraße stellte sich rasch ein Gefühl der Sicherheit ein und die Flüchtlinge wurden allmählich zu sesshaften Einwohnern. Die Unzugänglichkeit der abgeschiedenen Region wirkte wie ein unsichtbarer Schutzschild, der sie ohne Furcht über den Klosterhof schlendern ließ. Natürlich spielte dabei die ständige Präsenz der aufmerksamen Ranger ebenfalls eine große Rolle. Angels Vermutung, dass Jade der eigentliche Grund für die friedliche Ruhe war, blieb weiterhin ein Geheimnis.

Cole hatte seine Miliz zum Schutz der Wasserquelle eingeteilt, die Tag und Nacht nur von Angel ausgewählten Personen Zutritt gestatteten. Dazu gehörte selbstverständlich der alte Paul, der jeden Tag eine Wanderung hin und zurück absolvierte, Angels eigenes Team sowie der Krankenpfleger Marcus. Seit dem Verlust von Steven war er ganz allein für das neuerrichtete Lazarett zuständig. Der Frauenschwarm hatte auch alle Hände voll zu tun, denn es verging kein Tag, an dem sich nicht irgendein Kind beim Spielen in der felsigen Landschaft verletzte; von den verwundeten Rangern aus der Schlacht um Silver Valley ganz zu schweigen. Sharon übergab sich weiterhin jeden Morgen wie ein Uhrwerk, was schnell Gerüchte über eine Schwangerschaft heraufbeschwor, die von ihr aber vehement dementiert wurden.

Nachdem Kims Beinverletzung einigermaßen verheilt war, ging sie regelmäßig mit einem Trupp erfahrener Überlebenskünstler auf die Jagd nach Bergziegen, Schafen oder, wenn sie Glück hatten, ein paar Hasen. Außerdem schlug sie vor, die ehemals domestizierten Nutztiere nicht einfach nur zu jagen, sondern für eine gesicherte Nahrungsversorgung einzufangen. Obwohl sich die Wildpopulationen erstaunlich gut erholt hatten, würde sie fünfhundert Menschen ohne Zuchtprogramm auf Dauer nicht ernähren können. Des Weiteren koordinierte sie Teams von freiwilligen Schatzsuchern, die die verlassenen Dörfer der

Umgebung erkundeten und dabei allerlei nützliche Gegenstände wie Rasierapparate oder eingeschweißte Gewürzpäckchen fanden.

Im Umkreis des Klosters fällten die Flüchtlinge unzählige Bäume und legten auf den gerodeten Flächen Obst- und Gemüsebeete an, deren Samen aus Eagle Village gerettet werden konnten. Trotz der ganzjährigen Sonne dürfte die erste Ernte viele Monate auf sich warten lassen, weshalb täglich Sammler in den Bergen unterwegs waren, um den proteinreichen Essensplan mit Brombeeren oder Pflaumen anzureichern. Wildwachsende Hagebuttensträucher sorgten als Tee für eine ausreichende Vitaminversorgung. Um die Felsgrotte herum ließen sich sogar vereinzelte Pilze entdecken, die mit ihrem riesigen Wurzelgeflecht bis tief in die Erde vordrangen.

Infolge des notorischen Treibstoffmangels erhielt Cole als Einziger den Auftrag, die Gegend nördlich des Klosters mit seinem Motorrad auszukundschaften. Sharon wollte ihn eigentlich begleiten, doch Angel überredete sie, ihre Kräfte für die bevorstehende Reise zu schonen.

Sie hielt ihr Versprechen an Dog und überließ Butch die Führung der Ausbesserungsarbeiten an der Klosterruine, aufgrund derer auch der letzte Flüchtling nach drei Tagen ein Dach über dem Kopf hatte. In den meisten Fällen bestand es aus einer Zeltplane, die zwischen zwei Mauern entlang gespannt worden war. Angel befahl zusätzlich die Ausbreitung von militärischen Tarnnetzen über dem Klosterhof, um etwaigen Drohnen die Arbeit zu erschweren. Sie sorgten gleichzeitig für kühlen Schatten in den Mittagsstunden.

Dog durfte währenddessen seine Bärenkräfte beim Wasserholen nutzen, was er Angel sichtlich übel nahm. Da sie aber so wenig Menschen wie möglich in die Höhle lassen wollte, stimmte er zu und pendelte gut zehn Mal am Tag mit einem Paar Wasserkanister vom Kloster in die Grotte und zurück. Jesse verriet ihm eine Abkürzung zur Straße, dank der er nicht jedes Mal gezwungen war, sich minutenlang durch das Dickicht zu kämpfen.

Der aufgeweckte Zwölfjährige hatte mit seinen Freunden begonnen, ein Baumhaus auf den Hügeln über der Abtei zu errichten, bei dem Cassidy ihnen natürlich unbedingt helfen musste. Anders als die Kinder der vormals gut behüteten Enklaven oder der Luxusvillensiedlung Eagle Village war sie es gewohnt, aus dem Nichts Behausungen zu bauen. Dasselbe galt für ihren Bruder, der sich seiner Schwester anschloss, um nicht von Dog zum Wasserholen verdonnert zu werden. Faith betrachtete das ganze Vorhaben hingegen als unnütze Zeitverschwendung, ebenso wie die Versorgung der Flüchtlinge und drängte darauf, die Reise über das Gebirge anzutreten. Um jedoch nicht als Spielverderberin aufzufallen, und, weil sie etwas neidisch auf die unbeschwerte Auszeit der Geschwister wurde, half sie ab dem zweiten Tag trotzdem mit. Ein wenig verwundert reagierten die Kinder aber schon, als die Assassine Falltüren und Fluchtrouten zu angrenzenden Bäumen vorschlug.

Als Faith am Abend des dritten Tages gerade ihre Arbeit mit einem Test ihres Fluchtseils beendete, brach der trockene Ast, um den sie es gewickelte hatte, und ließ sie gut fünf Meter in die Tiefe stürzen. Bestürzt kletterten Caiden und seine Schwester die etwas stabilere Strickleiter hinunter, während die Kinder sie tuschelnd vom Plateau über ihnen beobachteten. Faith war mit ihrer linken Schulter auf einen spitzen Stein unterhalb des Baumhauses gefallen. Vor den Augen der neugierigen Jungen und Mädchen biss sie die Zähne zusammen und rieb an der schmerzenden Stelle, ohne an ihr Tattoo zu denken, das dabei einen Augenblick lang zum Vorschein kam. Caiden kniete sich sofort fürsorglich hinter sie, um das verräterische Symbol zu verstecken, doch es war bereits zu spät. Cassidys geschockte Augen sprachen Bände über das, was gerade in ihrem Kopf vorging. Angel hatte die ganze Zeit Recht gehabt! Über die Verräter in den eigenen Reihen, das seltsame Verhalten ihres Bruders und Victors widersprüchlichen Tod, bei dem Faith angeblich ebenfalls umgekommen war. Plötzlich ergab alles einen Sinn!

»Hat sie ... Victor ...?«, flüsterte Cassidy mit ausgestrecktem Zeigefinger und ging fassungslos ein paar Schritte rückwärts, ohne dass Faith etwas davon mitbekam. Caiden antwortete ihr nicht, sondern half Faith auf die Beine und trat den Heimweg ins Kloster an. Hilflos starrte ihm seine Schwester hinterher, bis Jesse mit seinen Freunden vom Baum heruntergeklettert kam und wissen wollte, was geschehen war.

»Nichts! Nichts ist passiert!«, stammelte Cassidy verwirrt, rieb ihre verschwitzten Handflächen an den Oberschenkeln und tippte geistesabwesend auf die verräterische Stelle. »Nur die Schulter ... angeschlagen.«

Bevor Jesse weiter nachhaken konnte, eilte sie ihrem Bruder nach. Der verschlungene Trampelpfad führte gut dreihundert Meter quer durch weichen Waldboden und widerspenstiges Dickicht, so dass sie die beiden schnell eingeholt hatte. Wie immer trug sie ihre Pistole am rechten Oberschenkel bei sich, die sie weder bei der Arbeit im Lazarett noch während des Schlafens ablegte. Ein letztes Mal blickte sie zurück und überprüfte, ob Jesse ihr vielleicht gefolgt war, dann zog sie die schwarze Waffe aus dem Holster, entsicherte sie und zielte auf Faith.

»Stehenbleiben!«, befahl sie aufgebracht. Die pure Vorstellung, dass ihr eigener Bruder mit den Sicarii zusammenarbeitete, machte sie stinkwütend. »Keinen Schritt weiter!«

Caiden drehte verwundert den Kopf herum, setzte Faith auf dem Boden ab und ging mit mürrisch erhobenen Händen auf seine Schwester zu.

»Was soll das werden, Cass?«, fragte er grantig. »Willst du uns etwa beide erschießen?«

»Sie ... sie war es, nicht wahr?«, erwiderte sie mit zornigem Blick und wich dabei nicht einen Zentimeter zurück. »Seit wann weißt du es? Gehörst du auch zu denen?«

»Es ist nicht so, wie du denkst«, versuchte Caiden zu erklären.

»Wir gehen jetzt zu Angel!«, entschied Cassidy, ohne ihm wirklich zuzuhören. »Sie wird die Wahrheit schon aus ihr rauskriegen!«

»Wenn Angel davon erfährt, wird sie uns beide umbringen. Da kannst du uns auch gleich hier erschießen!«

Faith war inzwischen aufgestanden, hatte sich aber bisher zurückgehalten. Nun ging sie unbeeindruckt auf Cassidy zu und stellte sich zwischen sie und ihren Bruder, bis sie den kalten Stahl der Pistole auf ihrer verschwitzten Brust spürte.

»Ja, ich habe Victor getötet«, sprach sie mit ausdrucksloser Stimme, als würde sie von alltäglichen Banalitäten berichten. »Ich habe außerdem die Haut deines Bruders gerettet. Drei Mal, bis jetzt. Auch Kim verdankt mir zwei Mal ihr Leben, ebenso wie du, dein Freund Jesse und jeder andere aus Brackwood. Ganz zu schweigen von dem gesamten Flüchtlingskonvoi, denn ich habe die Palisade gesprengt und euch die Flucht ermöglicht.«

Cassidys Hände begannen unter den funkelnden Augen der eiskalten Assassine dermaßen zu zittern, dass ihr sogar der alte Paul gefahrlos die Pistole hätte abnehmen können. Doch Faith war noch nicht fertig.

»Zum Dank haben mich meine eigenen Leute gefoltert und so sehr mit Drogen vollgepumpt, dass mir die Erinnerungen an drei Tage und Nächte fehlen. Wenn du mich also für meine Missetaten tot sehen willst, dann mach es gefälligst selbst!«

Mit diesen zischenden Worten presste sie sich gegen die entsicherte Waffe und starrte Cassidy herausfordernd in die Augen. Überlegen zog sie die Mundwinkel hoch und neigte den Kopf nach rechts, als das Mädchen die Pistole senkte.

»Du musst noch viel lernen«, fügte sie süffisant hinzu. Augenrollend setzte Caiden mit ihr den Weg ins Kloster fort und ließ seine Schwester fassungslos zurück.

***

Eine Stunde später traf Cassidy nach einem gedankenversunkenen Umweg im Lager ein und sah, wie sich der gutaussehende Krankenpfleger Marcus gerade darum bemühte, Faith zu einer Untersuchung ihrer Schulter zu überreden. Cassidys heimlicher Schwarm erwies sich dabei als etwas zu hartnäckig, bis Faith ihn mit einem Würgegriff an die Kirchenruine nagelte und so davon überzeugte, dass sie keine ernsthaften Verletzungen davongetragen hatte. Im ersten Augenblick griff Cassidy instinktiv nach ihrer Pistole und vermutete einen bevorstehenden Angriff, bis sie verstand, dass Faith lediglich ihre Vulturekarte ausspielte.

Sie hatte den ganzen Weg entlang darüber sinniert, ob sie Angel von ihrer Entdeckung berichten sollte. Das wäre mit Sicherheit das Todesurteil für Faith. Selbst wenn die für ihren Pragmatismus bekannte Kommandeurin sie für ihre persönlichen Zwecke am Leben lassen würde, könnte wohl niemand Butch von seiner Rache abhalten. An Dogs Wutausbruch wollte sie gar nicht erst denken. Sie wusste aber auch, dass gerade Angel ihre Eigenschaft schätzte, sich zunächst alle Fakten anzuhören, bevor sie eine Entscheidung traf. Außerdem fürchtete sie um ihren eigenen Ruf, sollte herauskommen, dass ihr Bruder mit dem Feind kollaborierte.

Als sich die Flüchtlinge und Ranger zum Abendmahl versammelten und die ausgelassene Stimmung ihren lautstarken Höhepunkt erreichte, entschloss sich Cassidy, die beiden zur Rede zu stellen, ehe sie ihr Schicksal mit einer überstürzten Beichte besiegelte. Wie jeden Abend hatte sich Caiden mit seiner Freundin in eine windgeschützte Mauerecke im Schatten der Konventhausruine zurückgezogen. Faith rieb stöhnend an ihrer linken Schulter und fluchte leise über den unüberlegten Wutausbruch, aufgrund dessen sich die Schmerzen noch weiter verstärkt hatten. Nicht einmal während der kalten Nächte teilte sich das Paar eine Decke, was Cassidy argwöhnisch werden ließ, denn es machte nicht gerade den Anschein einer glücklichen Beziehung.

»Ich lebe ja noch«, säuselte ihr Faith entgegen. Cassidy reagierte nicht darauf, sondern nickte Caiden stumm zu, damit er ihr folgte. Faith blieb allein zurück und klopfte ihren Hinterkopf mit geschlossenen Augen ein paar Mal gegen die warme Natursteinmauer.

Cassidy sagte keinen Ton, bis sie das Kloster verlassen hatten und die Straße ins Tal hinabschlenderten. Viel Zeit zum Reden war den beiden in den letzten Wochen nicht geblieben. Im Anschluss an die sichere Heimkehr aus Brackwood hatte Monroe ihren Bruder mit den anderen Vultures verhaften lassen und seit der Schlacht um Silver Valley schien Caiden wie ausgewechselt zu sein. Nun wusste sie wenigstens warum.

»Bist du immer noch in sie ... verliebt?«, fragte das Mädchen vorsichtig, denn sie war sich ihrer eigenen Unerfahrenheit in diesen Dingen völlig bewusst.

»Liebe«, erwiderte er gedankenversunken. »Sie weiß doch nicht mal, was das ist.«

Nach und nach wiederholte er Faiths Geschichte und erklärte seiner Schwester, warum er ihr vertraute, obwohl sie Victor kaltblütig vor seinen Augen ermordet hatte. Ihren Erzählungen zufolge lebten die Bacchae außerhalb des gewöhnlichen sicariianischen Volkes. Absolute Neutralität war das Ziel, führte aber auch dazu, dass Freundschaften als Schwäche galten. Ausgestattet mit nahezu unbegrenzter Macht, wie sie Jade in Brackwood demonstriert hatte, war es ihre Aufgabe, dem gesamten Imperium zu dienen, nicht einer einzelnen Institution oder Person.

Die Infiltration der Vultures war Faiths erster eigenständiger Auftrag gewesen und zunächst schien alles genau nach Plan zu verlaufen. Egomanen wie Eric bestätigten ihre indoktrinierten Vorstellungen von den Barbaren außerhalb des Reiches, doch dann traf sie auf Dog und Caiden, denen sie aufgrund ihrer Persönlichkeit etwas bedeutete und nicht, weil sie ihren Befehlen gehorchen mussten. Caiden erzählte seiner Schwester von der Nacht in dem alten Gutshof und wie Faith seit diesem Tag einen Gewissenskonflikt mit sich selbst geführt hatte.

»Wenn du mich fragst, ob sie uns in allem die Wahrheit sagt, lautet die Antwort nein«, fügte er hinzu. »Aber ich bin davon überzeugt, dass sie nicht länger für dieselben Sicarii arbeitet, die uns angegriffen haben. Nach dem, was sie mir von Jade erzählt hat, glaube ich, dass die beiden ganz unterschiedliche Ziele verfolgen und wir Faith einfach in die Quere gekommen sind.«

Nachdenklich hielt er seine kleine Schwester an den Schultern fest.

»Ich könnte dir sagen, dass sie für uns lebendig mehr wert ist, als tot. Die Wahrheit ist aber, dass ich niemals zulassen werde, dass ihr irgendjemand Schaden zufügt«, raunte er und blickte entschlossen zum Kloster hinauf, über dem ein friedlich wirkender Feuerschein den Nachthimmel erleuchtete. »Ohne sie wären wir beide längst tot, genau wie all deine Freunde da oben, selbst wenn wir die erste Angriffswelle aufgehalten hätten. Ich erwarte nicht, dass du ihr einfach so vertraust, aber ich denke, sie hat eine zweite Chance verdient.«

Cassidy schauderte bei der Vorstellung, Angel zu belügen; ihren ganz persönlichen Schutzengel, der Himmel und Hölle in Bewegung gesetzt hatte, um sie zu befreien. Sie erinnerte sich allerdings auch daran, dass die ehemalige Vulturekommandeurin ihre Identität geheim gehalten hatte, bis die richtige Zeit gekommen war, ihr davon zu erzählen. Nun war Cassidy zum ersten Mal in der Lage, selbst Initiative zeigen zu können. Angel hatte ihr immer wieder gepredigt, wie wichtig Wissen über den Feind sei, bevor man sich ihm stellt, und Faith dürfte sich lebend als eine deutlich effizientere Informationsquelle erweisen. Außerdem wollte sie zu ihrem Bruder stehen, ohne den sie zweifellos als einfaches Mädchen vom Lande am Kochtopf über dem Lagerfeuer geendet wäre. Insgeheim wusste sie, dass ihre

Entscheidung schon längst gefallen war und sie lediglich nach Argumenten suchte, um sie vor sich selbst zu rechtfertigen. Entschlossen griff sie nach Caidens Hand, was bei ihm einen großen Stein vom Herzen rollen ließ.

Kaum waren sie wieder im Lager angekommen, erwartete Cassidy bereits ihre erste Herausforderung. Angel plante seit Tagen die bevorstehende Reise und erkundigte sich nach Faiths Schulter, die angeblich verletzt worden war. Wahrheitsgemäß berichtete Cassidy von der leichten Prellung, die ihre Einsatzfähigkeit jedoch nicht einschränken würde, und führte den Zusammenstoß mit Marcus als Beweis an. Caiden bestätigte ihre Geschichte und beide verschwiegen das verräterische Tattoo.

Faith hatte die Begegnung aufmerksam verfolgt und blinzelte erleichtert, als Angel ihrer Schülerin bestätigend zunickte und sich wieder auf Coles Aufklärungsskizzen konzentrierte. Als sich die Geschwister näherten, klopfte sie mit der flachen Hand auf den staubigen Boden, damit Cassidy sich zu ihr setzte.

»Und was nun?«

»Nun wirst du sicher eine Menge Fragen haben und erwarten, dass ich sie dir im Gegenzug für dein Schweigen beantworte«, erwiderte Faith scharfzüngig. Cassidy starrte sie etwas verdutzt an. Natürlich hatte sie an die unzähligen Informationen gedacht, die für sie nun zum Greifen nahe schienen, aber Faith ließ es wie ein Verhör klingen. Noch war sie längst nicht so abgebrüht wie Angel, die ihrer Delinquentin wahrscheinlich schon die Daumenschrauben angelegt hätte. Als sie kurz davor stand, sich für ihre unausgesprochenen Vorstellungen zu entschuldigen, winkte Faith ab und wiederholte ihre Feststellung, dass sie noch viel zu lernen habe. Anschließend setzte sie sich gerade hin und forderte Cassidy auf, ihren Fragen freien Lauf zu lassen.

Zuerst wollte sie verständlicherweise erfahren, was die Gruppe auf der anderen Seite der Berge erwarten würde und freute sich auf das Gefühl, *einmal* mehr als ihre omnipotente Ausbilderin zu wissen. Sie skizzierte Jades Route im Sand vor ihren Füßen und blickte Faith neugierig an.

»Da hat Jade euch hingeschickt?«, hauchte Faith erstaunt. Sie wischte das Gebilde sofort wieder weg und zog die Knie an ihre Brust. »Das sind Isolationisten. Eigenbrötler wie eure Nachbarn aus White Rock, die mit niemandem etwas tun haben wollen.«

»Warum sollten gerade die uns helfen?«, fragte Caiden. »Lässt sie uns doch in eine Falle laufen?«

Faith schüttelte den Kopf und rieb sich mit den Fingerspitzen die Kopfhaut unter ihren glatten Haaren, als würde sie nach etwas suchen, was ihr die Drogen genommen hatten.

»Jade hat ihre ganz eigenen Pläne. Nicht für euch, sondern für Angel«, antwortete sie zurückhaltend. An viel erinnerte sie sich nicht mehr, denn immerhin war sie ja verhört worden, und nicht umgekehrt. »Das Imperium hat jahrelang versucht, das Gebiet östlich der großen Schlucht zu erobern, ohne nennenswerte Erfolge. Wir waren ihnen zahlenmäßig zwanzig zu eins überlegen und verglichen mit euren Rangern oder den Vultures hervorragend ausgestattet, aber diese Leute besitzen noch viel von der Technik der alten Welt. Gegen Hubschrauber und Kampfpanzer konnten unsere Truppen nichts ausrichten.«

Die Geschwister erinnerten sich an Sharons Geschichte über den Angriff auf ihr Sklavenlager. Schon damals hatten sie sich gefragt, warum die Sicarii von einem dermaßen übermächtigen Gegner nicht einfach ausgelöscht worden waren.

»Es ist ja nicht so, als wenn die eine Panzerfabrik besitzen würden«, erklärte Faith. »Ihre Allmacht endet, sobald ihnen der Treibstoff ausgeht, die Munitionslager erschöpft sind und sie niemanden mehr haben, der die Geräte bedient. Es gibt einen Waffenstillstand, der besagt, dass sie sich nicht in unsere Angelegenheiten einmischen und wir sie dafür nicht länger angreifen.«

»Jade kann also keine eigenen Truppen über die Schlucht schicken und benutzt stattdessen Angel für ihre Zwecke?«, kombinierte Caiden, was Faith mit einem Nicken bestätigte.

»Das erklärt die detaillierte Wegbeschreibung, aber warum hat sie dich zurückgeschickt?«, fragte Cassidy misstrauisch, was ihren Bruder zu einem mürrischen Brummen verleitete.

»Vielleicht hab ich ja den Auftrag, die Siedlung von innen heraus zu sabotieren, die führenden Köpfe zu ermorden und den Sicarii die Tür zu öffnen?«, antwortete Faith zynisch. »Das wolltest du doch hören, oder?«

»Es reicht!«, grollte Caiden, aber seine Freundin winkte bereits ab.

»Nein, sie hat Recht. Jade hat mich nicht aus Mitgefühl gehen lassen. Sie platziert mich genau wie Angel auf ihrem Schachbrett und hofft, dass ihre Strategie aufgeht«, philosophierte sie beim Betrachten der verwischten Sandkarte, bis sie zu Nicken begann. »Ich bin mit eurer großen Heldin ganz einer Meinung, dass wir ihren Anweisungen folgen aber gleichzeitig die Augen aufhalten sollten. Man kann nicht einfach über die Schlucht marschieren und hoffen, bei denen aufgenommen zu werden. Jade muss einen Plan haben, uns den Zugang zu ermöglichen, und bis wir den kennen, sind wir gezwungen mitzuspielen. Sie würde es sofort merken, wenn wir gegen ihre Absichten handeln, und was das heißt, könnt ihr euch inzwischen selbst ausmalen.«

»Bedeutet das, es gibt hier noch mehr Spione wie dich?«, platzte es unüberlegt aus Cassidy heraus. Diesmal nahm Faith ihre Anschuldigung ernst und reagierte mit einem zornigen Stirnrunzeln.

»Zum letzten Mal, ich spioniere für niemanden, klar? Hast du dich mal gefragt, woher Jade Angels Namen kannte, oder warum Sienna nahezu ohne Gegenwehr in Grund und Boden gestampft werden konnte?«, erwiderte sie gereizt. Nachdem sie einmal tief durchgeatmet hatte, fügte sie hinzu: »Bevor du mich fragst: Nein, ich weiß nicht, wer die Verräter sind. Ich war für die Vultures zuständig. Was ich dir sagen kann, ist, dass Kalidas und Samuel nicht von mir umgedreht wurden. Niemand außer Eric und euch kennt meine wahre Identität.«

Geknickt versuchte Cassidy sich für ihre Unachtsamkeit zu entschuldigen und ließ die beiden anschließend allein. Sie wurde immer noch nicht schlau aus Faith. Ihre Intuition sagte ihr, dass sie wirklich von Jades Wegbeschreibung überrascht gewesen war. Die Isolationisten hinter den Bergen schienen der ansonsten so furchtlosen Frau beinahe Angst zu machen, was Cassidy nach den Beschreibungen der Hubschrauber und Panzer nicht wunderte. Ein flaues Gefühl in der Magengegend versuchte sie zu überzeugen, Angel von den neuen Informationen zu berichten und sie nicht im Ungewissen zu lassen. Vielleicht müsste sie die Fragen nach der Herkunft ja nicht einmal beantworten?

Nein. Fing sie erst an darüber zu reden, würde ihre Ausbilderin alles erfahren wollen - und müssen. Sie konnte nur hoffen, dass Caidens Vertrauen in seine geheimnisvolle Freundin gerechtfertigt war und Faith ihnen im richtigen Moment das Leben retten würde. Wiedereinmal.

***

Als Cassidy am nächsten Morgen den Kopf aus der Konventhausruine steckte, sah sie Kim mit einem Bündel Seile über den Versammlungshof eilen. Die Hobbybergsteigerin hatte von Angel den Auftrag erhalten, Abseilvorrichtungen und Gurtzeug für die Gebirgsüberquerung herzustellen, auch wenn sie aufgrund ihrer Höhenkrankheit hoffte, sie nicht einsetzen zu müssen. Im Schatten vor der Kirchenruine studierte Angel derweil die neuesten Aufklärungsdaten und diskutierte mit Dog die weitere Vorgehensweise. Fünf Tage saßen sie inzwischen fest und das gesamte Team brannte darauf, endlich weiterzuziehen, obwohl die Gründe dafür sehr unterschiedlich waren. Angel setzte die Priorität bei der Sicherung der Flüchtlinge und der Befreiung der gefangenen Ranger aus den Freien Enklaven. Dog wollte davon nichts wissen. Er verlangte nach Rache und scherte sich nicht um die Menschen, für die er beinahe schon einmal gestorben war.

Cole führte gemeinsam mit Sharon eine Inventur der Waffen- und Munitionsbestände durch. Die beiden waren sich zusehends nähergekommen, auch wenn die zierliche Studentin es nach wie vor genoss, ihn mit kleinen Sticheleien zu reizen, nur um anschließend mit unschuldig klimpernden Augen der Revanche zu entgehen. Die gute Nachricht war, dass den Rangern vergleichsweise viele Gewehre zur Verfügung standen. Die schlechte, dass der Transporter mit dem Großteil der Munition bei der Konvoiverteidigungsschlacht zerstört worden war. Nach kurzer Überlegung entschied Angel, dass die Flüchtlinge selbst mit einem schier unendlichen Vorrat an Patronen keine Chance gegen einen erneuten Angriff der Sicarii haben würden, wenn ihre Mission jenseits der Berge scheitern sollte. Dementsprechend teilte sie ihrem Team das gesamte Militärequipment zu und überließ der Klosterbesatzung lediglich die Jagdflinten.

Anthony und Kalidas diskutierten seit Tagen über die Verpflegung, die sie Angels Kommandoeinheit mitgeben könnten. Trockenfleisch war ihre erste Wahl, gefolgt von Brot und Marthas Trockenobst, mit dessen Herstellung sie schon am Tag nach ihrer

Ankunft im Kloster begonnen hatte. An manchen Berghängen der Umgebung gab es zudem wildwachsende Reste von ehemaligen Weinanbaugebieten, die sie zu Rosinen verarbeiten konnte. Ihr eingemachtes Pflaumenmus hätte Cassidy am liebsten sofort verspeist, doch die rüstige Proviantmeisterin hielt die Gläser unter strengem Verschluss.

Faith war mittlerweile wieder vollständig genesen, sowohl von ihrem Sturz aus dem inzwischen bewohnbaren Baumhaus als auch Jades Verhör. Schon bei Sonnenaufgang verschwand sie mit Caiden in den Bergen, manchmal begleitet von seiner Schwester und ihrem Schäferhund Scott, so dass Kim bereits scherzhafte Andeutungen über eine Verschwörung in die Welt gesetzt hatte. In Wahrheit wollten sie unbequemen Fragen aus dem Weg gehen und, ohne die Gefahr belauscht zu werden, mehr von den Sicarii erfahren.

Cassidy freute sich dabei auf entspannte Diskussionen, musste aber schnell feststellen, dass Faith ihrem Bruder ein hartes Trainingsprogramm verordnet hatte. Er war zwar physisch gut in Form, doch es mangelte ihm ihrer Meinung nach an Technik. Stundenlang pirschten sie zusammen durch die Wildnis, übten Infiltrationstechniken in verfallenen Ruinen oder gingen schlicht aufeinander los, um Schlagkombinationen einzustudieren. Cassidy kam sich manchmal wie die kleine Schwester vor, die ihrem großen Bruder von den Eltern ans Bein geheftet worden war, damit sie tagsüber aus dem Haus kam. Nach ein paar Stunden saß sie nur noch gelangweilt daneben, kraulte Scott am Hals und sah zu, wie Caiden und Faith mit vollem Marschgepäck Felswände hinaufkletterten und sich anschließend möglichst lautlos auf der anderen Seite abseilten.

Erst als Faith allein ihre Messerwurfkünste trainierte, wurde Cassidy wieder neugierig. Ein paar Ranger hatten sie zum Dank für ihre Hilfe in Silver Valley neu eingedeckt. Obwohl es ihr etwas paradox erschien, war sie pragmatisch genug gewesen, um die Geschenke anzunehmen. Caiden konnte den verglichen mit seinem Sturmgewehr harmlos wirkenden Klingen jedoch nicht viel abgewinnen und verzichtete darauf.

»Wie schaffst du das, jedes Mal den Baum zu treffen?«, fragte Cassidy beeindruckt.

»Ein Baum ist leicht«, murmelte Faith konzentriert und schleuderte ein drittes Messer auf nahezu dieselbe Stelle. »Ein Kopf oder ein Herz, das ist schon schwieriger.« Sie riss ihre Klingen aus der Baumrinde, trat drei lange Schritte zurück und reichte sie Cassidy. »Halt es an der Schneide mit Daumen und Zeigefinger fest. Anschließend den rechten Fuß nach hinten und den linken im Fünfundvierzig-Grad-Winkel zwei Fußlängen davor.«

Cassidy folgte ihren Anweisungen und stellte erstaunt fest, dass die silbernen Messer deutlich schwerer waren, als sie aussahen.

»Okay. Jetzt streck beide Arme nach vorn. Nun geh mit dem rechten Arm in einer runden Bewegung nach hinten, bis das Messer neben deinem Kopf ist, und dann wieder nach vorne, als wenn du ein Stück Fleisch zerhacken willst. Das Handgelenk bleibt die ganze Zeit steif! Verlager dein Gewicht auf das linke Bein«, erklärte Faith und verdeutlichte ihre Worte derweil mit einer Trockenübung, bei der sie Cassidys Arm mit ihren Händen führte. »Wenn dein Wurfarm genau parallel zum anderen ist, also auf das Ziel zeigt, lass die Finger kurz los. Danach musst du die Hackbewegung unbedingt noch etwas weiterführen, sonst triffst du nichts.«

Sie ließ Cassidys Arm los.

»Bereit?«

Cassidy nickte.

»Okay, dann los!«

Faith trat zur Sicherheit einen Schritt zurück, während Cassidy die Trockenübung noch zwei Mal wiederholte, bevor sie warf, doch das Messer prallte wirkungslos vom Baum ab. Sie wollte es sofort erneut versuchen, aber Faith hielt sie davon ab.

»Moment«, sagte sie. »Geh erst eine Fußlänge zurück.«

Abermals folgte Cassidy ihren Instruktionen, ahmte die Bewegungen detailgetreu nach und schleuderte eine zweite Klinge auf den malträtierten Baum. Diesmal blieb sie zitternd in der Rinde stecken.

»Siehst du«, lobte sie Faith.

»Wieso ging das jetzt so leicht?«

»Das ist Mathematik«, erklärte Faith. »Das Messer dreht sich alle drei Meter einmal um den eigenen Schwerpunkt. Bist du zu nah oder zu weit vom Ziel entfernt, triffst du es nicht mit der

Spitze und prallst ab. Es braucht viel Übung, um über zwei, drei Umdrehungen hinauszukommen.«

»Und wie viele schaffst du?«

Faith zog eine etwas größere, geschwärzte Klinge aus ihrem Gürtel und schleuderte sie an Cassidy vorbei auf einen zwanzig Meter entfernten Ast.

»Sechs.«

Cassidy hatte eindeutig Gefallen am Messerwurf bekommen und bat Faith um weitere Lektionen. Caiden war steht's zugegen und gratulierte seiner Schwester zu ihren Erfolgen. Insgeheim freute er sich, dass die beiden ein gemeinsames Interesse gefunden hatten und sich näherkamen.

Während er ihnen zusah, versuchte Caiden, Faiths Panflöte zu reparieren. Sie wollte nicht darüber reden, was mit dem Instrument geschehen war und warum Jade ihr die Einzelteile gelassen hatte. Generell konnte sie sich nach wie vor kaum an Details ihres Verhörs erinnern. Umsomehr dankte sie ihm, als am darauffolgenden Tag wieder ihre zauberhafte Musik durch die Wälder um das Kloster hallte.

Butch verbrachte fast jede freie Minute unter dem Humvee oder seinem Pick-up, um die Fahrzeuge für die Reise vorzubereiten. Wie immer hatte sein orangefarbener Liebling bei der Verteidigungsschlacht des Konvois einiges einstecken müssen. Ohne Johnnys Unterstützung fiel ihm die Arbeit jedoch viel schwerer, so dass er häufige Pausen einlegte und kaum ansprechbar war. Hilfsangebote der Flüchtlinge musste er widerwillig ablehnen. Angel wollte nicht, dass irgendjemand außer ihrer Kommandoeinheit an den Wagen herumschraubte. Während der Nacht wurden sie sogar ununterbrochen bewacht, um Sabotage zu verhindern. Dabei dachte Angel nicht mal an eine Autobombe. In den Bergen aufgrund von Motorschäden liegenzubleiben hätte denselben Effekt.

***

Am Abend des sechsten Tages war es endlich so weit. Angel rief ihr gesamtes Team zur letzten Lagebesprechung zusammen, was diesmal auch Jesse wieder mit einschloss. Wie schon in Jaguar Bay stellten die Milizionäre Stühle für Paul und Martha bereit. Butch zog genüsslich an einer Zigarette, Cole teilte sich mit Sharon den Ledersitz seiner Rennmaschine. Er hatte ebenfalls eine Zigarette im Mund, deren stinkenden Rauch Sharon kontinuierlich wegzuwedeln versuchte. Zu ihrem großen Unmut hatten die Schatzsucher ein paar Päckchen in den umliegenden Dörfern entdeckt. Caiden, Cassidy, Scott und Faith hockten im warmen Sand vor dem Humvee und Kim breitete eins ihrer aus Gürteln und Seilen gefertigten Gurtzeuge auf der Motorhaube des Pick-ups aus.

Viel zu bereden gab es nicht. Inzwischen hatte sich im gesamten Kloster herumgesprochen, wohin die Reise gehen würde, auch wenn der genaue Grund dafür nach wie vor geheim blieb. Die offizielle Mission lautete, Kriegsgefangene zu befreien. Angel ließ eine von Coles selbstgezeichneten Landkarten herumreichen, die nicht mal ansatzweise an Kims strategische Gemälde herankam, aber die ersten dreihundert Straßenkilometer recht anschaulich darstellten. Auf den engen Serpentinen würden sie nur langsam vorankommen und Angel wollte häufige Pausen einlegen. Niemand, nicht einmal Faith, wusste genau, was sie auf der anderen Seite des Gebirges erwartete, weswegen Mensch und Maschine geschont werden mussten. Der Ausfall eines der Wagen hätte katastrophale Folgen, von einem Unfall mit Knochenbrüchen oder ähnlichem ganz zu schweigen. Es gab keinen Ersatz, keine Verstärkung und niemanden, den sie um Hilfe bitten konnten, sobald sie das Kloster hinter sich gelassen hatten.

Dog lehnte es nach wie vor ab, für die Flüchtlinge in den Krieg zu ziehen. Das Gerede über die Rettung der Verschleppten und die Hoffnung für die Zivilisten bereiteten ihm Kopfschmerzen. Angel hatte geahnt, dass er sich nicht ohne weiteres integrieren lassen würde und suchte nach Argumenten, ihn von der Richtigkeit ihrer Mission zu überzeugen, als Caiden ihr zuvorkam.

»Glaubst du vielleicht, du wärst bei Eric besser aufgehoben?«, rief er Dog mürrisch zu. Er schuldete ihm alles, aber allmählich zehrten die ständigen verklärten Heroisierungen des Vulturedaseins an seinen Nerven.

»Der steht jetzt wenigstens auf der Gewinnerseite!«, erwiderte der Hüne erzürnt.

»Und wie kommst du darauf, dass er dich an seiner neuen Stellung teilhaben lassen wollte?«

Nun hob Faith zum ersten Mal den Kopf und starrte Caiden beklommen an. Auch Cassidy verstand nicht, worauf ihr Bruder hinauswollte.

»Glaubst du etwa, dass er das innerhalb einer Woche durchgezogen hat?«

Wütend schlug Dog auf die Motorhaube des Humvees. Er kannte die Antwort auf diese Frage. Cassidy fürchtete, dass Caiden plötzlich alles ausplaudern würde und Faith bereitete sich instinktiv auf ihre blitzschnelle Flucht vor. Sie hatte nicht alle Seile und Strickleitern im Baumhaus verbaut. Ein paar davon warteten gut versteckt an den Hängen des Klosters auf sie.

»Warum hat er dir nie etwas von den Unterhändlern der Sicarii erzählt?«, fuhr Caiden unbeeindruckt fort. In diesem Moment stürmte Dog zwei Schritte auf ihn zu und hielt ihm den Zeigefinger vor die Nase, als wenn er den besserwissenden Bauernlümmel zurechtweisen wollte. Doch ihm fehlten die Worte, denn der Junge hatte Recht.

»Ganz genau. Er musste dich loswerden, weil du dich den Sicarii niemals untergeordnet hättest! Ohne die Menschen hier wärst du längst tot!«

Dog zog seinen Finger zurück und ballte stattdessen die Faust. Für einen Augenblick schien es, als würde er Caiden im nächsten Moment für seine Unverschämtheit bewusstlos schlagen, aber dann entspannte sich seine Hand. Er stöhnte frustriert und lehnte sich mit dem Rücken an den Humvee.

Angel hatte das Schauspiel mit verschränkten Armen verfolgt. Während ihre Kameraden Caidens logischer Argumentation Achtung schenkten, grübelte sie, woher er seine Informationen haben könnte. Sie selbst hätte die Geschehnisse nicht besser kombinieren können. Angel war sich sicher, dass seine plötzliche Erleuchtung mit dem Geheimnis zusammenhing, das er seit der Schlacht von Silver Valley mit sich herumtrug. Nun würde sie Caiden erst recht nicht mehr aus den Augen lassen.

Nachdem der Streit geschlichtet worden war, erklärte Kim den Einsatz der Sicherungsgurte und sorgte dafür, dass sich jedes Teammitglied wenigstens einmal von den acht Meter hohen Festungstürmen abseilte.

Faith schien wie sooft in ihrem Element zu sein und machte den professionellsten Eindruck, gefolgt von Caiden, den sie ihre

Technik gerade erst gelehrt hatte. Cassidy kam ihr hartes Trainingsprogramm und zumindest das Zusehen bei ihrem Bruder zugute. Sie wirkte im Vergleich etwas tollpatschig, behielt aber jederzeit die Kontrolle über ihren Körper. Gleiches galt für Sharon, die mit kreidebleichem Gesicht die Natursteinmauer hinab tapste und bei jedem Schritt kurz davor stand, sich zu übergeben. Cole war es gewohnt, sich als Einzelkämpfer in die unmöglichsten Aufklärungspositionen abzuseilen und hatte keine Probleme mit der Übung. Jesse konnte das Team mit seinen zwölf Jahren zwar nicht begleiten, durfte sich aber dennoch an dem Turm versuchen. Dank seiner Baumhauskletterei verfügte er über mehr Erfahrung als die meisten anderen und machte eine äußerst gute Figur. Dog verließ sich gänzlich auf seine Kraft und hätte dabei fast den Halt verloren. Eine Lektion, die er hoffentlich nicht so schnell vergessen würde, flüsterte Kim Angel zu, die nach Butchs gelungenem Abstieg als letzte an die Reihe kam.

Unter den Blicken ihrer Freunde fiel Angel die Überwindung ungleich schwerer, doch sie wegzuschicken hätte man im gesamten Lager als Schwäche gewertet. Nachdem sie das Seil und dessen Knoten zur Sicherheit noch einmal überprüft hatte, stellte sie sich auf die Kante und ließ sich unter Kims penibler Anleitung rückwärts an dem Turm hinabgleiten. Aufgrund ihrer Höhenangst brauchte sie mit Abstand am längsten, verhielt sich aber nach der Einschätzung des klettererfahrenen Rotschopfs auch am vorbildlichsten.

Als diese Hürde genommen war und die Abendsonne allmählich hinter dem westlichen Bergrücken verschwand, begannen sie mit dem Beladen der Fahrzeuge. Ein Großteil der Flüchtlinge versammelte sich vor dem Fuhrpark und sah ihnen dabei zu. Nach wie vor war es nur Angels Kommandoteam gestattet, sich den beiden Wagen, Coles Motorrad oder den Vorräten zu nähern. Die einzige Ausnahme war Jesse, der seinen Freunden stolz beim Packen half und gleichzeitig unsagbar traurig wirkte, weil sie ihn im Morgengrauen zurücklassen mussten. Angel hatte ihm jedoch erklärt, dass er im Falle eines Scheiterns ihrer Mission die letzte Verteidigungslinie sein würde. Nicht, um im Alter von zwölf einen Krieg gegen die Sicarii vom Zaun zu brechen, sondern um die Erfahrungen und Werte der Ranger zu bewahren, sie in der folgenden Generation wieder aufzubauen und das sogenannte Imperium *anschließend* für seine Taten bezahlen zu lassen. Dafür überließ Angel ihm alle ihre Bücher über Militärstrategie und bat den alten Paul, ihm während ihrer Abwesenheit Schach beizubringen.

Etwas wehmütig stellte sie fest, dass beinahe die gesamten Errungenschaften aus zehn Jahren Silver Valley auf gerade einmal zwei Ladeflächen Platz fanden. Immer wieder fragte sie sich, wie es dazu hatte kommen können. Die Verräter der finalen Schlacht hatten den Rangern lediglich den Todesstoß versetzt. Der Untergang hatte weitaus früher und viel weiter im Norden begonnen. Wahrscheinlich in Sienna, das einfach vom Erdboden gefegt worden war. Aufgrund des Angriffs auf Eagle Village war Angel nie in der Lage gewesen, das Hochplateau bei Tageslicht zu untersuchen und auf der Rückfahrt von Brackwood lag ihre Priorität bei der Sicherung des Konvois. Nun musste sie Jades Anweisungen folgen und konnte sich keine tagelange Reise zu den Ruinen der Siedlung leisten. Einen Spähtrupp der Ranger wollte sie ebenfalls nicht riskieren, da die Vultures doch schon recht nahe an ihren Zufluchtsort herangekommen waren.

Trotz der Verluste, Niederlagen und offenen Fragen vermochte sie ihrem Schicksal dennoch einen Lichtblick abzugewinnen. Der jahrelange Stellungskampf zwischen Vultures und Rangern hatte sie auf beiden Seiten frustriert. Nach ihrem Überlaufen war sie der Hoffnung verfallen, etwas daran ändern zu können, nur um festzustellen, dass sie anstelle der Inkompetenz der Gang nun von unverständlichen Gesetzen zurückgehalten wurde. Dass sie Zivilisten nicht länger als menschliche Schutzschilde benutzen durfte, verstand sie ja noch, aber dass Vergiftungen von Wasserstellen oder Folter geächtet und Hinrichtungen verboten waren, hatte sie nie wirklich nachvollziehen können und sich damit häufig Ärger eingehandelt. Doch all das brauchte sie jetzt nicht mehr kümmern. Dies war nun ihre Mission und sie würde sich nicht von unnützen Vorschriften oder falscher Rücksichtnahme behindern lassen.

7 - PUNKT OHNE WIEDERKEHR

Um rührende Abschiedsszenen zu verhindern, hatte Angel ihr Team bereits vor den ersten Sonnenstrahlen antreten lassen. Dank dem röhrenden Probelauf von Coles Rennmaschine ging der Plan jedoch gehörig nach hinten los, denn kurz darauf hatte sich beinahe die gesamte Flüchtlingssiedlung um die Fahrzeuge versammelt.

Jesse stand zwischen seinen Freunden und musste Scott dabei fest am Halsband packen. Der schniefende Schäferhund verstand nicht, warum Cassidy ihn schon wieder zurückließ. Ein letztes Mal kraulte sie ihn hinter den Ohren und verabschiedete sich von dem Jungen.

Cole schüttelte jedem seiner Milizionäre die Hand, die ihm im Gegenzug viel Glück wünschten. Das war nicht nur für die gefährliche Reise ins Ungewisse gemeint, sondern ging auch in Richtung der neuen Frau an seiner Seite. Sharon ließ ihm seinen Stolz und wartete brav vor dem Motorrad. Außerdem hatte sie gerade erst ihr Frühstück erbrochen und nutzte den Moment der Ruhe, um wieder Farbe ins Gesicht zu bekommen.

Dog erhielt von Kalidas ein paar speziell für ihn zubereitete Ziegenkonserven. Die waren so scharf, dass der Inder sie mit roten Warnschildern versehen musste, damit niemand anderem die Luft daran wegbleiben würde. Samuel klopfte dem Hünen zum Abschied anerkennend auf die Schulter. Auch wenn er als verurteilter Mörder nie große Skrupel bei den Vultures gezeigt hatte, gefiel ihm sein unerwartet friedliches Rentnerdasein in den Bergen. Nachdem Caiden und Faith ebenfalls von den beiden verabschiedet worden waren, zogen sie sich in ihr Quartier zurück, um ihren unterbrochenen Tiefschlaf fortzusetzen, der für gewöhnlich nicht vor dem Mittagessen endete.

Kim saß bereits auf dem Beifahrersitz von Butchs orangefarbenem Pick-up und rieb an ihrem rechten Oberschenkel. Die Granatsplitterwunde war dank den hervorragenden Nähkünsten des getöteten Assistenzchirurgen Steven fast vollständig verheilt, juckte aber wie alle ihre Verletzungen am Anfang der Reise. Im Gegensatz zu Butch, der munter nahezu sämtlichen Zivilisten die Hand schüttelte, hatte sie die ganze Nacht kaum ein Auge zubekommen.

Angel schwor die verbliebenen Ranger darauf ein, dass Paul von nun an den Oberbefehl innehatte, und überreichte dem Rentner dabei symbolisch Monroes Schachbrett. Paul hatte auf diesem Brett viele Spiele gegen den General verloren und verstand die Geste. Er versprach, es wie seinen Augapfel zu hüten.

Nachdem endlich alle Hände geschüttelt und alle gut gemeinten Ratschläge überbracht worden waren, gab Angel den Startbefehl. Cole und Sharon übernahmen wie auf der Herfahrt die Vorhut mit dem Motorrad und blieben nach Möglichkeit in Sichtweite zum dahinterfahrenden Humvee. Cassidy saß stolz mit ihrer kreisrunden Sonnenbrille auf dem Fahrersitz, damit ihre Ausbilderin wie üblich Kartenmaterial studieren konnte. Dog hatte die Rücksitze ganz für sich allein. Angel wollte weder ihm noch der vulturefeindlichsten Frau aller Ranger eine derart lange Reise im selben Auto zumuten, weshalb sich stattdessen Caiden und Faith die Rückbank des Pick-ups teilten. Der Transporter war nur mit einem Heckgeschütz bewaffnet und Butch übernahm darum wie selbstverständlich die Nachhut.

Als sie den Kopfsteinpflasterweg verließen und auf die aufgeplatzte Asphaltstraße nach Norden schwenkten, erinnerte Angel ihr Team daran, permanent nach verräterisch starr fliegenden Greifvögeln Ausschau zu halten. Sie schätzte die Chancen einer Entdeckung abseits der Hauptverkehrspässe zwar als verhältnismäßig gering ein, waren sie jedoch erst einmal geortet worden, würden sie die Sicarii mit Sicherheit am Ausgang der Berge erwarten. Und obwohl Angel Jades Hinweisen nach wie vor großes Misstrauen entgegenbrachte, hatte sie doch verstanden, dass sie wirklich nur den Plänen der wandlungsfähigen Schwertkämpferin folgte, und nicht denen der Sicarii. Die Gebirgsüberquerung musste also in jedem Fall geheim bleiben.

***

Der erste Tag entwickelte sich rasch zur entspannten Reise durch die atemberaubende Landschaft. Angel ließ den Konvoi nie schneller als sechzig Stundenkilometer fahren, was es allen ermöglichte, ehrfürchtig die steilen Felsmassive und die abgeschmolzenen Gletscher zu betrachten und zudem Treibstoff sparte. Ganz nach ihrer Berechnung erreichten sie bei Einbruch der Nacht den erwarteten Tunnel, den Cole als nördlichste Markierung auf seiner Aufklärungskarte eingezeichnet hatte. Die marode Seitenstraße war kurz zuvor auf eine breite, vierspurige Autobahn gemündet und es dauerte nicht lange, bis sie verstanden, dass alle Täler mit ähnlich unheimlichen Betonröhren verbunden waren.

Eigentlich hatte Angel die Schnellstraßen meiden wollen, musste sich nun jedoch mangels Alternative damit abfinden. Die Tunnel boten einen gewissen Schutz vor der kalten Nacht, stellten die Gruppe aber auch gleichzeitig vor neue Herausforderungen. Aufgrund der beengten Verhältnisse fiel es ihnen ungleich schwerer, Autowracks von der Straße zu schieben und den Weg freizumachen. Außerdem wurde es in den kilometerlangen Unterführungen schon nach wenigen Metern stockfinster und die Strahlen der Taschenlampen ließen die furchteinflößenden Erinnerungen an die verfluchte Militärbasis zurückkehren.

Sharon wich die ganze Nacht nicht von Coles Seite und Cassidy zwängte sich zum Schlafen kurzerhand zwischen Caiden und Faith. Butch und Kim schlossen sich mit verriegelten Fensterschotts im Pick-up ein. Angel zeigte etwas mehr Unerschrockenheit und teilte sich die Nachtwache mit Dog, der das seiner Meinung nach kindische Verhalten überhaupt nicht nachvollziehen konnte.

***

Am zweiten Tag mussten sie sich durch ein völlig ausgebranntes Tal kämpfen, in dem sich weder Nahrung noch Wasser finden ließen. Der Asphalt war aufgrund der Hitze des Feuers geschmolzen und vermischt mit Asche und verkohlten Holzresten nicht mehr zu erkennen. Ohne die Brotkrumenspur aus Laternenmasten und Elektroautowracks, die ihnen in Black Forrest den Weg gewiesen hatten, irrten sie beinahe blind durch die apokalyptische Gegend und konnten sich nur auf ihren Kompass verlassen.

Coles Rennmotorrad war für derartige Verhältnisse nicht zu gebrauchen, so dass er es mit Butchs Hilfe auf das Heck des Pickups wuchtete. Der Humvee musste den überladenen Transporter anschließend immer wieder aus dem Aschekessel ziehen und stand selbst jedes Mal kurz davor steckenzubleiben. Als am Ende des Tages endlich der ersehnte Tunnel am Horizont auftauchte, war dem Kommandoteam die Erschöpfung deutlich in den verschwitzten Gesichtern anzusehen.

***

Erleichtert durchquerten sie am dritten Tag eine lauschige Tiefebene, die sogar noch ein paar grüne Bäume und Wiesen zu bieten hatte. Weniger gut gefiel ihnen die große Anzahl von verrotteten Berghotels und überdimensionierten Straßenschildern, die auf ein wichtiges Autobahnkreuz hinwiesen. Wenn die Sicarii die Berge irgendwo überwachten, dann hier. Da sie am ersten Tag sehr viel Treibstoff hatten sparen können, erlaubte Angel dem Konvoi, nun mit höherer Geschwindigkeit zu fahren, um das exponiert liegende Tal so schnell wie möglich hinter sich zu lassen.

Während der obligatorischen Mittagspause, in der sie wie jeden Tag Schatten aufsuchten und die Motoren schonten, entdeckte Angel einen glitzernden Punkt am Himmel. Nach einer Überprüfung durch die Zieloptik ihres Scharfschützengewehrs war klar, dass es sich nicht um einen Vogel, sondern ein künstliches Flugobjekt handelte. Es ähnelte allerdings keiner der Aufklärungsdrohnen, die sie bisher gesehen hatte, weder der von Silver Valley noch den Fotos aus Monroes Militärbibliothek. Die Flügel waren geradezu riesig, verglichen mit dem winzigen Rumpf. Außerdem glitzerte und funkelte es wie ein Spiegel im hellen Sonnenlicht, wodurch es viel leichter zu entdecken war und folglich kaum militärischen Ursprungs sein konnte. Trotzdem wollte sie kein Risiko eingehen und hielt bis zum späten Nachmittag die Stellung, ohne das äußerst langsame Flugobjekt aus den Augen zu lassen.

Nachdem die Drohne hinter dem südlichen Bergrücken verschwunden war, trieb Angel ihre Kameraden zur Eile an. Der Sonnenuntergang stand kurz bevor und laut den Verkehrsschildern trennten sie noch über fünfzig Kilometer vom Talausgang. Bei Nacht hätten sie die Scheinwerfer einschalten müssen, was einem rot blinkenden Zielkreuz auf den Wagendächern gleichgekommen wäre. Mit den letzten Sonnenstrahlen erreichten sie die rettende Betonröhre, nur um für einen Moment dem Ende ihrer Mission entgegen zu sehen.

Wenige hundert Meter hinter dem Tunneleingang türmten sich unzählige Autowracks aufeinander, die von einem tonnenschweren Kampfpanzer zusammengeschoben worden waren. Anhand der offenen Wagentüren und fehlenden Insassen konnte man erkennen, dass den Passagieren die Flucht gelungen war. Die Luken des Panzers standen ebenfalls offen. Angel und Kim untersuchten den Innenraum, während Cole und Dog sie absicherten. Aber wer auch immer für die Blockade verantwortlich war, hatte sich kurz darauf aus dem Staub gemacht.

Ehrfürchtig ließ Cassidy die Fingerspitzen an dem stählernen Ungetüm entlanggleiten. Sie erkannte die Bauweise aus Monroes Militärbüchern, doch kein Foto der Welt hätte sie auf diesen einschüchternden Anblick vorbereiten können.

Es war ein Kampfpanzer vom Typ *Ares*. Eine der letzten technologischen Errungenschaften des Militärs und benannt nach dem griechischen Gott des Krieges. Angetrieben von einer Wasserstoff-Brennstoffzelle, um dem weltweiten Mangel an fossilen Brennstoffen entgegenzutreten, und bewaffnet mit einem Mikrowellenemitter, der Menschen nach kurzer Zeit das Gefühl gab, bei lebendigem Leibe zu verbrennen, zusätzlich zu seinem Hauptgeschütz. Cassidy fühlte sich wie bei der Einfahrt nach Jaguar Bay, als sie sich nicht mal im Traum vorstellen konnte, wie eine einzige Lokomotive einen Zug mit dutzenden Waggons zu bewegen vermochte.

Sharon schlich mit einer Mischung aus Hoffnung und Schrecken zugleich um den Panzer herum. Sie erinnerte sich genau an die zerstörerische Kraft der faustdicken Kanone des Gefechtsturms, die einst brüllend Feuer über ihren Kopf hinweg gespuckt hatte. In ihren Ohren hörte sie die knirschenden Geräusche der massiven Stahlketten, die sich durch den Schutt der zerstörten Gebäude kämpften und dabei alles niederwalzten, was ihnen im Weg stand. Dies war mit Sicherheit nicht der Panzer ihrer damaligen Retter, aber die Gefühle, die sie mit dem kriegerischen Monster verband, waren dieselben.

Während sich die Gruppe an der unerwarteten Touristen-attraktion sattsah, kam Angel zu einer niederschmetternden

Erkenntnis. Selbst wenn sie das tonnenschwere Ungetüm bewegen könnten, was völlig außer Frage stand, wäre ihre motorisierte Reise dennoch beendet. Sie hatte über vierzig Elektrofahrzeuge gezählt, die ihnen ineinander verkeilt den Weg versperrten. Es würde Wochen dauern, eine Schneise durch das Aluminiumknäuel zu schlagen.

Zum Glück gab es vor dem globalen Untergang Gesetze für den Fall der Fälle, die Fluchttunnel parallel zum Straßenverlauf vorschrieben, auch wenn wohl kein Unterführungsarchitekt je mit einem wildgewordenen Panzer gerechnet hatte. Notgedrungen begann die Gruppe mit der Aufteilung der Ladung in Rucksäcke, wobei Angel großen Wert auf ausreichende Munitionierung legte. In den vergangenen drei Tagen waren sie mit Ausnahme des Aschekessels wiederholt auf kleine, unterirdische Wasseradern gestoßen, die sich mit grünen Flecken auf der Oberfläche bemerkbar machten. Angel ging davon aus, dass sich daran nichts ändern würde, solange sie den abgeschmolzenen Gletschern folgten, deren Wasser nur langsam durch das Felsgestein sickerte. Anschließend versteckten sie die Wagen zusammen mit Coles Motorrad zwischen den Wracks. Ironischerweise bereitete dabei lediglich der Humvee etwas Mühe. Butch musste seinen Pick-up nur nah genug an der Unfallstelle parken, schon ging sein äußerlich schrottreifer Liebling in der Menge unter.

Nachdem sie neun vollgepackte Rucksäcke an der Tunnelwand aufgereiht hatten, legte sich die Gruppe schlafen. Cassidy übernahm mit ihrem Bruder die erste Nachtwache. Es gab keinen Grund, an drohende Gefahren zu denken, weshalb sich die beiden neugierig der schmalen Fluchtröhre widmeten. An der runden Betonmauer fanden sich unzählige Botschaften aus der Zeit des Untergangs.

Marc! Bin mit den Kindern entkommen. Treffen bei Schwiegermutter. In Liebe Carla!

Doyle, wenn du das liest, bin ich schon tot. Verdammten Cops ... erwischt! - Lawrence

Die Brücke ist zerstört! Kehrt um!

Cassidy erinnerten die Botschaften an die Abschiedsbriefe der Militärsiedlung am Fuße der verfluchten Basis, weshalb sie die letzte Warnung durchaus ernst nahm. Beim leckeren Frühstück aus Pflaumenmus, dessen Gläser sie nicht mitschleppen wollten und daher alle auf einmal leerten, informierte sie Angel über die prophetischen Wandmalereien.

Nachdem sie sich selbst ein Bild gemacht hatte, raufte sie sich frustriert die Haare. Es wäre ja auch zu einfach gewesen, wenn der Rest des Weges aus ebenen, gutausgebauten Fernverkehrsstraßen bestanden hätte! Trotzdem änderte das nichts an ihrem Plan, sondern ließ Angel lediglich mit einem Schaudern an Kims provisorisches Gurtzeug denken, das sie nun vielleicht doch einsetzen mussten.

Der Tunnel war laut der Ausschilderung vierundzwanzig Kilometer lang und verlief fast schnurgeradeaus. Obwohl sich ihnen bis auf zurückgelassene Gepäckstücke keine weiteren Hindernisse in den Weg stellten, dauerte der Fußmarsch aufgrund der schweren Rucksäcke und der totalen Finsternis bis zum Nachmittag. Bei jeder größeren Kofferansammlung machte die Gruppe zudem eine Pause, um sie genauer zu untersuchen. Besonders antike Kleidungsstücke hatten stark unter Schädlingsbefall gelitten, aber hin und wieder fanden sich kleine Schätze wie Haarkämme, stabile Ledergürtel und sogar ein eingeschweißter Bergführer. Landkarten hatten nach dem Zusammenbruch der Zivilisation rasch an Wert verloren, da die Erde ohne Eingriffe des Menschen schnell von der Natur zurückerobert worden war. Des Weiteren hatte es sich als äußerst gefährlich erwiesen, in bekannten Siedlungen Zuflucht zu suchen, da nicht nur friedliche Zivilisten Stadtpläne lesen konnten. Mit der Zeit fertigten sich die Überlebenden neue Karten an und vergaßen die alten Namen, die sie zu sehr an das untergegangene Paradies erinnerten.

Auch das Gebirge hatte sich Mutter Natur zurückgeholt, aber die monströsen Röhren durch den Fels würden noch viele Jahrzehnte intakt bleiben und waren auf dem Bergführer eindeutig markiert. Außerdem halfen besondere Markierungen wie Höhenlinien oder eingezeichnete Wanderwege bei der Suche nach der optimalsten Route. Bevor sich Kim jedoch mit Kompass und

Lineal an die Arbeit machen durfte, wollte Angel die zerstörte Brücke erst einmal selbst in Augenschein nehmen.

Am späten Nachmittag erblickte die Gruppe endlich das buchstäbliche Licht am Ende des Tunnels. Wie Taucher nach einem langen Aufenthalt in der Tiefsee legten sie eine minutenlange Dekompressionsphase ein, um sich nach der tiefen Finsternis wieder an normale Lichtverhältnisse zu gewöhnen, ehe sie die enge Röhre verließen. Direkt voraus befand sich eine gigantische Stelzenbrücke, die der vor Silver Valley ähnelte, jedoch um ein vielfaches größer war. Angel wurde schon beim Gedanken daran schlecht, sich der Brüstung zu nähern, und Kim verwarf ihren Plan, lediglich ein Seil über die Abgrenzung zu werfen und einfach hinunterzuklettern.

Die vierspurige Überführung durchzog das Tal auf einer Länge von sechzehn Kilometern und war an ihrer höchsten Stelle mehr als dreihundert Meter vom Boden entfernt. Die prophetische Warnung von der Tunnelwand erwies sich als wahrheitsgetreu. Genau in der Mitte klaffte ein breites Loch, aus dem rostige Stahlträger herausragten und ein paar aufgespießte Fahrzeugwracks vor dem Absturz bewahrten. Die ansonsten grellweiße Betonfärbung war schwarz und verraucht, was auf eine Explosion schließen ließ. Ob es sich um einen strategischen Luftangriff oder einen Terroranschlag gehandelte hatte, war dreiundzwanzig Jahre nach dem Zusammenbruch nicht mehr zu erkennen. Am Boden der Brücke stapelten sich unzählige herabgestürzte Fahrzeuge, die aufgrund ihrer hohen Geschwindigkeit wohl nicht rechtzeitig zum Stehen gekommen waren. Genau wie vor Silver Valley reihten sich außerdem hunderte Elektroautos auf beiden Seiten der Fahrstreifen aneinander, die definitiv das Ende ihres Konvois bedeutet hätten.

Drei Stunden vor Sonnenuntergang wollte Angel den Abstieg der ihrem Empfinden nach kilometertiefen Schlucht nicht mehr wagen, erlaubte Kim jedoch, sich die Felswände am Tunnelausgang schon einmal gründlich anzusehen. Da es weder links noch rechts befestigte Wege in die Tiefe gab, blieb nur die gefürchtete Abseiltour übrig. Faith meldete sich freiwillig, um den Rotschopf zu begleiten. Gemeinsam schafften sie es, bis zur Abenddämmerung auf der halben Strecke geeignete Fixpunkte zu finden oder selbst welche zu errichten, mit denen sie am nächsten Tag ihr Team sichern konnten.

***

Schon mit den ersten Sonnenstrahlen des fünften Tages befahl Angel den Aufbruch, da sie die folgende Nacht keinesfalls auf einer rutschigen Felskante verbringen wollte. Faith übernahm die Vorhut und erwartete die anderen auf der nächsten Flachstelle, wo sie das Seil festhielt und den ungeübten Bergsteigern den Weg zu stabilem Halt wies. Kim sicherte die Gruppe von oben und sorgte dafür, dass sich das Seil nicht löste und jeder die richtige Technik anwendete.

Caiden zeigte wie im Kloster großes Selbstvertrauen und nahm damit seiner Schwester viel von ihrer Angst. Cole und Dog stachelten sich gegenseitig an. Sie verglichen den Abstieg mit einer Mutprobe und stritten am Ende gar darum, wer zuerst gehen dürfe. Sharon hatte am Morgen entgegen Kims Rat auf ihr Frühstück verzichtet. Das verhinderte zwar ihr obligatorisches Erbrechen, ließ sie aber bereits auf der zweiten Abseilstelle mit bleichem Gesicht zusammensacken und eine Zwangspause einlegen. Angel ging grundsätzlich als Vorletzte. Erst, nachdem das Seil die schweren Männer und das Gepäck sicher getragen hatte, war sie einigermaßen beruhigt. Trotzdem hielt sie die Augen beim freien Abseilen geschlossen und verließ sich blind auf Kims und Faiths Funkdurchsagen. Es gab keine Worte, die auch nur annähernd beschreiben konnten, wie unangenehm ihr diese eine große Schwäche war.

Trotz der schlechten Vorzeichen erreichten sie den Boden schon am frühen Nachmittag, was dem Team Zeit für eine dringend nötige Pause verschaffte. Kim riet jedem, sich zwei stabile Gehstöcke zu suchen, mit denen sich die lange Wanderung deutlich leichter gestalten sollte. Alle bis auf Cole und Dog folgten ihrem Rat. Die Streithälse wollten einander ihre Überlegenheit demonstrieren, was Kim mit einem hilflosen Schulterzucken akzeptierte. Sie war sich mit Faith einer Meinung, dass die beiden Testosteronpakete schon vor Einbruch der Nacht das Schlusslicht der Gruppe bilden würden.

Butch kochte während der zweistündigen Rast eine große Kanne Hagebuttentee, der immer häufiger als Kaffeeersatz herhalten musste. Nachdem sie den ganzen Tag nicht zur Jagd gekommen waren, blieben lediglich knochenhartes Brot und Trockenpflaumen als Verpflegung übrig. Kim studierte zusammen mit Faith den Reiseführer, der bis zur verfluchten Militärbasis reichte, von der jedoch nur die dazugehörige Siedlung mit einem winzigen Punkt markiert worden war. Nichts deutete auf den Flughafen oder den unterirdischen Forschungskomplex hin. Ernüchtert stellten sie außerdem fest, dass das Gebirge in östlicher Richtung anwuchs und sie daher weitaus länger als Sharons Flüchtlingszug vor drei Jahren brauchen würden. Zum Glück hatten sich die beiden Frauen die meisten der Verkehrszeichen gemerkt und konnten so genau bestimmen, unter welcher Brücke sie gerade ihren Nachmittagstee tranken. Die dreitägige Reise mit den Autos hatte sie sehr schnell vorangebracht, so dass nur noch ein Drittel des Weges und zwei größere Tunnel vor ihnen lagen.

Nachdem die Temperatur auf ein erträgliches Maß gesunken und die Gruppe wieder zu Kräften gekommen war, führte Kim sie in Richtung Westen von der zerstörten Autobahnbrücke weg, bis sie auf einen ehemaligen Wanderweg stießen. Der Bergführer beschrieb die Route als gut befestigt und aufgrund des leichten Höhenanstiegs im Zickzack-Kurs auch für Einsteiger geeignet. Letzteres stimmte, doch die Natur hatte sich den grob asphaltierten Pfad schon vor Jahren zurückerobert. Stolperfallen aus knorrigen Wurzeln, tief herabhängende Äste und Zweige sowie heraussprießendes Gras verlangsamten die Wanderung ungemein.

Sharon ging es mit jedem Kilometer schlechter. Sie fiel immer weiter zurück und musste häufig rasten. Ihre Übelkeit beschränkte sich nicht länger auf die Morgenstunden. Den ganzen Tag über vermochte sie keinen Bissen mehr im Magen zu behalten. Ihr Gesicht war kreidebleich und Angel konnte ihren Puls kaum noch fühlen, was auf einen viel zu niedrigen Blutdruck schließen ließ. Cole opferte ihr fast seine gesamten Wasserrationen und musste sie am Ende des Tages beim Gehen unterstützen. Nun bereute er seine Weigerung, Gehstöcke benutzt zu haben. Genau wie Dog war er verglichen mit den anderen völlig erschöpft.

Als die Sonne hinter dem Horizont verschwunden war und die Nacht das Tal mit ihrem schwarzen Schleier bedeckte, wünschte sich Cassidy den Schutz der dunklen Autobahntunnel zurück. Nachtaktive Jäger, die seit Generationen keinen Menschen mehr zu Gesicht bekommen hatten, schlichen neugierig um das Lager herum. Es waren Bergpumas, deren Augen das Lagerfeuerlicht reflektierten und sie unheimlich funkeln ließen. Und das nicht nur am Boden, sondern auch in den Ästen der umliegenden Bäume oder auf den Anhöhen der Felswände. Angel versuchte, ihre Schülerin zu beruhigen, und erklärte ihr, dass die Wildkatzen keine Rudeltiere seien und Menschen nicht in ihr Beuteschema passen würden; viel half das aber nicht. Sie konnte Dog gerade noch davon abhalten, ein paar Warnschüsse auf die herumstreunenden Raubkatzen abzugeben, was man im ganzen Tal gehört hätte. Das Feuer allein ging schon wider ihre Natur, war jedoch aufgrund der kalten Gebirgsnächte bitter nötig. Der Lichtschein wurde durch die dichte Vegetation zumindest etwas eingedämmt. Am Ende befahl sie eine vierköpfige Nachtwache, die nach vier Stunden von den anderen abgelöst werden sollte. Nur Sharon durfte durchschlafen.

Sie schwitzte als läge sie unter der heißen Wüstensonne und zitterte manchmal minutenlang, ohne dabei die Augen zu öffnen. Mit Schwangerschaften hatte niemand Erfahrungen und im Crashkurs der Ranger war darauf ebenfalls kein Wert gelegt worden. Außerdem stand noch nicht mal genau fest, dass sie wirklich *nur* schwanger war. Cole baute während der Nacht mit Butchs Hilfe eine Trage, da Sharon am nächsten Tag kaum mehr laufen können würde. Angel überließ ihnen dafür bereitwillig den Hightech-Kampfstab, wodurch sie nur noch einen stabilen Ast in der Dunkelheit finden mussten.

Angel bereute bereits, nicht auf ihren Verstand gehört zu haben, der sie davor gewarnt hatte, Sharon mitzunehmen. Es war ihre erste vollkommen eigenständige Entscheidung gewesen, für die sie niemanden außer sich selbst verantwortlich machen konnte, aber einen Weg zurück gab es nicht mehr. Insgeheim hoffte sie, dass Jade sie nicht nur benutzte, sondern dass am Ende der Reise tatsächlich Hilfe auf sie wartete. Sie hoffte es - um Jades Willen.

***

Am sechsten Tag führte Kim die erschöpfte Gruppe weiter auf dem verwilderten Wanderweg in Richtung Norden. Seit dem Aufbruch hatten sie weder ihre Kleider noch sich selbst waschen können. Die Nahrungsvorräte gingen ebenso wie das Wasser zur Neige. Die Männer wechselten sich regelmäßig beim Tragen von Sharon ab, die inzwischen wieder bei Bewusstsein aber kaum ansprechbar war. Sie hatte keine Schmerzen, sondern wirkte einfach nur völlig kraftlos. Aufgrund ihres bedenklichen Zustands gab sie mittlerweile zu, dass sie und Jason schon vor ihrem Aufbruch zur unterirdischen Militärbasis miteinander geschlafen hätten, und eine Schwangerschaft zumindest im Bereich des möglichen läge. Als Cole das hörte, vermutete er bereits einen weiteren Konkurrenten, bis Angel ihm von Jasons grausamem Schicksal erzählte.

Zur Mittagszeit erreichte die Gruppe das erste Etappenziel des Tages. Eine verrostete Bahnstrecke, die sie laut dem Reiseführer direkt zu einem Eisenbahntunnel führen sollte, der dann fast schnurgeradeaus in Richtung Norden verlief. Zwar konnten sie so kaum noch vom Wege abkommen, stolperten stattdessen aber gefährlich auf dem staubigen Schotterbett entlang.

Bei Einbruch der Nacht hatten sie es geschafft und zwängten sich an einem Passagierzug vorbei, der zur Hälfte außerhalb des Tunnels stand. Wahrscheinlich war die Stromversorgung während der Fahrt zusammengebrochen. Bei näherer Begutachtung vermochte das Team keine Anzeichen eines Überfalls zu erkennen. Die Passagierabteile waren verlassen, der Zug und die Lokomotive unbeschädigt. Es gab auch einen Speisewaggon, in dem noch immer mumifizierte Reste auf den Tellern lagen. Nach so langer Zeit schien es völlig hoffnungslos, in diesem Chaos etwas Genießbares zu finden, doch nach gründlichem Durchwühlen der Schränke kamen ein paar eingeschweißte Fertigsoßen und Teebeutel zum Vorschein. Satt wurde davon niemand, aber der Geschmack war eine willkommene Abwechslung.

Die Nacht verbrachte die Gruppe im geradezu luxuriösen Schlafwagen, dessen Bettzeug sie allerdings aus Sicherheitsgründen entsorgten. Nach zwei Jahrzehnten hatten sich unzählige Insektenkolonien darin gebildet. Die Federkernmatratzen wiesen hingegen einen undurchlässigen Kunststoffbezug auf, der Cassidy sofort an ihr bequemes Bett in Silver Valley erinnerte.

***

Am Morgen des siebenten Tages überraschte Sharon ihre Kameraden mit frisch aufgebrühtem Tee und der Tatsache, dass sie wieder aufrecht stehen konnte. Ihr Frühstück ging ihr wie üblich kurz darauf noch einmal durch den Kopf, aber sie war zumindest in der Lage, ein paar Schritte zu laufen. Angel und Kim waren sich einig, dass der Stress des Abstiegs einfach zu viel für sie gewesen sei. Dennoch nahmen sie sicherheitshalber die improvisierte Bahre mit. Cole schleppte trotz seiner Atemschwäche, die ihn in den Bergen besonders belastete, weiterhin zwei Rucksäcke. Das verschaffte ihm zum ersten Mal etwas Anerkennung von Dog, der sich nach ein paar Stunden sogar bereit erklärte, ihm zeitweilig beim Tragen zu helfen. Die schwere Munition machte ihnen dabei am meisten zu schaffen, doch sie war nach dem Wasser ihre wichtigste Lebensversicherung. Keinem der beiden Männer kam bei ihrer Plackerei je der Gedanke, auch nur eine einzige Patrone zurückzulassen.

Die Reise durch den Eisenbahntunnel erwies sich als die bisher schwerste Herausforderung, vom Abseilen an der Felswand abgesehen. Im schwachen Taschenlampenlicht waren die grauen Betonblöcke im staubigen Gleisbett schlecht zu erkennen, wodurch sie besonders vorsichtig und langsam gehen mussten. Ein Sturz auf die harten Schienen oder den Schotter mit den schweren Rucksäcken auf dem Rücken hätte verheerende Folgen haben können.

Fast wäre ihnen das Ende des Tunnels erst aufgefallen, als sie schon im Freien standen. Die Reise hatte so lange gedauert, dass es bereits Nacht geworden war, bis sie endlich frische Luft spürten und das letzte Tal vor dem vermeintlichen Sicariigebiet erblickten. Angel brauchte den Befehl zur Nachtruhe überhaupt nicht zu erteilen. Ihre Kameraden rutschten erleichtert an den Betonwänden zu Boden und schliefen sofort ein.

***

Im krassen Gegensatz zum feindseligen Bild der erbarmungslosen Invasoren begrüßte sie die Natur am achten Morgen mit fröhlichem Vogelgezwitscher, raschelndem Laub und sogar einem Gefühl von Tau auf den Lippen. Hier musste es Wasser geben, und nicht kilometertief in der Erde, sondern nah an der Oberfläche.

Kim vermutete einen unterirdischen See, ähnlich dem Reservoir des Klosters, da sie sich laut dem Touristenführer auf etwa derselben Höhenlage befanden.

Die ganze Energie der Gruppe konzentrierte sich nach der entbehrungsreichen Reise nur noch darauf, das kühle Nass zu finden. Sie bildeten drei Teams, um die Suche zu beschleunigen. Caiden führte mit seiner Überlebenserfahrung Cassidy und Faith an der östlichen Felswand entlang. Kim brach mit Butch nach Norden auf und konnte so gleichzeitig die letzte Route über die Berge planen. Angel übernahm mit Dog den Westen. Cole blieb mit Sharon beim Eisenbahntunnel zurück.

***

»Warum hast du nichts davon gemerkt?«, fragte Angel mit gespielt beiläufiger Stimmlage, während sie mit Dog auf ein paar große Felsen kletterte, um sich einen Überblick des Tals zu verschaffen.

»Wovon?«, brummte er abweisend.

»Eric. Du warst doch sein Thronfolger. Warum hat er dir nichts von seinen Verhandlungen mit den Sicarii gesagt?«

Dog stellte seinen rechten Fuß auf einen umgeknickten Baum und starrte ausdruckslos in die unberührte Natur unter ihnen.

»Diese Zeiten sind seit langem vorbei«, erwiderte er missmutig.

»Was ist denn zwischen euch passiert?«

»Du bist passiert!«

Angel warf ihrem muskelbepackten Gefährten einen mitleidigen Blick zu. Sie hatte sich schon gefragt, wann sie dieses Gespräch führen würden.

»Als die Nachricht von deiner Gefangennahme durch die Ranger eintraf, haben Eric und ich uns lange Zeit um eine Rettungsmission gestritten. Du kennst ja seine Einstellung dazu.«

Dog kratzte sich mit den Fingerspitzen seine Kopfhaut. Seine Haarwurzeln juckten nach acht Tagen ohne vernünftige Wäsche wie verrückt, sobald er in der Sonne stand.

»Er wollte nichts davon hören, bis er seine eigenen Operationen wieder mit großer Regelmäßigkeit gegen die Wand fuhr und begriff, dass er dich brauchte.«

Angel schmunzelte in sich hinein. Sie wusste ganz genau, dass die Vultures vor ihrem Beitritt nichts von strategischer Weitsicht verstanden hatten. Nach ihrem schicksalhaften Zusammenstoß mit Butch und Victor war die Gang schnell in den Zustand einer barbarischen Horde zurückgefallen, die taktische Unfähigkeit durch zahlenmäßige Überlegenheit ausglich.

»Nach ein paar Wochen hat sein Ego endlich kapituliert und mich die Rettungsoperation planen lassen«, fuhr Dog fort. »Es dauerte trotzdem eine ganze Weile, bis wir genügend Männer und Material in Stellung bringen konnten. Wir durften Peterson auf keinen Fall in Alarmbereitschaft versetzen, also ließen wir es wie die Vorbereitung für einen Angriff auf Jaguar Bay aussehen. Als es dann so weit war und wir die Palisade gestürmt hatten, verfielen Erics inkompetente Neuanwerbungen dem Siegesrausch. Diese Idioten fingen sofort an, die Leute von Silver Valley wahllos abzuschlachten und gaben dadurch Monroe alle Zeit der Welt, sich neu zu formieren.«

Angel wendete sich von ihm ab, um die Trauer in ihrem Gesicht zu verbergen. Es geschah jedes Mal, wenn sie jemand an ihre damalige Freundin Agnes erinnerte, die von den Vultures zu Tode vergewaltigt worden war.

»Erics Pfeifen riefen auf einmal zum Rückzug und, dass Angel mit den Rangern gemeinsame Sache machen würde!«, erzählte Dog weiter. »Es hat einige Monate gedauert, bis ich deinen Verrat akzeptieren konnte. Willst du mir nicht langsam mal sagen, was dich dazu getrieben hat?«

Angel schüttelte den Kopf. Weder schämte sie sich für ihren damaligen Entschluss noch für ihre Gründe. Sie glaubte einfach nicht, dass er sie bereits verstehen würde. Es war noch zu früh.

»Was hat Eric gesagt, als du geschlagen zurückgekehrt bist?«

Dog rollte mit den Augen, doch er akzeptierte ihr Schweigen - für den Moment.

»Deine Lektionen sind nicht spurlos an ihm vorbeigegangen«, antwortete er mit einem spöttischen Grinsen auf den dreckigen Lippen. »Vor den anderen hat er dich verteufelt und mich als betrogenes Opfer dargestellt, aber sobald wir allein waren ...«

Der Hüne rieb sich an seinem Unterkiefer. Dog war bereits gebaut wie ein fleischgewordener Rammbock, doch Eric übertraf ihn noch um wenigstens einen halben Kopf. Er galt nicht umsonst als *der Riese*.

»Nach diesem Tag war nichts mehr wie früher. Sein Vertrauen in mein Urteil war zerstört. Er ließ mir meine Position nur, um sich nicht selbst zu schwächen, aber es hat Jahre gedauert, um mich tatsächlich zurück an die Spitze zu kämpfen.«

»Und was ist mit Caiden?«

»Caiden«, murmelte Dog nachdenklich. »Caiden hat mich sehr an dich erinnert. Ein paar von unseren Schwachköpfen haben seinen Vater abgeknallt und da hat er sich auf sie gestürzt. Ich bin gerade noch rechtzeitig dazwischengegangen und hab ihm das *Angebot seines Lebens* gemacht, von dem er jetzt ständig faselt. Den Rest der Geschichte kennst du.«

»Das erklärt nicht, warum er mehr über Eric weiß, als du«, bohrte Angel nach.

»Wissen?«, erwiderte Dog mit verächtlich aufgerissenen Augen. »Der Bengel weiß gar nichts! Aber er ist nicht auf den Kopf gefallen. Mir gingen Eric und seine paranoiden Wahnvorstellungen wegen der sicariianischen Angriffe immer häufiger am Arsch vorbei. Ich hab den Tag herbeigesehnt, an dem die seine Festung stürmen würden und endlich Ruhe wäre! Vermutlich hat Caiden einfach besser zugehört. Was weiß ich ...«

Angel runzelte die Stirn. »Wärst du nicht ebenso draufgegangen, wenn die Sicarii Erics Festung gestürmt hätten?«

»Glaubst du vielleicht, wir sind aus Spaß auf diese Bastarde zugefahren?«, entgegnete Dog erzürnt. »Uns war völlig klar, dass wir *diesen* Krieg nicht gewinnen konnten! Ich wollte einfach nicht neben Eric in seinem Betonbunker verrecken!«

Nun musste Angel auf einmal die Hand vor den Mund halten, um nicht zynisch loszulachen. Auch Dog zog die Mundwinkel hoch, als er sich das Bild in seinem Kopf vorstellte. Der Hüne und der Riese zusammengekauert im dunklen Kellerverlies unterhalb der Festung, in das sie normalerweise ungehorsame Sklaven sperrten.

»Und dann tauchst du wie aus dem Nichts auf und willst, dass ich dir bei einem Himmelfahrtskommando mitten in die Höhle des Löwen helfe!«, fuhr Dog mit ausschweifend fuchtelnden Armen fort. »Diesen Affen Cole hättest du gar nicht zu erwähnen brauchen. Du bist einfach zum richtigen Zeitpunkt vom Himmel gefallen. Wir hatten doch gar keine andere Wahl, als dir zu folgen.«

Angel vergrub ihr Gesicht zwischen den Handflächen und seufzte erleichtert.

»Vielleicht hast du Recht und ich mache mir wirklich zu viele Gedanken.«

Dog holte ein trockenes Stück Brot hervor und kaute genüsslich darauf herum.

»Der Bengel ist einfach clever«, nuschelte er beschwichtigend. »Der stand wie Faith immer in irgendeiner dunklen Ecke und hat genau zugehört, während Erics Worte bei mir zum einen Ohr rein und zum anderen rausgegangen sind.«

Angel nickte und versuchte, sich selbst von ihrer übertriebenen Vorsicht zu überzeugen. Ihre eigene Schülerin Cassidy war ungeheuer raffiniert und hatte sie schon viele Male verblüfft. Warum sollte Caiden seiner Schwester dabei in irgendetwas nachstehen? Trotzdem blieb ein fahler Nachgeschmack in ihrem Unterbewusstsein zurück. Sie wurde das pochende Gefühl nicht los, dass sie etwas übersah, das direkt vor ihren Augen lag.

***

Als sie unter sich waren, durfte Faith ihre Erfahrungen als ausgebildete Einzelkämpferin entfalten und untersuchte mit geschultem Auge das Tal. Cassidy schlug vor, nach Tieren Ausschau zu halten, die mit Sicherheit ebenso Wasser brauchten wie sie. Caiden zeigte sich beeindruckt und war froh, dass ihre gemeinsamen Wanderungen durch die Wüste trotz des luxuriösen Lebens in Silver Valley nicht auf der Strecke geblieben waren. Gleichzeitig musste er seine übereifrige Schwester jedoch davon abhalten, einem Hasen nachzustellen, da gerade die Langohren auch ohne zu trinken sehr lange unterwegs sein konnten.

Nichtsdestotrotz begannen sie, nach Spuren zu suchen und entdeckten kurz darauf eine Wildschweinfährte. Die äußerst hygienebewussten Tiere lieben es, sich im Schlamm zu wälzen und entfernen sich nie mehr als ein paar hundert Meter davon. Berauscht von ihrem schnellen Erfolg und getrieben vom Durst liefen die drei um die Wette durch das hohe Gras, bis sie aus der Ferne das erhoffte Grunzen vernahmen.

Nun mussten sie vorsichtig sein, um nicht aus Versehen eine Bache mit ihren Jungen aufzuschrecken oder die Biester sonst wie zum Angriff zu verleiten. Von einer kleinen Anhöhe konnten sie kurz darauf das Schlammbad der Schweinsfamilie beobachten. Es waren sieben Jungtiere und fünf ausgewachsene Exemplare, aber keine Frischlinge. Das Rascheln im Gras genügte bereits, um die scheuen Tiere auf sie aufmerksam zu machen. Wie auf Befehl hörten sie auf, sich im feuchten Sand zu wälzen und starrten einen Augenblick in die Richtung der unbekannten Zweibeiner, die sie wahrscheinlich noch nie in ihrem Leben zu Gesicht bekommen hatten. Dann ging auf einmal alles ganz schnell. Die Bachen rannten mit den Jungtieren davon, gefolgt von den Keilern mit ihren deutlich hervorstehenden Eckzähnen, die jedoch eine Sekunde zu lange gezögert hatten.

Beim plötzlichen Knall aus Caidens Sturmgewehr erschrak seine Schwester fast zu Tode. Die Ruhe in den Bergen hatte sie den Gefechtslärm beinahe vergessen lassen. Vielleicht wäre es auch eine gute Idee gewesen, die Waffe nicht unmittelbar neben ihr abzufeuern. Betäubt hielt sie sich die Hände an die Ohren und versuchte zu fluchen, wusste dabei allerdings nicht, ob ihre Laute überhaupt einen Sinn ergaben, da sie sie nicht hören konnte.

Faith lief die Anhöhe hinab und zog den Keiler aus dem Schlamm heraus, damit sein Blut nicht das Wasser verunreinigen würde. Caiden wollte sich bei seiner Schwester entschuldigen, die jedoch nur wütend abwinkte und kein Wort verstand. Daraufhin stolperte er ebenfalls den Hügel hinunter und begann in dem Tümpel zu graben. An der Oberfläche gab es nichts als feuchten Sand, aber schon nach einem halben Meter kam klares Wasser zum Vorschein. Ein äußerst seltener Anblick auf dem vertrockneten Planeten, an dem er sofort seine Wasserflasche auffüllte. Der Durst ließ Cassidy ihren Zorn für den Moment vergessen. Gierig griff sie nach der Feldflasche und verschwendete keinen Gedanken daran, dass sich gerade eine ganze Wildschweinfamilie darin gesuhlt hatte.

In diesem Augenblick kamen Butch und Kim mit angelegten Gewehren herangestürmt. Die Funkgeräte hatten längst den Geist aufgegeben, weswegen sie vom schlimmsten ausgegangen waren. Zunächst schienen sie verärgert über den unfreiwilligen Sprint durch das heiße Tal, doch Caiden vermochte seinen Kopf mit dem klaren Wasser aus der Schlinge zu ziehen. Kim riet ihm allerdings, bereits einen Vorrat für Angel und Dog anzulegen, die wahrscheinlich ebenfalls unterwegs seien und ihn für den unerlaubten Schuss am nächsten Baum aufknüpfen würden.

Es dauerte zehn Minuten, dann tauchte Angel auf dem Hügel auf, von dem aus Caiden geschossen hatte. Anders als Kim und Butch wäre sie dadurch nicht in eine mögliche Falle getappt, was den Rotschopf ein wenig verlegen machte. Dog glich die Punktzahl aber sofort wieder aus, als er sich hechelnd wie ein Bernhardiner im Hochsommer durch das Gestrüpp kämpfte, so dass man ihn schon aus hundert Metern Entfernung hören konnte. Er spie unverständliche Flüche in Caidens Richtung, die selbst das frische Wasser nicht zu besiegen vermochten. Das laute Signal war ihm dabei völlig egal, doch der Zwangssprint im Windschatten seiner deutlich besser trainierten Gefährtin war zu viel für ihn gewesen.

Angel zeigte sich hingegen ganz und gar nicht verärgert. Cassidys Bruder hatte dringend benötigtes Wasser gefunden und zugleich einen fetten Braten erlegt, den sie alle gut gebrauchen konnten. Außerdem standen ihnen mit der derzeitigen Ortskenntnis, dem Reiseführer und dem Eisenbahntunnel relativ gute Fluchtmöglichkeiten zur Verfügung, sollten die Sicarii sie bemerkt haben und zum Angriff übergehen. Wenn die Gruppe erst das unbekannte Flachland betreten hatte, das hinter dem nächsten Bergrücken begann, wären sie einem Überfall schutzlos ausgeliefert. Sie entschied daher, das Team den ganzen Tag lang rasten zu lassen und bei Nacht den Bahnschienen bis zum Ausgang des Gebirges zu folgen.

Angel verbrachte die heißen Stunden des Tages im Schatten einer hochgelegenen Insel aus Birken mit schneeweißen Stämmen, von wo aus sie fast das gesamte Tal zu überblicken vermochte. Sie hatte sich Cassidy als seelischen Beistand für den unvermeidlichen Abstieg mitgenommen. Außerdem konnte sie so endlich einmal wieder ein paar Worte mit ihr allein wechseln. Inzwischen ging es Cassidys Ohren ein wenig besser. Das Pfeifen war kaum noch zu hören, aber Angel musste sie nach wie vor anstupsen, bevor sie etwas sagte. Ansonsten wäre ihre tiefe Stimme im Rauschen des Laubs oder dem Tschilpen der Vögel untergegangen.

»Dein Bruder hat eine sehr gute Auffassungsgabe«, begann sie nachdenklich. Cassidy setzte das von Kim geliehene Fernglas ab und versuchte vergeblich, dem Blick ihrer Mentorin auszuweichen. Sie hatte geahnt, dass Caidens Ausbruch im Kloster nicht unbemerkt geblieben war, und suchte nach einer passenden Ausrede. Vorerst nickte sie einfach nur, um sich nicht zu verplappern.

»Eric ist kein Idiot«, fuhr Angel fort. »Psychopathisch und unmenschlich - ja, aber kein Idiot. Zwanzig Jahre lang hat er jede Gang zerstört, die ihm über den Weg kam, und die Reste in sich aufgesogen. Es gab mehr als ein Angebot, seine Leute mit anderen Banden zu vereinen und er hat jedes Mal abgelehnt. Einmal hatten die Red Dragons vierzig seiner Männer gefangen genommen, auf dem Schlachtfeld als Schutzschild vor ihren eigenen Truppen aufgereiht und damit gedroht, sie alle umzubringen, sollte er sich nicht unterwerfen. Was glaubst du, wie er reagiert hat?«

Da sich die Vultures bis zu diesem Tag behaupten konnten, lag die Antwort auf der Hand. Cassidy hatte aber genug sadistische Horrorgeschichten aus Angels Vergangenheit gehört, um sich innerlich bereits auf das nächste Blutbad vorzubereiten. Eigentlich wollte sie es gar nicht wissen.

»Er stand völlig regungslos vor unserer Armee, begutachtete den zusammengewürfelten Haufen der Schlitzaugenbande und entschied, dass er sich so eine Chance nicht entgehen lassen durfte. Mit einem Fingerzeig befahl er, das Feuer zu eröffnen, ohne Rücksicht auf die Leben der Vultures. Wir schossen einfach durch sie hindurch. Die meisten Gangs sind erbarmungslose Mörder, aber damit hatten die Dragons nicht gerechnet. Bevor sie reagieren konnten, hatten wir fast ihre gesamten Truppen ausgeschaltet oder in die Flucht geschlagen, wo ihnen unsere Buggys den Rest gaben.«

»Hat das nicht seine eigenen Leute gegen ihn aufgebracht?«, wollte Cassidy wissen.

»Wohin sollten die denn gehen? Die Dragons waren kurz darauf Geschichte und Eric ein Garant für den Sieg. Viele glaubten einfach, dass sie nie so unfähig sein würden, sich gefangennehmen zu lassen. Dog hat sich hinterher erlaubt, Kritik an dem Massaker zu üben. Unter vier Augen versteht sich. Eric hat ihn angebrüllt, dass nur er über die Leben seiner Männer entscheiden dürfe. Ich war damals gerade erst aus der Sklaverei befreit worden und konnte mich nicht einmischen.«

Cassidy vergrub erschüttert ihr Gesicht in ihren Handflächen und war heilfroh, dass Caiden nur ein paar Wochen unter diesen Barbaren hatte zubringen müssen.

»Nun sag mir, würde so jemand innerhalb weniger Tage zu den Sicarii überlaufen, sich ein Gebiet zuteilen lassen und auf einmal den Befehlen anderer gehorchen?«, fragte Angel in einem Ton, der die offensichtliche Antwort bereits verriet. Cassidy schüttelte den Kopf und war kurz davor, die Karten auf den Tisch zu legen.

»Die Sicarii müssen ihn schon sehr lange unter Druck gesetzt haben; und nicht nur durch Angriffe und Überfälle auf seine Lager. Genau wie bei uns gibt es sicher Saboteure und Spione in den Reihen der Gang, die Eric das Blaue vom Himmel versprochen haben. Wochen, vielleicht monatelang!«

»Warum hat Dog dann nichts davon mitbekommen?«, antwortete Cassidy und war sich dabei wohl bewusst, wie gefährlich es war, das Thema zu intensivieren. Aber sie wollte wirklich wissen, wieso sich der Hüne nicht eingemischt hatte.

»Zum einen vertraut Dog ihm schon seit der Gefängnisrevolte. Ohne Eric wäre er wie sein Vater auf dem Gefängnishof aufgehängt worden. Zum anderen scheint es ihn kaum noch interessiert zu haben«, erklärte Angel mit einer abwertenden Handbewegung. »Aber wenn ausgerechnet jemand wie Dog, der diesen Bastard fast dreißig Jahre lang kennt, nichts davon merkt, wie kann es dann sein, dass gerade dein Bruder diese Zusammenhänge innerhalb von drei Wochen entdeckt?«

Cassidy ließ ihren Kopf in das trockene Gras am Fuße des Baums sinken und suchte nach den richtigen Worten, um ihrer Mentorin die ganze Geschichte zu erzählen, doch Angel kam ihr zuvor.

»Ich weiß nicht, was Caiden uns verschweigt, aber ich glaube nicht, dass er der Verräter ist«, philosophierte sie ernst. »Allerdings wäre dein Bruder nicht der Erste, der aus falschem Beschützerinstinkt ausgerechnet die in Gefahr bringt, die er davor bewahren will. Mit mir wird er nicht reden und ihn gewaltsam zum Sprechen zu bringen, ist wohl kaum eine Option.«

Cassidys blaue Augen zuckten unruhig in den Höhlen, als sie dem Monolog lauschte. Plötzlich traf es sie wie ein Schlag. *Angel vertraute ihr!* Sie versuchte gar nicht, etwas aus ihr herauszubekommen. Angel vertraute darauf, dass Cassidy selbst hinter das Geheimnis kommen und sie im richtigen Moment darüber informieren würde! Damit bestätigte sie nicht nur Cassidys Rechtfertigung für ihr Schweigen im Kloster, sondern öffnete gleichzeitig ein völlig neues Kapitel in ihrem Leben! Sie galt nicht länger als das kleine Mädchen vom Lande, das beschützt werden musste, oder als die eigentlich viel zu junge Rebellin, die das Sturmgewehr dem Waschtrog vorgezogen hatte. Von diesem Augenblick an fühlte Cassidy sich gleichwertig mit Butch, Cole, Johnny, Kim, Sharon und all den anderen Rangern. Sie trug nun ganz offiziell große Verantwortung. Das unglaublich befreiende Gefühl erwischte sie so unerwartet, dass sie nur schwer schlucken und noch einmal zu nicken vermochte.

Bevor sie ihre Aufregung in Worte fassen konnte, löste Dog sie von ihrem Posten ab und bestand auf etwas zweisame Zeit mit Angel. Im Kloster gab es so gut wie keine Privatsphäre und Angel war ohnehin meist mit anderen Dingen beschäftigt gewesen. Nun hatte er den Rest des Tages zur Verfügung und wollte sich das nicht von dem Mädchen nehmen lassen.

Kaum war Cassidy verschwunden, legte Dog Hand an Angels Schultern, aber sie drehte sich weg.

»Was ist?«, fragte er unschlüssig. »Du denkst doch wohl nicht etwa an *ihn?*«

»Wer weiß«, antwortete Angel verschmitzt. »Vielleicht geb ich mich ja immer noch nicht mit nur einem von euch zufrieden?«

»Ich wusste, ich hätte ihn auf der Stelle umlegen sollen!«, knurrte Dog.

»Wo hattet ihr eigentlich den gefüllten Tanklaster her?«, murmelte Angel, um das Thema zu wechseln.

»Den, den ihr Eric vor ein paar Monaten unterm Arsch weggeklaut habt?«, erwiderte Dog höhnisch. »Von unserer Ölquelle!«

»Eric hat eine Ölquelle!?«, fragte Angel erschrocken. »Mit Raffinerie? Wo? Seit wann?«

»Von den Chimeras. Ihr standet schon kurz davor, als die ihre Humvees geopfert haben, um eure Truppen loszuwerden. Ihr habt euch wie kleine Kinder über die beiden Trostpreise gefreut, während die ihre Quelle behalten durften und sicher irgendwann zurückgekommen wären«, erzählte Dog großspurig. »Wir sind zum Glück nicht so nachlässig gewesen und gaben ihnen den Rest.

Seit dem sprudelt das Ding für uns. Viel kommt da nicht mehr raus, aber es hat gereicht, um STELLA einmal quer durch die Wüste zu schicken.«

Er unternahm einen zweiten Versuch, Angels Schultern zu massieren, und diesmal wich sie nicht zurück. Sie versuchte sich auszumalen, wie der Krieg zwischen Rangern und Vultures wohl verlaufen wäre, wenn die Sicarii ihnen nicht dazwischengefunkt hätten. Je länger Dog jedoch ihre verspannten Muskeln knetete, desto ferner rückten ihre Alltagssorgen, bis sie sich seinen starken Händen schließlich vollkommen ergab.

***

Als sich die Sonne viele Stunden später dem westlichen Bergrücken zuneigte, kehrten Angel und Dog sichtlich entspannt zu ihren Kameraden zurück. Butch hatte das Feuer bereits gelöscht und Kim die Spuren des Lagers weitestgehend beseitigt. Nachdem Angel den ganzen Tag über keinerlei feindliche Aktivität entdecken konnte, befahl sie ruhig und zuversichtlich den Aufbruch zur letzten Etappe in den unbekannten Norden.

Die Männer wechselten sich wie an den Tagen zuvor mit Sharons Trage ab. Äußerlich ging es ihr den Umständen entsprechend gut, aber sie sollte ihre Kräfte weiterhin schonen. Beinahe pausenlos entschuldigte sie sich für die Belastung, die ihre unüberlegte Expeditionsteilnahme für das gesamte Team mit sich gebracht hatte. Kim lief mit Faith vorneweg, während Angel und ihre vor Stolz strotzende Schülerin die Nachhut übernahmen. Cassidy hatte ihrem Bruder von der unerwarteten Entwicklung erzählt. Gemeinsam schöpften sie nun Hoffnung, Faith in den Augen der Ranger rehabilitieren zu können.

Im Licht des Vollmonds bei sternenklarer Nacht fiel es der Gruppe nicht schwer, den Bahnschienen zu folgen. Mit gefüllten Feldflaschen und den angenehmen Temperaturen hielt schnell eine gewisse Abenteuerromantik Einzug, die nicht einmal die wilden Tiere stören konnten, die sie den ganzen Weg über neugierig zu beobachten schienen.

***

In den frühen Morgenstunden erreichten sie den letzten Tunnel, der sie vom Feindesland trennte. Erschöpft von der anstrengenden Wanderung ordnete Angel ein paar Stunden Schlaf an. Es machte ohnehin keinen Unterschied, ob sie bei Tag oder Nacht durch die finstere Röhre marschieren würden.

Die Männer hatten den ganzen Tag schwer tragen müssen und durften alle gemeinsam rasten, die Frauen wechselten sich in Zweierteams beim Wache halten ab. Kim und Faith übernahmen die erste Schicht, aber kaum waren die anderen eingeschlafen, verließ Faith ihren Posten und meinte, sie werde sich den Eisenbahntunnel etwas genauer ansehen. Kim hatte eigentlich dieselbe Idee äußern wollen, fand sich aber schulterzuckend damit ab, dass Faith ihr zuvorgekommen war. Kurz darauf verschwand sie im Schatten der Betonröhre und kehrte erst nach drei Stunden wieder zurück.

Sie wirkte ungewöhnlich abgekämpft und verschwitzt, als hätte sie einen Marathonlauf hinter sich. Den Schmutz auf ihrer glänzenden Haut erklärte Faith mit dem eingestürzten Tunnel, der ihnen nach gut zweieinhalb Kilometern den Weg versperren würde. All ihre Versuche sich hindurchzukämpfen waren angeblich gescheitert. Niedergeschlagen akzeptierte Kim die düstere Nachricht. Sie hatte keinen Grund an der ausgesprochen fähigen und hilfsbereiten Amazone zu zweifeln. Stattdessen verließen sie gemeinsam die dunkle Röhre und untersuchten im grellen Tageslicht die Felswand nach geeigneten Aufstiegsmöglichkeiten.

Angel nahm im Zuge der Wachübernahme die Berichte von der Blockade frustriert zur Kenntnis. Sie glaubte Faith ohne eigene Überprüfung, doch die Aussicht auf die anstehende Klettertour ließ ihr förmlich das Blut in den Adern gefrieren. Nur Cassidy warf Faith misstrauische Blicke zu, die von ihr nicht unbemerkt blieben. Die Assassine dachte jedoch nicht im Traum daran, sich vor der übermütigen Teenagerin zu rechtfertigen. Stattdessen legte sie es scheinbar darauf an, ihre Sorgen zu vergrößern, indem sie nachdenklich in den finsteren Tunnel blickte, wann immer Angel und Kim die beiden aus den Augen verloren. Erst als Cassidy selbst nachsehen wollte, hielt sie Faith mit einem ernsten Kopfschütteln zurück. Gegen ihren Willen zu handeln hätte bedeutet, dass die gesamte Sache aufgefallen wäre. Daher nickte Cassidy lediglich und hoffte, einmal mehr das Richtige zu tun.

Im Laufe ihrer Wache lauschte sie angestrengt in den Eisenbahntunnel hinein und rechnete im Stillen mit einem bevorstehenden Angriff der Sicarii. Die Tatsache, dass sie Faith noch immer nicht über den Weg traute, erfüllte sie innerlich mit Stolz, denn sie war überzeugt, dass sie genau das tat, was Angel von ihr erwartete. Sie ließ der geheimnisvollen Bacchae etwas Spielraum, wie einem Hund an der Leine, und sammelte in der Zwischenzeit Informationen, die sie später zu einem großen Ganzen zusammensetzen würde.

Angel stolzierte unterdessen in der Mittagssonne an der hellgrauen Felswand auf und ab. Kim hatte bereits erste Sicherungsstifte in den Fels gehauen, an denen ein neongrünes Seil herunterhing. Da Cassidy aus einem Angel unbekannten Grund den ganzen Tag in dem kalten Tunnel verbrachte und der Rest ihres Teams schlief, wagte sie es, sich allein daran hochzuziehen. Es genügten jedoch schon ein paar Meter und ein furchtsamer Blick nach unten, bis ihr schwindelig wurde und sie sich nach einem dumpfen Aufprall am Boden wiederfand.

Zornig sah sie in den Himmel und verfluchte ihre irrationale Unfähigkeit, selbst kleine Höhen ohne feste Begrenzungen wie Treppengeländer zu überwinden. Ein zweites Mal griff sie entschlossen nach dem Seil. Diesmal vermied sie es, nach unten zu sehen, und starrte angestrengt auf das vor ihr liegende Wegstück. Zentimeterweise kämpfte sie sich den Berg hinauf, ohne auch nur einen Gedanken an die Gefahren zu verschwenden. Sie hatte keinen blassen Schimmer von echter Bergsteigertechnik, sondern zog sich apathisch mit all ihrer Kraft an dem grünen Seil hoch, an dem inzwischen nichts Geringeres als ihr Leben hing.

Eine halbe Stunde dauerte ihre persönliche Auseinandersetzung mit dem Gebirge und ihrer eigenen Schwäche, doch dann griffen ihre Hände plötzlich ins Leere. Sie hatte die Felskante erreicht, auf der Kim die erste Pause verbringen wollte. Ganz allein und ohne Hilfe! Triumphierend zerrte sie am letzten Seilstück, hob ihr rechtes Bein an und kletterte auf die rettende Flachstelle, die in diesem Augenblick für sie das Paradies auf Erden war.

Lange währte Angels Glücksgefühl jedoch nicht, denn sie hatte weder ihren Rucksack dabei noch Cassidy über ihre impulsive

Aktion informiert. Bei einem furchtsamen Blick von der Felskante hinunter hätte sie um ein Haar das Gleichgewicht verloren und wäre abgestürzt. Niemals würde sie es allein zurückschaffen. Sie saß auf einer Flachstelle fest, auf der sie sich nicht einmal ausgestreckt hinlegen konnte. Fluchend lehnte sie sich an die Felswand und rieb mit den Fingerspitzen an ihren Schläfen, während sie nach einer Lösung suchte.

Zunächst wackelte sie an dem Seil und hoffte, dass es dreißig Meter unter ihr genügend Lärm verursachen würde, um Cassidy anzulocken. Zurückhaltend rief sie den Namen ihrer Schülerin, um nicht aus Versehen die anderen aufzuwecken. Das häufig unverblümt schadenfrohe Mädchen genügte vollkommen als Zeugin ihrer misslichen Lage; doch nichts geschah. Angel rief etwas lauter und konnte ein paar Sekunden später ihr eigenes Echo hören, aber Cassidy ließ sich immer noch nicht blicken. Stattdessen vernahm sie kurz darauf ein allzu bekanntes Morgengrunzen, einen sich öffnenden Hosenstall und das Geräusch des kleinen, männlichen Geschäfts. Sie krallte sich verkrampft an dem Haken fest und spähte über die Felskante. Direkt unter ihr stand Cole vor einem verholzten Busch und ging seiner morgendlichen Erleichterung nach. Unangenehmer hätte es für Angel wohl kaum werden können, trotzdem zog sie einen einzelnen Zeugen der ganzen Gruppe vor.

Erneut wirbelte sie das Seil umher, vergaß dabei aber, dass kleine Bewegungen an ihrem Ende dem Schlag eines Schwanenflügels am dreißig Meter entfernten anderen Ende vergleichbar waren. Der Strick traf Cole am Hinterkopf und ließ ihn kopfüber in den Busch stürzen. Mehr geschockt als verärgert rollte er sich zur Seite, riss seine Pistole aus dem Holster und suchte nach dem hinterlistigen Angreifer.

»Pssssst!«, zischte Angel. »Hier oben!«

Aufgrund des Sturzes war seine tarnfarbene Armeehose völlig eingesaut worden, was Cole die Zornesröte ins Gesicht trieb, während er sie auf dem Hintern sitzend begutachtete. Angel hingegen rollte mit den Augen. Ihr war dieser Zustand seiner Bekleidung nicht unbekannt. Cole murmelte einen unverständlichen Fluch, ehe er die linke Hand an die Stirn hielt und Angel auf der Felskante über sich entdeckte.

»Hilfst du mir vielleicht mal hier runter?«, rief sie ihm so leise wie möglich zu. Er rappelte sich auf und klopfte den Staub aus seiner Uniform. Dabei fiel ihm auf, dass er sich nicht nur mit seinen eigenen Ausscheidungen befleckt hatte, sondern auch noch ein neues Loch in seiner Hose klaffte, die bei seinem unfreiwilligen Rollmanöver an dem Strauch hängengeblieben war.

»Klar helf ich dir! Bleib, wo du bist!«, brüllte er lautstark, so dass Angel beinahe zum zweiten Mal das Gleichgewicht verloren hätte. Anschließend spurtete er zum Tunnel, nur um ein paar Minuten später mit dem gesamten Team zurückzukehren. »Da schaut! Sie hat es ganz allein geschafft!«

Sofort versteckte Angel sich in ihrer Stellung und schwor sich, Cole bei lebendigem Leibe die Knochen auszukochen und seinen Schädel als Kühlerfigur des Humvees zu benutzen!

»Angel?«, hörte sie Kim mit ihrem typisch sarkastischen Unterton rufen. »Soll ich dir dein Frühstück ans Bett bringen, oder isst du mit uns?«

In Angels Gedankenwelt verwandelte sich Coles Folter bei diesen Worten in einen Gemeinschaftseintopf. Wahrscheinlich würde Dog jeden Moment mit einstimmen und tatsächlich dauerte es keine Minute, bis er sich mit Cole ein Wortspielduell auf ihre Kosten lieferte.

Als sie kurz davor war, sich über die Kante zu beugen und den dreien die Pläne für ihre gesundheitliche Zukunft mitzuteilen, bemerkte sie auf einmal Bewegungen in dem Kunstfaserseil. Sie rechnete fest mit Kim, die sich trotz ihrer schadenfrohen Bemerkungen sofort auf den Weg gemacht hatte, doch weit gefehlt. Eine dunkelhäutige Hand griff blind nach dem letzten Stahlstift und einen Moment später zog sich Faith zu ihr hinauf. Sie formte einen Kreis aus Daumen und Zeigefinger in der Luft, um Kim am Boden die sichere Ankunft zu signalisieren und setzte sich anschließend neben Angel an die Felswand.

»Warum hast du das getan?«, wollte sie beinahe tadelnd wissen. Angel konnte nicht glauben, dass gerade die eiskalte Assassine zu ihrer Rettung gekommen war, aber aus irgendeinem Grund war sie sehr froh darüber. Faith zeigte nicht mal einen Anschein von Schadenfreude.

»Du kennst doch meine Höhenangst«, erwiderte Angel frustriert. »Irgendwann muss ich die doch mal loswerden.«

»Jeder hat irrationale Schwächen«, murmelte Faith nachdenklich. »Sie zu überwinden macht uns stark, aber es gibt für alles den richtigen Ort und die richtige Zeit.«

»Wovor hast du denn Angst?«

Faith blickte sie misstrauisch aus den Augenwinkeln heraus an. Sie wusste genau, neben wem sie saß, und wie schnell die Antwort sie in der Zukunft heimsuchen könnte.

»Menschen«, sagte sie und wendete dabei ihren Blick in die entgegengesetzte Richtung. »Menschenmengen, große Ansammlungen. Deswegen bin ich lieber allein.«

»Und was ist mit Dog und den Vultures? Wie ich gehört habe, hast du dich denen doch fast aufgedrängt.«

»Hmph ... die Vultures. Mittel zum Zweck«, spottete sie verächtlich. »Nach ein paar Tagen haben sie mir ganz von selbst Platz gemacht.«

Angel war schon dabei die nächste Frage zu formulieren und etwas tiefer in Faiths Vergangenheit zu graben, aber das ließ diese nicht zu. Sie erhob sich und blickte völlig freistehend gen Himmel, so dass Angel bereits vom Zusehen schwindelig wurde.

»Willst du wieder runter oder sollen wir gleich weiter nach oben?«

Nach einem abschätzenden Blick auf die Stellung der Sonne, und weil es bergauf erfahrungsgemäß leichter als bergab ging, entschied sich Angel für den Aufstieg. Damit entging sie vorerst auch den Sticheleien ihrer Kameraden, die sich noch immer zu amüsieren schienen.

Cassidy schlenderte unterdessen nervös vor der Felswand entlang und suchte nach Antworten. Erst die plötzliche Blockade im letzten Tunnelabschnitt und nun der unerwartete Alleingang. Warum war gerade Faith hinaufgeklettert? Wollte sie Angel vielleicht in einer verletzlichen Position manipulieren? Ein Blickkontakt mit ihrem Bruder bestätigte, dass ihn dieselben Sorgen plagten. Faith hatte alle Zeit der Welt gehabt, um Verstärkung zu rufen, die ihr zur Flucht verhelfen könnte - gleich nachdem sie Angel von der Flachstelle gestoßen hätte!

Die Geschwister waren entsprechend überrascht, als sie lautstark nach der Bergsteigerausrüstung verlangte und gemeinsam mit Angel den Aufstieg fortsetzte. Dabei sicherte Angel zunächst Faith beim Klettern und ließ sich anschließend von Victors

Mörderin höchstpersönlich die Felswand hinaufhelfen. Ihre gefürchtete Höhenangst schien auf einmal nur noch wenig Einfluss auf sie auszuüben. Faith rief ihr immer wieder zu, dass sie keinesfalls nach unten sehen dürfe und wie weit sie es schon geschafft hätte. Kim brauchte sich um nichts mehr zu kümmern, sondern konnte den Rest der Truppe versorgen. Auch sie traute ihren Augen kaum, schöpfte aber nicht den geringsten Verdacht. Stattdessen freute sie sich aufrichtig über Angels Fortschritte bei der Bekämpfung ihrer Phobie, aufgrund derer sie häufig lange Umwege hatten in Kauf nehmen müssen. Irgendwie schien Caiden mit seiner Behauptung, dass sie alle einmal Faith ihr Leben schulden würden, Recht zu behalten.

Die größte Herausforderung der Kletterei bestand darin, Sharon festgeschnallt in ihrem Gurtzeug auf den Berg zu befördern, ohne sie an den scharfkantigen Felsen zu verletzen. Dazu verteilten sich Cole, Faith, Kim und die beiden Geschwister zur Sicherung entlang des Aufstiegs, während Dog das Fliegengewicht mit seinen Bärenkräften spielend leicht hochzog.

Nach ein paar Stunden hatten sie es geschafft und der goldbraun leuchtende Bergrücken war erreicht. Wehmütig blickten sie in der Abendsonne auf das bezwungene Gebirge im Süden, dass ihnen neun Tage lang unendliche Mühen abverlangt hatte und nun hoffentlich ihre Freunde vor den neugierigen Blicken der Sicarii versteckt hielt.

Im Norden erwartete sie das unwirtliche Feindesland aus vertrockneten Berghängen und ausgedorrten Ebenen. Bereits vom Gipfel aus waren die ersten Ausläufer der Schlucht zu erkennen, an der sie sich laut Jades Weisung orientieren sollten. Sie hatte ihren Ursprung in einer kleinen Felsspalte und diente in besseren Zeiten als Flussquelle, dessen Gletscherwasser eine Furche quer durch das Land schnitt. Die vermeintliche Brücke konnte Angel nicht mal mit Hilfe ihres Zielvisiers entdecken. Es gab auch keine ausgebauten Straßen in der Umgebung, die ihnen die Reise erleichtern würden. Die Autobahn von der zerstörten Stelzenbrücke musste in einem der Täler von der Bahnstrecke abgewichen sein. Lediglich die einsamen Eisenbahnschienen schlängelten sich ein paar Kilometer unterhalb ihrer Position aus den Felsen heraus und verschwanden in Richtung Nordwesten; direkt ins Sicariigebiet.

Nachdem die gesamte Ausrüstung sicher oben angekommen war und die Sonne unterging, erklärte Angel die Etappe erleichtert für beendet. Das ganze Team stimmte zu, dass sie sich nach der anstrengenden Kletterei eine romantische Nachtruhe auf der Spitze des Bergrückens verdient hatten. Faith gab zum Abschluss der entbehrungsreichen Reise sogar ein kleines, melancholisches Panflötenkonzert unter freiem Sternenhimmel.

8 - ENDSTATION

Faith tat die ganze Nacht kein Auge zu. Caiden hoffte, dass es nur die Nähe zu ihrer Heimat war, die sie wachhielt, und nicht etwa Schuldgefühle eines neuen Verrats im Eisenbahntunnel. Er setzte sich neben sie und griff nach ihrer Hand. Im Normalfall hätte Faith sie sofort zurückgezogen und ihm am liebsten quer über das Gesicht geschmettert, aber diesmal schien sie abwesend und mit ihren Gedanken weit entfernt zu sein. Erst als Caiden etwas fester zugriff quiekte sie überrascht und wäre um ein Haar zum Angriff übergegangen.

»Alles in Ordnung?«, fragte er erschrocken und schützte gleichzeitig seinen Kopf mit den Armen. Faith klopfte sich beim Aufstehen mürrisch den Sand aus den Hosen und ging ein paar Schritte an dem steilen Schutthang entlang, den sie am nächsten Tag hinuntersteigen mussten.

»Ich hab einfach keine Ahnung, was uns da drüben erwartet!«, flüsterte sie ihm zu. »Es gab unzählige Kontaktversuche mit diesen Leuten. Zuerst haben wir eine Bacchae zu ihnen geschickt. Ihr Name war Scarlet. Sie hatte denselben Auftrag wie ich bei den Vultures. Diplomatischen Kontakt herstellen bei gleichzeitiger Infiltration. Wir haben nie wieder etwas von ihr gehört und vor einem Jahr hieß es, sie wäre im Einsatz gefallen. Anschließend sandten wir ein halbes dutzend Spione, die getarnt Informationen sammeln sollten. Kein einziger ist lebendig zurückgekehrt.«

Das abnehmende Mondlicht ließ Caiden die Gesichtszüge auf ihrer dunklen Haut nur wage erkennen, doch ihre schneeweißen Augen schienen sich der Anziehungskraft der geheimnisvollen Schlucht nur schwer entziehen zu können. Sie hielt ihre Arme vor der Brust verschränkte und kaute unbewusst am rechten Daumennagel. Das Verhör und die unerwartete Befreiung aus Brackwood hatten die einst so gleichgültige Assassine verändert. Zum ersten Mal sorgte sie sich um ihre eigene Zukunft und um ihre Rolle in einem Spiel, dass sie nicht länger kontrollierte.

»Scarlet war zweifellos die beste Bacchae, die unser Programm je hervorgebracht hat. Seit ich von ihr als Schülerin ausgewählt wurde, wollte ich wie sie sein.«

»Vielleicht hat dich Jade deswegen ziehen lassen und uns gemeinsam dorthin geschickt?«, überlegte Caiden angestrengt. Gern hätte er Faith in den Arm genommen und ihr versprochen, sie zu beschützen, doch er schätzte seine eigene Gesundheit viel zu sehr, um derart leichtsinnig zu handeln.

»Du meinst, um herauszufinden, was mit ihr geschehen ist?«, erwiderte sie und begann ihrerseits zu verstehen. »Das würde Jade ähnlich sehen. Aber es gibt keinen Grund anzunehmen, dass Scarlet noch lebt. Außerdem haben sich die beiden bis aufs Blut gehasst.«

»Habt ihr Beweise für ihren Tod gefunden?«

Faith schüttelte den Kopf. »Während des Krieges haben wir ein paar unserer Spione entdeckt. Alle direkt unterhalb der Brücke, jedoch nirgends eine Spur von Scarlet.«

»Würdest du sie wiedererkennen?«

»Das ist leicht«, antwortete Faith nickend. »Ihr fehlt das linke Ohr.«

»Ihr fehlt ... wie ist das denn passiert?«, fragte Caiden. In seinen Gedanken entstanden affektartig Horrorszenarien über brutale Machtkämpfe innerhalb der Sicarii, wie er sie bei den Vultures erlebt hatte.

»Sie war die Tochter eines Richters, der kurz vor dem Kollaps gegen die aufkommenden Gangs gekämpft und viele davon ins Gefängnis gebracht hat. Ein paar wollten sich an ihm rächen, haben Scarlet entführt und ihrem Vater ihr linkes Ohr als Beweis geschickt.«

»Was ist ein ... Richter?«

»Ein Richter entscheidet über Schuld oder Unschuld eines Angeklagten und legt anschließend das Strafmaß fest«, erklärte Faith. Es wunderte sie nicht im geringsten, dass Caiden derartige Institutionen nicht mehr kennengelernt hatte. »Scarlets Vater war dabei wohl nicht gerade zimperlich. Er ist auch auf keine der Forderungen eingegangen, sondern hat das Versteck der Entführer ohne Verhandlungen stürmen lassen.«

Faith begann zu lächeln, während sie fortfuhr.

»Scarlet hat mir immer wieder erzählt, wie ihre Eltern sie dazu drängten, sich für eine Prothese zu entscheiden. Stattdessen ließ sie ein Spinnennetz auf ihre linke Gesichtshälfte tätowieren. Kaum jemand bemerkt heutzutage den zurückgebliebenen Ohrstummel, selbst wenn ihr Haar vom Wind davongeweht wird. Sie sagt, sie betrachtet ihre Verletzung als eine Warnung davor, wie weit Menschen für ihre Ziele gehen können. Scarlet war damals schließlich noch ein Kind.«

»Hat es sie nicht gekümmert, dass ihr Vater so rücksichtslos vorgegangen ist?«, wunderte sich Caiden. Er war zweifelsohne die rauen Sitten der Endzeitsteppe gewohnt, aber in seinem Dorf war es normal gewesen, dass die Eltern ihre Kinder zunächst zu schützen versuchten und nicht einfach blind drauflos schlugen, wenn sie jemand bedrohte.

»Zu Beginn schon«, gab Faith nickend zu. »Das war auch ein Grund für ihr Tattoo, das so gar nicht zu den gehobenen Kreisen ihrer Anwaltsfamilie passte. Aber mit der Zeit verstand sie die Notwendigkeit von rücksichtslosem Durchsetzungsvermögen. Wenn ihr Vater als Richter bei ihrer Entführung Schwäche gezeigt hätte, wäre sie vermutlich nicht nur einmal zum Opfer geworden.«

»Leben ihre Eltern eigentlich noch?«

»Ihr Vater ist vor vier Jahren gestorben und war lange Zeit Senator in unserer Hauptstadt Sicariia. Scarlets Mutter lebt in Alexandria, der Heimat der Bacchae.«

»Und was ist mit deiner Familie, jetzt, wo du als Verräterin giltst?«, fragte Caiden vorsichtig, doch darauf wusste Faith keine Antwort. Bisher war noch nie eine Bacchae zum Feind übergelaufen. Nach dem jahrelangen Drill und den schier unbegrenzten Freiheiten hatte es nie einen Grund dafür gegeben. In diesem Moment wurde Caiden bewusst, dass Faith sich nicht nur um ihr eigenes Schicksal sorgte.

***

Mit den ersten Sonnenstrahlen trommelte Angel ihr Team aus den Schlafsäcken. Sie wollte so viel Tageslicht wie möglich in dem unbekannten Territorium nutzen und hoffte, die von Jade beschriebene Brücke noch vor dem Abend zu erreichen. Sharon torkelte mit bleichem Gesicht durch das provisorische Gipfellager und trieb die anderen damit unbeabsichtigt zu größter Eile an. Ihr war wie jeden Morgen schlecht, doch nachdem sie erneut vierundzwanzig Stunden lang keinen Bissen herunterbekommen hatte, hielt sich ihr Erbrechen in Grenzen. Der akute Wassermangel machte ihr viel mehr zu schaffen. Die Vorräte waren trotz wiederholter Quellenfunde in den Tälern beinahe erschöpft. Die im Vergleich zum Beginn der Reise sehr leicht gewordenen Rucksäcke führten der ganzen Gruppe vor Augen, dass ihr Abenteuer schon bald auf die eine oder andere Art enden würde.

Bevor sie aufbrachen, nahm Kim sich ein paar Minuten Zeit, um eine perspektivische Landkarte des nördlichen Gebiets zu zeichnen. Viele Möglichkeiten sich zu verlaufen gab es entlang der Schlucht nicht, aber sie bekam nur selten die Chance auf einen derart übersichtlichen Aussichtspunkt. Sie hielt es außerdem für sicherer, dass Sharon trotz ihres geschwächten Zustands den Abstieg auf eigenen Füßen wagte, anstatt auf ihrer provisorischen Bahre getragen zu werden.

Angeleint in Zweierteams stampfte die Gruppe kurz darauf geradeaus auf dem staubigen Schutthang in Richtung Tal. Die unzähligen kleinen Steine waren sehr scharfkantig, so dass keine Gefahr des Wegrollens oder einer Lawine bestand, und erinnerten stark an das Schotterbett der Eisenbahnschienen. Kim hatte ihren Kameraden eingetrichtert, mit geradem Oberkörper auf den Fersen zu laufen und dem Drang zu widerstehen, sich nach hinten lehnen zu wollen. Schon nach ein paar Metern lag Butch jedoch fluchend auf dem Allerwertesten. Amüsiert wurde er von Angels und Dogs Team überholt, bis sich die beiden kurz darauf ebenfalls mit den Hintern auf dem Boden wiederfanden. Das Spiel wiederholte sich noch einige Male auf dem gut anderthalb Kilometer langen Wegstück und sorgte für eine ausgelassene Stimmung, die alle gut gebrauchen konnten. Sogar Sharon blühte wieder auf, als sie Cole an sich vorbeischlittern sah.

Der Spaß endete gut zwei Kilometer vor dem Tal an einer Felskante, von der aus sie der Weg über ein steiles Schrofengelände in die Tiefe führte. Beim Anblick der kahlen Felsen wurde Angel so schwindelig, dass ihre Knie den Dienst einstellten und sie eine dringend benötigte Pause anordnete.

Kim und Faith ließen sich von Dog bei einem ersten Abstiegsversuch sichern und überprüften dabei die Beschaffenheit der aus dem Berg herausstehenden Steine. Da es seit Jahren kaum geregnet hatte, schienen die meisten stabil und tragfähig. Trotzdem war den beiden klar, dass keineswegs nur Angel Probleme mit dem abschüssigen Gelände haben würde.

Um den anderen die natürliche Angst vor großen Höhen zu nehmen, ging Faith mit dem Kopf talwärts voraus zur nächsten Flachstelle und ließ die Gruppe dabei zusehen. Nachdem das geschafft war, empfahl Kim dem Team, ebenfalls mit den Augen geradeaus hinabzusteigen, auch wenn deren Unterbewusstsein auf das Gegenteil bestand. Butch vertraute seiner langjährigen Kameradin und wagte sich als Erster auf das Schrofengelände. Bereits nach ein paar Metern hatte er seine Angst unter Kontrolle und spürte, wie er mit jedem Schritt sicherer wurde. Dog wollte dem Ranger in nichts nachstehen und drängelte sich anschließend geradezu vor, gefolgt von Cole und Sharon. Mit blassem Gesicht brauchte sie bei weitem am längsten, traute sich aber dennoch den Frontalabstieg zu. Kim war sich mit Angel einig, dass sie ausnahmsweise ihre Augen auf dem Berg lassen sollte. Ansonsten wäre sie beim Anblick des Tals wohlmöglich auf halber Strecke ohne Aussicht auf Hilfe vor Angst erstarrt. Diesmal riss niemand Witze über ihre Schwäche, denn die Lage war bitterernst. Faith verbot gleichzeitig jegliches Anfeuern, was bei der stolzen Kriegerin denselben Effekt wie Spott gehabt hätte.

Nach vier Stunden lag das steile Gelände endlich hinter ihnen und die vertrockneten Baumwipfel am Hang unterhalb des Gebirges waren zum Greifen nahe. Nur noch ein kurzer Spaziergang, dann hatten sie es geschafft und sahen vom Fuße der Berge zu den spitzen Gipfeln hinauf.

»Man, ich hätte nicht gedacht, dass wir hier je ankommen würden!«, brummte Butch. Dabei wischte er sich den Nachmittagsschweiß von der Stirn und nippte an seiner letzten Feldflasche.

»Hat sich eigentlich irgendwer Gedanken darüber gemacht, wie wir wieder zurückkommen sollen?«, fragte Cole.

»Über den Pass«, raunte Angel. »Den sicariianischen Pass. Nachdem wir sie von dort verjagt und ihre Fahrzeuge erobert haben!«

Während des Abstiegs hatten Faith und Kim immer wieder nach Wasserquellen Ausschau gehalten, jedoch ohne Erfolg. Daher blieb Angel bei ihrem Plan, noch vor Einbruch der Dunkelheit die Brücke erreichen zu wollen, oder sich wenigstens ein gutes Stück vom Gebirge zu entfernen. Als die größte Hitze am späten Nachmittag vorbei war, setzte die Gruppe ihren Weg entlang der Schlucht fort.

Mit jedem Kilometer verbreiterte sich die Erdspalte ein wenig, bis am Abend ein kompletter Wohnblock aus den Großstadtruinen darin Platz gefunden hätte. Die umliegende Landschaft bot indes nichts als karges, ausgetrocknetes Niemandsland. Es gab mit Ausnahme von einzelnen, vertrockneten Windflüchtern oder verholzten Büschen keine nennenswerte Vegetation. Wilde Tiere schienen ebenfalls einen großen Bogen um die lebensfeindliche Zone zu machen, was die Gruppe von Minute zu Minute mehr an ihrem Plan zweifeln ließ.

Als bei Einbruch der Abenddämmerung ein Sandsturm über der Ebene aufzog, musste sich das Team geschlagen geben. Nach einer halben Stunde konnten sie kaum noch die Hand vor Augen sehen und versteckten sich eng zusammengekauert in einer Erdvertiefung. Angel fluchte leise unter ihrem beigefarbenen Halstuch, dass sie sich zum Schutz über den Mund gezogen hatte. War sie mit ihrer Menschenkenntnis derart gescheitert und Jade auf den Leim gegangen? Wo waren die verdammte Brücke und die dringend benötigte Hilfe? Ohne frische Vorräte würden sie es höchstens noch einen Tag in der heißen Ebene aushalten. Ihren Freunden gingen ähnliche Gedanken durch den Kopf, und als der Sandsturm gegen Mitternacht abflaute, sprach Butch sie als Erster aus.

»Vielleicht sollten ein paar von uns zurückgehen«, begann er mit Blick auf Sharon, die sich kaum noch auf den Beinen halten konnte. Sie selbst war bereits zu schwach, um dagegen zu protestieren. Cole hingegen nickte ihm bestätigend zu.

»Ich kann sie begleiten, aber allein kommen wir die Berge nicht hoch.«

Damit schob er Kim und Faith den schwarzen Peter zu. Wenigstens eine der beiden erfahrenen Bergsteigerinnen war für eine sichere Bezwingung des Gebirges erforderlich, doch beide hatten sehr gute Gründe dafür, keinesfalls den Heimweg anzutreten. Angel war völlig klar, dass Kim niemals umkehren würde, ehe sie ihren Johnny gefunden hätte. Darum fiel ihre Aufmerksamkeit auf Faith, von der niemand außer Caiden wusste, warum sie überhaupt bei ihnen war. Bisher hatte sie sich als äußerst hilfsbereit erwiesen, was ihr nun sprichwörtlich auf die Füße zu fallen schien. Caiden überlegte bereits fieberhaft nach einer Ausrede, aufgrund derer sie seine Freundin keinesfalls zurückschicken könnten, da kam ihm ein taghellen Lichtschein am Himmel zuvor.

Geblendet von dem grellweiß flackernden Himmelskörper hielt sich die Gruppe die Augen zu. Mindestens ebenso reflexartig warf sich Angel auf den Boden und befahl ihren Kameraden, sich zu verteilen. Die Diskussion von der Rückkehr zu den Bergen war längst vom Tisch, als sie die ersten Gewehrschüsse im Westen donnern hörten.

»Wer zum Teufel ist das?«, brüllte Dog wütend.

»Ich kann nichts sehen!«, erwiderte Kim. Sie hockte hinter einem scharfkantigen Stein ein paar Meter südlich. Cole blieb mit Sharon in der Erdvertiefung, wo sie am ehesten vor dem feindlichen Beschuss geschützt waren. Caiden, Cassidy und Faith hatten sich in nördlicher Richtung verteilt und pressten ihre Körper flach auf den Boden.

»Warum greifen die uns auf einmal an?«, fauchte Caiden Faith zu.

»Keine Ahnung!«, rief sie zurück. Bei dem lauten Gefechtslärm bestand kaum eine Gefahr, dass Angel oder sonst wer sie hörte. »Das ist nicht die Legion. Dafür sind es zu wenige!«

Inzwischen hatten sie die Mündungsfeuer im Westen entdeckt, die knapp einen halben Kilometer entfernt aufblitzten. Aufgrund des stark blendenden Leuchtgeschosses und der ständig wechselnden Gegnerstellungen vermochten sie jedoch kein Ziel auszumachen, bis die grellweiße Kugel am Himmel endlich aufhörte zu flackern und die Dunkelheit ihnen wieder faire Chancen einräumte.

»Butch! Dog! Sperrfeuer!«, befahl Angel und riss damit die Kontrolle über das Gefecht an sich. »Cole! Südliche Flanke! Der Rest von euch: Feuer frei!«

Wie auf Kommando erhob sich das gesamte Team aus den provisorischen Stellungen. Das ohrenbetäubende Rattern von

Butchs und Dogs Maschinengewehren übertönte alle anderen Geräusche. Die beiden schleuderten ihre Kugeln mehr oder weniger blind auf die feindlichen Truppen und erleichterten Angel und Cole damit den Einsatz ihrer Präzisionswaffen. Kim und die Geschwister unterstützten sie zusätzlich mit ihren Sturmgewehren, während Faith ihnen als Beobachterin die Richtung zu lohnenden Zielen wies.

Es war eine beeindruckende Feuerkraft, die Ranger und Ex-Vultures nach neuntägiger Reise auf ihren Gegner niederregnen ließen, doch mit dem darauffolgenden Echo hatten sie nicht gerechnet. Zum ersten Mal machte das Team Bekanntschaft mit feindlichen Scharfschützen, die weit außerhalb der Reichweite von Maschinen- und Sturmgewehren die Jagd auf sie eröffneten. Angel und Cole lagen genau zwischen ihren Leuten und verfügten über keinerlei Tarnung, die sicariianischen Präzisionsschützen hingegen waren selbst für ihre trainierten Augen nicht zu entdecken.

Der erste Treffer durchschlug Butchs rechte Hand und erinnerte ihn damit schmerzhaft an die Verfolgungsjagd vor Silver Valley. Die Kugel zerstörte sein Maschinengewehr mit einem gleißenden Funkenschlag, woraufhin er sich mehr vor Schreck als Schmerz auf dem Boden zusammenrollte, um weiteren Angriffen zu entgehen.

Angel verfolgte den Einschlag aus den Augenwinkeln und suchte fieberhaft nach den feindlichen Schützen.

»Cole!«, brüllte sie. »Was siehst du?«

»Zwei-sechs-null!«, rief er im Gefechtslärm zurück und zeigte mit ausgestrecktem Arm wage nach links. »Ist nur einer! Der muss …«

In diesem Moment rauschte eine zweite Präzisionskugel heran und bohrte sich mitten seine Brust. Er wurde von der Wucht des Aufpralls auf den Rücken geschleudert und rang mit aller Kraft um Luft. Seine Kevlarweste hatte die Kugel aufgehalten, doch seine schlecht verheilten Rippenbrüche ließen ihn vor Schmerz mit den Augen rollen.

»Cole!«, rief Sharon entsetzt. »Cole wurde getroffen!«

Apathisch kroch sie auf ihn zu. Dadurch bot sie den Angreifern ihren ungeschützten Körper jedoch selbst als Ziel.

»Sharon verdammt! Kopf runter!«, befahl Angel, aber bevor sie sie zurück in das Loch zerren konnte, erwischte Sharon das nächste

Geschoss im Rücken. Röchelnd brach sie neben Cole zusammen, der sie in den Armen hielt und geistesgegenwärtig mit seinem Handballen auf die Wunde drückte. Die kleine Brille rutschte ihr dabei von der Nase und vergrub sich im blutgetränkten Sand. Inzwischen stellte nicht nur der Scharfschütze eine Gefahr dar, dessen Kugeln sich nun auf Cassidy und ihren Bruder konzentrierten, sondern auch die normalen Truppen, die trotz des Sperrfeuers unaufhörlich näher gerückt waren.

»Kim! Wir müssen da runter!«, rief Angel dem Rotschopf zu und deutete auf die Schlucht in ihrem Rücken.

»So lang sind unsere Seile nicht!«

»Dann knote sie zusammen! Lass dir was einfallen!«, befahl Angel und glaubte dabei selbst nicht ganz, auf was für eine Lösung sie gerade gekommen war. In ihrer von Höhenangst geplagten Gedankenwelt reichte die steile Felswand kilometerweit nach unten, aber sie hatten keine Wahl. Tief im Inneren wusste sie ohnehin, dass sie sich nicht abseilen, sondern die Flucht der anderen decken würde.

Kim blieb keine Zeit zum Überlegen, denn kaum hatte sie sich aus ihrer Stellung entfernt, zischten ihr die feindlichen Kugeln um die Ohren. Mit einem großen Satz hechtete sie in die Erdvertiefung hinein, wo Sharon neben den Rucksäcken nach Luft schnappte und um ihr Leben kämpfte. Kim wagte sich nicht mal im Traum auszumahlen, wie sie sie bei derart schwerem Beschuss in die Schlucht hinunterlassen sollten. Vorerst waren solche Gedanken jedoch rein akademischer Natur, denn erstmal musste sie ein stabiles Seil zusammenknoten, das bis zum Boden reichte.

Faith hatte von dem kühnen Plan Wind bekommen und wäre um ein Haar getroffen worden, als sie sich seitlich in den Graben hineinrollte, um Kim zu helfen. Gemeinsam verbanden sie die drei Bergsteigerseile mit geübten Knoten und zogen sie so fest sie konnten. Am liebsten wäre ihnen ein Testlauf mit den schweren Rucksäcken gewesen, doch dafür blieb keine Zeit mehr. Sie hielten das Ende mit vier Händen fest und schleuderten den Rest des Seils über den Rand der Schlucht. Als sie ein hartes Rucken verspürten, robbte Kim zur Klippe und spähte hinab.

»Es reicht!«, berichtete sie erleichtert. »Aber uns fehlt ein Fixpunkt!«

Weit und breit gab es keinen einzigen Felsen, dem sie ihr Leben anvertraut hätten, geschweige denn einen Baum oder etwas ähnlich stabiles.

»Bind es mir um den Fuß!«, befahl Angel und krempelte ihre sandfarbene Armeehose am rechten Bein hoch.

»Bist du verrückt? Wie willst du dann runterkommen?«

Angel antwortete nicht sondern riss ihr das Seil aus der Hand und knotete es sich selbst oberhalb des Knöchels fest. Zu allem Unglück schien auch noch der Sandsturm zurückgekehrt zu sein, der zunehmend den feinen Wüstenstaub über die Klippe in den Abgrund saugte.

»Dog, her mit dem Maschinengewehr! Ich halte sie auf, bis ihr unten seid!«

»Du kannst mich mal!«, grollte er. Anstatt ihrer Anweisung folge zu leisten, verschanzte er sich neben Angel hinter dem Sandwall.

»Das ist doch Wahnsinn!«, brüllte Kim, ohne zu wissen, woher das plötzliche Dröhnen um sie herum kam. »Wir lassen euch hier nicht zurück!«

»Das ist ein Befehl! Bring die anderen in Sicherheit!«, schrie Angel sie an, obwohl sie nur einen Meter von ihr entfernt war. Der Sturm nahm urplötzlich orkanartige Dimensionen an und saugte den Sand nicht länger an, sondern blies ihn der Gruppe entgegen. Das Dröhnen war unerträglich laut geworden und hörte sich zunehmend künstlich an.

Angel zog sich ihr braunes Halstuch bis vor die Augen und starrte durch einen kleinen Schlitz auf die Schlucht. Plötzlich erhob sich wie aus dem nichts ein schwarzer Hubschrauber mit blinkenden Positionslichtern und grollenden Rotorblättern über dem Schlachtfeld. Einen Augenblick lang stand das stählerne Monstrum fast still in der Luft und schleuderte ihnen Unmengen von Staub und leeren Patronenhülsen entgegen, dann rauschte das riesige Luftschiff auf einmal über ihre Köpfe hinweg.

Die Gruppe traute ihren Augen nicht, als auf den Seiten der antiken Kriegsmaschine rotierende Schnellfeuergewehre aufblitzten und die Sicarii binnen Sekunden in die Flucht schlugen. Im selben Moment tauchte ein zweites, baugleiches Ungetüm aus den Tiefen der Schlucht auf und unterstützte seinen Partner bei dem ungleichen Gefecht. Die unkoordinierte Gegenwehr prallte dabei nahezu wirkungslos an den gepanzerten Militärhubschraubern ab.

Das beeindruckende Schauspiel der fliegenden Schlachtschiffe besaß durchaus eine gewisse Ästhetik, allerdings hatte zu diesem Zeitpunkt nicht mal Angel ein Auge dafür übrig. Sharon drohte an ihrem eigenen Blut zu ersticken, das in ihre Lungen gelaufen war. Cassidy und Faith stellten sich einmal mehr als eingespieltes Team bei der Verwundetenversorgung heraus, konnten aber für den Moment lediglich die Blutung stoppen. Kim nutzte die Feuerpause auf der Suche nach einem geeigneten Fixpunkt, damit sie Angel nicht zurücklassen mussten. Butch stand noch immer unter Schock, lehnte in dem Graben und betrachtete die abnehmende Mondsichel am Himmel durch das klaffende Loch in seiner Handfläche.

Nach ein paar Minuten hatten die beiden Hubschrauber ihre Jagd beendet und kehrten zurück. Der Erste flog unbeeindruckt über die zerschundene Gruppe hinweg und interessierte sich nicht im geringsten für die Neuankömmlinge. Das zweite Ungetüm hingegen schwebte wie zu Beginn am Rande der Schlucht und schien sich fast mit dem anderen zu streiten, der auf halber Strecke über den Canyon stoppte. Unterhalb des schweren Transporthubschraubers drehte sich eine Kugel, die wie ein riesiges Auge aussah, Angels Team unaufhörlich untersuchte und plötzlich einen blendenden Suchscheinwerfer einschaltete. Die gesamte Gruppe zog reflexartig die Köpfe ein, bis auf Sharon, die sich im Delirium in die Vergangenheit zurückversetzt fühlte. Instinktiv streckte sie ihren linken Arm in Richtung des Hubschraubers aus, der ihr schon einmal das Leben gerettet hatte, und versuchte, auf das Licht zuzurobben.

Die ganze Zeit über wirbelten die Rotoren tonnenweise Sand und Wüstenstaub auf, was Angel allmählich zu der Überlegung kommen ließ, dass ihnen die Unbekannten alles andere als freundlich gesinnt waren. Vielleicht debattierten sie gerade darüber, ob die kleine Gruppe ebenfalls zu Invasoren gehörte, die es zu bekämpfen galt. Bevor sie ihre Gedanken jedoch zu Ende führen konnte, kehrte der erste Hubschrauber um und kreiste über ihren Köpfen, während der Zweite zur Landung ansetzte, ohne dabei den Scheinwerfer abzuschalten. Kaum hatten die drei feststehenden Räder den Boden berührt, öffneten sich die großen Schiebetüren an den Seiten, aus denen zwei bewaffnete Männer in

Kampfpanzeranzügen heraussprangen, die im Gegensatz zu einfachen Kevlarwesten den ganzen Körper schützten. Beide trugen militärische Sichthilfen, die wie eine Brille mit einem einzigen, durchgängigen Glas aussah, welches orangefarben glimmte. Sie kamen nicht näher, sondern bezogen kniend Stellung vor ihrem Fluggerät. Erst als die Pilotin ebenfalls ausgestiegen war und auf Angels Team zulief, folgten sie ihr mit angelegten Gewehren.

»Sharon! Was ist mit ihr passiert!?«, rief die Asiatin der verdutzten Gruppe zu, die bis auf Butch einen Kreis um die Verletzte gebildet hatten. Ohne auf eine Antwort zu warten, winkte sie ihren Leuten zu, die auf der Stelle umkehrten und eine zusammenklappbare Trage herbeischafften.

»Ihr kennt euch?«, fragte Angel lautstark, um das Dröhnen des ununterbrochen drehenden Rotors zu übertönen. »Hast du sie vor drei Jahren in die Wüste geschickt?«

Die Pilotin nickte. Ihr war sichtlich unwohl, als sie Sharon von den beiden Männern in den Hubschrauber tragen ließ. Die anderen folgten ihr bis zum Cockpit.

»Wir haben Platz für vier von euch!«, schrie sie und zeigte anschließend auf ihren Flügelmann, der nach wie vor über dem Schlachtfeld kreiste. »Danny wird den Rest evakuieren, aber er kann erst landen, wenn ich in der Luft bin, um ihm Deckung zu geben!«

Angel überlegte nicht lange, sondern befahl Cassidy und Faith aufzusitzen, damit sie Sharon während des Fluges weiter versorgen konnten. Cole blieb selbstverständlich ebenfalls bei ihr.

»Wo bringt ihr uns hin?«, wollte Angel misstrauisch wissen.

»Weg von hier!«, erwiderte die Pilotin und setzte gerade ihren Fuß in das Cockpit, als eine Kugel wie aus dem nichts heranzischte und funkenschlagend am Hauptrotor abprallte.

»Danny! Scharfschütze auf zwei-sechs-null!«, brüllte die Asiatin in ihr Funkgerät. Sofort heulte der Motor des anderen Hubschraubers auf. Die Maschine vollführte auf der Stelle eine Hundertachtzig-Grad-Wende und rauschte auf die vermeintliche Richtung zu. Ein paar Sekunden später blitzte das Steuerbordgeschütz auf und durchpflügte den Boden.

»Wir müssen los!«, befahl die Pilotin ihren Männern und schlug die Cockpittür zu. Beim darauffolgenden Start schleuderte sie den

Zurückgebliebenen mehr Staub um die Ohren, als sie je in einem Sandsturm erlebt hatten. Mit den Händen vor den Augen wich die Gruppe zurück. Ungeduldig warteten sie auf Danny, der sich alle Zeit der Welt zu lassen schien, ehe er sie aufnahm und über die Schlucht transportierte.

9 - ZEITREISE

Die erste Viertelstunde des Fluges lehnte Angel unbeweglich mit angezogenen Beinen am Heck des Hubschraubers und krallte sich an stabil wirkenden Metallgriffen im Boden fest. Ihre Höhenangst sorgte schon in der Krone eines Pflaumenbaums für Atemnot und Schwindelanfälle. Dementsprechend stand sie ihrer Meinung nach kurz vor einem Herzinfarkt, als sie die silbergrau glänzende Mondlandschaft gut hundert Meter unter sich vorbeiziehen sah. Dog saß ihr gegenüber und grinste eine Weile hämisch, bis er die Bordschützen bat, die sperrangelweit offenstehenden Schiebetüren zu verriegeln. Die dreiköpfige Besatzung beäugte ihre Passagiere dabei wie unerwünschte Gäste und sprach kein Wort mit der zerschundenen Gruppe. Sie schienen immer darauf bedacht zu sein, eine Hand an der Pistole zu lassen und sie keinen Moment aus den Augen zu verlieren.

Als Kim in ihren Rucksack griff, um einen Verband für Butchs schwere Durchschussverletzung zu suchen, wäre die Lage beinahe eskaliert. Der Steuerbordschütze hielt ihr den kalten Lauf seiner Handfeuerwaffe an den Kopf, woraufhin Dog ihn am Hals zu Boden schmetterte und anschließend die Pistole des Backbordschützens in seinem Nacken spürte. Der Pilot ließ den Hubschrauber absichtlich einen Moment lang taumeln, wodurch der Hüne seinen Halt verlor und an die Bordwand geschleudert wurde.

»Nicht schießen! Nicht schießen!«, rief Kim am Türgriff klammernd. Sie zog ihren Verband mit den Fingerspitzen aus dem Rucksack und zeigte ihn der aufgebrachten Besatzung.

»Danny! Was ist denn da los?«, schallte es aus dem Cockpit.

»Nur ein Missverständnis«, erwiderte er mürrisch, steckte seine Pistole weg und brachte die Maschine zurück in Formation. Die beiden Bordschützen folgten widerwillig seinem Beispiel und ließen Kim ihren Kameraden verarzten. Dog rieb sich benommen den Hinterkopf, mit dem er hart an die Metalltür geprallt war. Angel hatte sich die ganze Zeit nicht rühren können und schien seit dem riskanten Flugmanöver kurz davor zu sein, sich vor versammelter Mannschaft zu übergeben.

Nach einer weiteren Viertelstunde überflogen sie vertraut aussehende Gebirgsausläufer und Angel fürchtete bereits, dass man sie in den Bergen aussetzen wollte. Stattdessen folgten die Hubschrauber jedoch einer guterhaltenen, zweispurigen Straße, die kilometerweit in die Felsen hineingesprengt worden war. Am Ende der künstlichen Schlucht erwartete sie ein riesiges Tal, in denen sich kaum erkennbare Strukturen eines wuchtigen Gebäudekomplexes abzeichneten. Die Umrisse glichen keiner Stadt, wie sie Angel oder ihre Kameraden je gesehen hatten, sondern erinnerten sie eher an Jesses Baumhaus.

Vor ihnen thronten modular aufgebaute Stahlkonstruktionen, die bis auf einen einzelnen Zugangsturm in der Mitte auf Säulen über dem Boden schwebten. Einige schienen quadratisch, andere wie langgezogene Baracken. Jeder Komplex war durch zylindrische Tunnel mit dem zentral gelegenen Hub verbunden. Die gesamte Anlage wirkte wie geschaffen für das Leben in einer von Sandstürmen geplagten Wüste. Die zweistöckigen Module wiesen allesamt um fünfundvierzig Grad abgeschrägte Fensterreihen auf, sowohl oben als auch unten, wodurch sie geradezu stromlinienförmig im Wind lagen. Der schwebeähnliche Zustand auf den massiven Stelzen erlaubte es den Stürmen nahezu unbehelligt ober und unterhalb des Komplexes vorbeizuziehen. Gewaltige Sandberge vor den Stahlsäulen deuteten darauf hin, dass die Anlage schon vor einigen Jahrzehnten errichtet worden war.

Cassidys Hubschrauber war bereits auf der Straße vor der abgedunkelten Basis gelandet. Aus dem Steuerbordfenster konnte Angel beobachten, wie Sharon auf ihrer Trage zu dem zentralen Turm geschafft wurde. Dort öffnete sich ein massives Stahltor, dessen grelles Licht aus dem Inneren die schwer verletzte Rangerin verschlang und sich hinter ihr wieder schloss.

Anschließend setzte Danny zur Landung an. Bevor Angel jedoch den Türöffner fand und endlich den herbeigesehnten festen Boden unter den Füßen spüren durfte, wurden die Luken von außen geöffnet. Zwei schwerbewaffnete Männer in kompletter Soldatenmontur befahlen den Passagieren mit angelegten Gewehren auszusteigen, ihre Waffen auszuhändigen und sich neben dem anderen Hubschrauber zu versammeln, wo eine

Handvoll Soldaten bereits Cole, Cassidy und Faith bewachten. Angel entdeckte zusätzlich einen Scharfschützen auf dem Dach des Eingangsgebäudes, der nahezu perfekt getarnt zwischen einer Reihe riesiger Scheinwerfer hockte, die den Bereich um die Neuankömmlinge taghell erleuchteten. Selbst ohne die fliegenden Schlachtrösser mit ihren Schnellfeuergeschützen waren sie der Gnade der Unbekannten vollkommen ausgeliefert.

Kaum war die Gruppe wieder vereint, vernahmen sie ein metallisches Rumpeln auf der Straße, auf der sich kurz darauf ein schwerer Panzer den Berg hinauf kämpfte. Das Ungetüm war baugleich mit der improvisierten Straßensperre des Autobahntunnels, aufgrund dessen sie ihre Wagen hatten zurücklassen müssen. Nun gab es keinen Zweifel mehr: Dies war dieselbe Gang, die Sharon vor drei Jahren aus den Fängen der Sicarii befreit und dann in die Wüste geschickt hatte.

Cassidy wurde sichtlich nervös, als der riesige Ares-Kampfpanzer nur zwanzig Meter vor ihnen wankend zum Stehen kam und dabei den feuerspuckenden Geschützturm auf sie ausrichtete. Kim und ihrem Bruder ging es ähnlich, Cole und Dog wollten einander keine Schwäche zeigen und taten so, als könnte sie der Anblick des Stahlmonsters nicht erschüttern. Faith hatte sich bewusst in die letzte Reihe gestellt und suchte nach bekannten Gesichtern. Angel stellte sich vor das Team und demonstrierte damit ihre Führungsverantwortung.

Fünf unendlich lange Minuten passierte nichts. Keiner der Soldaten schien entscheiden zu dürfen, was mit den Neuankömmlingen geschehen sollte. Erst als die Pilotin den zentralen Turm verließ und sich der Straße näherte, entspannten sich die Bewacher und ließen sie respektvoll passieren. Auf halbem Weg stoppte die Asiatin plötzlich und starrte verdutzt auf den Panzer.

»Fletcher! Halt dein Rohr gefälligst woanders hin!«, rief sie dem Kettenfahrzeug zu, woraufhin die umstehenden Soldaten zurückhaltend lachten und sich geradezu peinlich berührt über das Gesicht rieben. Skeptisch musterte Angel die kleine Frau in ihrer Pilotenmontur, die mit verschränkten Armen und wippendem Fuß darauf wartete, dass der riesige Ares ihrem Befehl Folge leistete. Es dauerte nur ein paar Sekunden, dann drehte sich der

Geschützturm surrend zurück in seine Ausgangsposition und die Asiatin setzte ihren Weg fort.

»Sharon lebt - für den Moment«, berichtete sie, wohl wissend, dass dies die erste Frage an sie gewesen wäre. »Die Kugel hat ihren linken Lungenflügel zerstört und ist anschließend in der Speiseröhre steckengeblieben, falls ihr damit etwas anfangen könnt.«

Das erschütterte Zischen aus der versammelten Runde bewies ihr, dass sich ihre Gäste durchaus in menschlicher Anatomie auskannten. Derartige Verletzungen kamen bei den Rangern einem Todesurteil gleich.

»Das ist aber nicht das einzige Problem«, fuhr die Pilotin fort. »Sharon zeigt Anzeichen der Strahlenkrankheit und ... sie ist schwanger.«

»Strahlenkrankheit?«, wiederholte Angel verunsichert. Die Nachricht von der Schwangerschaft kam kaum überraschend, doch Fälle von Verstrahlung hatte es seit vielen Jahren nicht mehr gegeben. Im Kriegsgebiet der Ranger waren nie nukleare Sprengköpfe detoniert. Die Diagnose erklärte jedoch Sharons plötzliche Schwächeanfälle.

»Wann hat sie angefangen, sich regelmäßig zu erbrechen?«

»Das war kurz nach dem Überfall auf Eagle Village vor drei Wochen«, antwortete Cole. »Und dann jeden Morgen pünktlich wie ein Uhrwerk.«

»Ist das bei Schwangerschaften nicht normal?«, warf Cassidy ein.

»Unsere Scanner irren sich nicht«, rechtfertigte sich die Asiatin kopfschüttelnd. »Ein paar Tage nach der Verstrahlung folgt eine Phase der Besserung, bevor die Symptome wie Haarausfall und Übelkeit zwei Wochen später zurückkehren. Ihre Schwangerschaft könnte den Prozess allerdings völlig durcheinandergebracht haben.«

»Was ist mit der Basis?«, fragte Kim. »Lief da nicht ein Reaktor zur Stromversorgung?«

»Basis? Welche Basis?«, flüsterte die Pilotin nervös und trat dabei dichter an die Gruppe heran, so dass die Soldaten sie nicht mehr hören konnten.

»Ein Militärstützpunkt auf der anderen Seite des Gebirges«, antwortete Angel und zeigte in die Richtung der Berge, über die ihr

Team gekommen war. Nachdem sie Jade die Position verraten hatte, war die Geheimhaltung ihrer Meinung nach nicht länger nötig. »Darunter befindet sich ein gigantischer Laborkomplex, in dem biologische Waffen erforscht wurden.«

»McKnight Air Force Base«, hauchte die Asiatin und ihre Augen drehten sich erschrocken in den Höhlen. »Wer von euch war noch dort unten?«

»Was ist das für ein Ding?«, wollte Angel wissen, bevor sie die Frage beantwortete.

»Da kommen wir her. Mein Vater war einer der leitenden Wissenschaftler, bis die Welt zusammenbrach und wir hierhin geflüchtet sind. Der Schutzmantel um den Reaktor war beschädigt, weshalb der Bunker darüber versiegelt wurde. Wie seid ihr da überhaupt reingekommen?«

»Was ist mit dem Equipment da unten? Ist das auch verstrahlt?«, bohrte Angel nach. Sie war besorgt um die Überlebenden im Kloster, die seit zwei Wochen Waffen aus der Basis bei sich trugen.

»Was habt ihr denn gestohlen?«, fragte die Asiatin und verschränkte frustriert die Arme, so als wäre sie enttäuscht, es doch nur mit einfachen Dieben zu tun zu haben.

»Gewehre, Handfeuerwaffen, Munition ...«

»Sonst nichts? Keine Flüssigkeiten oder Konserven?«

In diesem Moment rumorte es in Cassidys Bauch und sie erinnerte sich an die köstlichen Spaghetti aus der Dose, die sie in dem funkenschlagenden Zauberkasten erwärmt hatte.

»Dafür war die Zeit zu knapp. Euer Computer hätte uns beinahe lebendig begraben!«, erwiderte Angel erzürnt.

»Jason und Sharon mussten fünf Tage da unten ausharren und haben sich von den Konserven ernährt«, murmelte Cassidy und betete innerlich, dass eine einzige Portion noch kein Todesurteil sein würde. Die Pilotin raufte sich ihre kurzen Haare und kämpfte seit ihrer Ankunft mit einer violetten Strähne, die ihr immer wieder ins Gesicht fiel.

»Okay«, begann sie mit ausgestreckten Handflächen, um die Wogen zu glätten. »Die Waffenschränke sind versiegelt. Wenn ihr sie also nicht wochenlang in den Gängen gelagert habt, stellen sie keine Gefahr dar. Anders sieht es mit den Konserven aus. Ein oder zwei davon können bereits unangenehm werden. Längerer Konsum erklärt allerdings Sharons Symptome. Wer von euch ist Jason? Ist er auch krank?«

»Jason wurde von euren Experimenten umgebracht!«, antwortete Angel vorwurfsvoll.

»Was ist jetzt mit Sharon?«, wollte Cole ungeduldig wissen.

»Aufgrund ihres hohen Blutverlusts sieht es nicht gut aus«, erwiderte die Asiatin und wirkte dabei mindestens ebenso niedergeschlagen wie Angels Team. »Sie hat die seltene Blutgruppe Null Negativ. Die hat niemand von uns.«

»Ich hab Null Positiv«, brummte Butch. Wie alle anderen Einwohner der Freien Enklaven hatte er sich vor vielen Jahren darauf testen lassen.

»Mit der verletzten Hand kommst du aber kaum als Spender in Frage«, hielt die Pilotin dagegen. Unsicher sah sie in die Runde, bis Cassidy zögernd hervortrat.

»Steven meinte, ich hätte Null Negativ«, brachte sie verhalten hervor und hoffte, dass sie vor der Transfusion noch einmal getestet werden würde. Die Asiatin atmete erleichtert auf und winkte die Soldaten herbei.

»Wir müssen euch in Quarantäne nehmen, bis wir genau wissen, womit wir es zu tun haben. Eure Waffen erhaltet ihr zurück, wenn ihr uns verlasst«, erklärte sie und drehte sich anschließend zu den Wachen um. »Quarantäneblock eins!«

»Aber dein Vater hat gesagt ...«, warf einer der bewaffneten Männer ein. Er war Mitte zwanzig, im selben Alter wie Caiden, und bestach durch seine tiefen, misstrauischen Augenbrauen. Auf seinem Kopf tummelten sich lediglich hellbraune Haarstoppeln, die genauso lang wie sein Drei-Tage-Bart waren.

»Ich weiß, was er gesagt hat!«, erwiderte sie augenrollend. »Leon, ich regel das. Jetzt bringt sie hier weg!«

Angel verfolgte aufmerksam, wie die Pilotin zwar Befehle erteilte, aber definitiv keine Militärkommandeurin war. Der Scharfschütze auf dem Dach zog sich zurück, die Scheinwerfer wurden abgeschaltet und der Panzer rumpelte davon. Leon und seine Kameraden folgten ihren Anweisungen, weil sie es wollten, und nicht, weil sie dazu gezwungen waren.

In der Schleuse des zentralen Zugangsturms musste sich das Team von einem Röntgenscanner durchleuchten lassen, wo bei allen außer Cassidy versteckte Messer oder ähnliche

Stichwerkzeuge zum Vorschein kamen. Faith führte den Rekord erwartungsgemäß an. Sie hatte sich schließlich im Kloster neu eindecken können. Diesmal verzichtete sie aber auf ein Bühnenstück wie in Silver Valley, um nicht unnötig aufzufallen.

Cassidy folgte der jungen Asiatin durch einen der kreisrunden Tunnel nach Norden zu den länglichen Gebäudekomplexen. An nahezu allen Wänden liefen unverkleidete Rohre und Kabelschächte entlang, die schmerzhafte Erinnerungen an die verfluchte Militärbasis wachriefen und sie zu erdrücken drohten. Schwarz-gelb gestrichene Geländer, klappernde Fußgitter und Treppen - alles schien aus Metall zu sein. Nirgendwo eine Spur von Beton, Holz oder gar Teppichen aus Stoff. Sämtliche Fenster waren mit schweren Stahlschotten verschlossen, um während der Nacht kein verräterisches Licht nach Außen dringen zu lassen. Die Anlage war zwar in einem weitaus besseren Zustand als die unterirdische McKnight Air Force Base im Hadesgebirge, zeigte aber dennoch deutliche Anzeichen von einigen Jahrzehnten des Verschleißes.

Als Cassidy nach gefühlten fünf Minuten in einen steril wirkenden Raum mit glänzenden Metalloberflächen und blutverschmiertem Boden geführt wurde, wäre sie am liebsten davongelaufen. Die endlos langen und schlecht beleuchteten Tunnel hatten sie bereits stark eingeschüchtert, doch der Anblick des OP-Tisches, auf dem Sharon mit geöffnetem Brustkorb um ihr Leben kämpfte, war zu viel für sie.

»Alles in Ordnung«, flüsterte ihr die Pilotin zu. »Dir wird nichts geschehen.«

Sharon lag in der Mitte des Raums hinter einem milchigen Vorhang, umstellt von einer Frau und einem Mann mit Brille, die in blaue Kittel gekleidet waren und weiße Mundschutze trugen. Sharon selbst war bewusstlos. Ein Bildschirm an der Wand zeigte zusammen mit einem regelmäßigen Piepton ihren Herzrhythmus an. In ihrem rechten Arm steckte ein Tropf, dessen Funktion Cassidy bereits aus ihrer eigenen Krankengeschichte kannte. Ein transparenter Schlauch zur Beatmung war auf ihre Wange geklebt worden und führte direkt in ihren Mund hinein. Das Schauspiel wirkte auf Cassidy wie ein grausames Experiment, bei dem sie das nächste Versuchsobjekt werden sollte.

»Hast du jemanden gefunden?«, fragte die tiefe Stimme der Frau unter ihrem sterilen Mundschutz. Die Asiatin nickte und legte Cassidy auf eine fahrbare Krankenliege. Blut zu spenden war für sie nichts Neues. Angel hatte damit vor ihren Augen Johnny das Leben gerettet, aber die klaustrophobische Umgebung und die verschleierten Gesichter ließen sie zwei Herzschläge vor einer Panikattacke stehen.

»Ich geb ihr lieber etwas zur Beruhigung«, hörte sie die hochgewachsene Ärztin besorgt sagen. Die Frau kam auf sie zu und nahm ihre blutbespritzte Operationsbrille ab. Das grelle Deckenlicht blendete Cassidy, so dass sie nur ihre Augen erkennen konnte, von denen eins nicht dem anderen glich. Erst vermutete sie eine Störung der Augenpigmentierung, wie Kim sie ihr mit ihrem blauen und grünen Auge erklärt hatte, doch ein Auge der Ärztin schien sich in der Höhle zu drehen und sogar himmelblau zu leuchten. Kurz darauf spürte sie einen schmerzhaften Stich in ihrem Unterarm, gefolgt von einem unangenehmen Brennen. Einen Moment lang dachte sie daran, sich zu wehren und wegzulaufen, aber dann wurde ihr auf einmal alles egal und ein paar Sekunden später verlor sie das Bewusstsein.

***

»... verdammtes Chaos ... die Lunge muss raus ...«

»Doktor ... Blutdruck sechzig zu nichts!«

Cassidy hörte die Echos zweier Stimmen, eine männliche, erregt und unsicher, und einer weiblichen, tief und selbstbewusst, die weit entfernt über ihr Schicksal zu entscheiden schienen. Sie verstand nur kurze Satzfetzen, die für sie keinen Sinn ergaben.

»... schon zu viele Infusionen ... verdammt ... mehr Blut!«

»... kannst ihr nicht noch mehr abnehmen!«

»Ihr Körper verkraftet das ...«

Cassidy sah, wie sich die Silhouette des weißen Mundschutzes mit dem himmelblau leuchtenden Auge über sie beugte.

»Keine Angst!«, hörte sie die Ärztin mit dumpfer Stimme sagen.

Cassidy verstand nicht mal, wovor sie keine Angst haben sollte. Ihr Bild war verschwommen. Die Deckenlampen bildeten ein unscharfes Mosaik aus grellem Licht. Um sie herum roch es nach

Blut und Chemikalien. Ein russischer, männlicher Akzent rief medizinische Fachbegriffe durch den Raum.

»... EKG zeigt Nulllinie ... Asystolie!«

Das regelmäßige Piepen von Sharons Herzrhythmus hatte sich in einen dauerhaften Pfeifton verwandelt.

»Jurij ... obere Schublade ... das Adrenalin!«

Cassidy schwenkte den Kopf in die Richtung der Stimmen. Sie sah die vermummte Ärztin zusammen mit dem Mann vor Sharons blutigem Operationstisch stehen. Er reichte der Frau mit dem leuchtenden Auge eine Spritze, die nichts mehr mit den vergleichsweise harmlosen Injektionsnadeln von Steven zu tun hatte. Sie war so lang wie Cassidys Hand und wurde von der Ärztin mitten in Sharons Brustkorb hineingestoßen.

***

Cassidy schreckte schweißgebadet hoch und war überzeugt, einen furchtbaren Alptraum durchlitten zu haben. Umgeben von absoluter Dunkelheit keimte in ihr die Hoffnung, in einem der Tunnel unterhalb des Hadesgebirges zu rasten. Vorsichtig tastete sie die Umgebung ab und stellte erschrocken fest, dass sie auf einem weichen Bett lag, das sie für einen Moment an den kurzlebigen Luxus ihres Quartiers in Silver Valley erinnerte. Wo hatte man sie hingebracht? Befand sie sich immer noch in dem schrecklichen OP-Saal?

Kaum reckte sie ihren Kopf nach oben, schaltete sich die Deckenbeleuchtung ein und ließ sie instinktiv die Hände vor dem Gesicht zusammenfalten. Vier grellweiße Strahler erhellten den Raum auf Tageslichtniveau, so dass sie kurzzeitig vollkommen geblendet war. Nachdem sich ihre Augen allmählich daran gewöhnt hatten, erkannte sie Umrisse von Metallwänden im fünfundvierzig-grad Winkel, die von der Decke bis zur exakten Mitte der Wand verliefen und dann senkrecht im Boden verschwanden. Im schrägen Teil waren drei dicke Fensterscheiben eingebaut worden. Schwer anmutende Metallschotts dahinter versperrten Cassidy die Sicht, so dass sie nicht erkennen konnte, ob es draußen Tag oder Nacht war.

Vor den Fenstern stand eine silbergrau gebürstete Metallkiste, in die problemlos Angels großes Scharfschützengewehr hineingepasst hätte. Private Fotos und ein einzelner Bildschirm auf einem alleinstehenden Schreibtisch, halboffene Kleiderschränke und deren unordentlich im Raum verteilter Inhalt ließen auf ein Privatquartier schließen. Das Einzelbett nahm fast ein Drittel des beengten Platzangebots ein, was mit Hilfe von Einbauschränken und allerlei Ablagen jedoch äußerst effizient genutzt wurde. Neben der massiven Eingangstür aus demselben mattbraunen Stahl wie alle Wände der Anlage stand ein schneeweißes Ledersofa, das als einziges herkömmliches Möbelstück durchging und keinesfalls zur Originalausstattung des eigenartigen Militärkomplexes gehören konnte. Darauf lag ein sauber zusammengefalteter Kleiderstapel, der aufgrund seiner ausnahmsweisen Ordnung auffiel und große Ähnlichkeit mit einer Militäruniform hatte. Im Türrahmen haftete ein laminiertes Foto mit Hilfe eines Magneten, das eine lachende Asiatin zeigte. Sie war Mitte dreißig, trug einen weißen Kittel und umarmte einen Mann, dessen Gesicht nicht zu erkennen war.

Als Cassidy sich kräftig genug fühlte, versuchte sie möglichst behutsam aufzustehen. Kaum setzte sie den ersten Fuß auf den eiskalten Kunststoffboden, flackerte der gläserne Bildschirm auf dem Schreibtisch auf.

»Guten Morgen Cassidy«, hörte sie eine blechern klingende Frauenstimme sagen. Cassidy hatte sich völlig unbeobachtet gefühlt und suchte reflexartig Schutz hinter dem Bett. Plötzlich bewegte sich die Liege jedoch wie von Geisterhand, wurde mechanisch surrend in die Wand gesogen und raubte dem erschrockenen Mädchen ihre Deckung. Barfuß tapste sie zu dem weißen Ledersofa und kauerte sich daneben zusammen.

»Ich wollte dich nicht erschrecken«, entschuldigte sich die ungewöhnlich blechern klingende Stimme, als käme sie aus einem Funkgerät.

»Wo bist du?«, fragte Cassidy verunsichert und lugte vorsichtig hinter der Couch hervor.

»Diese Information ist für dich nicht zugänglich«, hallte es aus den Lautsprechern.

Cassidy verstand kein Wort. Dann aber entdeckte sie das hellgraue Gesicht auf dem Bildschirm. Es wirkte wie das einer Frau, jedoch völlig künstlich und nicht wie die Übertragungen der Kameras aus der verfluchten Militärbasis. Sie schien weder einen Körper noch Haare zu besitzen, dafür hellblau leuchtende Pupillen ohne Iris, die eher an Leuchtdioden als an menschliche Augen erinnerten.

»Wer bist du?«, fragte Cassidy verdutzt und traute sich dabei ein Stückchen hinter dem Sofa hervor.

»Ich bin die künstliche Intelligenz der Ian-Hawk-Biosphäre«, antwortete das Gesicht. »Mein Name ist Amy.«

»Und wo bin ich?«

»Du befindest dich im Quartier von Zhang Jiao, Sektion A, Ebene zwei. Sie hat dich nach deiner Bluttransfusion hierherbringen lassen, damit du dich außerhalb des Quarantäneblocks erholen kannst.«

»Wie geht es Sharon? Hat sie es geschafft?«

Das Gesicht erstarrte für einen Moment, die hellblauen Augen begannen unregelmäßig zu blinken und im Hintergrund liefen hunderte Zeilen unidentifizierbarer Datensätze über den Bildschirm.

»Die Vitalzeichen der Patientin liegen innerhalb normaler Parameter. Doktor Karen Webb hat die Schusswunde geschlossen. Das Projektil, ihr linker Lungenflügel und der tote Embryo wurden entfernt. Die letale Dosis der Verstrahlung wurde nicht erreicht. Ihre Prognose ist positiv. Genesungszeit ein bis drei Monate.«

In diesem Augenblick öffnete sich die Zimmertür und verschwand mit einem dumpfen, metallischen Aufprall in der Wand. Inzwischen erschrak Cassidy nicht mehr bei jedem unbekannten Geräusch, sondern starrte neugierig in den vergleichsweise dunklen Korridor mit seinen unverkleideten Rohren und kalten Metallgitterböden. Sie fühlte sich wie Alice im Wunderland. Fliegende Schlachtrösser, aus denen ohrenbetäubende Geschütze feuerten, Betten, die von den Wänden verschluckt wurden, Computerbildschirme, die mit ihr sprachen. Als sie gerade den Kopf in den Flur stecken wollte, erschien die asiatische Pilotin in der Tür und wäre beinahe mit ihr zusammengestoßen.

»Entschuldigung!«, rief Jiao ihr amüsiert entgegen. »Amy hat mir gesagt, dass du aufgewacht bist. Wie geht's dir?«

»Ihre Vitalzeichen liegen innerhalb normaler Parameter«, antwortete die Computerstimme.

»Danke!«, erwiderte Jiao und rollte mit ihren Augen in Richtung Monitor. »Aber dich hab ich nicht gefragt!«

Das Gesicht auf dem Bildschirm zog die Mundwinkel nach unten, drehte sich beschämt aus dem Blickfeld und schaltete sich anschließend selbst ab.

»Amy ... so hab ich das nicht gemeint!«, fügte Jiao hinzu, doch das Display blieb schwarz.

Cassidy sah den beiden verständnislos zu. Unterhalb der verfluchten Militärbasis hatte sie bereits mit einem Computer Bekanntschaft geschlossen und wusste aus Gesprächen mit ihren Kameraden, wofür die Hightech-Maschinen vor dem globalen Zusammenbruch genutzt worden waren. Sie hatte jedoch noch nie von künstlichen Intelligenzen gehört, ganz zu schweigen davon, dass man sie beleidigen konnte.

»Jetzt wird sie wieder eine Fehlfunktion meines Kühlschranks simulieren«, grummelte Jiao frustriert und wendete sich anschließend ihrem Gast zu. »Karen meinte, du wärst ziemlich unterernährt. Nach der Blutsaugerei musst du unbedingt etwas essen. Auf der Couch liegen neue Klamotten für dich. Zieh sie an und lass uns gehen!«

Über den Flur verteilt lagen beidseitig zwölf Schotten zu weiteren Quartieren, getrennt durch den drei Meter breiten Korridor aus Metallgittern. Auf jeder Seite des langgezogenen Komplexes befand sich ein kreisrunder Zylinder, der Cassidy an die langen Stelzen erinnerte, die, von außen betrachtet, die gesamte Anlage aufgespießt hatten. In der Mitte führte eine Gittertreppe mit knallrot gestrichenem Geländer hinunter zur ersten Ebene. Zwei Arbeiter in blauen Overalls waren mit Schweißarbeiten an einem Verbindungsstück beschäftigt. Jiao warnte Cassidy vorsorglich davor, nicht direkt in die Flammen zu sehen.

In der unteren Etage herrschte gerade Hochbetrieb. Ein vollautomatischer Laderoboter, der aussah wie ein Gabelstapler ohne Führerhaus, transportierte schwer aussehende Maschinenteile quer durch die Biosphäre. Ein etwas kleinerer Roboter schien ihm eine Weile wie seinem großen Bruder zu folgen und beförderte Plastikkisten mit frisch geernteten Gurken und Paprikas in die nördlich gelegene Küche, aus der ein verführerischer Duft kam, der Cassidy sofort das Wasser im Munde zusammenlaufen ließ. Jiao führte sie an dem geöffneten Stahlschott vorbei in den danebenliegenden Speisesaal, wo sich die Anwesenden bei ihrem Anblick prompt aufrecht hinsetzten. Sie zwinkerte den Männern im Vorbeigehen zu und lehnte sich über das glänzend polierte Fensterbrett der Essensausgabe in die gegenüberliegende Küche hinein.

»Maxwell?«

»Das Mittagessen ist noch nicht fertig!«, rief der Koch gereizt aus Richtung des Herds. Dabei fiel Cassidy auf, dass der Mann äußerst klein geraten war. Genauer gesagt erinnerte er sie an die Zwerge aus ihren Märchenbüchern, denn er musste sich auf einen Hocker stellen, um überhaupt in die Töpfe schauen zu können.

»Sind ein paar Sandwiches vom Frühstück übriggeblieben?«

Der Mann stieg routiniert von seinem Stuhl und ging auf einen silbergrau gebürsteten Kühlschrank zu, der wie die Kiste in Jiaos Quartier aussah. Nachdem er die beiden Türen geöffnet hatte, konnte Cassidy den Teller mit den Resten im obersten Fach sehen. Am liebsten wäre sie dem kleinwüchsigen Koch zu Hilfe gekommen, damit er nicht extra für sie seinen Hocker holen musste. Sie staunte nicht schlecht, als sich aus den Türen je drei Stufen ausklappten, die dem Zwerg bequemen Zugang zu allen Etagen gewährten. Wie selbstverständlich holte er das Tablett heraus, fuhr die Treppchen wieder ein und stellte die halbierten Doppelstullen auf das Fensterbrett zum Speisesaal.

»Danke!«, rief ihm Jiao hinterher, während Maxwell bereits winkend zu seinem Herd zurückkehrte. Sie schnappte sich ein Weichkäsesandwich und nahm anschließend den Teller mit zu einem freien Tisch.

»Guten Appetit!«, murmelte sie mit vollem Mund. Das ließ Cassidy sich nicht zweimal sagen, zumal sie nach den Strapazen der letzten Tage wirklich ausgehungert war. Kaum hatte sie sich umgedreht, erstarrte sie jedoch beinahe vor Erstaunen.

Die Wand gegenüber der Essensausgabe bestand aus einem riesigen Aquarium, das vom Boden durch die Decke bis in die obere Etage hineinreichte. Aus dem feinen Sandboden wuchsen grüne Algen und farbenfrohe Korallen, in denen unzählige Fische umherschwammen. Die kleineren zeigten Farbfacetten, die Cassidy noch nie in ihrem Leben zu Gesicht bekommen hatte, andere glänzten silbrig und waren so groß, dass sie offenbar zum Verzehr gezüchtet wurden. Zwei handtellergroße Tauchroboter klebten an der Fensterscheibe und rutschten gleichmäßig daran entlang, um sie zu säubern. Ein paar Wasserschnecken folgten den künstlichen

Artgenossen und schienen deren Arbeit aufmerksam zu kontrollieren.

»Nun erzähl mal«, nuschelte Jiao und drängte Cassidy gleichzeitig beherzt an einen der Tische. »Was macht ihr hier?«

»Krieg ... Süden ... Sicarii ...«, brachte Cassidy hervor, ohne ihren Blick während des Essens von dem Aquarium zu nehmen.

»Wie habt ihr euch denn geschlagen?«

Mit so einer Frage hatte Cassidy nicht gerechnet. Normalerweise wollten die Leute etwas von den Opfern wissen, schimpften über die barbarischen Gangs oder vermieden das Thema vollkommen. Noch nie hatte jemand so beinahe gleichgültig reagiert. Sie schluckte ihren Bissen herunter und schilderte ernst die Geschehnisse der vergangenen Wochen, beginnend bei der verfluchten Militärbasis. Jiao hielt sich äußerst bedeckt, als sie von den blutrünstigen Killerbestien erzählte, lachte aber amüsiert, als Cassidy den funkenschlagenden Zauberkasten erwähnte, in dem sie ihre Spaghettidose erwärmt hatte. Die Schlachten um Eagle Village und Silver Valley kommentierte sie mit anerkennendem Nicken, ebenso wie Cassidys Gefangenschaft, während der sich das Mädchen nicht hatte unterkriegen lassen. Der romantisch angehauchte Zusammenschluss von Rangern und Vultures ließ Jiao erröten und verlegen mit den Augen rollen. Bei der Rettungsaktion in Brackwood, nach der Jade ihnen den Weg gewiesen hatte, wurde sie wieder ernst. Die Details über Faith verschwieg Cassidy vorerst.

»Jade ...«, wiederholte Jiao, als Cassidy mit ihrer Geschichte am Ende war, und rieb sich dabei an einer beinahe unsichtbaren Schnittwunde auf ihrem rechten Oberarm. »Wir sind uns ein paar Mal begegnet.«

»Dann führt ihr also immer noch Krieg gegen die Sicarii?«, fragte Cassidy. Faith hatte ihr schließlich erzählt, dass es einen Waffenstillstand gab.

»Nein«, antwortete Jiao kopfschüttelnd. »Seit gut einem Jahr gibt es einen Friedensvertrag. Sie haben jede einzelne Schlacht verloren, aber wir verfügen nicht über endlose Vorräte an Kerosin und Munition. Mein Vater hat ihnen klargemacht, dass wir keinerlei Interesse an ihren Welteroberungsplänen haben, solange sie sich von uns fernhalten.«

»Aber warum habt ihr uns dann geholfen und sie angegriffen?«

»Die Schlucht gilt als Grenze zwischen deren selbsternanntem Imperium und uns. Jede Überschreitung ihrerseits bedeutet das Todesurteil für die Eindringlinge. Mein Vater vertritt die Auffassung, dass es besser ist, wenn sie uns fürchten, ohne zu wissen, was sie auf unserer Seite erwartet.«

»Wir waren doch noch nicht auf eurer Seite, oder?«

»Nein, allerdings haben die zuerst auf uns geschossen. Wahrscheinlich galten die Kugeln euch, aber das ist uns in so einem Fall egal. Die Sicarii wissen genau, dass jedwede Aggression entlang des Canyons mit Gewalt beantwortet wird. Aller Voraussicht nach trifft im Laufe des Tages einer ihrer Boten an der Schlucht ein, um sich für den Zwischenfall zu entschuldigen.«

»Jiao«, hallte Amys Computerstimme aus einem Lautsprecher neben dem Aquarium. »Zhang Yuen verlangt, dich in seinem Büro zu sehen.«

»Jaja, ich komm ja schon«, antwortete sie genervt. »Das ist mein Vater. Er ist hier der Boss und verhört gerade eure Anführerin. Hat diese Angel Ahnung von Diplomatie?«

»Ganz und gar nicht!«, entgegnete ihr Cassidy, die sich an den letzten Streit zwischen Angel und General Monroe erinnerte, bei dem sie ihm sein geliebtes Schachspiel vom Tisch gefegt hatte.

»Dann sollten wir uns das Spektakel nicht entgehen lassen!«, erwiderte Jiao. Sie stellte den Teller auf das Fensterbrett und führte Cassidy durch die klaustrophobischen Korridore und Verbindungstunnel zurück zum zentralen Turm mit dem gewaltigen Aufzug. Von dort aus ging es nach Norden in eine weitere Röhre bis in einen L-förmigen Komplex, vor dem ihnen zwei Wachen zunickten und sie passieren ließen.

Die obere Etage bestand aus einem großen Raum mit unzähligen Computerterminals und riesigen Bildschirmen an den Wänden, von denen einer defekt flimmerte. Drei Biosphärenbewohner saßen an den gläsernen Schalttafeln und tippten abwesend darauf herum. Zwei weitere standen an einem großen, beidseitig verwendbaren Glasbildschirm in der Mitte, wo sie mit einem Stift eine Art Einsatzplanung einzeichneten. Durch die geöffneten Stahlschotten an den Fenstern konnte man die goldbraune, morgendliche Gebirgslandschaft erkennen, zwischen der sich die Biosphäre versteckte. An den Berghängen glänzten hunderte von Solarzellen in unterschiedlichsten Größenordnungen, die von einem Trupp vollautomatischer Flugroboter per Luftgebläse gesäubert wurden, die sich mit Hilfe von vier kleinen Rotoren in der Luft hielten. Jiao hörte ihren Vater bereits durch die Tür seines Büros am anderen Ende der Kommandozentrale mit Angel streiten und wartete geduldig, bis sie an der Reihe war.

»... ist mir egal, wer ihr seid oder warum euch die Sicarii aus euren Hinterwäldlerdörfern gejagt haben! Ranger, Vultures ... das ist für mich alles dasselbe! Jiao hätte euch niemals hierher bringen dürfen, und sobald diese Sharon wieder aufgewacht ist, werdet ihr dahin zurückgebracht, wo sie euch gefunden hat!«

»Redet dich dein Dad immer mit dem Nachnamen an?«, fragte Cassidy verblüfft, als Jiao gerade die Augen aufgrund des Taktgefühls ihres Vaters gen Himmel rollen ließ. Sie starrte Cassidy einen Moment lang verwirrt an, bis sie verstand, worum es ging und affektartig lachen musste.

»Amy hat mal wieder geplaudert, hm? Bei uns Chinesen sagt man den Nachnamen zuerst. Jiao ist mein Vorname, Zhang der Familienname. Aber eigentlich brauchst du dir keins von beidem zu merken. Bis auf unseren pedantischen Computer und meinen Vater nennen mich alle Violet oder einfach Vi«, erklärte sie und wischte sich dabei zur Verdeutlichung ihre violette Haarsträhne aus dem Gesicht.

In diesem Moment öffnete sich die Doppeltür zu Yuens Büro mit einem dumpfen Zischen. Sie war weit weniger massiv als die üblichen Schotts und dementsprechend auch nicht schallisoliert. Angel wurde von Leon eskortiert, der Jiao unmissverständlich zu verstehen gab, dass er sich nicht um diesen Befehl gerissen hatte.

»Yuen will dich sehen«, brummte Angel frustriert.

»Sorry«, murmelte Jiao etwas verlegen. »Er ist kein Freund von Veränderungen.«

Angel nickte ihr schulterzuckend zu und ließ sie vorbei. Kurz darauf schlossen sich die Doppeltüren hinter Jiao. Leon schlug den beiden vor, im Aufenthaltsraum der Wohnsektion auf ihre Rückkehr zu warten. Gleichzeitig bat er sie, die Lounge nicht zu verlassen, und bot ihnen im Gegenzug an, sie nicht auf Schritt und Tritt zu begleiten, nachdem er sie dorthin eskortiert hätte. Angel stimmte den Bedingungen zu und spazierte mit Cassidy aus der

Kommandozentrale heraus, zurück durch die unheimlichen Tunnel bis zum Erholungsbereich oberhalb der Küche und dem Speisesaal.

Das Aquarium reichte tatsächlich über beide Stockwerke hinauf bis zur Decke. Die Außenschotten waren inzwischen geöffnet worden und das Licht des hellblauen Himmels strahlte durch die massiven Fenster, die vermutlich sogar Gewehrkugeln aufhalten konnten. Als sich Angel und Cassidy neugierig den scheuen Fischen näherten, überraschte sie plötzlich eine weibliche Stimme von der Sitzbank gegenüber des Aquariums, der sie offenbar die Sonne gestohlen hatten.

»Na, hat euch der Alte rausgeworfen?«, fragte die Frau beim Aufstehen und schüttelte den beiden die Hände. »Ich bin Doktor Webb, die wahrscheinlich einzige Ärztin im Umkreis von zehntausend Kilometern!«

Cassidy erinnerte sich an ihre tiefe Stimme unter dem Mundschutz und dem himmelblau schimmernden, rechten Auge. Die hochgewachsene Frau schien ihren Titel mit großem Stolz zu tragen, was Angel dazu verleitete ihr zu entgegnen, dass sie bis vor kurzem einen äußerst fähigen Chirurgen namens Steven gekannt hatte.

»Oh ja, ich hab gehört, wie euch die Sicarii direkt in unsere Arme getrieben haben«, pflichtete ihr Dr. Webb bei und biss von einem Schokomuffin ab. »Verdammte Bastarde. Wenn ihr mich fragt, hätten wir denen schon vor Jahren Manieren beibringen sollen!«, nuschelte sie mit halbvollem Mund.

»Was ist mit Sharon und ihrem Baby?«, wollte Angel wissen.

»Oh ja, eine schlimme Sache das«, begann die Ärztin zu erzählen, legte ihren Muffin beiseite und steckte sich ihre blonden Haare hoch. »Die verdammte Strahlung hat dem Kind keine Chance gelassen. Ich musste den Embryo entfernen, um eure Freundin zu retten. Ihre Schussverletzung war weitaus schwieriger zu behandeln. Eine Weile stand es wirklich auf Messers Schneide, aber dank der Blutspende deiner jungen Kameradin hier wird sie es überleben.«

»Und dann werdet ihr sie zum zweiten Mal in die Wüste schicken?«, fragte Angel vorwurfsvoll, was von der respektgewohnten Doktorin mit einem Naserümpfen gewürdigt wurde.

»Jetzt hör mir mal zu, Fräulein!«, begann sie mit ausgestrecktem Zeigefinger. »Ich habe ihr das Leben gerettet und mich dafür eingesetzt, dass sie wenigstens einen verdammten Monat von mir versorgt wird! Hüte also besser deine Zunge, wenn du mit mir sprichst!«

So hatte noch nie jemand mit der autoritären Kommandeurin geredet und Cassidy wäre um ein Haar schlichtend eingeschritten; aus Rücksicht auf die ältere Dame. Auch Leon kam sofort herbeigeeilt, um eine eventuelle Eskalation zu verhindern. Stattdessen überraschte Angel sie beide mit einer für ihre Verhältnisse demütigen Entschuldigung und bat offen um Verzeihung für die unbedachten Äußerungen.

»Schon gut«, beschwichtigte Dr. Webb gönnerhaft und klopfte Leon dabei beruhigend auf die Schulter. »Ich verstehe ja, dass ihr von da draußen rohere Umgangsformen gewohnt seid.«

Die ganze Zeit hatte Cassidy ihren Blick nicht von Dr. Webbs ungewöhnlichem Auge nehmen können, was von der Ärztin freilich nicht unbemerkt geblieben war.

»Na?«, neckte sie Cassidy. »Es ist das Auge, oder?«

Das Mädchen nickte beschämt. Krüppel mit verlorenen Gliedmaßen oder schweren Verbrennungen waren in der Endzeitwelt keine Seltenheit und eigentlich hatten ihr ihre Eltern beigebracht, sie nicht anzustarren. Dr. Webb schien es ihr jedoch nicht übel zu nehmen und fuhr mit stolzer Stimme fort.

»Das ist ein chirurgisches Augenimplantat, mit dem ich so scharf wie ein Adler sehen kann!«, erklärte sie, holte gleichzeitig ein biegsames Metallstäbchen hervor und zeigte auf den runden, stecknadelgroßen Kopf. »Außerdem kann ich Sonden wie diese damit steuern und mir das Bild direkt ins Auge holen.«

Da Angel und Cassidy sie nun gleichermaßen verständnislos anschauten, holte sie noch etwas weiter aus.

»Amy, leg doch mal bitte das Bild der Sonde auf einen Monitor.«

Unter den Fensterschotten aktivierte sich daraufhin ein kleiner Bildschirm, der Cassidy zeigte, nachdem Dr. Webb ihr die Sonde vor die Nase hielt.

»Seht ihr?«, sagte sie und drehte ihr Implantat in der Augenhöhle, wodurch sich der Sondenkopf entsprechend mitdrehte. »Mit einem winzigen Schnitt kann ich mich damit wunderbar in euren Eingeweiden orientieren.«

Anschließend ließ sie die Sonde wieder in ihrer Tasche verschwinden und schaltete den Monitor ab.

»Nun muss ich aber nach meiner Patientin sehen. Genießt den Tag, ihr zwei!«

Mit diesen Worten griff sie nach ihrem Kaffeebecher und stolzierte mit ihrem halb aufgegessenen Schokomuffin in der anderen Hand in den Fahrstuhl hinter der Stahlsäule.

»Wo sind unsere Leute?«, fragte Cassidy, als sie mit Angel wieder allein war.

»Noch immer in Quarantäne. Die ist allerdings angenehmer als jede Baracke aus Silver Valley«, antwortete sie. »Sie haben Butch versorgt und uns genug zu essen gegeben. Die Fenster sind fest verschlossen, aber dafür ist der Raum an das Klimasystem der Biosphäre angeschlossen.«

»Kannst du dir vorstellen, hier zu leben?«

»Vorstellen?«, wiederholte Angel und blickte amüsiert auf ihr Spiegelbild im Aquarium. »Jetzt weiß ich, warum Jade uns hierher geschickt hat!«

»Du hast doch nicht vor ...«, erwiderte Cassidy verunsichert.

»... einen Zwei-Fronten-Krieg gegen einen Gegner zu beginnen, der uns im Handumdrehen auslöschen würde?«, unterbrach sie Angel mit hochgezogenen Augenbrauen, was ihre Schülerin wieder beruhigte. »Nein. Noch nicht.«

Bevor Cassidy auf ihren herausfordernden Blick reagieren konnte, kämpfte sich Jiao haareraufend die Treppe hoch.

»Also manchmal möchte ich ...«, rief sie den beiden mit geballten Fäusten zu. »Er will euch loswerden, am liebsten noch heute.«

»Was wird dann aus Sharon?«, fragte Cassidy. Sie hatte nicht im Traum damit gerechnet, hierbleiben zu dürfen.

»Ihr geht nirgendwohin!«, stellte Jiao mit erhobenen Handflächen klar. »Karen lässt ihre Patienten nicht gehen, ehe sie gesund sind.«

Nun fühlte Angel sich beinahe schuldig, der hochgewachsenen Ärztin so respektlos gegenübergetreten zu sein. Zum Glück hatte sie ihre Menschenkenntnis um Verzeihung bitten lassen.

»Ich hab meinen Vater davon überzeugen können, dass wir erfahren müssen, warum euch die Sicarii direkt an der Grenze angegriffen haben. So einen Zwischenfall hat es seit dem Waffenstillstand nicht mehr gegeben.«

»Und wie wollt ihr das anstellen?«, fragte Angel skeptisch. Jiao zog daraufhin ein biegsames E-Paper aus ihrer sandfarbenen Feldhose, tippte ein paar Mal darauf und drückte es ihr anschließend in die Hand.

»Das sind zwei Stunden alte Luftaufnahmen von eurem Schlachtfeld entlang der Schlucht. Anhand der Erdverwerfungen im Umkreis der toten Sicarii kann man gut erkennen, dass es sich um einen geplanten Hinterhalt gehandelt hat«, erklärte Jiao.

»Aber wir saßen da stundenlang wie auf dem Präsentierteller. Warum haben die nicht eher zugeschlagen?«, warf Cassidy ein.

»Zur Zeit des Angriffs wütete ein Sandsturm der Stärke neun über dem Zielgebiet«, hallte plötzlich Amys Stimme aus Lautsprechern um sie herum.

»So unfähig sind die nun auch wieder nicht«, pflichtete Jiao der künstlichen Intelligenz bei. Angel und Cassidy zuckten jedoch zusammen und begriffen erst langsam, dass sie im Inneren der Biosphäre nie unbeobachtet sein würden.

»Woher stammen diese Aufnahmen?«, wollte Angel skeptisch wissen.

»Von einer unserer Überwachungsdrohnen«, antwortete Jiao unbekümmert, was Angel wiederum wie ein Blitzschlag mitten ins Herz traf. Schon drei Mal waren ihnen die neugierigen Fluggeräte begegnet. Kurz nach der Schlacht von Eagle Village, vor dem Überfall auf Silver Valley und anschließend während der Bergtour.

»Wenn ihr nicht mit den Sicarii zusammenarbeitet, wieso habt ihr uns dann ausspioniert?«, fragte sie frei heraus, woraufhin Jiao sie verwirrt anstarrte.

»Wir? Euch ausspioniert? Wir sind nie südlich des Gebirges aktiv gewesen. Warum sollten wir das tun?«

»Wer außer euch hat denn noch Zugriff auf solche Flugkörper?«, bohrte Angel unbeirrt nach.

»Niemand!«, protestierte Jiao empört. »Das ist Teil unserer Vereinbarung mit den Sicarii! Die haben einen Vertrag unterschrieben, der es ihnen untersagt, ohne unsere Kenntnis eine eigene Luftwaffe aufzubauen oder hochentwickelte Luftabwehrsysteme einzusetzen!«

Angel kniff argwöhnisch die Augenlider zusammen und versuchte, eine Lüge in ihren braunen Schlitzaugen zu entdecken. Die offensichtliche Verwunderung, der Zorn über die gebrochenen Abkommen und der reflexartige Protest überzeugten sie jedoch von ihrer Aufrichtigkeit.

»Irgendjemand bei den Sicarii nutzt diese Dinger und hat damit all unsere Siedlungen ausgelöscht. Vielleicht weiß dein Vater ja etwas darüber«, sagte Angel in einem bewusst ruhigen Tonfall. Jiao nickte verunsichert und kehrte umgehend in das Kommandozentrum zurück.

»Glaubst du ihr?«, fragte Cassidy, während sie der aufgebrachten Pilotin hinterhersah.

»Sie hat mir sofort geantwortet, sich nichts zusammengereimt und ständig Blickkontakt gehalten«, antwortete Angel nickend und drehte sich anschließend besorgt zu ihrer Schülerin um. »Aber ich traue ihrem Vater nicht«, flüsterte sie, damit sie die künstliche Intelligenz nicht hören konnte. Ob es funktionierte, wusste sie nicht. Zumindest schien Amy sich nicht zu einer Antwort hinreißen zu lassen.

Gemeinsam warteten sie gespannt auf Jiaos Rückkehr und labten sich so lange mit Leons Erlaubnis an dem öffentlichen Wasserspender des Erholungsraums. Die ersten Biosphärenbewohner machten bereits einen großen Bogen um sie und zeigten sich wenig begeistert davon, dass die Neuankömmlinge ihren Aufenthaltsraum blockierten. Der junge Soldat mit seinem gepflegten Drei-Tage-Bart erwies sich dabei als zuverlässiger Vermittler und erklärte den gereizten Zivilisten, dass die beiden Frauen den Bereich nicht verlassen durften.

Für eine Weile wurde er von einem Kameraden mit russischem Akzent unterstützt, den er Angel und Cassidy als Sergej vorstellte. Der kurzgeschorene Rotschopf war ebenfalls Mitte zwanzig und wirkte, genau wie Leon, gebildet und durchtrainiert. Umso mehr wunderte es sie, dass Sergej erst vor gut fünf Jahren zusammen mit seinem Bruder Jurij in die Biosphäre eingezogen war. Jurij wurde seit einiger Zeit von Dr. Webb zum Assistenzarzt ausgebildet, da sie ihren Job nicht ewig weiterführen könnte, während Sergej sich den Verteidigungstruppen angeschlossen hatte. Nicht alle

Bewohner gehörten zur Stammbesatzung oder hatten auf der Krankenstation das Licht der Welt erblickt. Mitunter war ganzen Familien ein Bleiberecht gewährt worden, wenn sie sich dem zivilisierten Tagesablauf unterordnen und ihren Teil zur Gemeinschaft beitragen wollten.

Das änderte sich jedoch buchstäblich über Nacht, als die Sicarii das Gebiet westlich der Schlucht für sich beanspruchten und Saboteure in die Biosphäre einzuschleusen versuchten. Seit dem hatte Jiaos Vater keinem Fremden mehr Zutritt zur Basis gestattet. Nun verstanden Angel und Cassidy die Tragweite von Jiaos eigenmächtiger Entscheidung und den Zorn ihres Vaters.

Nach fast einer Stunde kehrte sie endlich zurück. Jiao wirkte immer noch schockiert, lächelte aber dennoch siegesbewusst.

»Mein Vater war äußerst ungehalten«, berichtete sie und machte mit ihren hochgehaltenen Händen deutlich, dass sie damit keineswegs übertrieb. »Ich fahre gleich morgen ins Sicariigebiet, um herauszufinden, was da los ist.«

»Du allein?«, fragte Cassidy ungläubig. Jiao war nicht viel älter als sie und höchstens Anfang zwanzig.

»Ich habe da ein paar ... Kontakte«, entgegnete sie etwas zögerlich. Als Leon und Sergej bei ihren Worten leise zu lachen begannen, warf Jiao ihnen einen giftigen Blick zu und tadelte die beiden anschließend mit Ignoranz, indem sie sich wieder Angel zuwendete.

»Ich treffe mich mit einem unserer Informanten in Arnac, dem Zentrum der Provinz Cor Decat westlich der Schlucht. Von dort werden wir herausfinden, woher die Sicarii ihre Drohnen haben und warum sie das Abkommen missachten.«

»Ihr habt Informanten bei den Sicarii? Und ihr könnt einfach so in deren Siedlungen hinein?«, erwiderte Angel verwirrt. Für sie war der Feind eine Gang wie jede andere gewesen, wenn auch besser organisiert und strukturiert. Sie hatte Jades Worte über das Imperium allerdings eher für eine Form von Größenwahn gehalten.

»Nein«, antwortete Jiao kopfschüttelnd. »Es gibt zwar Händler, die uns gelegentlich mit Gebrauchsgütern gegen Medizin oder so versorgen, aber da die Sicarii unser Abkommen gebrochen haben, werde ich mich ihnen ganz sicher nicht zu erkennen geben.«

»Kannst du uns mitnehmen?«, fragte Angel, ohne lange nachzudenken. Eine bessere Chance, unbemerkt in Feindesland vorzudringen, würde sie nicht bekommen.

Jiao zögerte und blickte Leon und Sergej fragend an. Die beiden zuckten mit den Schultern und zogen sich dadurch gekonnt aus der Affäre.

»Und was hast du vor, wenn du erstmal da bist?«

Angel hätte ihr eine Liste so lang wie ihre Beine mit Dingen aufzählen können, die sie den Sicarii antun wollte, aber sie war pragmatisch genug, ihren Rachedurst vorerst zurückzuhalten.

»Mehr als fünfhundert von unseren Leuten verlassen sich darauf, dass wir einen Weg finden, die Sicarii davon abzubringen, sie alle zu versklaven«, begann sie diplomatisch. »Ihr habt einen Vertrag mit denen ausgehandelt. Sag du mir, ob es nicht vielleicht auch eine Chance für uns gibt.«

Jiao legte den Kopf zur Seite und versuchte abzuschätzen, wie viel Wahrheit in Angels Worten lag. Zu ihrer eigenen Überraschung hatte sie gar keinen großen Bluff aufbauen müssen. Seit ihrem Zusammentreffen mit Jade hielt sie eine friedliche Übereinkunft nicht mehr für ausgeschlossen. Immerhin hatte sie ihr Dog und Faith zurückgegeben und den Weg zur Biosphäre gezeigt, wo sie tatsächlich etwas Hilfe zu bekommen schienen.

»Meinetwegen. Aber nur ihr zwei. Und mein Vater sollte davon besser nichts erfahren, bis wir weg sind!«

»Einverstanden«, stimmte Angel nickend zu.

»Ich hab außerdem noch eine gute Nachricht für euch«, fuhr Jiao fort. »Angesichts eurer Informationen hat unser weiser Anführer entschieden, dass ihr vielleicht doch von Nutzen für uns sein könntet. Fürs Erste dürft ihr bleiben, bis Sharon genesen ist. Wann das ist, entscheidet Karen, und nicht mein Vater. Für diese Zeit stehen euch zwei unbenutzte Quartiere auf dieser Ebene zur Verfügung, die ihr untereinander aufteilen könnt, wie es euch passt. Nummer dreizehn und vierzehn, Sektion A. Direkt gegenüber von meinem Zimmer.«

Cassidy freute sich überrascht. Angel hingegen wurde aufgrund des plötzlichen Sinneswandels sofort wieder misstrauisch, entschied sich aber, für den Moment darauf einzugehen. Jiao erklärte, dass ihrem Team der Speisesaal, der Erholungsraum und die Krankenstation offenstanden. Dr. Webb schien einen Anfall von Mitleid gehabt zu haben, denn sie bot allen Neuankömmlingen einen medizinischen Check-up an.

Jiao warnte die beiden jedoch im selben Atemzug davor, unerlaubt andere Bereiche der Biosphäre zu betreten oder zu versuchen, den Komplex ohne Begleitung zu verlassen. Dem Basiscomputer Amy würde nichts entgehen. Außerdem bestand ihr Vater auf die ständige Präsenz zweier Soldaten im Erholungsraum, was laut Jiao eher zur Beruhigung der Einwohner gedacht war.

***

Den Rest des Tages erkundete das aus der Quarantäne entlassene Team die kulinarische Vielfalt der Küche, spielte Tischfußball und Tischtennis im Aufenthaltsraum oder genoss eine ausgiebige Dusche im Gemeinschaftsbadezimmer der Wohnsektion. Außerdem war der Muffinvorrat der Biosphäre schon nach kurzer Zeit aufgebraucht, woraufhin Maxwell einige Extrableche backen musste, was er den Neuankömmlingen aber nicht sonderlich übel nahm. Er murmelte irgendetwas davon, dass Jiaos Bekanntschaften aus der Wüste regelmäßig über die kleinen Kuchen herfallen würden.

Angel versuchte Jiao über die McKnight Air Force Base auszufragen, die ihrem Team als verfluchte Militärbasis in Erinnerung geblieben war. Sie bestätigte zurückhaltend die Forschung an neuartigen Waffensystemen, von denen das Wolfsrudel nur ein Projekt von vielen gewesen sei. Die inzwischen gealterten Wissenschaftler sprachen jedoch so gut wie nie von ihrer damaligen Arbeit. Fast schien es, als hätten sie sich gegenseitig ein Schweigegelübde auferlegt. Obwohl sich in der Basis mit Sicherheit noch große Mengen an brauchbaren Versorgungsgütern wie Medizin oder Waffen befanden, waren Expeditionen mit Hilfe der Hubschrauber von Yuen strikt untersagt worden. Sie konnte die Erzählungen über das blutrünstige Wolfsrudel kaum glauben und zeigte sich bestürzt, als sie von Jasons und Matthews Schicksal erfuhr.

In den letzten zwei Jahrzehnten hatten sich die Wissenschaftler neuen Aufgabengebieten zugewandt. Sie forschten nun hauptsächlich, um ihr eigenes Leben zu verlängern. Augmentierungen und Bioimplantate waren zur Zeit des

Untergangs gerade kurz vor der Marktreife gewesen und wurden nun mit drastisch reduzierten Ressourcen weiterentwickelt. Zuchtprogramme wie das riesige Aquarium erfreuten sich ebenfalls großer Beliebtheit, aber auch unterschiedlichste Obst- und Gemüsesorten gediehen von Jahr zu Jahr besser in den hermetisch abgeriegelten Biosphärensegmenten. Ganz zu Schweigen vom Kaffeeanbau, der oberste Priorität genoss. Die Bewohner stellten sogar wieder hochentwickelte Medikamente her, die bei den Sicarii als nahezu unbezahlbare Handelsware galten.

Des Weiteren versuchten die Akademiker, möglichst viel von ihrem Wissen an ihre Nachkommen weiterzugeben. Auf den Gängen der Biosphäre tummelte sich eine komplette Schulklasse von Kindern, die meisten davon bereits in der dritten Generation seit dem globalen Zusammenbruch. Besonders die jüngeren zeigten großes Interesse an den Neuankömmlingen, da sie die Basis so gut wie nie verlassen durften. Sie wurden jedoch von ihren Eltern dazu angehalten, keinen Kontakt mit Angels Team aufzubauen.

***

Cassidy ließ sich nach dem gemeinsamen Mittagessen von Jiao durch die Biosphäre führen. Mit Ausnahme der McKnight Air Force Base war der Komplex die einzige Hightech-Konstruktion der alten Welt, die sie je zu Gesicht bekommen hatte. Schon ein funktionierender Fahrstuhl faszinierte sie mindestens ebenso, wie der funkenschlagende Zauberkasten namens Mikrowelle, dessen Funktionsweise ihr Jiao nun endlich erklärte.

In Begleitung durfte Cassidy sogar einige der abgesperrten Bereiche der Biosphäre betreten. Voller Stolz zeigte Jiao ihr eines der Gewächshäuser am nördlichen Ende der Anlage, in dem Gemüsesorten wie Gurken oder Paprikas von künstlichen UV-Lampen bestrahlt und computergesteuerten Bewässerungsanlagen versorgt wurden. Eine komplette Halle mit achtstöckigen Pflanzenkästen galt allein dem Kaffeeanbau.

Neben den Gewächshäusern zeigte sie Cassidy auch den Zoo, wie Jiao das Segment zur Nutztierhaltung nannte. Zweihundertfünfzig Hühner teilten sich das dreißig Meter lange und fünfzehn Meter breite Modul mit einer Handvoll Ziegen. Den

Hühnern standen dabei drei abgedunkelte Ställe mit genügend Schlafstangen und Nestplätzen zur Verfügung, in denen sie laut Jiao mit großer Regelmäßigkeit Eier legten. Vom Auskehren und Säubern abgesehen, kümmerte sich Amy den ganzen Tag lang um die Tiere. Die Hühner beschäftigte sie, indem sie kleine Früchte über eine Rüttelanlage in kniehohen Heuhaufen versteckte oder einen Kopfsalat von der Decke hängen ließ, zu dem die Tiere hochsprangen, um Stücke herauszureißen. Hin und wieder hielt sie den Hühnern auch einen Spiegel vor die Nase, mit dem sie sich stundenlang auseinandersetzen konnten.

Die Ziegen durften sich an einer Striegelstation nach Belieben verwöhnen lassen, die wie eine Miniaturautowaschanlage aussah. Zusätzlich hatten fleißige Arbeiter ein halbes Dutzend alter Betonrohre und Kabeltrommeln aus Holz mit Durchmessern von bis zu drei Metern ausfindig gemacht und im Ziegengehege zu einem Spielplatz zusammengebaut. Es gab sogar eine vier Meter lange Rutsche, die in einem sicheren Heuhaufen endete und besonders von den Zicklein gern genutzt wurde.

Über das Belüftungssystem und die automatischen Fensterschotten hatten die Tiere immer frische Luft und einen geregelten Tagesablauf. Zwei große Heizstrahler sorgten für warme Plätze zum Sonnen und Ausruhen. Bei Streitigkeiten oder Verletzungen konnte Amy sofort einschreiten und das in Bedrängnis geratene Tier mit ihren Greifarmen in Sicherheit bringen, bis die alarmierten Tierpfleger zur Stelle waren. Generell schien sich die künstliche Intelligenz äußerst liebevoll um das Vieh zu kümmern. Jiao war überzeugt, dass sie nicht nur aufgrund ihrer Programmierung, sondern auch aus eigenem Antrieb mit den Tieren spielte. Manchmal redete sie sogar mit ihnen, schimpfte mit störrischen Ziegenböcken oder zu raffgierigen Hühnern, die ihren Artgenossen nichts abgeben wollten.

Zu Beginn sahen die Bewohner das Vieh lediglich als nützliche Nahrungslieferanten an und behandelten sie entsprechend. An den Wänden stapelten sich noch immer ein paar alte Geflügelkäfige, in denen die Hühner kaum Bewegungsspielraum hatten. Mit Schaudern erinnerte sich Jiao an ihre Kindheit zurück, in der sie ihren Vater anbetteln musste, den Tieren ein komplettes Modul zur Verfügung zu stellen. Heutzutage erachteten es selbst die konservativsten Wissenschaftler als völlig selbstverständlich, dass auch kurzlebige Nutztiere einen geeigneten Lebensraum benötigen. Mit ihrem berufsbedingten Einfallsreichtum hatten sie es außerdem geschafft, Technologien zur Erzeugung von Ersatzfleisch aus Stammzellen wiederzuentdecken, um den Speiseplan abzurunden und die Massentierhaltung zu begrenzen. Künstliche Protein- und Vitaminpräparate sorgten ohnehin für eine jederzeit ausgeglichene Ernährung.

Cassidy hätte am liebsten den ganzen Tag im Zoo verbracht, aber Jiao konnte sie davon überzeugen, dass noch andere Bereiche der Biosphäre auf sie warteten. Manche Tore waren allerdings fest verschlossen. Jiao erklärte Cassidy, dass sich dahinter Reinräume zur Medizinherstellung oder schwere Maschinenanlagen der Stromerzeugung und Wasserversorgung befanden, in denen es zu gefährlich für sie sei.

Ein leergeräumter Zugangstunnel im westlichen Teil der Biosphäre war jedoch schon sehr weiträumig abgesperrt worden. Rote Warnleuchten an den Wänden und zwei aufmerksame Wachsoldaten hielten sogar die einfachen Bewohner der Anlage davon ab, die Labore zu betreten. Jiao gab vor, selbst nicht zu wissen, an was ihr Vater und sein innerer Kreis von Wissenschaftlern im Segment mit der Bezeichnung »NOVA« arbeiteten. Vor dem Krieg mit den Sicarii hatte es keine vergleichbaren Sicherheitsmaßnahmen gegeben. Als Dr. Webb mit einem Kaffeebecher in der Hand aus dem abgesperrten Sektor kam, setzten sie ihre Besichtigungstour in den offenen Bereichen der Biosphäre fort, damit Cassidy nicht unnötig Ärger bekommen würde.

***

Nachdem Kim von den Luftaufnahmen aus sicariianischem Gebiet erfahren hatte, unternahm sie einen erfolglosen Versuch, Einsicht in Fotos von Brackwood oder dem Pass über die Berge zu erhalten. Zhang Yuen dementierte wiederholt die Präsenz eigener Drohnen in den südlichen Wastelands. Und selbst wenn es Aufnahmen des Passes gäbe, würde man sie ihr nicht einfach zeigen, nur weil sie darum ersuchte. Mit großen Worten erklärte er ihr, dass sämtliche taktisch relevanten Informationen der Geheimhaltung unterlägen.

Als Kim gegen Mittag gemeinsam mit Butch zum Essen in der Kantine eintraf, behauptete sie, die kalten Blicke der Biosphärenbewohner auf ihrer Gänsehaut spüren zu können. Dannys Hubschrauberbesatzung saß zusammen mit einem älteren Soldaten an einem Tisch in der Ecke und hatte das Geplänkel an Bord offensichtlich noch nicht vergessen. Erst als sich Sergej mit seinem Bruder Jurij ungefragt zu Kim und Butch setzte, löste sich die Spannung.

»Ihr kriegt wohl nicht oft Besuch, oder?«, fragte Kim, um ein Gespräch anzustoßen und sich dankbar für die Gesellschaft zu zeigen.

»Das ist die A-Mannschaft«, nuschelte Sergej mit vollem Mund und zeigte auf Danny. Er verschlang sein halbes Hähnchen mit den Händen, wie es sich für einen Barbaren aus der Wüste geziemte.

»Das heißt ... was?«

»Das heißt, dass die von Beginn an zur Crew gehörten«, erklärte Jurij, nachdem er den vorangegangenen Bissen heruntergeschluckt hatte. Als angehender Arzt zeigte er etwas mehr Fingerspitzengefühl als sein Bruder und nutzte Besteck, um sein Essen zu zerkleinern. »Danny und seine Leute sind Nachkommen der Stammbesatzung der McKnight Air Force Base. So wie Jiao. Der Alte da neben ihm ist Gordon. Der war früher Hubschrauberpilot, bis Jiao ihn seinen Job gekostet hat.«

»Die haben es nicht gern, wenn sich Fremde in *ihrer* Biosphäre breitmachen«, fügte Sergej hinzu. Dabei beugte er sich über den Tisch, damit ihn die anderen in der Ecke nicht hören, wohl aber sein verschwörerisches Verhalten sehen konnten. Er grinste hämisch in Dannys Richtung, ehe er seinen Kopf zurückzog und den Flügel von seinem Huhn abriss.

»Sind aber zum Glück nicht alle so«, beruhigte sie Jurij. »Fletcher und seine Jungs sind in Ordnung und Jiao wickelt eh fast alle um den Finger.«

»Ganz besonders Leon!«, lachte Sergej und klatschte sich dabei mit seinem Bruder in die Hände. »Nur Danny und seine Spinner würden sich am liebsten von der Welt abkapseln.«

»Ignoriert die einfach und geht ihnen aus dem Weg«, empfahl Jurij.

Butch und Kim schwiegen, um sich nicht versehentlich zu weit aus dem Fenster zu lehnen. Sie folgten dem Rat und verließen den

Speisesaal zur selben Zeit wie Jurij und Sergej. Butch verabschiedete sich kurz darauf und wollte das Aquarium im Erholungsraum genauer untersuchen.

Kim kehrte allein in ihr Quartier zurück, wo sie stumm die Beine auf dem Bett zusammenzog und sich fragte, was sie die nächsten Tage machen sollte. Angel hatte ihr gegenüber einen Plan angedeutet, war aber nicht ins Detail gegangen.

»Willst du ein Spiel spielen?«, hallte plötzlich Amys Stimme durch den leeren Raum, so dass Kim vor Schreck zusammenzuckte.

»Ich ... eigentlich ...«

Ihr fehlten die Worte. Sie war mit ihren Gedanken bei Johnny gewesen und es nicht gewohnt, ohne Vorwarnung, wie etwa einer sich öffnenden Tür, angesprochen zu werden.

»Ich habe gehört, dass ihr gerne Karten spielt!«, flötete Amys Stimme fröhlich aus den Lautsprechern. Auf dem Bildschirm des Schreibtischs erschienen Spielkarten, die von ihr gemischt und verteilt wurden. »Du fängst an!«

Nun packte Kim die Neugierde. Sie rappelte sich vom Bett auf und setzte sich auf den Bürostuhl, um das Bild besser erkennen zu können. Es war nicht ihre erste Begegnung mit Computern, daher verstand sie schnell, wie sie die Karten mit ihrem Finger auf dem Bildschirm bewegen musste. Nach ein paar Minuten hatte sie das gesamte System begriffen und verlor kurz darauf vollkommen ihr Zeitgefühl. Amy schien sie anfangs bewusst gewinnen zu lassen und steigerte mit der Zeit den Schwierigkeitsgrad, bis Kim sich nur noch auf ihre Karten konzentrieren konnte und dabei Johnny und ihre Probleme für eine Weile vergaß.

***

Faith hockte unterdessen stundenlang unbemerkt im Schatten einer der gewaltigen Säulen und musterte die vorbeigehenden Biosphärenbewohner. Sie konnte niemanden entdecken, der Scarlet auch nur annähernd ähnelte. Gemeinsam mit Caiden berichtete sie seiner Schwester am späten Nachmittag von ihrer Vermutung, dass Jade sie aufgrund ihrer für tot erklärten Meisterin hierher entsandt hatte.

Gleichzeitig bestätigte sie Jiaos Erzählungen von den Handelsinteressen der Sicarii, warnte sie aber im selben Atemzug davor, aufzufallen. Der Versuch, aus Mitleid einen Sklaven zu befreien, dürfte ungeahnte Folgen nach sich ziehen, ebenso wie fehlender Respekt gegenüber dem Imperium. Jades Amulett könnte ihnen zwar aus vielen bedrohlichen Situationen heraushelfen, würde jedoch von den Bacchae nicht unbemerkt bleiben. Außerdem war es Cassidy nach wie vor unmöglich, Angel davon zu erzählen, ohne ihre Quelle preiszugeben.

Caiden und Faith gingen den Biosphärenbewohnern so gut wie möglich aus dem Weg. Sie nahmen die Treppe, anstatt den Fahrstuhl zu blockieren, setzten sich im Speisesaal ganz nah an die Tür, um die guten Plätze am Aquarium freizulassen, und beschäftigten sich lediglich mit Büchern aus der für sie freigegebenen Bibliothek. Niemand sollte Notiz von der Bacchae nehmen. Im Gegenzug versprach Cassidy, in Arnac für Faith Augen und Ohren offenzuhalten.

***

Dog entdeckte während seiner eigenen Erkundungstour den Trainingsraum, wo er Leon zu einem Boxkampf herausforderte. Sergej diente ihnen als Schiedsrichter über satte zwölf Runden. Dabei genügte es Dog nicht, den zehn Jahre jüngeren Soldaten mehr als einmal beinahe auf die Bretter zu schicken. Wann immer eine Runde beendet war, warf er Leon vor, dass ihn das Leben in der vollklimatisierten Biosphäre schwachgemacht hätte und er ohnehin nicht gegen einen abgehärteten Barbaren wie ihn gewinnen könnte.

Am Ende gewann Dog nach Punkten, hätte aber auch keine weitere Runde durchgehalten. Das hinderte ihn natürlich nicht daran, den restlichen Tag lang mit seinem Sieg zu prahlen.

***

Dr. Webbs Angebot des medizinischen Check-ups wurde von allen Teammitgliedern außer Faith genutzt, die um ihr verräterisches Tattoo auf dem Rücken fürchtete. Kims Schrapnellsplitterwunde hatte sich entzündet, weil sie während der anstrengenden Bergtour immer wieder aufgerissen war. Butch erhielt so viele Schmerzmittel, dass er das zusammengenähte Loch in seiner Hand kaum noch spürte.

Cole lehnte die Untersuchung zunächst ab, da er seine Rippenbrüche als persönliche Schwäche betrachtete, die er nur ungern mit anderen teilte. Nur Steven aus Silver Valley hatte ihn bisher genauer untersuchen dürfen, da er sich auch nach dem Zusammenbruch des Gesundheitssystems noch an die ärztliche Schweigepflicht gebunden fühlte. Als Dr. Webb davon erfuhr, versicherte sie ihm, dass sie und Jurij denselben Eid geleistet hatten. Daraufhin willigte Cole ein und ließ sich zum ersten Mal in seinem Leben röntgen.

»Meine Güte«, hauchte die Ärztin beim Betrachten der Bilder. »Wie lange ist das denn her?«

»Achtzehn Jahre«, antwortete Cole brummig. Er kannte sein Handicap aus den Berichten von Steven, hatte die gebrochenen Rippen jedoch bisher nie selbst zu Gesicht bekommen. Entsprechend neugierig starrte er auf die Projektionswand. Dr. Webb hätte aber vermutlich auch einen geröntgten Affen aufhängen können, ohne dass ihm der Unterschied aufgefallen wäre.

»Kann man da noch was machen?«

Die blonde Ärztin, die ihn immerhin um einen halben Kopf überragte, wippte mit ihrem hochgesteckten Haar hin und her, als würde sie das Für und Wider gegeneinander abwägen. Sie blickte Jurij fragend an, der nach kurzer Überlegung etwas zurückhaltend nickte.

»Jein«, sagte sie behutsam und zeigte auf die Bruchstellen. »Wir müssten deinen Brustkorb öffnen, diese drei Rippen erneut brechen oder zersägen, das Knorpelgewebe entfernen und sie anschließend mit einem Gitternetz aus Knochengranulat fixieren, um sie sauber zusammenwachsen zu lassen.«

Cole stockte der Atem. Bei ihren Worten lief er kreidebleich an, was Dr. Webb und ihren Assistenten zu einem süffisanten Schmunzeln verleitete.

»Das machen wir natürlich alles unter Vollnarkose.«

Als sich sein schockierter Gesichtsausdruck noch immer nicht veränderte, ergänzte Jurij mit seinem russischen Akzent, »Du wirst dabei schlafen!«

»Und ... wie lange dauert das?«

»Na so vier bis sechs Stunden«, spekulierte die Ärztin.

Nun entspannte sich Cole zum ersten Mal und verschränkte die Arme vor seinem geschundenen Oberkörper.

»Ihr könnt das so schnell zusammenwachsen lassen?«, fragte er beeindruckt. Als Jugendlicher war er monatelang mit großen Schmerzen durch die Abwasserkanäle seiner alten Stadt gekrochen, bis er endlich wieder aufrecht zu stehen vermochte. Er hatte von den Wundern moderner Medizin gehört und würde den beiden die Behauptung wohl ohne weiteres abnehmen, wenn Dr. Webb nicht im selben Moment die Tränen vor Mitleid über den unwissenden Barbaren gekommen wären.

»Ich hab natürlich nur von der Operation geredet!«, erklärte sie. »Anschließend wirst du dich gut einen Monat neben eure Freundin legen und kaum bewegen dürfen.«

»Einen Monat!«, platzte es aus Cole heraus. »Völlig unmöglich!«

»Ich bin Ärztin«, erwiderte Dr. Webb mit resigniert verschränkten Armen. »Ich sage meinen Patienten nur, wie es um sie steht. Was sie daraus machen, liegt bei ihnen selbst.«

Cole griff nach seiner Uniform und war schon in Begriff, die Krankenstation wieder zu verlassen, da rief ihn Dr. Webb zurück, öffnete ihren Arzneisafe und holte einen himmelblauen Inhalator hervor.

»Bei Atemnot am Mund ansetzen, tief einatmen und dabei drücken. Dann kriegst du wieder Luft.«

Cole sah das unbekannte Geschenk argwöhnisch an und probierte es zur Sicherheit auf der Stelle aus.

»Da sind nur hundert Ladungen drin!«, tadelte ihn die Ärztin mit erhobenem Zeigefinger. »Und hör auf zu rauchen! Das macht die Sache nur noch schlimmer!«

Anschließend scheuchte sie ihn aus ihrer Krankenstation und ließ von Jurij nacheinander die anderen Teammitglieder holen, denen sie eine hervorragende Gesundheit bestätigte, abgesehen von unzähligen Blessuren und leichten Fällen von Unterernährung. Nach einer genaueren Begutachtung von längst verheilten Schusswunden räumte sie ein, dass Dr. Steven trotz seines barbarischen Lebensstils ein erstklassiger Chirurg gewesen sein musste, was laut Jiao einer kleinen Erschütterung von Dr. Webbs

Weltbild gleichkam. Kim gab im Laufe ihrer Behandlung jedoch zu, dass Steven oft an den unsterilen Operationsmethoden verzweifelt war, aufgrund derer er häufiger Patienten verloren hatte, als durch die eigentlichen Verletzungen.

Nach dem Ende der Untersuchungen wich Cole den ganzen Tag kaum von Sharons Seite. In den Bergen waren die beiden zu mehr als Freunden geworden, doch mit seinen Aufklärungsmissionen und ihrem Gesundheitszustand hatten sie nie lange Zeit für sich allein gefunden. Nun sah er es als seine Pflicht an, der noch zerbrechlicher als zuvor wirkenden Rangerin beizustehen. Auch Jiao gesellte sich zu Sharon, wann immer Cole eine Pause einlegte. Sobald er jedoch zurückkehrte, verließ sie die Krankenstation wieder.

***

Angel entschied sich, den Nachmittag im Erholungsraum zu verbringen. Sie zweifelte sehr daran, dass sie am nächsten Tag einfach so in die sicariianische Provinz fahren konnten und Auskunft erhalten würden. Nach der anstrengenden Gebirgsüberquerung wollte sie sich daher zumindest einen Tag der Ruhe gönnen.

Zu ihrer freudigen Überraschung teilte Butch ihre Idee und sonnte sich mit geschlossenen Augen unter den großen Panoramafenstern ohne die Gefahr einer UV-Verstrahlung. Der Verband um seine rechte Hand wies einen roten Blutfleck auf, aber die Schmerzen schienen sich in Grenzen zu halten. Als er Angels Schatten auf seinem Gesicht spürte, öffnete er die Augen und blinzelte sie zufrieden an.

»Na? Hast du sowas erwartet?«

Entspannt ließ Angel sich auf den bequemen Couchring um die dicke Stahlsäule herum fallen und atmete einmal tief durch.

»Victor hätte das hier sicher gefallen«, fuhr Butch fort. »Kannst du dich daran erinnern, wie er den Truck von deinem Schoßhündchen untersuchen wollte?«

»Dog hätte mir dafür am liebsten den Hals umgedreht«, antwortete Angel nickend. »Du weißt, dass das alles nur Schein ist. Die werden euch rauswerfen, wenn Sharon wieder auf den Beinen ist und wir nichts finden, um unsere Präsenz zu rechtfertigen.«

»Wie ... euch?«, fragte Butch verdutzt. »Wo gehst du denn hin?«

Angel biss sich auf die Unterlippe und starrte an die Deckenlautsprecher. Sie wusste natürlich, dass Lautsprecher nur Töne abgaben und nicht aufzeichneten, war sich aber sicher, dass neben jedem davon ein Mikrofon in der Wand steckte. Konspirativ beugte sie sich zu Butch herüber und flüsterte ihm ins Ohr.

»Cassidy und ich fahren morgen mit Jiao zu den Sicarii.«

»Die Kleine nimmt euch einfach mit?«, wunderte sich Butch brummig.

»Euer Versuch, meinen akustischen Sensoren durch eine reduzierte Lautstärke zu entgehen, war nicht erfolgreich«, hallte Amys künstliche Stimme aus einem einzelnen Lautsprecher direkt unter der Panoramascheibe.

Angel und Butch zuckten zusammen wie ein altes Ehepaar, das bei einer völlig unmoralischen Beschäftigung von einer neugierigen Nachbarin erwischt worden war.

»Na toll«, knurrte Angel und setzte sich aufrecht hin.

»Zhang Yuen wird nichts von eurem Plan erfahren«, versicherte Amy und schaltete gleichzeitig einen kleinen Monitor neben dem Lautsprecher ein, auf dem ihr künstliches Gesicht auftauchte. Einen Augenblick schien es sogar so, als würde sie sich über die Reaktion der beiden lustig machen.

»Wieso nicht?«, fragte Angel. »Bist du nicht darauf programmiert, alles aufzuzeichnen?«

Sie ließ absichtlich durchblicken, dass Amy nicht der erste Computer sei, dem sie in ihrer langen Laufbahn als Schrottsammlerin in den Wastelands begegnet war. Nun kicherte die künstliche Intelligenz ganz offensichtlich und verzog dabei ihre hellblauen Augenbrauen und Mundwinkel, wie es ein Mensch tun würde.

»Ich weiß ja nicht, mit was für Computern du bisher zu tun hattest, aber ich bin durchaus in der Lage, eigene Entscheidungen zu treffen!«

»Und wieso hast du dich entschieden, uns zu helfen?«, fragte Butch frei heraus. Sein technisches Sachverständnis endete mit dem Motor seines geliebten Pick-ups. Das bedeutete aber auch, dass er Amy viel schneller als natürliche Person akzeptierte, als es ein erfahrener Computerexperte tun würde. Für ihn glich das ganze

Cassidys Erfahrung mit einer Mikrowelle. Sie funktionierte einfach. Das *Wie* oder *Warum* waren für ihn zweitrangig.

Amy verzog unterdessen das Gesicht und wirkte beinahe so, als wäre sie auf frischer Tat beim versuchten Diebstahl an Großmutters Keksdose ertappt worden.

»Ich bin der Meinung, dass ihr eine Chance verdient habt, eure Leben zu retten«, antwortete sie ausweichend.

»Das erklärt immer noch nicht, warum du das tust!«, bohrte Angel nach und lehnte sich dabei nach vorn. Sie verstand nicht ganz weshalb, aber sie spürte, dass sie Amy am sprichwörtlichen Haken hatte.

»Diese Information ist für dich nicht zugänglich.«

Angel ließ sich mit einem Seufzen zurück auf die runde Couch fallen. Jiao hatte Cassidy und ihr diesen Standardsatz erläutert. Er bedeutete, dass Amy keinesfalls weitere Auskünfte preisgeben dürfe. So hatte sie Cassidys Frage nach ihrem Aufenthaltsort als Suche nach der Lage ihres Computerkerns interpretiert, der sich in einem Bunker unterhalb der Biosphäre befand, zu dem selbstverständlich kein Fremder Zutritt hatte.

»Gebt euch dennoch keinen Illusionen hin«, fügte Amy hinzu und unterstrich ihre Worte mit einem erstarrten Gesicht auf dem Monitor. »Ich sehe alles, höre alles und bin überall. Meine Priorität ist die Sicherheit der Bewohner der Ian-Hawk-Biosphäre. Ich werde jeden Versuch unterbinden, dieser Installation zu schaden oder gegen direkte Befehle von Zhang Yuen zu verstoßen. Auch deine Aussagen über einen möglichen Zwei-Fronten-Krieg gegen die Sicarii und uns sind nicht unbemerkt geblieben.«

Butch warf Angel einen vorwurfsvollen Blick zu und zog die Augenbrauen hoch.

»Aber ... das war doch nicht ernst gemeint!«, versuchte sie sich zu verteidigen. »Sag es ihr!«, befahl sie Butch. »Sag ihr, dass ich immer so rede!«

»Du musst verstehen«, gab der Mechaniker sarkastisch zu, nachdem er sich wieder zurückgelehnt hatte. »Sie ist erst seit kurzem eine von uns und war früher ...«

Er machte eine Pause und suchte ganz offensichtlich nach der perfekten Mischung aus Wahrheit und Zynismus, bis ihm Amy zuvorkam.

»Angel, richtiger Name unbekannt«, hallte es aus dem Lautsprecher und ein rotierendes, dreidimensionales Bild von ihr erschien auf dem Monitor. »Aufgewachsen als Nomadin im Anschluss an den globalen Zivilisationskollaps. Sklavin der Chimeras seit 2057. Sklavin der Vultures seit 2058. Wird kurz darauf rekrutiert und steigt zur Kommandeurin auf. Trägt den Titel *Schlächterin von Archer Hill* seit ihrer Rache an den Chimeras im Jahr 2060. Gefangenschaft bei den Rangern im Jahr 2067 ...«

»Schon gut!«, protestierte Angel mit erhobenen Händen, als hätte sie Angst, dass die argwöhnisch vorbeigehenden Biosphärenbewohner zu viel mitbekommen würden. »Woher wisst ihr das alles?«

»Was glaubst du, macht ein Computer wie ich in der Zeit, in der niemand nach einer Auskunft verlangt oder mit dem Fahrstuhl fährt?«, konterte Amy und ließ dabei die Punkte ihres Gesichts auf dem Bildschirm tanzen. »Ich schlafe nicht und messe meine Freizeit in Nanosekunden.«

»Wenigstens kennt nicht mal sie deinen richtigen Namen!«, gackerte Butch.

Angel vergrub ihr Gesicht unter ihren Händen und versank in den Couchkissen. Sie starrte zwischen ihren Fingern hindurch auf das fröhlich lächelnde Antlitz des Computers, der so völlig anders war als die komplizierten und häufig defekten Maschinen, mit denen sie es bisher zu tun bekommen hatte. In diesem Moment schaltete sich der Bildschirm ab und Amys Stimme hallte aus nahezu allen Lautsprechern gleichzeitig.

»Achtzehnhundert! Ares-Schichtwechsel! Panzercrew Zwei zum Zugangsturm!«

»Was geht denn jetzt?«, wunderte sich Butch, als hinter ihm drei Männer und eine Frau in Uniform aus einem der Wohnsegmente kamen und in den Fahrstuhl stiegen. Er stand zusammen mit Angel auf und beugte sich über das Panoramafenster. Sie konnten den Zugangsturm von ihrer Position aus nicht sehen, hatten sich aber gemerkt, dass er rechts von ihnen in südlicher Richtung lag, und warteten, was geschehen würde.

Ein offener Jeep brauste kurz darauf unter ihnen hindurch und fuhr die vier Soldaten zur Schlucht, über die sie am Vortag die beiden Hubschrauber geflogen hatten. Fünf Minuten später kehrte er mit der abgelösten Panzerbesatzung zurück. Einer davon erinnerte Angel an den untersetzten Asiaten, den Sharon bei ihrer Geschichte als Kommandeur des Kampfpanzers beschrieben hatte. Er ließ sich von seinen Männern auf der Zugangsstraße absetzen und wollte offenbar den Rest des Weges spazieren gehen. Angesichts der Enge in seiner Blechbüchse war es daher auch kein Wunder, wie er sich streckte und sogar ein paar Kniebeugen machte. Angel fühlte sich fast wie eine Voyeurin, als sie dem dicken Mann bei seinen vergleichsweise plumpen Übungen zusah. Butchs hingegen presste seine Nase an das warme Glas, als der Soldat anschließend einen schwarzen Zigarillo hervorholte, ihn anzündete und genüsslich daran zog.

»Die haben ja sogar was zu rauchen!«

Angel konnte nur noch mit dem Kopf schütteln, als Butch umgehend zum Zugangsturm eilte.

Die anderen drei Besatzungsmitglieder verließen gerade den großen Aufzug, als er dort ankam. Da die Türen offenstanden, schlüpfte er kurzerhand hinein und suchte auf der Anzeigentafel nach dem richtigen Knopf für die Fahrt nach unten. Die Soldaten blickten ihn einen Moment lang fragend an, zuckten anschließend jedoch lediglich mit den Schultern und ließen ihn allein.

Butch hatte die seiner Meinung nach korrekte Taste schnell gefunden, doch als er darauf tippte, geschah nichts. Er drückte ein zweites Mal, aber wieder ohne Erfolg. Nur die Farbe änderte sich von Gelb auf Rot, solange sein Finger auf ihr ruhte. Dennoch blieb er seiner üblichen Linie im Umgang mit Schalttafeln treu und hämmerte kurzerhand wild darauf herum. Wie schon in der McKnight Air Force Base entschied der Computer diese Runde für sich, allerdings mit dem Unterschied, dass Amy auf einem kleinen Bildschirm daneben erschien und ihn tadelnd ansah.

»Gästen ist der Zugang zur Schleuse ohne Eskorte untersagt. Bitte stell deinen Sabotageversuch umgehend ein!«

»Was? Sabotage?«, rief Butch und wich erschrocken zurück, als erwartete er einen Blitzschlag aus der Konsole. »Ich will doch nur eine rauchen!«

Amys Gesicht erstarrte einen Moment, als würde sie nachdenken und Informationen verarbeiten.

»Tabakwaren sind Gift für den menschlichen Körper.«

Butch brummte eine unverständliche Antwort, die offenbar sogar für die Sensoren zu verstümmelt war.

»Ich muss dich bitten, den Aufzug zu verlassen!«

»Kannst du mir nicht wenigstens sagen, wer dieser Typ da unten ist?«

Auf dem Bildschirm erschien ein Bild des asiatischen Rauchers, der seine Pause inzwischen beendet hatte und vergeblich versuchte, den Fahrstuhl zu rufen.

»Aaron Fletcher, Ares-Panzerkommandant, Panzercrew eins«, antwortete Amy. »Bitte verlasse jetzt den Aufzug!«

Butch folgte dem Befehl, blieb aber direkt vor dem schweren Stahlschott stehen, bis sich das Tor wieder öffnete und Fletcher heraustrat.

»Hey! Aaron, richtig?«, fragte Butch und merkte erst im letzten Augenblick, dass er kurz davor stand, einem völlig Fremden seine blutige Hand um die Schultern zu legen. Ihm war der Name des Kommandanten wieder eingefallen, dem Jiao vor versammelter Mannschaft befohlen hatte, *sein Rohr nicht auf ihren Hubschrauber zu richten*. Er musste also zumindest einen gewissen Sinn für Humor haben.

»Hm?«, erwiderte Fletcher argwöhnisch, bis er Butch aufgrund seines Verbandes wiedererkannte. »Ah, du bist doch einer von Jiaos neuestem Aufbegehren gegen den Alten! Wie geht‘s der Hand?«

»Besser. Ich merk kaum noch etwas davon.«

»Ja, Karen weiß, was sie tut. Ich fürchte nur, ihr solltet euch nicht zu sehr daran gewöhnen«, sagte Fletcher. Sein Mitleid klang dabei überraschend aufrichtig. »Hast du dich verlaufen?«

Butch war verblüfft von der Freundlichkeit, die ihm der etwas ältere Soldat entgegenbrachte. Mit Ausnahme von Jiao, Leon und Sergej schienen die meisten Biosphärenbewohner nicht viel mit ihm und seinen Freunden zu tun haben zu wollen. Einen Augenblick lang blieb ihm glatt die Stimme weg und er versuchte zu gestikulieren, dass er gern einen Zigarillo schnorren würde.

»Butch teilt dein Laster des Tabakkonsums und sucht nach Möglichkeiten, seine eigene Abhängigkeit zu befriedigen«, übersetzte Amy.

»Ich bin nicht süchtig!«, protestierte Butch, der bei der seiner Meinung nach völlig ungerechtfertigten Anschuldigung seine Stimme wiedergefunden hatte. »Ich habe sechs Jahre lang keine einzige Zigarette geraucht!«

»Deine Blut-, Haar- und Urinproben beweisen einen Nikotinkonsum innerhalb der vergangenen zwei Wochen«, konterte Amy unbeeindruckt.

»Ihr habt ... WAS untersucht!?«

»Lass dich von unserem Täubchen nicht einschüchtern«, lachte Fletcher und führte Butch vom Aufzug weg. »Hier drin dürfen wir nicht rauchen und ich darf dich auch nicht vor die Tür lassen, aber ...«

Er rieb sich über seinen verschwitzten Nacken und schien angestrengt zu überlegen. Butch wurde zunehmend unruhig. Er hatte doch nur um einen Zigarillo gebeten.

»Naja, Jiao weiß für gewöhnlich, was sie tut. Und wenn der Alte euch schon frei rumlaufen lässt, kann ich dich wohl mitnehmen.«

»Mitnehmen? Wohin?«

Fletcher zeigte grinsend nach oben an die Decke.

»Yuen hat keinen Ton von unserer Terrasse gesagt. Zuerst brauchen wir aber was zu trinken!«

Er führte Butch in die Küche, wo er sich eine Kiste Bier von Maxwell abholte, die der zwergenwüchsige Koch schon für ihn vorbereitet hatte. Gemeinsam schleppten sie vierundzwanzig Flaschen mit Bügelverschluss zu einer Treppe, die auf das Dach der Biosphäre führte. Dort wurde Fletcher bereits von Sergej, Jurij und seiner Panzerbesatzung erwartet, die in der Abendsonne einen Grill aufgebaut hatten. Er wies Butch einen Liegestuhl zu und reichte ihm einen seiner begehrten Zigarillos.

»Selbst angebaut und handgedreht!«

Anschließend zeigte er in die Runde und stellte ihm seine Kameraden von links nach rechts vor.

»Alexandros, unser Fahrer, Gabriel, unser Schütze und Ryan, unser Lader und Grillmeister! Dieser verwahrloste Haufen ist die Hauptbesatzung unseres Ares. Jurij und sein Bruder Sergej sind dir wohl schon begegnet.« Er drehte sich zu den Männern um. »Das ist Butch. Unser Täubchen hat ihn zum Rauchen vor die Tür verdonnert!«

Die Panzerbesatzung staunte nicht schlecht, dass Fletcher kurzerhand einen von den Neuankömmlingen zu ihrem Grillabend eingeladen hatte. Mit Ausnahme von Jurij und Sergej waren sie älter als Butch und gehörten zur Stammbesatzung des Militärs der McKnight Air Force Base.

»Lass dich von denen bloß nicht einschüchtern«, sagte Sergej und reichte Butch sein Feuerzeug. »Die wollten uns am Anfang auch nichts abgeben, bis wir ihnen den Arsch gerettet haben!«

»Pfft! Von wegen!«, erwiderte Ryan, während er die saftigen Steaks auf dem Grill drehte. »Wir hätten die Kiste auch allein aus dem verdammten Loch bekommen!«

»Beim Fahrstil von Alexandros ist es ein Wunder, dass ihr nicht alle paar Tage irgendwo stecken bleibt!«, rief Sergej zurück, ehe er sich wieder an Butch wendete. »Und? Was machst du so bei euch?«

»Ich mach ... äh ... bin Mechaniker«, gestikulierte Butch. »Alte Benzin- und Dieselmotoren.«

»Das ist gut! Von deiner Sorte können wir mehr gebrauchen!«

Sergejs russischer Akzent war bei fast jedem Wort unüberhörbar, doch seine Offenheit imponierte Butch enorm. Selbst Kontakte zwischen verbündeten Enklaven waren mitunter kühler abgelaufen.

»Schon mal an einem Panzer geschraubt?«, fragte Fletcher und reichte Butch dabei ein Bier.

»Sowas haben wir nie zum Laufen bekommen«, antwortete er kopfschüttelnd. »Hauptsächlich Pick-ups, Jeeps und ein paar Trucks.«

»Ah, dann müssen wir dich morgen unbedingt mal einen Blick unter die Haube werfen lassen!«

»Meinst du nicht, dass das etwas verfrüht ist?«, wunderte sich Alexandros.

»Ach du und deine ewige Paranoia!«, fuhr Fletcher ihn an. »Nicht alle da draußen sind verlogene Bastarde wie diese ... - Wie war nochmal der Name?

»Scarlet«, sagte Jurij.

»Scarlet! Genau! Butchs Leute hatten wohl schon selbst eine anständige Zivilisation aufgebaut, bis sie von den sicariianischen Pfeifen überfallen wurden!«

»Na dann«, sagte Alexandros und zog seinen Einwand fürs Erste zurück.

»Wie habt ihr euch bis dahin denn geschlagen?«, fragte Ryan.

Butch begann vom Aufstieg und Fall der Freien Enklaven zu berichten, wie General Peterson fast zwei Jahrzehnte Krieg gegen die Gangs führte und dazu eine Allianz mit anderen Siedlungen schmiedete. Die Soldaten hörten ihm gespannt zu und verstanden allmählich, dass er hervorragend in ihre Reihen passte, sollte Zhang Yuen das Immigrationsverbot je wieder aufheben. Am Ende waren sie sich einig, dass Butch am nächsten Tag durchaus einen Blick auf den Motor des Panzers werfen durfte.

***

Nach Sonnenuntergang zog sich das Team in die Gästequartiere zurück, wo sie eine halbe Stunde lang debattierten, ob sie die Zimmer nach Geschlechtern aufteilen sollten oder nicht. Am Ende siegte Kim mit ihrem Plädoyer gegen ein öffentliches Techtelmechtel von Angel und Dog, dem Cole aus ganzem Herzen zustimmte.

»Und? Was wollten die von euch wissen?«, fragte Kim in die Runde, nachdem die Bettenaufteilung geklärt war.

»Na was wohl«, antwortete Cole. »Wann wir mit dem Angriff auf ihre Biosphäre beginnen!«

»Kannst du es ihnen etwa verdenken? Mit den Sicarii direkt vor der Haustür?«

»Dieser Leon ist mir den ganzen Tag nicht von der Pelle gerückt!«, grunzte Dog gereizt. »Selbst auf dem Klo musste ich ihn rausschmeißen, bevor er mich endlich in Ruhe gelassen hat!«

»So wie du dich im Trainingsraum aufgeführt hast, sollte dich das nicht wundern«, erwiderte Caiden.

»Bah! Nur weil der Schwächling verloren hat, muss er mir nicht gleich auf Schritt und Tritt folgen!«

»Ich spüre nichts«, sagte Butch und tippte benommen auf seiner durchschossenen Hand herum. »Absolut nichts. Die haben tolle Medizin.«

Für die Nacht hatte Dr. Webb seine Dosis erhöht, damit er in Ruhe durchschlafen würde. Wahrscheinlich hatte der Alkohol die Wirkung noch zusätzlich verstärkt. Angel konnte ihm ansehen, wie die Schmerzmittel ihm nicht nur die Schmerzen nahmen, sondern Butch generell etwas benebelten. Während sie ihn stumm von ihrem Bett aus betrachtete, hoffte sie, dass ihn die Medikamente auch von seinem Bruder ablenken würden.

Sie selbst beteiligte sich nicht an der Diskussion, denn sie wusste ja inzwischen, dass Amy jedes Wort mithörte. Ihr Blick fiel auf Faith, die still und mit angezogenen Beinen an der Außenwand der Biosphäre lehnte und immer wieder auf die Uhr neben der Eingangstür blickte. Während sich die Gruppe über die Wunder der Duschen, Kaffeeautomaten und des Aquariums unterhielt, setzte sich Angel zu ihr.

»Ich hab dir noch gar nicht für deine Hilfe in den Bergen gedankt«, begann sie beinahe flüsternd, um die anderen nicht auf sie aufmerksam zu machen.

»Das ist ... nicht nötig«, presste Faith hervor. Sie wollte aufstehen, doch Angel hielt sie an der linken Hand zurück.

»Was ist mit dir?«

Faith sah sie einen Augenblick an, als stünde sie kurz davor, sich von ihr loszureißen, koste es, was es wolle. Angel löste ihren Griff und ließ sie ziehen. Dabei fiel ihr ein schwarzer Ring an Faiths Daumen auf, der das gedimmte Deckenlicht förmlich aufsaugte, und den sie festkrallte, als hinge ihr Leben daran. Angel war sich sicher, dass Faith den Ring nicht getragen hatte, als sie über die Berge gestiegen waren. Ihrem geübten Blick wäre ein derart ungewöhnliches Schmuckstück nicht entgangen.

Unterdessen lief Faith zur Tür und verschwand im abgedunkelten Korridor. Yuen hatte ihnen keine Ruhezeiten verordnet und der Wachsoldat, der ihr folgte, schien sie auch lediglich begleiten zu wollen. Angel überlegte, ob sie ihr nachgehen sollte, entschied dann aber, dass sie zu zweit nur unnötig Aufsehen erregen würden. Außerdem hatte sie Cassidy damit betraut, die Gründe für das seltsame Verhalten von Faith und ihrem Bruder zu erkunden, und sie wollte das gerade aufgebaute Selbstvertrauen ihrer Schülerin nicht gleich wieder zerstören.

***

Cassidy wäre auf ihrem Rückweg vom Hygieneabteil beinahe von Faith umgerempelt worden. Eigentlich wollte sie Angel Gesellschaft leisten und mit ihr die anstehende Mission besprechen, da vernahm sie dumpfe Geräusche im Flur, die einem gleichmäßigen Takt folgten und dabei von künstlich klingenden Instrumenten unterstützt wurden. Je näher sie ihrem Gästequartier kam, desto lauter hörte sie die Musik, bis sie sie gegenüber in Jiaos Zimmer geortet hatte. Cassidy zögerte einen Augenblick, bis ihre Neugierde die Oberhand gewann und sie auf den gläsernen Taster neben der Tür drückte.

»Öffnen!«, schallte es von drinnen und im selben Moment glitt das braune Schott zur Seite. »Oh du bist's!«

Jiao lag auf ihrer weißen Ledercouch und winkte Cassidy freudig herein. Auf dem Tisch vor dem Sofa lagen ein paar glänzende E-Papers, daneben stand ein Glas mit einer schwarzen Flüssigkeit, aus der unablässig kleine Blasen heraussprudelten. In der Mitte des Raums hing ein großer Bildschirm von der Decke, der am Morgen noch nicht da gewesen war und auf dem militärische Hubschrauber und Flugzeuge im Takt zur Musik entlangsausten. Dabei waren die Bilder längst nicht nur auf Jiaos Mannschaftstransporter beschränkt, sondern wechselten sich mit waffenstarrenden Kampfhubschraubern, Jagdflugzeugen und sogar strategischen Bombern ab, die sich einen endlosen Showkampf gegeneinander lieferten.

Während Cassidy sprachlos auf die atemberaubenden Sequenzen starrte, ging Jiao zu ihrem Wandschrank neben dem Bett und füllte ein zweites Glas, das sie ihr anschließend in die Hand drückte. Das Getränk war eiskalt und die Kohlensäure ließ Cassidy erschrocken niesen.

»Gesundheit!«, kommentierte Jiao amüsiert ihre Reaktion, nachdem sie den Ton etwas leiser gestellt hatte. »Amy hat mir wohl doch verziehen. Mein Kühlschrank funktioniert noch.«

»Was ist das?«

»Das nennt sich Cola. Eigentlich sollte man das Zeug abends nicht mehr trinken, aber das Leben ist zu kurz, um sich an jede Regel zu halten.«

Cassidy konnte sich noch immer nicht von den Monitoren losreißen. Ihre erste Flugstunde hatte sie kaum bewusst wahrgenommen, da sie sich die ganze Zeit um Sharon kümmern musste. Erst jetzt begann sie zu verstehen, was für ein Wunder sie da in Wirklichkeit erlebt hatte.

Jiao hielt ihr beschlagenes Glas mit verschränkten Armen in der Hand und betrachtete sie schmunzelnd aus den Augenwinkeln.

»Du bist noch nie geflogen, oder?«

Cassidy schüttelte den Kopf, ohne einen Schluck Cola zu probieren oder ihre Augen auch nur für eine Sekunde von den Monitoren zu nehmen.

»Für mich gibt es nichts Besseres auf der Welt«, begann Jiao schwärmerisch. »Hubschrauber zu fliegen fühlt sich nicht an wie ein Vogel. Eher wie ein Fisch im Wasser. Ich kann jederzeit stehenbleiben, aus dem Stand wie ein Fahrstuhl nach oben steigen, mich wie ein Jäger zwischen Hügelketten verstecken und mitten in der Luft drehen!«

»Das muss doch unglaublich kompliziert sein«, sagte Cassidy und erinnerte sich dabei an ihre eigene Fahrschule, bei der Butch Angst und Bange um sein Getriebe geworden war. »Wie lange machst du das schon?«

»Na so fünf, sechs Jahre«, antwortete Jiao und schwenkte dabei den Kopf von links nach rechts, als wolle sie sich nicht genau festlegen. »Mit vierzehn hat mich Gordon zum ersten Mal auf dem Co-Pilotensitz mitgenommen und mir die Instrumente erklärt. Mit sechzehn haben er und Danny begonnen, mich offiziell auszubilden.«

»Wer ist Gordon?«

»Lieutenent Gordon Mitchell. Er und Danny sind die einzigen beiden Piloten, die es damals mit meinem Vater aus der McKnight Air Force Base herausgeschafft haben und seitdem für ihn arbeiten. Allerdings geht er mittlerweile auf die sechzig zu und ist daher nicht mehr der Jüngste. Als ich achtzehn war, wurde Gordon im Krieg mit den Sicarii verletzt. Er war bewusstlos und ich musste die Maschine mit Leons Einsatzteam im Laderaum zum ersten Mal allein steuern.«

Jiao drehte sich zu ihrem Schreibtisch um und durchsuchte ein Verzeichnis auf ihrem kleinen Monitor.

»Amy! Aufzeichnung zwei-null-sechs-acht Strich zwei-drei abspielen!«

Sie drehte sich zurück zum Großbildschirm, auf denen drei verschiedene Videos synchron abgespielt wurden. Das linke zeigte Jiaos Helmkamera. Sie saß auf dem Co-Pilotensitz und beobachtete eine Kleinstadtruine unter sich, in der Gordon zur Landung ansetzte. Das mittlere Bild zeigte die Aufnahmen der Überwachungsdrohne, die über dem Kampfgeschehen kreiste. Man konnte deutlich Dannys Hubschrauber erkennen, der Gordon und Jiao mit etwas Abstand Deckung gab. Dabei leuchteten die beiden Maschinen in der Thermalansicht grellweiß mit rot auslaufenden Rändern, während die kalten Gemäuer der Ruinen kaum zu sehen waren. Der rechte Monitor zeigte Leons Sicht vom Boden aus, der mit seinem Kommandoteam auf die Evakuierung wartete und gerade aus seiner Stellung gekrochen kam.

»Hawk-six, Hawk-one. Evakuierung eingeleitet«, rauschte Gordons Stimme aus den Lautsprechern. *»Hawk-two auf Standby. Behalt mir diese Typen auf drei Uhr im Auge!«*

»Hawk-two, verstanden«, antwortete Danny. Zeitgleich verließ er die Formation und begann damit, über der Stadt zu kreisen.

»Wieso reden die so komisch?«, fragte Cassidy.

»Das ist der alte Gordon-Slang«, erklärte Jiao und formte dabei zwei Gänsefüßchen mit ihren Fingern. »Früher haben die beim Militär solche Codes benutzt, anstatt sich mit dem Namen anzureden. Hawk-six ist die Ian-Hawk-Biosphäre, also unsere Basis. Hawk-one ist der erste Hubschrauber von Gordon, Hawk-two der zweite von Danny. Leons Kommandoteam trägt die Bezeichnung Vanguard und er selbst die Ziffer six, also sechs.«

Bisher lief alles nach Plan. Leon stand vor dem gelandeten Hubschrauber und winkte seine Leute herbei, bis er sich als letzter in das Heck schwang.

»Vanguard-six, Hawk-six. Alle an Bord. Ab nach Hause!«

Gordon ließ seine Turbinen aufheulen und hob mit einer gewaltigen Staubwolke vom Boden ab. Ein paar Augenblicke später fügte sich Danny wieder in die Formation ein und flog rechts hinter ihm.

»Habt ihr das Ziel erreicht?«, rauschte die Stimme von Jiaos Vater aus den Funkgeräten.

»Alle mal die Augen auf sechs Uhr richten!«, erwiderte Leon.

Jiao hatte ihren Kopf herumgedreht und ihre Helmkamera zeigte sein schadenfrohes Lachen, als er auf einen Fernauslöser in seiner Hand drückte und eine Explosion die Ruinen hinter ihnen in die Luft jagte.

»Vanguard-six, Mission erfüllt«, berichtete Leon. *»Die werden so schnell keine Sprengfallen mehr an unserer Brücke parken.«*

»Flugabwehrgeschütz auf ein Uhr! PASS AUF!«, warnte plötzlich Dannys Stimme.

Sekundenbruchteile später wurde der Hubschrauber erschüttert, Warnsignale blinkten auf und Sirenen schrillten durch das Cockpit. Auf den Bildern der Aufklärungsdrohne war deutlich zu erkennen, wie meterlange Geschossstreifen zwischen ein paar Autowracks hindurch direkt auf sie zurauschten.

»Gordon!«, hörte sich Jiao selbst in der Aufzeichnung rufen. *»Gordon wurde getroffen!«*

Der Pilot sackte in seinem Sitz zusammen und ließ die Hände vom Steuerknüppel fallen. Er war bewusstlos und der Hubschrauber geriet weniger als vierzig Meter vom Boden außer Kontrolle.

»Zurück ans Steuer!«, brüllte Leon. *»Violet, los! Bring die Maschine runter!«*

»Negativ! Auf keinen Fall landen!«, befahl Yuen. *»Zwei sicariianische Kampfgruppen nähern sich aus Südost. ETA fünf Minuten. Wenn ihr aufsetzt, kommt ihr nie mehr rechtzeitig weg!«*

»Hawk-one, Schadensbericht!«, rauschte Dannys Stimme. Seine Schützen hatten die Luftabwehrstellung schon längst ausgeschaltet. *»Violet verdammt, Schadensbericht!«*

»Radar- ... Radarsystem ausgefallen. Mikrowellenemitter funktionsunfähig ...«, stotterte Jiao hervor.

»Was ist mit den Turbinen? Rotoren? Hydraulik? Treibstoffzufuhr?«

»Die sind grün ... alles ... alles grün! Flugeigenschaften nicht beeinträchtigt!«

Der Autopilot bekam den tonnenschweren Koloss ausbalanciert und die Erleichterung war ihr deutlich anzuhören.

»Okay. Jetzt geh hinter mir in Formation und folg mir nach Hause! Ganz langsam, wie wir es geübt haben!«

»V-verstanden ...«

»Jiao, du kannst das! Du hast dafür trainiert!«, rief Yuen und sprach seiner Tochter Mut zu. *»Gordon will dich noch in diesem Monat die Prüfung ablegen lassen!«*

»Er will ... was!?«

Ihre Helmkamera schwenkte instinktiv auf den bewusstlosen Piloten, ehe sie sich vor Schreck wieder auf die Steppe vor ihr konzentrierte.

»Bring unsere Leute nach Hause, Jiao!«

»Gordon hatte natürlich nie vor, mir meine Flugerlaubnis zu erteilen. Weder in diesem Monat noch überhaupt im ganzen Jahr!«, sagte Jiao mit einem leichten Schmollen auf den Lippen, nachdem die Aufzeichnung beendet war. »Bei der anschließenden Landung hab ich etwas zu hart aufgesetzt und beinahe das Heckrad abgebrochen, aber auch das hat ihn nicht mehr vor seinem baldigen Vorruhestand bewahren können.«

Sie schaltete ihre musikalische Flugshow wieder ein und setzte sich zusammen mit Cassidy auf die Couch.

»Ist Gordon dabei so schwer verletzt worden, dass er nicht mehr fliegen kann?«

»Er hatte durch den Schock das Bewusstsein verloren und seine Beine haben ganz schön was abbekommen. Seit dem hat er Probleme, die Pedale zu bedienen«, erklärte Jiao. »Ich hätte mir natürlich gewünscht, meinen Flugschein aufgrund angenehmerer Umstände zu bekommen, aber nun geb ich Adam nicht wieder her!«

»Wer ist Adam?«, fragte Cassidy verwirrt.

»Mein Hubschrauber«, antwortete Jiao lächelnd. »Hawk-one klang so unpersönlich.«

Sie holte eine Glasschüssel unterhalb ihres Couchtisches hervor und füllte sie mit Kartoffelchips, während sie Cassidy von ihren Flugabenteuern berichtete. Nach der Reparatur von Hawk-one hatte es nicht lange gedauert, bis Leon und seine Soldaten Jiao bei ihren Einsätzen blind vertrauten, wenn sie sie mitten im Feindesland absetzte und anschließend wieder sicher nach Hause brachte.

Anders als die militärisch trainierten Piloten Danny und Gordon stand für Jiao der Spaß und das Lebensgefühl des Fliegens im Vordergrund. Als rebellische Tochter des Chefs nahm sie sich gern mal ein paar Extraflugkilometer heraus, vollführte riskante Kunststücke und ließ ihren Hubschrauber über den Köpfen der Sicarii tanzen. Nur unter Beschuss, betonte sie, hörte bei ihr der Spaß auf. Dann hielt sie sich an den strengen Formationsflug, die Befehlshierarchie und die Einsatzorder.

Den Rest des Abends gab sie Cassidy einen Vorgeschmack auf ihre Musiksammlung, die große Ähnlichkeiten mit den Flugshowvideos hatte. Zumindest bis Amy die ersten

Störungsmeldungen der Nachbarn erreichten und sie den Ton leiser drehen musste.

Amy und Jiao zeigten Cassidy außerdem ein chinesisches Brettspiel namens Go, bei dem man mit weißen und schwarzen Spielsteinen versuchte, die Steine des Gegners zu erobern. Ihr Vater hatte darauf bestanden, dass sie es lernte, um die Familientradition fortzuführen. Amy war nicht auf das Spiel programmiert worden, sondern hatte sich die Fähigkeiten dazu selbst angeeignet. Nach zwanzig Jahren war es sogar für Yuen völlig unmöglich geworden, die künstliche Intelligenz zu besiegen, so dass Jiao nur noch aus Spaß mit ihr spielte, oder Amy mit Absicht ihre Ressourcen begrenzte.

10 - REVELATIONS

Angel schwankte am nächsten Morgen ungeduldig von einem Bein aufs andere. Die Sonne war vor zwei Stunden aufgegangen, ihr Team hatte bereits ausgiebig gefrühstückt und vertrieb sich nun die Zeit mit Minigolf und Tischfußballspielen in der Entspannungssektion. Nur Cassidy ließ sich nicht blicken. Sie war die Nacht über bei Violet geblieben, von der ebenfalls niemand etwas gesehen oder gehört hatte. Irgendwann hielt Angel es nicht mehr aus, stampfte besorgt die Stufen zur zweiten Etage hinauf und hämmerte an das braune Metallschott.

»Öffnen!«, maulte Jiaos Stimme aus dem Quartier. Angel traute ihren Augen kaum, als sie den Raum betrat. Die junge Chinesin rollte sich mit einem Seidennachthemd bekleidet auf der ausgefahrenen Liege in Richtung der Tür. Die Bettdecke lag auf dem Boden neben ihr, zusammen mit einer leeren Getränkeflasche und einer umgekippten Schale Kartoffelchips. Dieselben Snackkrümel begruben Cassidy unter sich, die sich in einer dünnen Tagesdecke zusammengekuschelt hatte. Der gebürstete Couchtisch aus Edelstahl war übersät mit halbleeren Flaschen, Glasschüsseln und Speichermodulen aus Jiaos Musiksammlung. Den ganzen Raum erfüllte ein Duftgemisch aus Kartoffelaroma und Schweiß, das Angel an die hygienischen Zustände bei den Vultures erinnerte.

»Habt ihr zwei nicht was vergessen?«, fragte sie und tippte dabei auf den mattschwarzen Chronometer an ihrem Handgelenk. Unter den Worten ihrer Ausbilderin riss Cassidy die Augen auf und fuhr aus den Federn.

»Oh verdammt! Ist es schon Morgen?«

»Allerdings! Macht doch mal eure Fenster auf!«, erwiderte Angel. »Ich weiß ja nicht, wie weit dieses Arnac weg ist, aber wenn wir vor der Mittagshitze ankommen und bei Tageslicht wieder heimkehren wollen, sollten wir uns vielleicht beeilen!«

»Vi! Wie weit ist das? Schaffen wir das heute noch hin und zurück?«, rief Cassidy aufgeregt und sprang unbeholfen in ihre neue Jeanshose hinein. Jiao zog sich stattdessen frustriert das

Kissen über den Kopf und tat so, als würde sie versuchen weiterzuschlafen.

»Wie seid ihr beide denn drauf?«, murmelte sie dumpf, ehe sie aus dem Bett kroch und die zwei verständnislos ansah. »Mittagshitze? Heute noch zurück? Der Wagen hat Klima und in Arnac schlafen wir bei unserem Kontaktmann!«

Grummelnd stieg sie von ihrer Liege herunter, schnappte sich ihre Waschtasche und schlurfte einem Zombie gleich an den beiden vorbei zum Flur hinaus.

***

Jiao ließ sich ganze sieben Minuten Zeit, ehe sie unter der Dusche hervorkam. Als Cassidy schon nach einer halben Minute das Wasser abstellte, neckte Jiao sie damit, dass sie nun den Grund für das penetrante Schweißaroma der Neuankömmlinge kennen würde.

Angel wartete derweil ungeduldig vor dem Waschraum und fürchtete inzwischen ernsthaft um den Erfolg ihrer Aufklärungsmission. Sechs Wochen lang hatte sie Cassidy Disziplin und Selbstbeherrschung gepredigt, was Jiao offenbar innerhalb weniger Stunden zunichtemachen konnte. Immerhin wartete sie nicht allein, denn die dritte Dusche in dem besagtem Waschraum war defekt und vor der Tür hatte sich bereits eine kleine Schlange gebildet.

Die erste gute Nachricht des Tages war, dass sich auch die Gäste in Maßen am Kaffee bedienen durften, weil er unter den Wissenschaftlern als Grundnahrungsmittel galt. Kim hatte beim Frühstück amüsiert festgestellt, dass die Gerüchte von der Kaffeesucht der präapokalyptischen Gesellschaft offensichtlich der Wahrheit entsprachen. Lediglich Jiao schien dem bitteren Heißgetränk nichts abgewinnen zu können und blieb bei ihrem eiskalten, prickelnden Zuckersirup.

Der kleinwüchsige Koch wunderte sich etwas über ihre Großbestellung an Reiseproviant, da sie doch eigentlich allein zu den Sicarii fahren sollte. Ein unschuldiges Augenklimpern der attraktiven Asiatin genügte jedoch, um den Zwerg zum Schweigen zu bringen.

Generell fiel Cassidy immer häufiger auf, wie erfolgreich Jiao ihre äußeren Reize einsetzte, um ihren Willen zu bekommen. Erstaunlicherweise schien sie dennoch keinen festen Freund oder Partner zu haben. Nichts in ihrem Quartier wies auf eine Beziehung hin, obwohl es durchaus ein paar ansehnliche junge Männer wie Leon und Sergej unter den Biosphärenbewohnern gab, dir ihr zudem jeden Wunsch von den Lippen ablasen.

Als es schon fast Mittagszeit war, zeigte Angel energisch auf die Uhr. Auf dem Weg durch die Verbindungsröhren zum Ausgang flüsterte Jiao Cassidy scherzhaft zu, wie sie es mit der nervigen Barbarin nur so lange ausgehalten hätte.

Kaum waren die drei unter freiem Himmel, schlug ihnen die drückende Mittagshitze ins Gesicht. Das Thermometer außerhalb der Basis zeigte beinahe fünfzig Grad im Schatten und Angel erinnerte Jiao daran, dass sie eigentlich schon vor Sonnenaufgang hatte aufbrechen wollen. Jiao zuckte lediglich mit den Schultern und tippte etwas auf den äußeren Bildschirm des Zugangsgebäudes ein. Sie konnten hören, wie sich der Aufzug entfernte, gefolgt von ein paar mechanischen Geräuschen, die am ehesten mit dem Verladen auf einem Güterbahnhof zu vergleichen waren. Anschließend kam der Fahrstuhl wieder näher, bis sich die massiven Stahlschotten erneut öffneten.

Nach und nach gaben die Türen den Blick auf einen verchromten Wagenkühler inmitten eines mattschwarzen Chassis mit rechteckigen, hochkant stehenden Scheinwerfern und einer stark abgedunkelten Frontscheibe preis. Vor ihnen stand mit mehr als fünf Metern Länge und fast zwei Metern Höhe ein wahrer Straßenkreuzer von einem Geländewagen, dessen riesige, silberne Felgen über Cassidys Knie hinausreichten. Die Lackierung wirkte gleichmäßig zerschlissen, so als wäre sie per Hand abgeschmirgelt worden, um dem ansonsten perfekt erhaltenen Fahrzeug das auffällig glänzende Äußere zu nehmen. Mit einem überlegenen Zwinkern drückte Jiao auf eine kleine Fernbedienung und ließ den angriffslustig grollenden Motor anspringen.

»Keine Bewaffnung oder Panzerung?«, fragte Angel.

»Du meinst sowas wie aufgeschweißte Stahlplatten und Zaungitter vor den Fenstern?«, erwiderte Jiao spöttisch und zeigte auf kleine Löcher in der Karosserie. »Der Wagen wurde vor dem Zusammenbruch von Regierungen genutzt und ist im Gegensatz zu den schaukelnden Eigenkonstruktionen der Sicarii professionell geschützt.«

»Wo habt ihr den denn gefunden?«, wollte Cassidy beeindruckt wissen.

»Wir? Gar nicht. Als in der McKnight Air Force Base alles Drunter und Drüber ging, hat es auch ein paar Politiker erwischt, die vor den ausbrechenden Unruhen dorthin geflüchtet waren. Bei unserem Auszug hat mein Vater den Wagen an einen der Hubschrauber gehängt und mitgenommen. Wir hatten mal zwei davon, aber der andere dient nur noch als Ersatzteilquelle«, erklärte Jiao und drückte dabei eine weitere Taste auf ihrer Fernbedienung, woraufhin sich das schwarze Ungetüm ganz von selbst aus dem Aufzug fuhr. Wehmütig erinnerte sich Angel an die durstigen Dieselmotoren der Humvees, die nur in Ausnahmefällen auf große Touren geschickt worden waren. Der monströse Luxusgeländewagen musste deren Treibstoffverbrauch jedoch noch bei weitem übertreffen.

»Wo bekommt ihr das Benzin für solche Spritschlucker her?«, fragte sie aus professioneller Neugier.

»Von unseren Ölquellen«, erwiderte Jiao im Affekt, hielt sich aber gleich danach die Hand vor den Mund. »Das ... habt ihr nicht gehört, okay?«

»Ihr habt ... was? Und auch noch mehrere!?«, platzte es aus Angel heraus. »Ist ja unglaublich! Alle Welt sitzt direkt am Tropf. Nur wir gehen natürlich leer aus!«

»Wart ihr etwa der Meinung, dass alle Ölfelder pünktlich zum Ende der Welt ausgetrocknet sind?«, sagte Jiao und zuckte hilflos mit den Schultern. »Menschen haben den Untergang herbeigeführt, nicht ein plötzlicher Temperaturanstieg oder Mangel an Erdöl. Das waren nur Nebeneffekte, von denen sich viele ablenken ließen. Der ganze Prozess hat ein Jahrzehnt gedauert und wir sind uns nicht mal sicher, dass auch wirklich alle Nationen untergegangen sind. Der Terroranschlag auf das globale Satellitennetzwerk hat die weltweite Kommunikation über Nacht in die Steinzeit zurückversetzt. Wer weiß, wie viele andere selbsternannte Imperien da draußen noch existieren.«

Jiao schloss die Aufzugtüren per Knopfdruck und führte Angel und Cassidy zum Heck des Geländewagens, während sie mit ihren Erklärungen fortfuhr.

»Die Sicarii betreiben selbst ein paar Ölförderanlagen. Bei den meisten ging damals lediglich die Effizienz so weit zurück, dass ihr Betrieb wirtschaftlich keinen Sinn mehr gemacht hat. Darum wurden die Anlagen kurzerhand abgeschaltet und anschließend in der Landschaft stehengelassen. Heutzutage will aber niemand mehr Millionen von Autos bewegen. Uns reichen zwei Hubschrauber völlig aus, denn der Wagen verbraucht eigentlich gar kein Benzin.«

Sie öffnete die Heckklappe, unter der vier große Gasflaschen zum Vorschein kamen.

»Der Motor arbeitet mit einer Wasserstoff-Brennstoffzelle. Den stellen wir per Elektrolyse selbst her, falls euch das etwas sagt. Dazu braucht man nur Strom und Wasser. Letzteres erhalten wir durch eigene Bohrungen bis in die Tiefe der Gletscherschmelze und für den Strom sammeln wir alle Solarkollektoren ein, die wir finden können.«

Dabei zeigte sie auf die umliegenden Berghänge, die buchstäblich mit Solarzellen zugepflastert worden waren.

»Ist nicht unbedingt effizient, aber es funktioniert. Der Panzer hat ebenfalls einen Wasserstoffantrieb. Nur die beiden Hubschrauber fliegen noch mit unseren spärlichen Kerosinvorräten, die Amy nur sehr langsam wieder auffüllen kann. Deswegen nehmen wir auch stattdessen den Wagen.«

»Was hat Amy mit eurem Sprit zu tun?«, wunderte sich Angel.

»Sie steuert sämtliche Funktionen der Biosphäre. Luft- Strom- und Wasserversorgung, unsere Raffinerie, die Gewächshäuser und so weiter.«

Für Cassidy grenzte es an ein Wunder, dass man aus purem Wasser Treibstoff herstellen konnte. Angel hingegen nickte beim Einsteigen lediglich anerkennend. Eagle Village hatte jahrzehntelang eine ähnliche Anlage mit Hilfe von Windrädern betrieben. Keine der beiden fand es merkwürdig, einem Computer die Aufsicht über nahezu alle lebenswichtigen Systeme zu übergeben. Für sie funktionierte es einfach. Genauso wie die sprichwörtliche Mikrowelle.

Angel beanspruchte standesgemäß den Beifahrersitz, was von Jiao skeptisch zur Kenntnis genommen wurde. Erstaunt stellten Angel und Cassidy fest, dass es im Wageninneren bereits angenehm kühl war und Jiao nicht übertrieben hatte, als sie von der

Klimaanlage sprach. Eine ausgeblichene Holzverkleidung zog sich von der Mittelkonsole über das Armaturenbrett und verlieh dem überdimensionierten Straßenkreuzer eine edle, wenn auch altersbedingt abgenutzte Optik, die seinem äußeren Erscheinungsbild in nichts nachstand.

Bevor sie losfuhr, holte Jiao eine schmale, silberumrahmte Sonnenbrille hervor. Nachdem Cassidy ihre eigene, kreisrunde Brille aufgesetzt hatte, blickten die beiden Angel fragend an.

»Ich hab keine«, antwortete sie knapp, woraufhin ihre Schülerin endlich einmal den Grund dafür wissen wollte. Sie hatte unzählige Ranger mit Sonnenbrillen gesehn. Nur die leidenschaftliche Scharfschützin schien einen weiten Bogen darum zu machen.

»Weil die Dinger dem Gegner eure Position verraten und gleichzeitig das farbliche Sehen verringern«, erklärte sie.

»Wie lange führt ihr eigentlich schon Krieg gegeneinander?«, erwiderte Jiao zynisch, aber bevor ihr Angel antworten konnte, vernahmen sie dumpfes Gepolter von der anderen Seite der Fahrstuhlschleuse. Angel traute ihren Augen nicht, als sie das Bild von Dog auf dem Monitor neben den Schotten erblickte, der sich mit Leon und Sergej prügelte.

»Und du wolltest mir erzählen, es gäbe gar keine Barbaren, wie sie mein Vater immer beschrieben hat«, kommentierte Jiao die Szene in Cassidys Richtung, während sich Angel stöhnend über das Gesicht rieb. Nachdem Jiao Amy versichert hatte, dass sie die Situation friedlich lösen könne, öffneten sich die massiven Tore.

»Was zum Teufel soll das?«, brüllte Angel ihren Gefährten aus vollem Hals an, so dass sogar die Soldaten strammstanden.

»Du bist nicht die einzige, die noch eine Rechnung mit denen offen hat!«, erwiderte Dog erzürnt.

»Das ist nur eine Aufklärungsmission verdammt!«

»Erzähl das meinetwegen den anderen, aber du gehst nicht ohne mich!«

Erst die unendlich langen Verzögerungen und nun das. Angel massierte sich frustriert die Schläfen und spürte eine drohende Migräne auf sich zukommen, wenn der Stress nicht bald nachließe. Sie erinnerte sich an Jiaos Warnungen über die Gefahren des Auffallens im Gebiet der Sicarii und Dog gehörte nicht gerade zu den Menschen, die mit Subtilität gesegnet waren.

»Meinetwegen kann er mitkommen. Jetzt wissen es ohnehin alle«, seufzte Jiao resigniert. Anschließend trat sie jedoch selbstbewusst auf den zwei Köpfe größeren Hünen zu, starrte ihm in die verdutzten Augen und zeigte erst auf sich selbst und anschließend auf Angel.

»Das ist meine Mission, nicht ihre, verstanden? Wenn du mir auch nur einmal widersprichst oder entgegen meinen Anweisungen handelst, schicke ich dich persönlich als Eilpaket verpackt zurück zu meinem Vater, der dich im Quarantänebunker verrotten lassen wird!«

Angel und Cassidy trauten ihren Ohren nicht. Die bis eben so unbeschwert in den Tag lebende Rebellin schien plötzlich wie ausgewechselt. Ihr Ton ließ nicht den geringsten Zweifel daran, dass sie es todernst meinte und keinerlei Toleranz gegenüber unzivilisiertem Verhalten duldete. Angel lachte leise hinter vorgehaltener Hand, als ihr Liebhaber die schmächtige Asiatin verdutzt ansah und keinen Laut mehr hervorbrachte. Bevor Dog sein verletztes Ego wieder aufbauen konnte, zog Angel ihn mit einem schmerzhaften Nackengriff in Richtung Geländewagen davon.

»Soll ich nicht doch besser mitkommen und auf ihn aufpassen?«, fragte Leon, der sich ganz gut gegen den Hünen behauptet hatte, aber Jiao schüttelte den Kopf. Sie wartete, bis Dog zusammen mit Angel und Cassidy wieder eingestiegen war.

»Ich glaube nicht, dass die das Problem sind, und so wie er sich aufführt, wird er kaum auffallen.«

»Wie du meinst. Ich werd trotzdem ein Auge auf ihn haben«, erwiderte Leon mit verschränkten Armen.

Angesichts der neuen Situation hielt Angel es für vernünftiger, sich mit Dog die Rückbank zu teilen, um ihm im Zweifelsfall ein paar schmerzhafte Seitenstöße verpassen zu können. Damit bekam Jiao gleichzeitig ihren Willen und konnte Cassidy auf dem Beifahrersitz Platz nehmen lassen.

»Anschnallen, bitte«, befahl sie freundlich und erntete fragende Blicke ihrer drei Passagiere. Jiao ließ sich jedoch nicht beirren und wartete, bis auch Dog sich grummelnd ihrem Befehl fügte. Dabei holte sie das laminierte Foto der chinesischen Frau aus ihrer Jacke und heftete es an eine scheinbar extra dafür vorbereitete, magnetische Stelle des Armaturenbretts.

»Wer ist das?«, fragte Cassidy, während sie ihren Gurt im Schloss einrastete.

»Meine Mutter«, antwortete Jiao. Dabei starrte sie das Bild an, als würde sie durch es hindurchsehen und Erinnerungen wachrufen. »Sie starb, kurz nachdem mein Vater die McKnight Air Force Base evakuiert hatte.«

»Aber damals warst du doch noch ...«

»Ich hab sie nie gekannt«, sagte Jiao nickend und fügte hinzu, »Sie ist mein Glücksbringer.«

Auf den folgenden Moment hatten sich Cassidy und sie schon den ganzen Morgen gefreut. Jiao holte eines ihrer Speichermodule hervor und stöpselte es ins Armaturenbrett neben dem Zigarettenanzünder. Einen Augenblick später begannen die überall im Wagen verteilten Lautsprecher zu vibrieren und erfüllten den Innenraum mit rhythmischer und vor allem lauter Musik. Die junge Fahrerin trat das Gaspedal durch und jagte den PS-starken Geländewagen an der Biosphäre vorbei auf die zweispurige Straße, die sie bis zur Grenzschlucht führte.

***

Als sie eine Viertelstunde später zwischen den künstlich in den Felsen gesprengten Gesteinsformationen entlang fuhren, schien Jiao sichtlich unruhig zu werden. Sie kniff die schmalen Augenlider zusammen, als würde sie nach etwas suchen.

»Was ist?«, fragte Cassidy.

»Unser Panzer ist weg!«

Sie drehte die Musik leiser und griff bereits nach dem Schalter für das Bordfunkgerät, um in der Biosphäre nachzufragen, da fegte eine riesige Staubwolke nahe dem Ausgang der Schlucht über die Straße hinweg.

»Fletcher«, raunte Jiao zähneknirschend. Kaum waren sie wieder von der trockenen Ebene umgeben, sahen sie den mächtigen Kampfpanzer in voller Fahrt über die Dünen springen.

»Fletcher! Was verdammt nochmal macht ihr da!?«

Sie bekamen keine direkte Antwort, sondern hörten lediglich das Geheul von Männern, die ganz offensichtlich einen Riesenspaß hatten. Eine Stimme davon kam Angel dabei sehr bekannt vor. Sie lächelte auf der Rückbank in sich hinein, blieb aber still, bis das stählerne Ungetüm längsseits ging und stoppte.

»Ein Wahnsinn!«, brüllte Butch herüber. »Angel! Wir müssen uns so ein Teil besorgen! Das ist der reine Wahnsinn!«

Er stand zusammen mit Fletcher im Kommandoturm des Panzers, der sein Versprechen auf einen Blick unter die Haube offenbar ausgebaut hatte.

»Ist dir eigentlich klar, was das an Treibstoff kostet!?«, fuhr Jiao den dicken Kommandanten an.

»Ach jetzt hör schon auf!«, erwiderte er. »Du hast doch selbst gesagt, wir sollen uns mit denen anfreunden!«

»Ja aber ...«

Jiao rieb sich ratlos über ihr Gesicht und blickte zurück in die Schlucht, hinter der die Biosphäre lag.

»Lass das bloß nicht meinen Vater rausfinden!«

»Amy hat unsere Reserven gecheckt und mir grünes Licht für eine halbe Stunde gegeben«, beruhigte sie Fletcher. »Sie wird dem Alten nichts davon erzählen!«

»Na dann«, brummte Jiao, doch ihr besorgter Gesichtsausdruck verschwand bereits.

»Alexandros! Los, noch eine Runde!«, befahl Fletcher und hämmerte dabei auf das Dach.

Butch hielt sich mit seiner gesunden Hand fest und hob die andere hoch in die Luft, als der Panzer wieder an Fahrt aufnahm. Jiao konnte in den Augen ihrer Passagiere erkennen, wie sehr sie den Mechaniker um seine neuen Freunde beneideten. Besonders Dog wäre am liebsten hinten aufgesprungen und mitgefahren.

»Ist das derselbe, der den Panzer kommandiert hat, als ihr Sharon befreit habt?«, wunderte sich Cassidy.

»Wer? Fletcher? Ja, da war er mit seiner Crew dabei«, antwortete Jiao nickend. »Die Sicarii haben damals ein kleines Arsenal an lasergesteuerten Luftabwehrraketen direkt vor unserer Haustür geparkt.«

»Sharon hat uns erzählt, dass er gar nicht glücklich über deine Hilfe war.«

Jiao zog ein nachdenkliches Gesicht.

»Das war kurz nach Ausbruch des Krieges«, erklärte sie. »Mein Vater hatte gerade erst den Befehl erlassen, niemandem jenseits der Schlucht Unterstützung zu gewähren. Die Sicarii haben unsere Gutmütigkeit zuvor mehr als einmal ausgenutzt.«

»So hab ich Butch seit Monaten nicht erlebt«, sagte Angel. Sie war sichtlich froh darüber, dass ihr erster Freund bei den Rangern endlich wieder zu lachen vermochte. Nachdem der Panzer in einer Staubwolke am Horizont verschwunden war, schaltete Jiao erneut ihre Musik ein und setzte die Reise zur Grenze fort.

Es dauerte seine Zeit, bis sich die beiden ehemaligen Vulturekommandeure an die permanente Beschallung aus nahezu allen Seiten gewöhnt hatten. Die bequemen Ledersitze und die angenehmen Temperaturen im Inneren des schwarzen Straßenkreuzers ließen die Reise dennoch zu einer geradezu entspannenden Safari werden. Auch die kleinen Luxusaccessoires hörten nicht auf, die Passagiere in Erstaunen zu versetzen. Als Angel fragte, ob Jiao an Getränke gedacht hätte, öffnete sie einen eingebauten Kühlschrank, in dem eiskalte Cola und Wasserflaschen auf die ungläubig mit dem Kopf schüttelnde Überlebenskünstlerin warteten.

Bereits nach einer guten Stunde erreichten sie die stählerne Bogenbrücke, auf der Jiao die Fahrt unterbrach, ausstieg und die Gruppe bat, ihr zur Heckklappe zu folgen. Nacheinander händigte sie dem Team ihre Waffen aus, die am Tag zuvor von Leon und seinen Männern konfisziert worden waren. Dazu gab es für jeden einen Ohrhörer und ein Kehlkopfmikrofon, das die Laute direkt am Hals aufnahm, wodurch störende Geräusche wie Gefechtslärm die Kommunikation nicht beeinträchtigen konnten. Sie selbst trug eine vernickelte Pistole, die fest unter ihrem linken Arm saß und von einem schneeweißen Poncho verdeckt wurde.

»Ich dachte, ihr habt mit denen ein Waffenstillstandsabkommen?«, fragte Angel misstrauisch und überprüfte ihr geliebtes Scharfschützengewehr.

»Die Sicarii sind nicht das Problem«, antwortete Jiao ernst, hängte sich eine der taktischen Einsatzbrillen um den Hals und schloss anschließend den Kofferraum. »Die Gegend um Arnac ist noch weit davon entfernt, eine sichere Provinz zu sein. Es gibt immer wieder Angriffe von den Neces, aufständischen Rebellen und Wegelagerern. Die machen keinen Unterschied zwischen denen und uns.«

»Neces? Wer sind die?«

»Eine Plage der Sicarii. Degenerierte Gestalten, die es nach dem Zusammenbruch nicht aus den Großstädten geschafft haben und daran zugrunde gingen. Die sehen aus wie Tiere und benehmen sich auch so. Die meisten können nicht mal mehr sprechen«, erklärte Jiao.

»Scavenger«, brummte Dog. »Die werden wir wohl nie los.«

»Sca-ven-ger?«, wiederholte Jiao.

»So nennen wir diesen Abschaum.«

»Gab es die bei euch vor den Sicarii nicht?«, fragte Cassidy.

Jiao schüttelte den Kopf.

»Nicht in der Form. Die Neces sind viel aggressiver und gehen geradezu selbstmörderisch vor. Einmal haben die sogar den Ares mit Knüppeln und Steinen angegriffen«, erklärte sie.

»Hm. Also so blöd waren unsere Scavenger nicht«, brummte Dog zustimmend.

»Was ist mit uns?«, fragte Angel und zeigte auf die taktische Einsatzbrille um Jiaos Hals. »Kriegen wir keine davon?«

Jiao schüttelte abermals mit dem Kopf.

»Ihr wisst doch, keine hochentwickelte Technologie für ...«

»Ja ja«, schnitt Dog ihr das Wort ab. »Für uns Barbaren!«

»Ich mache die Regeln nicht«, erwiderte Jiao ernst.

»Wie weit ist es eigentlich bis zu der Stelle, wo ihr uns gefunden habt?«, fragte Angel.

»Von hier? Etwa vierzig Klicks direkt nach Süden.«

Angel und Dog sahen sich einander erstaunt an. Jade hatte sie also doch nicht auf eine chancenlose Reise geschickt. Ohne Sharons unvorhersehbare Verstrahlung und den Sandsturm wäre ihnen die Mission wahrscheinlich ganz allein gelungen.

»Können wir uns da mal umsehen?«, fragte Angel.

»Klar. Mein Vater will ohnehin, dass wir die Luftaufnahmen vor Ort überprüfen«, antwortete Jiao nickend.

Gemeinsam stiegen sie wieder ein und setzten die Fahrt fort. Auch querfeldein bewies der dreieinhalb Tonnen schwere Geländewagen einen erstaunlichen Komfort, wenngleich die Treibstoffverbrauchsanzeige jede Skala sprengte.

***

Als sie das Schlachtfeld erreicht hatten, waren die Spuren des Gefechts noch deutlich im blutverkrusteten Sand zu sehen, in dessen Zentrum Jiao Sharons funkelnde Brille aufhob und sorgfältig säuberte. Hunderte Patronenhülsen lagen überall verstreut, zusammen mit einem aufgerissenen Verband, der Kim vor dem Abflug aus den zitternden Händen gefallen war. Erleichtert grub Angel ihren silbergrauen Kampfstab aus dem Wüstenstaub aus, den sie in der Eile der nächtlichen Flucht nicht mehr gefunden hatte.

»Was ist denn das?«, fragte Jiao neugierig.

Eingefahren wirkte der Stab eher wie ein Stäbchen und nicht sehr imposant. Angel witterte ihre erste Chance, die verwöhnte Göre beeindrucken zu können und fuhr die Hightech-Schlagwaffe mit einem Knopfdruck auf ihre einschüchternde Länge von zwei Metern aus. Jiao wich reflexartig zurück, als Angel die Stange aus Verbundwerkstoffen gekonnt vor ihrem Oberkörper rotieren ließ.

»Ein Geschenk von Jade«, erklärte sie. »Damit ich mich mit ihr duellieren kann.«

»Du hast dir mit Jade ein Duell geliefert?«, erwiderte Jiao erschrocken, woraufhin Angel überrascht nickte.

»Zwei Mal.«

»Und du lebst noch?«

Angel hörte mit ihren Übungen auf und ließ den Stab zurück auf seine Transportgröße schrumpfen.

»Kommt das denn häufiger vor?«

»Unter den Sicarii gilt es als ihre Macke«, antwortete Jiao. »Jade ist dafür bekannt, dass sie sich für ihr Leben gern duelliert. Nur gab es seit Jahren niemanden mehr, der sich das freiwillig getraut hat.«

»Angel hat sie besiegt«, warf Cassidy räuspernd ein.

»Ja, aber da war sie verletzt. Außerdem denke ich, dass sie mich gewinnen lassen wollte«, fügte Angel abwinkend hinzu. »In Brackwood hätte sie mich beinahe erwischt. Ich hab noch nie eine Waffe wie ihr gebogenes Schwert gesehen.«

Ohne darauf zu antworten, holte Jiao ihre Fernbedienung heraus, öffnete die Heckklappe des Geländewagens, schob das Gepäck beiseite und zog anschließend die Bodenverkleidung hoch. Darunter verbarg sich neben den Gasflaschen ein ebenso geformtes

Schwert wie Jades Duellwaffe. Sie nahm es aus der Transportform und reichte es Angel.

»Man nennt es ein Katana, ein japanisches Langschwert. Mein Vater hat dort seine Wurzeln. Es ist seit zweihundert Jahren in Familienbesitz.«

»Ziemlich schwer«, kommentierte Angel überrascht und versuchte die Bewegungen ihrer Kontrahentin aus dem Gedächtnis nachzuahmen. »Kannst du damit umgehen?«

»Bei weitem nicht so gut wie Jade«, antwortete Jiao und strich sich dabei über die Wunde an ihrem rechten Oberarm. »Nahkampf ist keine meiner Stärken. Ich hab es nur meinem Vater zuliebe gelernt. Aber ich kann dir ein paar Grundlagen erklären, wenn wir zu Hause sind.«

Sie versteckte das Schwert wieder in der passgenauen Hartschaumform und schlug die Heckklappe zu. Angel kam langsam zu der Einsicht, dass sie die vergnügungssüchtige Rebellin vielleicht doch etwas vorschnell verurteilt hatte.

Bevor sie die Reise fortsetzten, untersuchte sie die feindlichen Stellungen des Gefechts. Dabei fiel ihren erfahrenen Augen auf, dass sich für den Mörser, mit dem das verräterische Leuchtgeschoss abgefeuert worden war, keine einzige Granate finden ließ. Bei der überstürzten Flucht vor den Hubschraubern hatten die Sicarii unzählige Waffen und Ausrüstungsgegenstände zurückgelassen. Daher war es unwahrscheinlich, dass sie ausgerechnet die schweren Sprengsätze mitnehmen würden. Angel verglich ihre eigene Perspektive mit den Luftaufnahmen und blickte Jiao anschließend fragend an.

»Wieso seid ihr eigentlich so schnell hier gewesen?«

»Unser Informant hatte gemeldet, dass ein paar entlaufene Sträflinge in der Gegend unterwegs sind, die die Handelsrouten zwischen der Biosphäre und den Sicarii überfallen wollen. Wir lagen schon zwei Nächte in der Nähe der Brücke auf der Lauer. Als auf einmal das Leuchtgeschoss in den Himmel stieg, dachten wir, dass sie das wären. Wir haben uns schon gefragt, warum sie es uns so einfach machen. Dann trafen wir auf euch.«

Angel begann augenrollend zu schmunzeln und reichte Jiao das E-Paper.

»Was ist daran so lustig?«, fragte Dog verdutzt.

»Jade!«, erwiderte Angel und winkte Jiao zu. »Diese kleine Schlange spielt immer noch ihr Spiel mit uns. Sie wusste genau, dass dein Vater uns niemals freiwillig über die Brücke lassen würde, und hat stattdessen diesen Hinterhalt inszeniert. Wahrscheinlich stammt die Information eures Spitzels sogar direkt von ihr!«

Auch Cassidy erinnerte sich an Faiths Worte, dass niemand einfach so in das Gebiet der Biosphärenbewohner eindringen konnte, und, dass Jade einen Plan haben musste, um sie auf die andere Seite der Schlucht zu bringen.

»Aber woher sollte sie wissen, dass wir euch überhaupt mitnehmen? Mein Vater war strikt dagegen und Danny wollte euch ebenfalls zurücklassen!«

»Warum hast du uns dann gerettet?«, fragte Cassidy, woraufhin Jiao einen Moment schwieg und das E-Paper zurück in ihre Feldhose gleiten ließ.

»Weil ich Sharon schon einmal gehen lassen musste und es kein zweites Mal übers Herz gebracht habe. Über das Nachtsichtgerät konnte ich sie genau erkennen, und als ich das Blut im Scheinwerferlicht sah ...«, antwortete sie zurückhaltend und betrachtete dabei Jurijs zierliche Brille, die sie ihr vor drei Jahren geschenkt hatte.

»Könnte die verdammte Schlampe davon gewusst haben?«, fragte Dog, der noch immer nicht über seine schmachvolle Rolle in Jades Schachspiel hinweggekommen war.

»Es gab Streit darüber«, bestätigte Jiao etwas zögerlich. »Ich ließ Sharon von unseren Drohnen beobachten, bis sie den westlichen Gebirgspass erreicht hatte und selbst das passte meinem Vater nicht.« Sie hob die Hände, formte zwei Gänsefüßchen mit ihren Zeige- und Mittelfingern und ahmte die Stimmlage ihres Vaters nach. *»Das ist Ressourcenverschwendung, Jiao. Wir geben uns mit solchen Barbaren nicht ab, Jiao.«*

Die Frustration über ihre Ohnmacht war deutlich in ihrer Stimme zu hören, weshalb niemand an ihren Worten zweifelte. Angel wies Cassidy und Dog stattdessen an, sich in ihre ehemaligen Stellungen zu legen. Jiao übernahm Sharons Position in der Erdvertiefung. Anschließend lief Angel mit ihrem Scharfschützengewehr in die Richtung, aus der vermutlich der entscheidende Schuss gekommen war, und blickte aus vierhundert Metern Entfernung durch ihre Präzisionsoptik.

»Unglaublich«, flüsterte sie in ihr Kehlkopfmikrofon.

»Was? Was ist? Kannst du mich sehen?«, fragte Jiao, der allmählich die Arme einschliefen, als sie sich wie Sharon über Coles imaginären Körper beugte.

»Ich habe ein perfektes Schussfeld auf Cassidy und Dog, aber von dir seh ich so gut wie nichts«, erwiderte Angel. »Kein Scharfschütze der Welt hätte in so einer Situation auf Sharon geschossen! Sie war weder am Kampf beteiligt noch überhaupt bewaffnet.«

Jiao antwortete nicht auf Angels Mutmaßung, sondern verließ die Stellung, um selbst ein Auge auf die toten Angreifer zu werfen. Wortlos verfolgte die Gruppe, wie sie eine Leiche nach der anderen untersuchte.

»Das sind keine Legionäre oder Söldner«, sagte sie naserümpfend und zeigte auf den Unterarm einer der Männer. »Seht ihr dieses Tattoo?«

»Ein Schmiedeamboss«, brummte Dog. »Was ist daran so besonders?«

»Das ist das Zeichen für Häftlinge von Tartaros, dem sicariianischen Gefängnis«, erklärte sie. »Die müssen von dort ausgebrochen sein. Wenigstens dieser Teil der Information hat gestimmt.«

»Was ist mit dem da hinten?«, rief Dog und zeigte auf eine Leiche, die etwas weiter entfernt unter einer Decke aus hellbraunen Fransen lag. »War dem etwa kalt?«

»Sieht aus wie ein Ghillie. Vielleicht ist er ja unser ...«, mutmaßte Angel. Behutsam hob sie den Stoff mit den Füßen an, bis ein langes Gewehr mit Zieloptik zum Vorschein kam. »Jep, das ist unser Scharfschütze.«

Das Innere der Decke war mit einer silbern spiegelnden Schicht überzogen, die wie Alufolie aussah.

»Nicht schlecht«, sagte Angel anerkennend. »Da drunter wird dem nachts sicher nicht kalt. Ohne das ganze Blut und die Einschusslöcher würde ich das Ding glatt mitnehmen.«

»Vielleicht«, murmelte Jiao und untersuchte den Körper genauer. »Aber dadurch haben ihn auch unsere Wärmebildkameras übersehen.«

Auf einmal hielt sie inne und zog ein ausgeblichenes Foto aus der Hosentasche des Toten. Als sie es Angel und ihren Freunden reichte, blickten sie einander fassungslos an. Das Bild zeigte Sharon bei ihrer Flucht in die Berge vor fast drei Jahren.

»Jade ...«, grollte Jiao zähneknirschend.

»Du hast ihr dieses Foto gegeben?«, fragte Angel.

Jiao nickte.

»Als ich von ihrem Feldzug gen Süden Wind bekam, habe ich sie gebeten, ein Auge nach Sharon offenzuhalten.«

»Dann seid ihr also dicke Freunde!«, protestierte Dog mit verschränkten Armen. Kopfschüttelnd riss sie das Bild aus seiner Hand und schaute argwöhnisch zum hellblauen Himmel hinauf.

»Die Nachricht über den Hinterhalt kam nicht von Jade, sondern von einem Informanten, den sie nicht einmal kennen dürfte!«, erwiderte Jiao zornig.

»Das erklärt vielleicht, warum sie es gerade auf Sharon abgesehen hatten«, überlegte Cassidy. »Aber woher sollte Jade wissen, dass sie eine von uns ist und wir sie über die Berge mitnehmen?«

»Sie hat Sharon gesehen«, antwortete Angel. »In Eagle Village, als du bereits verschleppt worden warst. Jade hat sie während unseres Duells entdeckt und dann in Brackwood eins und eins zusammengezählt, als sie mir präzise beschrieben hat, wo wir Hilfe finden würden. Ihre genauen Worte waren, dass ich mein Team mit Bedacht wählen solle!«

Cassidy blickte sie verwirrt an und Jiao schien ebenfalls auf eine Erklärung zu hoffen.

»Überlegt doch mal! Sharon kommt doch aus dieser Gegend. Da lag es nahe, dass ich sie mitnehme. Jade konnte nicht ahnen, dass sich ihr Gesundheitszustand auf der Reise so rapide verschlechtern würde.«

»Und wenn wir Sharon aus irgendeinem Grund nicht mitgenommen hätten?«, fragte Cassidy. »Was, wenn wir noch ein paar Tage gewartet hätten und sie schon im Kloster erkrankt wäre?«

Angel blickte an ihr vorbei auf die Stelle, an der sie sich Kims Seil um den Fuß gebunden hatte, um den anderen mit ihrem eigenen Leben das Abseilen zu ermöglichen.

»Wer weiß«, brummte sie. »Vielleicht wären wir schneller durch die Berge gekommen und dem Hinterhalt entgangen.«

»Ich bring sie um!«, fluchte Jiao und raufte sich die Haare. »Diese verdammte ...«

Sie unterbrach ihren Ausbruch, als sie Angels versteinerte Augen erkannte. Sie hatte den Scharfschützen mit dem Foto umgedreht, um einen genaueren Blick auf ihren Widersacher zu werfen, der Sharon auf eine nahezu unmögliche Weise getroffen hatte.

»Was ist?«, fragte Jiao argwöhnisch.

Angel kontrollierte ihre Mimik wie eine professionelle Pokerspielerin und zeigte keinerlei Reaktion. Nicht einmal Dog vermochte ihren Gesichtsausdruck zu deuten.

»Wir sollten zusehen, dass wir nach Arnac kommen«, raunte sie und wendete sich von der Leiche ab. »Wir brauchen dringend ein paar Antworten.«

Die Gruppe kehrte zum Geländewagen zurück und setzten stumm ihre Reise in das sicariianische Territorium fort. Diesmal spielte keine Musik. Dafür war selbst der bis dahin so unbeschwerten Jiao die Stimmung vergangen. Jahrelang hatte ihr Vater die Sicarii mit einem Fingerschnippen oder einer Panzergranate zum Schweigen bringen können. Nun stellte sich plötzlich heraus, dass sie von Jade wie Marionetten benutzt worden waren. Das wog schwer auf ihrem Stolz. Besonders da sie es trotz all ihrer fortschrittlichen Technik nicht bemerkt hatten, sondern sie erst eine ebenso rückständige Barbarin darauf hinweisen musste.

Angel fragte Jiao während der Fahrt über Jade aus. Sie vermutete, dass die Schwertkämpferin eine viel größere Rolle in ihrem Leben gespielt hatte, als sie zuzugeben bereit war. Zurückhaltend berichtete Jiao von einem Aufenthalt tief im sicariianischen Imperium zu Zeiten des Krieges, bei dem ihr Hubschrauber zur Notlandung gezwungen worden war und die Rettungsmannschaft ihres Vaters erst nach einigen Tagen eintraf. Zusammen mit Leon und Sergej hatte sie sich in einem ausgetrockneten See versteckt, war jedoch von Jades Kommandoeinheit entdeckt worden. Jade sorgte mit ihrem Status als Bacchae dafür, dass die Legionen einen großen Bogen um den Landeplatz machten, und verlangte im Gegenzug, dass Jiao ihren Vater von einem Waffenstillstand überzeugte.

Cassidy hörte die Erzählungen über den Kult der Bacchae mit ihrer Allmacht und Neutralität nicht zum ersten Mal. Sie schwieg und freute sich innerlich, dass sie ihr Instinkt in Bezug auf Faith nicht im Stich gelassen hatte und, dass ihre Informationen der Wahrheit entsprachen. Außerdem waren Jiaos Berichte für Cassidy äußerst bequem, denn nun wusste Angel darüber alles, was sie wusste, ohne dass sie erklären musste, woher ihre Erkenntnisse stammten.

Angel ließ die ganze Zeit ihre Fingerspitzen über Jades Silberamulett in ihrer Hosentasche gleiten. Sie überlegte, ob sie es Jiao zeigen sollte, um Rückschlüsse aus ihrer Reaktion ziehen zu können, entschied sich dann aber, es bei dem einseitigen Verhör zu belassen.

11 - FEINDLICHES TERRITORIUM

Die Reise dauerte inzwischen mehrere Stunden und Angel bekam langsam Hunger. Immerhin hatte sie ja eine gefühlte Ewigkeit auf Cassidy und Jiao warten müssen. Mit zunehmender Sorge wühlte sie im mitgeführten Verpflegungspaket. Da gab es jede Menge Sandwiches mit süßer Konfitüre, Honig, Käse, Eier und natürlich Muffins aber kein einziges Stück Fleisch.

»Oh, das könnt ihr ja noch nicht wissen«, beantwortete Jiao ihre verdutzten Blicke. »Ich bin Vegetarierin und esse kein Fleisch.«

»Und warum?«, fragte Cassidy neugierig.

»Naja ... es ist totes Fleisch!«, erwiderte Jiao mit einem verständnislosen Schulterzucken. »Der Gedanke daran widert mich bereits an.«

»Wäre es dir lebendig lieber?«, stichelte Dog von der Rückbank, woraufhin Jiao frustriert seufzte.

»Natürlich nicht«, nörgelte sie hervor. »Keiner in der Biosphäre hat das je verstanden. Akzeptiert es einfach, okay?«

»Hast du nicht gesagt, die Hälfte von eurem Fleisch kommt aus dem Labor?«, wunderte sich Cassidy.

»Schon, aber auch dafür werden noch Stammzellen von echten Tieren gebraucht.«

»Agnes war Vegetarierin«, murmelte Angel nachdenklich und erinnerte sich dabei an ihre häufig missverstandene Freundin, nach deren gewaltsamem Tod sie die Seiten gewechselt hatte. »Dürfen wir in deiner Anwesenheit kein Fleisch essen?«

»Nein, so ist das nicht«, wiegelte Jiao ab. »Was ihr macht, ist mir egal, solange ihr die Tiere nicht vor meinen Augen ausweidet, aber eigentlich sollte ich ja allein auf diese Mission gehen, weswegen Maxwell mir nur vegetarisches Zeug eingepackt hat. In Arnac gibt es Fleisch zu kaufen, wenn ihr risikofreudig seid.«

»Kaufen?«, wiederholte Cassidy, die noch nie in ihrem Leben mit Geld bezahlt hatte. Daraufhin holte Jiao ein kleines Ledersäckchen hervor, in der Kupfermünzen mit dem Konterfei des ersten sicariianischen Imperators herumklimperten. Der Name Marcus Avianos war im Halbkreis hineingestanzt worden. »Die haben sich bereits kurz nach dem globalen Untergang vom Tauschhandel abgewandt. Damit kann man einfach kein größeres Reich kontrollieren.«

»Und die paar Kupferstücke werden stattdessen ohne Weiteres akzeptiert?«, argwöhnte Dog. »Die könnt ihr doch sicher selber herstellen!«

»Theoretisch, ja«, gab Jiao zu. »Aber ein Teil des Abkommens besagt, dass wir das nicht dürfen. Mit unseren Medikamenten und Forschungsunterlagen haben wir ohnehin mehr als genug Eigenkapital.«

»Wie lange gibt es die Sicarii eigentlich schon?«, fragte Angel.

»In der jetzigen Form als selbsternanntes Imperium seit zwei Jahrzehnten, allerdings existierten sie bereits lange vor dem Kollaps als isolationistische Weltuntergangssekte. Ihre Gemeinschaft besaß ein weiträumiges Farmland mit großen Viehherden und eigenen Industriezweigen, wie beispielsweise deren Ölquellen. Dort konnten sie fast alle Versorgungsgüter selbst produzieren und sich von der Welt abschotten. Nach dem globalen Zusammenbruch hatten sie regen Zulauf und sind aufgrund des Wegfalls staatlicher Autoritäten schnell zur Großmacht aufgestiegen. Seit dem haben die Sicarii ihr Reich immer weiter ausgedehnt, bis sie auf uns gestoßen sind.«

In diesem Moment begann das Funkgerät auf der Mittelkonsole zu knistern.

»Violet, hier Basis. Ihr nähert euch den Keltenhügeln. Fünf Klicks westlich befindet sich ein Sicariikonvoi im Gefecht mit unidentifizierten Angreifern.«

Gleichzeitig schaltete sich der Bildschirm ein und zeigte kurz darauf Livebilder einer Aufklärungsdrohne.

»Die beobachten uns?«, flüsterte Cassidy unruhig.

»Na sicher«, antwortete Jiao völlig selbstverständlich. »Dachtet ihr, mein Vater lässt mich ziehen, ohne mir permanent über die Schulter zu sehen?«

»Und nun?«, fragte Angel zurückhaltend und überließ vorerst bewusst Jiao die Entscheidungen.

Sie stoppte den Wagen und zoomte das Bild der Angreifer näher heran. Es schien ein knappes Dutzend Männer bewaffnet mit Baseballschlägern, Brechstangen und kleinkalibrigen Pistolen zu sein, die einen Konvoi aus zwei Pick-ups und einer alten

Familienkutsche umstellt hatten. Den vielen Waren auf den Ladeflächen nach zu urteilen handelte es sich um zivile Händler, die über keine nennenswerte Eskorte verfügten und sich mit ein paar veralteten Jagdflinten zur Wehr zu setzen versuchten. Der Kombi war allerdings derart ungünstig zum Stehen gekommen, dass die Angreifer einen permanenten Flankenangriff durch eine breite Lücke zwischen den Wagen ausführen konnten, ohne sich selbst in echte Gefahr zu bringen.

»Das sind wahrscheinlich entflohene Häftlinge oder Sklaven. Die greifen uns genauso wie die Sicarii an«, erklärte Jiao. »Allein würde ich einen großen Bogen um sie machen; dafür ist die Luftüberwachung da. Aber wenn ihr wollt, können wir dem Konvoi helfen. Vielleicht beantworten die euch anschließend ein paar Fragen.«

»Wir sollen den Bastarden helfen!?«, rief Dog erzürnt.

»Das sind keine Soldaten«, versuchte Jiao ihn zu beschwichtigen. »Nicht alle eroberten Landstriche werden so verwüstet wie eure Siedlungen. Viele ergeben sich, lange bevor es zu einem Vernichtungskrieg kommt, und versuchen, sich danach so gut es geht zu integrieren.«

»Die könnten also selbst von den Sicarii unterworfen worden sein?«, fragte Cassidy. Angel vermochte bereits deutlich das Mitleid für die vollkommen unterlegenen Händler in ihrer Stimme zu hören.

»Vermutlich«, antwortete Jiao nickend. »Wir sind hier nicht im Heimatgebiet des Imperiums. Das liegt viel weiter im Westen.«

»Dann helfen wir ihnen«, entschied Angel. »Aber ich will beide Seiten befragen können. Also schießt nur, wenn die uns keine Wahl lassen!«

Dog glaubte noch immer nicht, dass er plötzlich seine Feinde verteidigen sollte, allerdings vertraute er dem Urteilsvermögen seiner Gefährtin mehr als seinem eigenen Stolz. Cassidy starrte in einer Mischung aus morbider Faszination und Anspannung über den bevorstehenden Kampf auf den Bildschirm, während sie blind ihr Sturmgewehr entsicherte und den Sicherheitsgurt löste. Jiao zeigte sich angenehm überrascht von Angels Pragmatismus, von der sie eigentlich erwartet hatte, dass sie ihrem fanatischen Hass auf die Zerstörer ihrer Heimat nachgeben würde. Sie ließ den

Motor aufheulen und jagte den dreieinhalb Tonnen schweren Geländewagen die Hügelkette hinauf.

Es dauerte nur ein paar Minuten, bis sie die Schreie und Schüsse des Kampfgetümmels vernahmen und kurz darauf von einer Anhöhe auf das Gefecht hinabstürzten. Angel hatte die Landschaft die ganze Zeit mit einem mulmigen Gefühl betrachtet. Die Position war für einen Hinterhalt geradezu prädestiniert. Hohe Gesteinsformationen, enge Straßenverhältnisse mit vielen Winkeln und dutzende Autowracks hinter denen Angreifer ihrer Beute auflauern konnten. Allein wäre sie niemandem derart blind zu Hilfe geeilt und sie hoffte inständig, dass die Luftüberwachung keinen Heckenschützen übersehen hatte.

Der riesige Geländewagen sorgte bereits mit seinem einschüchternden Auftritt für eine kurze Unterbrechung des Kampfes. Banditen und Händler renkten sich gleichermaßen die Köpfe aus, als der schwarze Straßenkreuzer mit einer gewaltigen Staubwolke im Schlepptau hupend und mit blitzenden Scheinwerfern die Straße hinunterpreschte. Die Sicarii erlangten als erste die Fassung zurück und nutzten die Feuerpause, um ihre Waffen nachzuladen.

Jiao kam hinter dem wahllos zusammengewürfelten Konvoi zum Stehen und schloss damit die Flanke, auf die sich die Angreifer zuvor eingeschossen hatten. Nachdem ihre Kugeln nahezu wirkungslos an dem Neuankömmling abprallten und die Händler nicht länger feuerten, stürmten die Banditen kurzerhand mit ihren Baseballschlägern und Brechstangen auf die durchlöcherten Fahrzeuge zu. Angel stieg auf der dem Konvoi zugeneigten Seite aus, beorderte Cassidy als Feuerschutz zu den Sicarii und ließ ihren silbergrauen Kampfstab auf seine volle Länge herausschnellen. Mit einem großen Satz sprang sie über die Motorhaube, erwischte dabei den ersten Angreifer mit den Füßen und einen zweiten mit einer Stabdrehung.

Dog saß auf der gefährlicheren Fahrerseite des Geländewagens, doch das störte ihn nicht im geringsten. Er wartete, bis der erste Wegelagerer an seiner Tür zerrte, und stieß sie mit voller Wucht auf, was den ausgemergelten Mann für einen Moment ins Land der Träume schickte. Der Hüne schnappte sich sofort den nächsten, der mit einer Brechstange auf ihn einzuschlagen versuchte, da knallte es hinter ihm. Der Angreifer heulte getroffen auf und stürzte röchelnd zu Boden. Die Sicarii hatten ihre Jagdflinten neu geladen und nahmen die Banditen im Schutz der Neuankömmlinge wieder aufs Korn. Bevor Dog sich über den gefährlich nah an seiner Hüfte vorbeigerauschten Schuss beschweren konnte, musste er sich schon gegen das erwachte Türopfer wehren, der ihm beinahe ein Messer in die Wade gerammt hätte. Wütend schlug ihm der Hüne die Klinge aus der Hand und schleuderte ihn kurzerhand quer über die Straße.

Jiao war inzwischen durch das Dachfenster aus dem Wagen geklettert und schwang sich mit einem gewagten Manöver hinter Angel, die es mit gleich drei Angreifern zu tun bekommen hatte. Ihr Kampfstil ähnelte Kims Techniken, was aufgrund ihrer fernöstlichen Herkunft kaum verwunderte. Doch obwohl sie mitunter blitzschnelle Ausweichmanöver und gut gezielte Handkantenschläge platzieren konnte, wirkte sie alles andere als in ihrem Element. Sie schien eher einer einstudierten Choreografie zu folgen, als instinktiv auf ihren Gegner zu reagieren. Ihr Talent lag ganz klar bei den Hightech-Maschinen der Biosphäre und nicht im staubigen Straßenkampf, weshalb sie sich darauf konzentrierte, Angel den Rücken zu decken, ohne selbst in die Offensive zu gehen.

Die Sicarii staunten unterdessen nicht schlecht, als Cassidy in ihre Stellung hineinrutschte und ihnen Befehle zu erteilen begann. Ein paar der Angreifer waren zurückgeblieben und nicht dem Drang erlegen, sich im Nahkampf auf die Störenfriede zu stürzen. Cassidy versuchte sie mit gezielten Schüssen gegen die Felsen, hinter denen sie sich verschanzten, niederzuhalten, um sie nicht töten zu müssen. Natürlich wussten die Wegelagerer das nicht, und als sie Hals über Kopf die Stellung wechselten, boten sie den Sicarii ein perfektes Schussfeld, die keinerlei humane Absichten verfolgten.

Das Gefecht dauerte keine fünf Minuten, dann war der Kampfeswille der ausgezehrten Banditen bereits gebrochen. Geradezu kopflos löste sich die Gruppe auf und flüchtete in alle Himmelsrichtungen. Angel brüllte ihnen nach, stehenzubleiben, doch niemand hörte auf sie. Stattdessen erhoben sich die drei überlebenden sicariianischen Händler und schossen den davonlaufenden Angreifern in den Rücken.

»Feuer einstellen!«, befahl Angel, aber es war schon zu spät. In den unübersichtlichen Pfaden der Hügelkette war es selbst mit Hilfe der Luftunterstützung unmöglich, sie gefahrlos zu verfolgen. Frustriert und erschöpft ließ Angel ihren Kampfstab zusammenschnellen und betrachtete die zurückgebliebenen Opfer genauer.

»Danke Freunde!«, rief ein stark übergewichtiger, in eine orangefarbene Kutte gekleideter Sicarii. »Ohne euch hätten uns diese Schweine sicher alle umgebracht!« Anschließend warf er einen verächtlichen Blick auf seine gefallene Eskorte und fügte mit gerümpfter Nase hinzu, »Diese verdammten Söldner aus Persephone. Zu nichts zu gebrauchen!«

»Wer waren die?«, wollte Jiao wissen. »Einfache Wegelagerer arbeiten nicht in derart großen Gruppen.«

»Oh, das waren keine simplen Banditen!«, bestätigte der Händler nickend, wobei sein Doppelkinn hoch und runter schwappte. »Diese Mistkerle stammen aus einem Sklavenlager in der Nähe von Arnac. Angeblich gab es da einen Aufstand, nachdem dort zu viele Kriegsgefangene aus dem Süden hineingepfercht wurden.«

»Süden?«, wiederholte Angel. »Von dem Feldzug gegen die Ranger?«

»Davon weiß ich nichts. Ich interessiere mich nicht für deren Namen, nur für die Kriegsbeute!«, antwortete der Sicarii lachend und zeigte auf seinen schwer beladenen Pick-up. In diesem Augenblick vernahmen sie das Gurgeln eines der für tot gehaltenen Angreifer, der sich hinter dem schwarzen Geländewagen hervorquälte und seine Hand nach Cassidy ausstreckte. Sie beugte sich bereits zu ihm runter, da donnerte ein Schuss aus dem Gewehr des fetten Händlers heran und traf den jungen Mann mitten in die Brust.

Nun reichte es Angel. Sie zückte ihre Pistole, zielte auf den eben geretteten Sicarii und befahl Dog mit einem Kopfnicken, die drei zu entwaffnen. Jiao holte zum ersten Mal ihre vernickelte Handfeuerwaffe hervor und unterstützte Angel ohne Widerrede. Verständnislos ließen die Händler ihre Gewehre fallen und lehnten sich mit erhobenen Händen rückwärts an ihre Wagen.

»Cassidy ...«, röchelte der getroffene Mann. »Du lebst ...«

»William?«, japste das Mädchen entsetzt, als sie den besten Freund ihres Bruders unter dem verkrusteten Blut und Schmutz auf seinem Gesicht erkannte. Sie rief nach Angel und versuchte seine Blutung zu stoppen, und obwohl ihre Mentorin wusste, dass es bereits zu spät war, presste sie gemeinsam mit ihrer Schülerin auf die Wunden.

»Wo kommt ihr her?«, fragte Angel ruhig, ohne dabei ihre medizinische Hilfe zu vernachlässigen. »Wie viele seid ihr? Wer führt euch?«

»Ranger ... Vultures ... Aufstand ...«, bemühte sich William zu antworten, doch sein Bewusstsein entglitt ihm unwiederbringlich. Mit dem letzten Atemzug hauchte er Cassidy ein Wort entgegen, dass ihr und Angel einen Adrenalinstoß mitten ins Herz versetzt: »Johnny!«

Cassidy fühlte, wie er in ihren Armen zusammensackte und leblos zu Boden sank. Einen Augenblick lang standen ihr die Tränen in den Augen, doch dann riss sie ihr Sturmgewehr vom Rücken und zielte wutentbrannt auf die Sicarii.

»Wer zum Teufel seid ihr?«, fragte der Händler mit dem Doppelkinn. Dog und Jiao hielten die drei noch immer regungslos von zwei Seiten in Schach.

»Deine Entscheidung«, flüsterte Angel ihrer Schülerin zu und würdigte die verängstigten Männer dabei keines Blickes.

Cassidy erinnerte sich an ihre Lektion in Sienna, wo Angel kaltblütig zwei Vultures erschossen hatte, damit sie ihr Team nicht verraten konnten. Nun waren die Positionen vertauscht und Cassidy musste zum ersten Mal selbst über eine Hinrichtung entscheiden. Trotz der Sonnenbrille vermochte sogar ein Blinder die Trauer und die Wut um den verlorenen Freund in ihrem jungen Gesicht abzulesen.

Für Dog war die Sache klar. Wenn Cassidy den Abzug nicht betätigen wollte, würde er mit Vergnügen den Henker für sie spielen. Das Mädchen blickte zu Jiao, die sich die ganze Zeit nicht einen Millimeter gerührt hatte. Sie war ein paar Jahre älter als Cassidy, aber weitaus naiver, was die Konflikte in der Endzeitwelt anging, wie sie am heutigen Tag festgestellt hatte. Noch vor zwölf Stunden hätte sie die Sicarii ohne Frage laufen lassen, doch inzwischen verstand sie, dass es um deutlich mehr ging, als ihre Neutralität zu wahren. Sie stand mit dem Rücken zu Cassidy, den linken Arm eng am Körper, den rechten ausgestreckt und mit der vernickelten Pistole in der Hand auf die verängstigten Männer gerichtet. Sie drehte ihren Kopf herum, blickte durch ihre violette Haarsträhne hindurch und war froh, nicht selbst entscheiden zu müssen. Die Sprachlosigkeit ihres Vaters verwunderte sie ein wenig, denn eigentlich mischte er sich in nahezu alle ihre Reisen ein. Sie war vollkommen davon überzeugt, dass er das Geschehen vor seinen Bildschirmen mitverfolgte.

»Verschwindet!«, entschied Cassidy schließlich und senkte ihr Gewehr. Etwas unsicher darüber, ob auch der schnaufende Hüne ihrer Anweisung auf freien Abzug folge leisten würde, sprangen die Händler schnellstmöglich in ihre beiden Pick-ups und sahen zu, dass sie Land gewannen. Die Familienkutsche ließen sie zurück, da Jiao den Wagen völlig eingeparkt hatte und sie viel zu eingeschüchtert waren, um dagegen zu protestieren.

»Willst du ihn begraben?«, fragte Angel und strich ihrer Schülerin dabei über die Schultern.

»Hätte ich sie erschießen sollen?«, erwiderte Cassidy. »Was ist, wenn die uns jetzt verraten?«

»Dann werden wir mit den Konsequenzen leben«, antwortete ihre Ausbilderin, ohne ihr unrealistische Hoffnungen auf eine Läuterung der hochnäsigen Händler zu machen. »Das bedeutet es, Entscheidungen zu treffen.«

An Angel war wirklich keine Seelsorgerin verloren gegangen, aber es war gerade die unbequeme Offenheit, aufgrund derer Cassidy ihr vollkommen vertraute.

»Wichtig ist, dass du dir morgen noch in den Spiegel sehen kannst«, fügte sie hinzu, was von Jiao mit großer Anerkennung gewürdigt wurde.

Für ein echtes Begräbnis fehlte ihnen die Zeit, daher reihten sie die Toten abseits der Straße auf. William erhielt von Cassidy ein Schild mit seinem Namen und einem Abschiedsgruß von Caiden und ihr. Angel legte eine Nachricht für Johnny dazu. Sie verfasste sie anonym, bezeichnete ihn stattdessen als den Dicken, was er definitiv verstehen würde, und unterzeichnete als Vulturebraut, obwohl sie diese Bezeichnung immer gehasst hatte. Sie wies ihn an, keinesfalls impulsive Eigenaktionen durchzuführen, sondern auf ihr Signal zu warten. Über den Verbleib des Rettungskonvois und seiner Freundin Kim hielt Angel sich bedeckt, da es keine

Garantie gab, dass er die Botschaft auch wirklich erhalten würde. Insgeheim schöpfte sie wieder Hoffnung. Johnny besaß ein außergewöhnliches Improvisationstalent und könnte die Sicarii wochenlang beschäftigen, sollte es nötig werden.

***

Die Sonne hatte sich während des ungeplanten Gefechts stetig dem Horizont genähert und Jiao drängte zur Eile, wenn sie nicht bei Nacht mitten durch das Sicariigebiet fahren wollten. Kaum hatten sie die felsige Einöde verlassen, säumten hochstehende Getreidefelder und dicht verschlossene Gewächshäuser beide Seiten der Straße. Die drei Meter hohen Zäune erinnerten Angel an die Absperrungen der Farm im Süden von Silver Valley, wunderten sie nach dem gerade erlebten Überfall aber nicht. Am Straßenrand patrouillierten zwei bewaffnete Männer mit einem Schäferhund, die den hochmodernen Geländewagen beim Vorbeifahren argwöhnisch begutachteten.

»Die gehören schon zu Charles«, erklärte Jiao, nachdem sie den Wachen aus dem offenen Fenster zugewunken hatte.

»Wie schaffen die es, dass das Getreide so gut wächst? Regnet das bei euch noch öfter?«, fragte Angel.

»Nur sehr selten«, antwortete Jiao »Aber die Sicarii haben die Formel für ein besonderes Bodensubstrat wiederentdeckt, das wie ein Schwamm wirkt und das Wasser zwanzig Zentimeter unter der Erdoberfläche hält. Es kann weder versickern noch verdunsten und war ursprünglich für extrem heiße Wetterverhältnisse in Wüstengebieten entwickelt worden. Charles‘ Leute müssen die Bewässerungskanäle nur alle vier Wochen bei Nacht fluten.«

»Woher bekommen die das viele Wasser?«

»Über ein Pumpsystem aus unterirdischen Vorkommen. Die gewaltigen Reserven sind ironischerweise dank der Klimaerwärmung und der darauffolgenden Gletscherschmelze entstanden«, erklärte Jiao. »Allerdings werden auch diese Quellen nach unseren Berechnungen in fünf bis sieben Jahren versiegen.«

»Und wie kommt er zu so einer riesigen Farm?«

»Das Land hier gehörte seiner Familie bereits vor dem globalen Zusammenbruch, und soweit ich weiß, war er ganz froh, als die Sicarii kamen und für Ordnung sorgten.«

»Er war froh darüber, versklavt zu werden?«, fragte Cassidy überrascht, woraufhin Jiao lachend mit dem Kopf schüttelte.

»Früher war das hier alles mal ein riesiger Agrarbetrieb, dessen Land Charles an kleinere Unternehmer verpachtet hat. Als die Welt zusammenbrach, sorgte er für ausreichenden Schutz, indem er Söldner anheuerte, die er mit gesicherter Verpflegung bezahlen konnte, was damals ja keine Selbstverständlichkeit war. Im Laufe der Zeit entwickelte sich daraus eine feste Gemeinschaft, fast wie ein richtiges Dorf«, erzählte Jiao. »Nach und nach kapselten sie sich immer mehr ab und trieben am Ende nur noch Handel mit unserer Biosphäre. Im Gegenzug haben wir seine Söldner unterstützt und seine Leute von Doktor Webb versorgen lassen. Allerdings gab es sehr oft Übergriffe von irgendwelchen Gangs, den Neces oder neuerdings den Ragnars aus dem Norden, die wir nicht alle für Charles ausräuchern konnten und die für seine Miliz einfach zu viel waren. Dann kamen die Sicarii.«

Jiao zeigte aus ihrem Fenster auf große Getreidesilos, Scheunen und Viehställe am Horizont, um ihre Ausführungen zu untermalen.

»Bevor die Sicarii uns den Krieg erklärten, haben sie erstmal diese Provinz erobert und dabei wirklich ganze Arbeit geleistet. Die meisten Gangs wurden zerstört oder in die Flucht geschlagen, die Neces haben sie in die Großstadtruinen zurückgetrieben und die Ragnars lassen sich auch nur noch selten blicken«, fuhr sie fort. »Der Gemeinschaft von Charles boten sie eine privilegierte Partnerschaft an. Offiziell gehört sein Land zwar zur Provinz Cor Decat und untersteht dem derzeitigen Militärgouverneur von Arnac, in Wirklichkeit ist Charles aber Herr in seinem eigenen Haus geblieben, solange er die sicariianischen Gesetze befolgt.«

Bei einem Blick in die Runde konnte Jiao deutlich sehen, wie sehr Cassidy und Dog von dem politischen Geschwätz der Kopf brummte. Nur Angel nickte ihr im Rückspiegel nachdenklich zu.

»Und die halten sich an ihre Abmachungen?«

Jiao rieb sich über ihr Kinn und lenkte den Wagen von der asphaltierten Straße auf einen holprigen Feldweg, an dessen Ende der ehemalige Agrarbetrieb auf sie wartete.

»Meistens, aber nicht immer«, gab sie zu. »Während des Krieges galt das Land von Charles als neutrales Territorium. Trotzdem konnten wir hin und wieder Militärkonvois hindurchfahren sehen. Manchmal haben sie hier sogar ihre

Truppen gesammelt und gehofft, dass wir uns daran halten. Außerdem sind da noch die Bacchae, die jeden Vertrag nach Belieben übertreten dürfen.«

Jiao lenkte den Geländewagen an den Getreidesilos vorbei, stoppte vor einem rustikal anmutenden Herrenhaus und fügte ernst hinzu, »Und jetzt setzen sie wohlmöglich ohne unsere Erlaubnis Drohnen ein.«

Bevor Angel antworten konnte, stieg sie mit einem schwarzen Lederbeutel in der Hand aus und hielt auf die staubige Terrasse des luxuriösen Landsitzes zu, auf der sie bereits von einem älteren Mann mit gepflegter Halbglatze erwartet wurden. Er saß in einem antiken Rollstuhl ohne jegliche Elektronik und wirkte etwas misstrauisch, als Jiao die drei Stufen zu ihm heraufeilte.

»Charles!«, rief ihm die Asiatin entgegen und kniete sich mit einem Bein auf den Boden, so dass sie sich mit dem alten Herrn auf Augenhöhe befand. »Wie geht's der Gesundheit?«

Angel hielt die Vorstellung beinahe für eine Unterwerfungsgeste, bis Jiao ihm mit erhobenem Haupt die Hand schüttelte und sogleich wieder aufstand.

»Wer sind die?«, fragte Charles wortkarg und deutete mit seinem knöchrigen Zeigefinger auf Cassidy, die mit den anderen Passagieren beim Wagen geblieben war.

»Freunde von mir. Aus dem Süden«, antwortete Jiao und setzte sich auf die oberste Terrassenstufe, wie eine Enkelin neben ihren Großvater. »Die wollen sich in Arnac etwas umsehen.«

»Hmph!«, grunzte Charles. Er glaubte ihr ganz offensichtlich kein Wort. »Die haben Arnac wegen des Sklavenaufstands dichtgemacht. Da kommst du nicht mehr rein.«

»Deswegen sind wir hier«, sagte Jiao nickend und drehte sich zu ihm um. »Leihst du mir nochmal einen deiner Wagen?«

»Ach verdammt Jiao«, fluchte der alte Mann und rieb sich über die funkelnde Halbglatze. »Du kannst nicht alle paar Wochen bei mir reinschneien und mit meinem Pick-up quer durch das Land fahren. Irgendwann werden die misstrauisch und am Ende bin ich meine Farm los!«

Jiao schien seine ablehnende Haltung bereits erwartet zu haben. Schmunzelnd zog sie eine versiegelte Flasche mit einer dunkelbraunen Flüssigkeit aus ihrem Lederbeutel heraus.

»Kann ich dich vielleicht mit einem fünfzig Jahre alten Brandy bestechen?«

Grummelnd betrachtete Charles das verwitterte Etikett und nickte kurz darauf in die Richtung einer der Scheunen.

»Du bist ein Schatz!«, sagte Jiao und gab ihm einen Kuss auf die Stirn.

Während sich der Alte über die bedrohlich nachgebenden Terrassenbretter in sein Haus zurückkämpfte, rief er Jiao hinterher, »Sam bräuchte außerdem mal wieder etwas Hilfe bei meinen Sonnenkollektoren!«

Ohne auf eine Antwort zu warten oder überhaupt den Kopf zu drehen, verschwand er hinter einer massiven Doppeltür aus Edelhölzern, die von einer Frau in Dienstmädchenuniform aufgehalten wurden. Jiao stieg wieder ein und fuhr auf die größte Scheune der Anlage zu. An den geöffneten Toren erwartete sie ein großer, dunkelhäutiger Mann mit spiegelnder Glatze und freiem Oberkörper.

»Schön dich mal wiederzusehen, Viola!«, rief er ihnen entgegen und knetete dabei einen öligen Lappen durch, um sich die Hände zu säubern.

»Böser Sklave! Du sollst mich nicht so nennen!«, entgegnete ihm Jiao beim Aussteigen mit erhobenem Zeigefinger, begann aber einen Moment später zu lachen und schüttelte ihm die Hand. »Wie sieht der Wagen aus?«

»Klapprig wie immer«, erwiderte der Mann schulterzuckend und schlug die Motorhaube des Pick-ups zu, an dem er bis eben gearbeitet hatte. Der Wagen besaß wie Butchs Prachtstück eine zweite Sitzreihe, war aber bei weitem nicht so lang und opferte stattdessen einen Teil der Ladefläche dafür. Mit seiner matten, eierschalenfarbenen Lackierung fiel er im hellen Wüstensand überhaupt nicht auf. Angel, Cassidy und Dog versteckten ihre großkalibrigen Waffen auf dem Heck unter einer fest verzurrten Kunststoffplane. Nur die Pistolen und den grauen Kampfstab behielten sie bei sich. Mit der Hilfe des verschwitzten Arbeiters dauerte das Umladen der Wasserkanister und Verpflegungspakete nur ein paar Minuten. Zusätzlich tauschten sie zwei verbrauchte Wasserstoffflaschen gegen gefüllte aus. Etwas zögerlich erklärte Jiao, dass sie häufig Zwischenstation auf der Farm von Charles machte, wenn sie im sicariianischen Territorium unterwegs war, und deswegen immer einen kleinen Vorrat an Gasflaschen einlagerte. Zum Schluss nahm sie das Foto ihrer Mutter vom Armaturenbrett und ließ es unter ihrem Poncho verschwinden.

»Danke dir! Ich werd Leon mit unseren Technikern bei dir vorbeischicken, sobald sie Zeit haben«, sagte sie beim Einsteigen in den Pick-up. »Und sag Charles, dass er dich nicht so sehr herumkommandieren soll!«

»Als wenn ich da eine Wahl hätte!«, rief ihr der dunkelhäutige Mechaniker lachend hinterher.

Als sie anschließend am Herrenhaus vorbeifuhren, konnten sie den Rollstuhlfahrer am Panoramafenster seines Wohnzimmers sehen. Charles sah ihnen missmutig nach, als erwartete er, seinen Wagen nie wiederzusehen.

»Das war ein Sklave?«, fragte Cassidy ungläubig, als sie wieder auf die Fernverkehrsstraße abbogen.

»Wer? Sam? Ja klar«, antwortete Jiao und nickte wie selbstverständlich. »Die Hälfte der Arbeiter von Charles sind seine Sklaven.«

Angel und Dog schienen sich mit den neuen Sitzverhältnissen zu arrangieren, die wesentlich unbequemer als die des Luxusgeländewagens waren. Drei widerspenstige Federn ragten aus der Rückbank, die ihnen bei einem unachtsamen Ausstieg mit Sicherheit die Hosen aufreißen würden. Auch die Seitenfenster fehlten komplett und bliesen permanent Staub ins Wageninnere. Trotz seiner klapprigen Außenhaut wies der Pick-up immerhin funktionierende Sicherheitsgurte auf und die junge Fahrerin bestand erneut darauf, sie zu benutzen.

»Bin ich die Einzige, die das stört?«, beschwerte sich Cassidy und starrte ihre Ausbilderin vorwurfsvoll an. Dog begann hämisch zu grinsen und nahm vorsichtshalber die Arme hoch, um einem drohenden Angriff seiner Gefährtin zu entgehen.

»Wir wussten doch, dass die Sicarii Sklaven für sich schuften lassen«, seufzte Angel.

»Ja aber, das könnten unsere Leute sein!«

»Ganz bestimmt nicht«, warf Jiao kopfschüttelnd ein. »Kriegsgefangene werden nicht einfach auf den Märkten verkauft. Die kommen in Arbeitslager, wie das, was euer Freund scheinbar übernommen hat. Sam blieb die Wahl zwischen vier Jahren Gefängnis oder zweieinhalb Jahren Sklavenarbeit. Er hatte nicht viel zu verlieren, und soweit ich weiß, wird Charles ihn nach Beendigung seines Vertrages auf dem Hof anstellen.«

»Gefängnis?«, wiederholte Cassidy verdutzt. »Was hat er denn verbrochen?«

Jiao lachte für einen Moment, als würde sie sich an eine alte Geschichte erinnern.

»Er hat mit einer kleinen Bande Händler überfallen und war ziemlich erfolgreich, bis ihm irgendwann die Idee kam, seine Operationen an unsere Grenze zu verlegen. Wir sind die einzigen, die seltene Handelsgüter wie hochentwickelte Medizin herstellen können. Er dachte, er könnte ganz groß absahnen, wenn er ein paar Kisten Aspirin erbeuten würde. Womit er nicht gerechnet hat, war, dass Danny und ich plötzlich über seinem Kopf aufgetaucht sind. Da er uns keinen Schaden zugefügt hat, haben wir ihn an die Sicarii ausgeliefert. Nun arbeitet er seine Strafe auf Charles' Hof ab«, erklärte Jiao. »Er war kein mordlüsterner Schwerverbrecher, sondern brauchte lediglich einen Tritt in den Hintern.«

12 - DIE HÖHLE DES LÖWEN

Nach fast zwei Stunden staubiger Fahrt erschienen endlich die ersten Umrisse einer Kleinstadt am Horizont. Angel und Dog hielten aufgrund der fehlenden Seitenfenster seit einiger Zeit Augen und Mund geschlossen, um nicht am Sand zu ersticken. Cassidy hätte sie am liebsten dafür ausgelacht, denn dank ihrer Sonnenbrille mit integrierten Seitenschutzblenden genoss sie beinahe den Komfort einer Taucherbrille. Erst als Jiao die Geschwindigkeit drosselte, wagten sie einen Blick durch die Frontscheibe.

Im Gegensatz zum Wohnblockstil der südlichen Wastelands bestand Arnac größtenteils aus ein- und zweistöckigen Flachbauten mit eingezäunten Dachterrassen. Die einzigen Ausnahmen bildeten hohe Wassertürme und vereinzelte Gebäude im Stadtzentrum. Aus der Ferne konnte man die Häuser kaum auseinanderhalten. Jahrzehnte voller Sandstürme hatten sie in ein Einheitsgrau geschliffen. Der Ort war klein genug, um von den Sicarii komplett kontrolliert zu werden, weswegen sie die Ruinen der untergegangenen Zivilisation nach ihren Vorstellungen neu aufbauten.

Vor der Stadtmauer aus Maschendrahtzäunen und Sandsäcken wartete eine Menschentraube auf Einlass, von denen Soldaten jeden einzelnen zu kontrollieren schienen. Die Gruppe wurde bei deren Anblick sichtlich nervös, was Jiao mit ihrem misstrauischen Stirnrunzeln zusätzlich verstärkte. Sie erklärte, dass die Provinz Cor Decat, in der sich Arnac befand, noch relativ jung war und seit der Eroberung offiziell das Kriegsrecht galt, das vom sicariianischen Legionskommandeur Thomas Reece durchgesetzt wurde. Es dauerte mitunter Jahre, bis die imperiale Legion verfeindete Gangs vollständig unterworfen und sie in die Zivilbevölkerung eingegliedert hatten. Dennoch waren derartige Einlasskontrollen ihrer Aussage nach nicht normal.

»Johnny sorgt wohl schon für mehr Chaos, als wir gebrauchen können«, grummelte Angel.

»Ich versuch mal rauszufinden, was da los ist«, entschied Jiao und ließ den Wagen stehen. »Ihr bleibt am besten hier.«

Mit flinken Schritten kämpfte sie sich durch die Menschenmenge und war kurz darauf verschwunden. Angel bat Cassidy, sich vorsichtshalber hinter das Steuer des Pick-ups zu setzen, falls sie überstürzt die Flucht antreten müssten. Es dauerte eine gute halbe Stunde, bis Jiao mit besorgtem Blick zurückkehrte.

»Die suchen nach geflohenen Gefangenen aus dem Lager, von dem uns die Händler erzählt haben«, berichtete sie. »Angeblich hat es seit dem häufiger Diebstähle und Sabotageversuche in Arnac gegeben.«

»Und was nun? Was ist mit unseren Waffen und der ganzen Ausrüstung?«, fragte Cassidy. »Damit werden die uns doch nie passieren lassen!«

Jiao überlegte einen Moment und schaute auf die tiefstehende Sonne am Horizont.

»Wir könnten bei Charles übernachten und morgen einen neuen Versuch starten«, schlug sie schulterzuckend vor.

»Sieht das vielleicht so aus, als würde sich die Situation bis morgen ändern?«, grollte Dog vom Rücksitz und blickte Angel herausfordernd an. »Es gibt sicher mehr als einen Weg in die Stadt!«

Inzwischen war die Ochsenkutsche vor ihnen an der Reihe. Vier Legionäre umstellten das Gespann und zwangen den beiden Insassen abzusteigen. Anschließend führten sie eine intensive Durchsuchung der Kisten und Säcke auf der Ladefläche nach blinden Passagieren durch, bei der das kleine Waffenarsenal auf Jiaos geliehenem Pick-up sofort aufgeflogen wäre. Besorgt blickte sie in den Rückspiegel; sie waren schon längst zugeparkt worden.

»Ich werde mich ihnen zu erkennen geben«, entschied sie nach einem tiefen Atemzug. »Vielleicht lässt sich der Kommandant ja mit ein paar Aspirin bestechen.«

Angel hatte sich die ganze Zeit aus der Diskussion herausgehalten und betrachtete stattdessen heimlich Jades Silberamulett. Sollte sie je in Bedrängnis geraten, könne es ihr wohlmöglich weiterhelfen. Mitten in feindlichem Gebiet, umzingelt von einer aufgebrachten Menschentraube und umstellt von sicariianischen Soldaten - das durfte sie wohl als Bedrängnis auslegen.

Ohne ihre Freunde vorzuwarnen, stieß sie die Tür auf, beorderte den Wächter herbei und zeigte ihm den Anhänger. Nach einem erschrockenen Schlucken rief er nach seinem Vorgesetzten, der beim Anblick des Silberamuletts ebenfalls kreidebleich anlief.

»Macht den Weg frei! Lasst sie durch!«, befahl er wild gestikulierend und trieb gleichzeitig das Ochsengespann von der Straße.

Jiao traute ihren Augen kaum. Angels simple Geste sorgte dafür, dass die Sicarii sie nicht einfach nur passieren ließen, sondern die Fahrzeuge und Menschen vor ihnen zur Seite drängten und dem geliehenen Pick-up geradezu den roten Teppich ausrollten. Nun bestanden die Soldaten förmlich darauf, dass sie in die Stadt hineinfuhren, damit sie die Sperre wieder aufbauen konnten.

Um ihr Glück nicht unnötig auf die Probe zu stellen, folgten sie der Hauptstraße quer durch die Provinzhauptstadt, in der sie mit dem zusammengeflickten Transporter völlig in der Menge untergingen. Jiao parkte gegenüber von einem der wenigen mehrstöckigen Häuser, dessen mausgraue Fassade von einer orangeweißen Markise gekühlt wurde.

»Was war denn das?«, fragte sie ungläubig und drehte sich zu Angel um. Sie reichte ihr das Silberamulett, ohne dabei die Augen von Jiaos erstauntem Gesicht zu nehmen.

»Ein Geschenk von Jade. Falls ich Probleme mit den Sicarii bekommen sollte, müsste ich es nur vorzeigen.«

»Ist dir eigentlich klar, was das ist?«

Angel schüttelte schulterzuckend den Kopf. Sie war selbst vom durchschlagenden Erfolg des unscheinbaren Anhängers überrascht.

»Das ist das Erkennungszeichen der Bacchae, mit dem sie Nachrichten versiegeln oder andere in ihrem Namen Befehle erteilen lässt. Die Eule ist das Symbol der griechischen Göttin Athene. Jades Symbol. Damit hast du quasi die Befehlsgewalt über die gesamte Stadt!«, erwiderte Jiao fassungslos.

»Dann kannst du uns vielleicht sagen, was die Inschrift bedeutet?«, sagte Angel.

Jiao setzte sich zurück auf den Fahrersitz und atmete einmal kräftig durch.

»Concordia - Convocatio - Dicio«, antwortete sie, ohne überhaupt einen Blick auf den Rand des Amuletts zu werfen. »Das ist Latein für Einigkeit - Berufung - Macht. Die Doktrin der Bacchae.« Jiao sah Angel argwöhnisch im Rückspiegel an und reichte ihr das Amulett. »Warum hat sie es gerade dir gegeben?«

»Warum hat sie mich nicht umgebracht? Warum hat sie mich zu euch geschickt? Warum hat sie Sharon beinahe erschießen lassen?«, antwortete Angel und riss dabei die Arme hoch. »Wenn ich sie finde, werde ich sie fragen. Verlass dich drauf!«

Jiao seufzte resigniert, da sich bereits eine Gruppe von Bettlern und Straßenhändlern um den Wagen gebildet hatte. Sie holte ihr kleines Geldsäckchen hervor, reichte es Angel und zeigte auf das mehrstöckige Gebäude mit der Markise.

»Da drin bekommt ihr etwas zu essen. Eine normale Mahlzeit kostet fünf Sicar pro Person, also lasst euch nicht über den Tisch ziehen. Es gibt auch Fleisch auf dem Marktplatz, aber das würde ich euch nicht empfehlen.«

»Und wo gehst du hin?«, fragte Cassidy erstaunt.

»Ich treffe mich mit unserem Kontakt in der Stadt. Es hat Gründe, warum ich allein kommen soll. Wenn er uns zusammen sieht, verschwindet er spurlos«, erklärte sie und nickte wiederholt auf das Gebäude zu. »Amüsiert euch, aber versucht um Himmels willen nicht noch mehr aufzufallen!«

Die drei wirkten zunächst etwas hilflos, nachdem Jiao davongefahren war. Sie standen nun inmitten ihrer Feinde, die völlig ahnungslos an ihnen vorbeiliefen, sich über alltägliche Dinge wie die Ernte oder die mit jedem Jahr schwieriger werdende Wasserversorgung unterhielten. Die schweren Waffen hatten sie im Pick-up zurückgelassen und mit ihrer verschmutzten Kleidung fielen sie niemandem auf.

Sprachlos beobachteten sie die Einwohner wie Touristen aus einem fernen Land. Viele der Menschen trugen Basecaps, Cowboyhüte oder Kopftücher gegen die Sonneneinstrahlung. Generell schien es keine Grenzen oder Modestile in der Garderobe zu geben. Angel scherzte, dass hier nicht einmal Kim auffallen würde, vorausgesetzt, dass sie sich vor dem Betreten der Stadt kurz im Sand gewälzt hätte. Nur die Legionäre konnte man leicht an ihren Militäruniformen erkennen, die ebenfalls von einem halben Dutzend verschiedener Armeen stammen mussten. Einige waren olivfarben, andere mit hellen Brauntönen der Wüste angepasst. Wie schon in Brackwood trugen alle Soldaten identische, scharlachrote Baretts mit silbernen Emblemen in Form des imperialen Adlers. Zwischen all den Menschen gab es jedoch keine Kinder. Die jüngsten Einwohner waren Babys, die von ihren Müttern auf dem Rücken getragen wurden, gefolgt von Teenagern in Cassidys Alter.

Lumpensammler standen an beinahe jeder Straßenecke und boten ihre Kleider an. Es war ein krisensicherer Beruf. Wenn sie ihre Beute nicht gerade verkauften, folgten sie der Armee, freischaffenden Söldnern oder einfach dem Leichengeruch in den Städten und zogen den Toten ihre Sachen aus. Erfahrene Sammler, die etwas auf sich hielten, wuschen sie vor dem Verkauf sogar. Eine ordnungsgemäße Reinigung war die Grundvoraussetzung für den Handel mit den Freien Enklaven gewesen.

Auf der Straße fuhr ein Eselgespann, dessen zweiköpfige Besatzung an jeder Ecke Müllcontainer auf dem Anhänger entleerte. Ein paar kräftige Männer wuchteten Kohlesäcke von einem Ochsenwagen und trugen sie in die umliegenden Häuser hinein. Von einigen Ständen duftete es verführerisch nach frisch gegrillten Fleischspießen, aufgehängtem Trockenfisch und Schüsseln voller Dörrobst.

Unter einem Sonnenschirm mit vier Standbeinen hatte eine Gruppe grimmig blinzelnder Händler ein beeindruckendes Waffenarsenal ausgebreitet. Die einfachen Bürger durften die Gewehre und Pistolen jedoch scheinbar nur begutachten und nicht kaufen. Im Vorbeigehen erfuhr Angel, dass sie aufgrund des Kriegsrechts lediglich Kopfgeldjäger und Söldner aus anderen Provinzen versorgten. Dog nahm die passende Munition für sein Maschinengewehr unter die Lupe, aber bevor er nach dem Preis fragen konnte, zerrte Angel ihn davon. Ihr Amulett hätte vermutlich als Genehmigung genügt, doch sie wollte ihr Glück nicht unnötig auf die Probe stellen.

Plötzlich rief ein Fleischhändler hinter Angel nach den Wachen, woraufhin sie reflexartig ihre Pistole zog und neben einem Fass voller Jagdflinten in Deckung ging. Dog war ebenso überzeugt, dass sie aufgeflogen seien, und bereitete sich darauf vor, die herbeieilenden Legionäre zu Boden zu schicken. Da hetzte auf einmal ein junger Mann mit einem Grillspieß im Mund an ihnen vorbei, den er offensichtlich von dem Markthändler gestohlen hatte. Angel konnte in Cassidys Augen sehen, wie sie der ausgemergelten Gestalt helfen wollte, und Dog würde ohnehin jede Chance begrüßen, sich mit den sicariianischen Soldaten anzulegen. Im letzten Moment zog sie die beiden unter den Sonnenschirm des Waffenstands und ließ die Legionäre passieren.

»Nicht auffallen!«, raunte sie.

Schon an der nächsten Straßenecke erwischten die Wachen den Dieb, der bereits während der Flucht die ersten Fleischstücke heruntergewürgt hatte. An eine Warenrückgabe war nun nicht mehr zu denken.

»Was meinst du? Zwei Wochen?«, fragte einer der Waffenhändler und hielt sich dabei den Bauch vor Lachen.

»Ach was! Wenigstens einen Monat!«

»Hast Recht. Als Sklave muss man sich schließlich um ihn kümmern. Er wird darum betteln!«, erwiderte der Erste höhnisch. »Verdammte Schmarotzer!«

Niemand schien Notiz von Angels gezückter Pistole genommen zu haben. Die Waffenhändler hatten beim ersten Anzeichen von Unruhe ihre eigenen Gewehre angelegt und hielten die kleine Gruppe nun offenbar für Söldner, die sich für ihre Ware interessierte.

»Was darf's denn sein, Freunde?«

Nun musste Angel so tun, als suchte sie nach einer neuen Waffe, wenn sie nicht noch mehr Aufmerksamkeit erregen wollte.

»Ich suche ein Scharfschützengewehr«, sagte sie trocken und war glücklich, nicht vor dem benachbarten Stand für bunte Kleider in Deckung gegangen zu sein. »Reichweite sechshundert, panzerbrechend und wenn's geht ohne zerkratzte Zieloptik.«

»Oh! Eine Frau, die weiß, was sie will!«, scherzte der Erste. »So etwas haben wir hier aber nicht. Viel zu gefährlich mit all den Unruhen in letzter Zeit.«

»Willst du nicht erstmal ihre Genehmigung checken?«, fragte der Zweite.

»Sehen die vielleicht aus wie das hiesige Gesindel?«, grunzte der Erste zurück, ehe er sich wieder an Angel wendete. »Geht nach Persephone zu meinem Bruder Donald. Der kann euch weiterhelfen!«

Angel nickte ihm mit einem professionellen Gesichtsausdruck zu und stampfte auf dem Bürgersteig davon, als wüsste sie genau, wovon der Händler geredet hatte. Erst als sie ein paar Blöcke entfernt waren, blieb sie stehen und wischte sich erleichtert den Schweiß von der Stirn.

»Nicht schlecht«, brummte Dog. »Sie hat schon die erste Waffenquelle für unseren Krieg entdeckt!«

»Jetzt müssen wir nur noch herausfinden, wo dieses Persephone liegt«, fügte Cassidy anerkennend hinzu.

»Sagt mal, habt ihr sie noch alle?«, fuhr Angel die beiden an. »Das hätte ebenso gut in die Hosen gehen können!« Sie zog Cassidy an ihrem Hemdkragen heran. »Wir helfen hier keinen Ladendieben, klar? Jeder von denen würde uns für ein halbes Brot an die Wachen verraten!« Nun wendete sie sich an Dog. »Und du tust gefälligst nicht so, als wolltest du dich mit jedem dahergelaufenen Legionär anlegen, verstanden?«

Mit einem zornigen Knurren ließ sie von den beiden ab. Cassidy blickte ihr eingeschüchtert nach, bis Dog ihr aufmunternd auf die Schulter klopfte.

»Nimm's nicht persönlich«, sagte er und folgte Angel mit einem verschmitzten Grinsen auf den Lippen. Anschließend führte sie ihr Weg in großem Bogen über den Marktplatz auf die andere Seite der Hauptstraße, von wo aus sie die Taverne hoffentlich unbemerkt erreichen würden. Angel bereute bereits, die Schänke nicht sofort betreten zu haben.

Einige der Hausfassaden waren von unschönen Graffitis entstellt worden. Die meisten zeugten von Langeweile oder simplem Frust über die entbehrungsreichen Lebensumstände, manche hingegen zeigten ganz klar eine tiefe Abneigung gegen die sicariianische Besatzung. Besonders Legionskommandeur Thomas Reece war wiederholt in erniedrigenden Posen verewigt worden. Wenn man den Zeichnungen Glauben schenken konnte, bevorzugte er Schweine als Sexualpartner und sah einer ungesunden Zukunft mit einem Messer im Rücken entgegen. Offenbar hatten nicht alle Bewohner von Cor Decat das Imperium wie Charles willkommen geheißen.

Auf den Gehsteigen liefen ein paar Männer mit Bauchläden umher und verkauften alles von Fladenbrot über Heilsalben bis hin zu Rasierbesteck. Vieles davon erinnerte Angel an ihre Tage als Schatzsucherin im Auftrag der Ranger. Ähnlich wie die Lumpensammler schien es auch unter den Sicarii Spezialisten für die Beschaffung von alten Waschbrettern zu geben.

Ein Marktschreier verkündete zudem lautstark die neuesten Nachrichten. Um ihn herum hatte sich eine Menschentraube gebildet, die ständig Fragen nach der Gefängnisrevolte stellte, die von dem fetten Mann aber völlig ignoriert wurden. Er spulte sein Programm unbeeindruckt wie ein Tonband ab.

> *»Der Zug aus Alexandria wird morgen Nachmittag auf dem Bahnhof vor Arnac erwartet! Für die Rückfahrt sind noch immer Plätze frei! Es sind keine Sklaven oder Unfreie ohne Begleitung gestattet!«*
>
> *»Der Zug bringt außerdem die Ärzte aus Alexandria zu ihrem regelmäßigen Besuch nach Arnac! Alle Behandlungsgesuche müssen bis heute Abend eingereicht werden!«*
>
> *»Beim großen Wagenrennen in Isis ging das Team aus Cor Decat als Drittes ins Ziel! Damit hat sich unser Fahrer für das Finale in der Hauptstadt Sicariia qualifiziert!«*
>
> *»Der Legionskommandeur lässt euch daran erinnern, dass die Ausgangssperre noch immer von Mitternacht bis Sonnenaufgang besteht! Wer in dieser Zeit auf den Straßen von Arnac gesichtet wird, hat mit einer mehrwöchigen Gefängnisstrafe zu rechnen!«*

Die letzte Nachricht löste Hohn und Spott unter der Bevölkerung aus. Die Gefängnisse der Sicarii seien ohnehin dermaßen überfüllt, dass kaum jemand für ein minderes Vergehen wie das Verletzen der Ausgangssperre dorthin geschickt werden würde.

Angel, Cassidy und Dog hatten dem Marktschreier interessiert zugehört. In den Freien Enklaven waren Botschaften ähnlich verteilt worden, wenn auch weniger laut. Nachdem der Mann mit seinen Zetteln unter dem Arm verschwunden war und sich die Menschentraube aufgelöst hatte, übernahm Angel die Führung und betrat die zweistöckige Taverne *Zum Schweinespieß*. Der Name allein ließ ihr das Wasser im Munde zusammenlaufen.

Schon im Türrahmen rümpfte sie aufgrund des widerlichen Biergeruchs die Nase, kämpfte sich anschließend mit Hilfe ihres eingefahrenen Kampfstabs an einer Gruppe verschwitzter Männer vorbei und wäre beinahe mit der fetten Kellnerin zusammengestoßen. Ein betrunkener Gast versuchte im Vorbeigehen den Arm um sie zu legen, woraufhin Dog ihm mit einer Hand die Luft abdrückte und grollend zu verstehen gab, dass er damit gerade sein Leben gerettet hatte. Er wusste aus eigener Erfahrung, was Angel mit Kerlen anstellte, die sich an ihr vergreifen wollten.

Die Scharfschützin musste unterdessen auf ihr gesamtes Repertoire an Beobachtungskunst zurückgreifen, um einen freien Tisch in einer dunklen Ecke der Taverne zu erspähen. Die Schänke erfreute sich in den frühen Abendstunden außerordentlicher Beliebtheit bei den einfachen Bürgern, die ausgelassen mit Bierkrügen in den Händen zu den Klängen einer Gitarre sangen. Die Liedtexte erzählten hauptsächlich vom Leid der Menschen, bevor die Sicarii Recht und Ordnung zurückbrachten, und schienen bei fast jedem Refrain den Imperator Marcus Avianos zu preisen.

»Das sind also die brillanten Genies, die uns vom Erdboden gefegt haben«, murmelte Angel ungläubig, als sie im Sitzen die sturzbetrunken herumtorkelnden Gestalten betrachtete. »Kann mir das mal einer erklären?«

»Unsere Leute waren auch ständig sternhagelvoll«, erwiderte Dog und winkte bereits nach der Kellnerin, wie er es sich von den anderen Gästen abgeschaut hatte. »Du solltest am besten wissen, dass man nur ein paar fähige Anführer braucht, um erfolgreich zu sein!«

Das Kompliment erzielte die gewünschte Wirkung und ließ Angel etwas aufatmen.

»Was darf's sein?«, fragte die ungeduldige Bedienung, auf deren Namensschild *Betty* stand und die schon an unzähligen weiteren Tischen erwartet wurde. Weder Angel noch ihre Freunde hatten je in einer Taverne gegessen, in der man sein Gericht bestellte, anstatt es sich direkt vom Grill zu holen.

»Fleisch!«, entschied Dog für die gesamte Gruppe. »Hauptsache Fleisch! Und Bier!«

»Drei Mal Schwein vom Spieß und drei Krüge Bier. Kommt sofort«, erwiderte Betty, wenngleich in ihrer Stimme mitschwang, dass es sich genauso gut um Stunden handeln konnte.

»Du weißt doch genau, dass ich keinen Alkohol trinke!«, fauchte Angel.

»Wer sagt denn, dass ich für euch mitbestellt habe?«, antwortete der Hüne und zog hämisch die Mundwinkel hoch.

»Vergiss bloß nicht, warum wir hier sind!«

»Die Kleine hat gesagt, wir sollen nicht auffallen! Schau dich doch mal um. Wer von uns wird wohl eher Aufmerksamkeit auf sich ziehen? Ich mit einem Bierkrug oder du als nüchterne Spionin?«

Widerwillig gab Angel zu, dass seine Argumentation einer gewissen Logik folgte. Cassidy hatte die beiden bis zu diesem Zeitpunkt lediglich still beobachtet, wendete sich nun aber grinsend ab. All ihre Vorsicht konnte sie jedoch nicht vor einem trotzigen Tritt ans Schienbein bewahren, bevor Angel aufgrund ihrer übertriebenen Behutsamkeit selber lachen musste.

Die Gäste, die sie kurz nach dem Betreten der Schänke noch argwöhnisch als Fremde begutachtet hatten, waren in der Tat zu ihren eigenen Gesprächen zurückgekehrt. Eine Gruppe von Pokerspielern blinzelte einander misstrauisch zu. Kleine Häufchen von Münzen wiesen darauf hin, dass es sich bei ihrem Spielchen nicht nur um das reine Vergnügen drehte. Die größte Anzahl lag dabei ausgerechnet vor einer Frau in brauner Ledermontur, die zudem eine schwarze Pistole an ihrem Gürtel trug. An der Wand hinter ihr lehnte zusätzlich eine Schrotflinte, so dass sie unmöglich zu den Bürgern von Arnac zählen konnte, denen ja keine Langwaffen erlaubt waren.

An einem anderen Tisch stritten sich zwei Kerle über den Preis für ein Ersatzteil eines Autos, das der potentielle Käufer mit Argusaugen untersuchte. Als er von der Qualität überzeugt war, schob er seinem Partner ein paar Münzen zu und rief anschließend nach je einem Krug Bier für ihn und sich selbst, um das abgeschlossene Geschäft zu begießen.

Ein halbwegs anständig gekleideter Mann schien vor dem Aufgang zur zweiten Etage mit einer halbnackten Frau zu verhandeln. Zunächst hörte sie ihm vergleichsweise aufmerksam zu, rollte wenig später mit den Augen und riss ihm am Ende sein komplettes Geldsäckchen mit einem gehauchten Kuss auf die Wange aus der Hand. Als sie im Anschluss daran vor seiner Nase die Treppe hinaufstieg und ihm dabei ihren Hintern vors Gesicht hielt, stolperte er dem obszönen Minirock willenlos nach.

Dann endlich kehrte die Bedienung mit den drei Krügen zurück, von denen keiner dem anderen glich. Einer war sogar größer als einen halben Liter, dafür aber nur zu zwei Dritteln gefüllt.

»Das macht sechs Sicar.«

Nun begann das große Suchen in dem kleinen Lederbeutel. Dog bemerkte schnippisch, dass Angel ja auch nicht vorher hätte wissen können, dass man nach einer Bestellung die Rechnung begleichen müsse; was ironischerweise den Tatsachen entsprach. Als Bettys Ungeduld unübersehbar und die Rufe der wartenden Gäste unüberhörbar wurden, drückte ihr Angel wahllos sechs Münzen in die Hand und hoffte, dass ein Sicar die kleinste Einheit war.

»Danke!«, sagte die verschwitzte Frau überrascht und machte sogar einen Knicks. »Euer Essen kommt sofort!«

»Was hast du der denn gegeben?«, fragte Dog argwöhnisch. Angel untersuchte die Kupferstücke genauer und stellte fest, dass sie mehr als das doppelte bezahlt hatte.

»Du konntest noch nie vernünftig handeln!«, witzelte der Hüne und verschluckte sich kurz darauf aufgrund eines schmerzhaften Tritts an sein Knie. Zwar hatten die Vultures kein Geld gekannt und nur äußerst selten Tauschgeschäfte mit anderen Gangs abgeschlossen, dafür verhandelten sie hin und wieder um zeitweilige Allianzen oder Gebietsansprüche. Angel war dabei nie mit besonderem Fingerspitzengefühl aufgefallen, sondern hatte häufig neue Kriege angezettelt, wenn sie alte beenden sollte.

»Willst du mir nicht langsam erzählen, was dich an der Schlucht so überrascht hat?«, fragte Dog, während er sein Bier herunterschüttete und auf das Essen wartete. Cassidy versuchte sich ebenfalls an dem bitteren Gebräu, schüttelte sich jedoch schon nach dem ersten Schluck und entschied, dass es auf ewig ihr letzter bleiben würde. Sie holte stattdessen ihre Feldflasche hervor, die Jiao mit süßer Cola gefüllt hatte.

Angel rutschte auf ihrem Sitz hin und her, blickte zu den anderen Tischen und wollte offenbar sichergehen, dass sie niemand belauschte.

»Das war Shawn Summers«, hauchte sie. »Scharfschütze bei Ranger-Team Vier.«

»Das war einer von euch?«, platzte es aus Dog heraus, so dass Angel ihm auf den Fuß stampfen musste, um ihn zur Ruhe zu bringen.

»Sshhh!«, zischte sie. »Team Vier gilt seit fast drei Monaten als vermisst. Seit die Sicarii Sienna zerstört haben. Frank und ich sind davon ausgegangen, dass Shawn zusammen mit seinem Team getötet wurde.«

»Wieso arbeitet der plötzlich für die?«, raunte Dog und rieb sich über den schmerzenden Fußrücken.

Angel zuckte mit den Schultern.

»Shawn war nie das, was Frank einen Patrioten nennen würde. Er hat für den Kampf gelebt und sich nicht um die Enklaven gekümmert«, überlegte sie und blickte Dog blinzelnd an. »Ihr zwei hättet euch gut verstanden.«

»Sollten die Ranger nicht auch als Botschafter für die Allianz dienen?«, fragte Cassidy, die sich an ihre kurze Ausbildung erinnerte. »Wieso hat General Monroe ihn behalten?«

»Weil er verdammt gut war!«, erklärte Angel. Nach einer Pause fügte sie mit unterschwelligem Stolz hinzu, »Schließlich hab ich ihn selbst ausgebildet.«

»Und zum Dank geht der einfach auf dich los!?«, raunte Dog.

»Er hat doch gar nicht auf mich geschossen«, erwiderte sie kopfschüttelnd. »Sein Auftrag war Sharon. Nur einer von uns konnte sie auf so große Distanz bei Nacht wiedererkennen. Jade muss ihn irgendwie dazu gebracht haben.«

»Warum hast du uns das nicht schon an der Schlucht gesagt?«, fragte Cassidy.

»Weil sie dieser verwöhnten Göre mit ihren Hightech-Spielzeugen nicht über den Weg traut!«, antwortete ihr Dog und schnitt Angel damit das Wort ab.

»Jiao scheint Verbindungen zu allen Seiten zu haben«, pflichtete sie ihm widerwillig bei. »Zu ihrem Vater und dieser Ärztin Karen, die sich mit Yuen nicht versteht. Außerdem kennt sie Jade weitaus besser als jeder von uns, schweigt sich aber darüber aus, was zwischen ihnen vorgefallen ist. Dann hat sie auf einmal Quellen mitten im Sicariigebiet wie Charles, der ihr bereitwillig seinen Wagen überlässt, oder ihren Kontaktmann, den sie natürlich allein treffen muss.« Angel schüttelte ernst den Kopf. Sie verstand, wie sehr Cassidy die impulsive Rebellin mit ihrer Zauberwelt, in der das Wasser aus der Wand kam und in sprudelnden Zuckersirup verwandelt wurde, als Freundin gewinnen wollte. »Ehe wir nicht wissen, auf wessen Seite sie wirklich steht, sollten wir vorsichtig damit sein, was wir ihr erzählen.«

In diesem Moment mussten sie das Gespräch abbrechen, da Betty sich mit drei dampfenden Keramikschüsseln durch die hungrigen Gäste kämpfte, ohne auf deren Rufe zu reagieren. Stattdessen bewirtete sie Angel und ihre Kameraden mit geradezu liebevoller Hingabe. Niemand sonst bekam saubere Tischservietten oder blitzblank poliertes Silberbesteck. Sogar einen Korb mit frischen Brotscheiben stellte sie dazu und wünschte den großzügigen Besuchern freundlich lächelnd einen guten Appetit. Die Vorzugsbehandlung blieb freilich nicht unbemerkt. Bis auf die komatösen Alkoholiker drehten sich nun alle Köpfe zu den unbekannten Neuankömmlingen um.

»Nicht auffallen, hm?«, kommentierte Dog hämisch das Ergebnis von Angels völlig aus dem Ruder gelaufener Aufklärungsmission. Angel vergrub ihr Gesicht inzwischen hinter einem Bierkrug; natürlich ohne daraus zu trinken.

»Vielleicht wird sie uns ja nun ein paar Fragen beantworten?«, schlug Cassidy vor. Die Kellnerin bewirtete mittlerweile wieder die anderen Gäste, behielt ihre Vorzugskunden dabei aber ständig im Auge, falls die spendable Gruppe noch einen weiteren Wunsch haben sollte. Als Angel ihr zuwinkte, kam sie sofort herbeigeeilt.

»Wir würden gern etwas mehr über die Gegend erfahren«, begann sie, woraufhin die Frau misstrauisch das Gesicht verzog. »Wir überlegen, vielleicht hierherzuziehen.«

»Pah!«, antwortete Betty augenrollend. »Wer will schon freiwillig in diesem Dreckloch wohnen!«

Angel fürchtete bereits, dass sie ihren ungeschickten Bluff durchschauen und zu ihrer Arbeit zurückkehren würde, doch stattdessen setzte sie sich ungefragt an den Tisch und begann theatralisch über Arnac herzuziehen.

»Hier gibt's nicht als Bauern und Säufer! Seit der Krieg im Süden begonnen hat, haben wir nichts als Ärger! Erst besetzen die Legionäre unsere Stadt und verlangen unbezahlte Dienste, dann nehmen sie uns die Kinder weg und vor einem halben Jahr hauen sie plötzlich ab und schicken uns so viele Gefangene, dass die Arbeitslager überlaufen. Nun ist eins davon geplatzt, weshalb sich die Mistkerle wie eine Seuche ausbreiten und unsere Höfe überfallen, so dass wir fast verhungern. Und wo sind die glorreichen Legionen jetzt?«

Die fette Frau sah keineswegs aus, als nage sie am Hungertuch. Trotzdem täuschte Angel ein verständnisvolles Nicken vor.

»Was haben die Soldaten denn mit euren Kindern gemacht?«, wollte Cassidy mit einem leicht erschrockenen Unterton wissen. Sie erinnerte sich an die Geschichten über die Snakes, die Kinder entführten, um sie als ihre eigenen großzuziehen, nachdem sie alle Erwachsenen ermordet hatten. Betty kniff die Augen zusammen und schien zu überlegen, ob sich das junge Ding über sie lustig machte oder ihr eine Fangfrage stellte.

»Mein Sohn Nico ist natürlich da, wo alle unsere Kinder sind. In Alexandria!«, sagte sie mit Bedacht. »Der Lümmel sollte mir hier eigentlich zur Hand gehen! Stattdessen drückt er in dieser großen, sicariianischen Musterstadt die Schulbank und wird von vorne bis hinten verhätschelt!«

In diesem Moment reichten ihr die verärgerten Rufe der anderen Gäste. Sie drehte sich um und brüllte in Richtung der Theke, dass der zweite Kellner seinen fetten Arsch bewegen solle, der seit einiger Zeit mit einer leicht bekleideten Frau flirtete, anstatt zu arbeiten.

»Wann kommt er denn zurück?«, fragte Cassidy.

Betty überlegte einen Augenblick und benutzte dabei ihre dicken Finger zum Rechnen.

»Einen Monat und siebzehn Tage. Dann darf ich ihm zum dritten Mal beibringen, was es bedeutet, für einen vollen Bauch schuften zu müssen!«

Cassidy wollte gerne mehr über den Verbleib der Kinder wissen, bevor sie jedoch nachfragen konnte, hielt Angel sie mit einem strengen Kopfschütteln zurück. Betty wirkte ohnehin schon misstrauisch genug.

»Was seid ihr eigentlich für Leute?«, fragte sie neugierig. Angel wusste, dass sie vor der wahrscheinlich größten Schwätzerin von ganz Arnac saß und dementsprechend vorsichtig sein musste.

»Wir ... sind Händler. Aus dem Westen«, antwortete sie gewohnt ungeschickt, was Dog zu einem resignierten Augenrollen verleitete.

»Pah!«, erwiderte Betty lachend. »Wenn ihr Händler seid, dann bin ich die Frau des Imperators!«

Sie blickte verstohlen in den Raum und beugte anschließend ihren Kopf über den Tisch, um im Flüsterton weiterzureden.

»Ich hab von eurer Ankunft gehört!«

Das genügte Angel, um ihren Kampfdolch unbemerkt aus dem Unterschenkelholster zu ziehen. Auch Dog verstand die plötzliche Wendung und machte sich bereit, als Rammbock für einen schnellen Abgang zu sorgen.

»Wir alle kennen die Gerüchte über den drohenden Aufstand und die Verräter, die dahinterstecken! Ihr seid doch bestimmt hier, um die zu jagen!«

Zum Glück hatte Angel tausende Male ihr Pokerface vor dem Spiegel geübt. Andernfalls wären ihr in diesem Augenblick wohl sämtliche Gesichtszüge entgleist.

»Du scheinst eine Menge zu wissen«, flüsterte Dog so konspirativ er nur konnte. Daraufhin erschrak die fette Kellnerin so sehr, dass Angel beinahe zugestochen hätte, um sie an einer lautstarken Flucht zu hindern.

»Ich bin eine loyale Bürgerin!«, protestierte Betty und holte zur Bestätigung einen hölzernen Anhänger mit dem Konterfei des Imperators zwischen ihren riesigen Brüsten hervor. Dabei musste sich Dog unglaublich zusammenreißen, um auf das Schmuckstück und nicht in den freigelegten Ausschnitt zu starren.

»Vielleicht weißt du dann ja, wo wir die wahren Verräter finden können«, sagte Angel und trat gleichzeitig ihrem Liebhaber ans Schienbein.

»Nadim, der Händler, hat viel mehr Geld, als sein kleiner Gewürzladen abwerfen kann«, antwortete die Kellnerin mit erhobenem Zeigefinger. »Ich habe gehört, dass bei ihm ständig Leute ein und ausgehen, ohne jemals etwas zu kaufen!«

»Wo finden wir diesen Nadim?«

»Tagsüber in seinem Haus, aber die Abende verbringt er häufig in der Arena«, erwiderte Betty und zeigte dabei auf eine Treppe, die zu einem Hinterausgang der Taverne auf Höhe des zweiten Stocks führte. »Ihr erkennt ihn an seiner schwarzen Haut und dem Turban, den er in der Öffentlichkeit nie ablegt!«

Angel hatte genug gehört und wollte aufbrechen. Sie steckte ihr Messer zurück und holte abgezählte dreißig Sicar hervor, die sie der Bedienung in die Hand drückte und dabei möglichst verschwörerisch zu wirken versuchte.

»Für deine Dienste«, hauchte sie ihr zu.

Kaum war Betty mit dem Geschirr verschwunden, bahnten sich die drei ihren Weg durch die völlig überfüllte Taverne und die Treppe hinauf. Vor der Tür standen zwei muskelbepackte Kerle mit verschränkten Armen, von denen einer wie selbstverständlich die Hand aufhielt.

»Fünf Sicar«, grunzte er. Angel griff abermals in den Lederbeutel und stellte dabei beunruhigt fest, dass sich ihre Geldreserven dem Ende zuneigten.

»Für jeden von euch!«, fügte der andere Türsteher hinzu, und da sie nicht noch mehr auffallen wollte, bezahlte Angel kurzerhand den Preis. Ihre Großzügigkeit schien sich schnell herumgesprochen zu haben, denn die beiden Muskelprotze grinsten einander freudig an, als sie den Fremden die Tür öffneten.

Ein schmaler Spalt genügte bereits, um das euphorische Geschrei dutzender Zuschauer und die schmatzenden Schläge der Kontrahenten zu hören. Die obere Etage des Anbaus diente als Besuchertribüne, während sich im ersten Stockwerk der kreisrunde Arenaring befand. Das Dach musste vor Jahren eingestürzt sein. Inzwischen war es Nacht geworden und eine Vielzahl Fackeln erfüllte die Umgebung mit einem warmen, flackernden Licht. Umgeben von einer drei Meter hohen Bretterpalisade kämpften gerade zwei verschwitzte Männer gegeneinander. Der eine glatzköpfig, groß und fett, der andere einen Kopf kleiner und schmächtiger, aber dafür deutlich flinker auf den Beinen. Das Publikum bestand gleichermaßen aus Männern und Frauen, die fast ausschließlich den dicken Brocken anzufeuern schienen.

Der Kleinere versuchte seinen Gegner zu ermüden, in dem er immer wieder schnelle Schläge in dessen Fettschichten jagte, die dabei über den ganzen Oberkörper schwabbelten. Als der

Glatzkopf nur noch schwach dagegen ankämpfte, sah er seine Chance, setzte zum ersten echten Angriff an und trat ihm direkt in die Wampe. Auf diesen Moment hatte der Fettsack jedoch nur gewartet. Er ergriff das Bein und hämmerte mit voller Wucht darauf ein. Die plötzlich aufkommende Panik in dem schmächtigen Kämpfer machte jedem Betrachter klar, dass unter den Fettschichten des Dickwanstes brutale Kraft steckte. Er versuchte sich loszureißen, doch war gefangen wie eine Fliege im klebrigen Netz einer Spinne. Der Glatzkopf schleuderte ihn gegen die Bretterwand, schlug ihm zwei Mal direkt ins Gesicht und ließ ihn bewusstlos auf den feinsandigen Boden stürzen. Kaum hob er seine Hände zum Sieg, sprang das Publikum von der Tribüne auf und jubelte ihm begeistert zu, während der Ansager bereits nach einem neuen Herausforderer für den Champion verlangte.

Dog hatte den Kampf fasziniert mitverfolgt und erinnerte sich wehmütig an die Grubenkämpfe bei den Vultures. Cassidy verstand langsam, was Jiao mit Barbarei meinte, und wäre am liebsten sofort wieder gegangen. Nur Angel schien der ganze Trubel völlig unberührt zu lassen. Mit ihrem geschulten Blick suchte sie die Tribüne nach Turbanen ab, entdeckte aber stattdessen die junge Asiatin, die sich durch die Menge hindurch auf sie zu kämpfte.

»Wie war euer Fleisch?«, brüllte sie Angel an. Aufgrund der lauten Atmosphäre war keine andere Kommunikationsform möglich.

»Teuer!«, antwortete die Lateinamerikanerin und gab ihr den kleinen Lederbeutel zurück. Ungläubig zählte Jiao die bemitleidenswerte Anzahl der Münzen nach.

»Ihr habt fast sechzig Sicar für ein Essen in dem Saustall ausgegeben?«

Angel nickte ihr verlegen zu.

»Wir haben Informationen erhalten. Irgendwas von einem bevorstehenden Aufstand und Verrätern unter den Sicarii!«

»Dasselbe hat mir unser Mann auch erzählt«, erwiderte Jiao nickend. »Er will sich mit euch treffen.«

»Wo ist Dog?«, fragte Cassidy, als die anderen beiden gehen wollten.

»Wir haben einen neuen Herausforderer!«, schmetterte der Ansager dem begeisterten Publikum zu.

Angel schwante bereits Schlimmes, bevor sich die Tür zur Arena überhaupt öffnete. Frustriert rieb sie sich mit Daumen und Zeigefinger in den Augenhöhlen, als ihr Liebhaber mit erhobenen Händen wie ein Superstar in den Ring trat.

»Welchen Teil von *nicht auffallen* habt ihr eigentlich nicht verstanden?«, brüllte Jiao, woraufhin Angel nur beschämt mit den Schultern zucken konnte. Ändern ließ sich die Situation ohnehin nicht mehr. Aber sie nahm sich vor, ihn bei lebendigem Leibe zu häuten, sollte er den Kampf verlieren.

Der Fettsack hatte sich inzwischen erholt und musterte seinen neuen Gegner mit einer Mischung aus Übermut und Verachtung, ohne sich dabei vom Fleck zu rühren. Dog hingegen ließ seine Muskeln spielen, tigerte ein paar Runden um den Glatzkopf herum und hoffte, dass er aus Dummheit zuerst angreifen würde. Als das nicht geschah, versuchte es der Hüne mit Tritten aus der Entfernung. Anstatt den Fehler seines Vorgängers zu wiederholen, beließ er es jedoch bei niedrigen Stößen, die nicht über die Knie hinausgingen. Dadurch blieb es dem verschwitzten Fleischberg verwehrt, ihn zu packen und nach Belieben umherzuschleudern. Stattdessen musste er dem Fremden immer häufiger ausweichen, verlor dabei schließlich die Geduld und stürmte wie eine schnaufende Dampframme auf Dog zu. Hämisch lachend trat der Ex-Vulture einen Schritt zur Seite, wodurch der Fettsack scheppernd in die Bretterpalisade krachte.

Unter dem begeisterten Lachen der Zuschauer ließ ihn der Hüne aufstehen und erneut zum Angriff übergehen. Diesmal versuchte es der Glatzkopf selbst mit tiefen Tritten, denen Dog aber problemlos ausweichen konnte. Als sich der Fettsack erschöpft auf seinen Knien abstützte, fragte sich Dog, ob er wieder simulierte oder ob er wirklich am Ende seiner Kräfte war. Mit gehörigem Abstand tänzelte er um ihn herum, bis er direkt hinter seinem Rücken stand und ihm den Gnadentritt versetzen wollte. In diesem Augenblick drehte sich der Glatzkopf um, ergriff Dogs rechtes Bein und rammte ihn schnaufend in die Bretterwand. Dort angekommen schlug er wie wahnsinnig auf den Rippenansatz des Riesen ein, der daraufhin aufheulte, allerdings gleichzeitig stinksauer wurde. Was nun folgte, war ein Duell der Schmerzgrenzen, denn Dog hämmerte mit seinem Ellenbogen im selben Takt auf das Rückgrat des Fettsacks, wie dessen Fäuste auf seine Hüften trafen.

Aber er wäre nicht über ein Jahrzehnt Erics rechte Hand geblieben, wenn er sich von körperlichen Schmerzen besiegen lassen würde. Nach einem kurzen Schlagabtausch, den das Publikum mit deutlichem Wehklagen und halb geschlossenen Augen verfolgte, stieß Dog seinem Gegner das Knie in den Magen und anschließend noch einmal mitten ins Gesicht. Der Fettsack ließ stöhnend von ihm ab und stürzte röchelnd in den blutverkrusteten Sand.

»Nicht schlecht«, kommentierte Jiao mit verschränkten Armen seinen Sieg. »Barbarisch und unzivilisiert, aber nicht schlecht.«

Kaum war Dog zu ihnen zurückgekehrt, schlug Angel ihm die Faust über das verschwitzte Gesicht, was zum Glück niemand mehr mitzubekommen schien, da bereits der nächste Kampf lief.

»Nicht auffallen!«, wiederholte sie die Anweisung.

»Du bist doch nur neidisch!«, erwiderte er leicht gekrümmt und mit einem prall gefüllten Geldbeutel in der Hand. »Wenn wir den Krieg gewonnen haben, könnte ich mich hier glatt zur Ruhe setzen!«

Nun reichte es Jiao. Räuspernd erinnerte sie die beiden daran, warum sie eigentlich mitgekommen waren und führte sie eine zweite Treppe hinab zum Hinterausgang der Arena.

»Nadim wartet vor der Tür auf uns. Er sagt, er hat Informationen über den Verbleib eurer Leute«, erklärte Jiao nervös auf dem Weg. Das Treppenhaus war gefüllt mit halb betrunkenen Schaulustigen, von denen nur noch wenige geradestehen konnten.

»Nadim?«, wiederholte Angel und hielt sie am Arm fest. »Von dem hat uns die Kellnerin in der Taverne erzählt. Sie dachte, wir wären Sicarii, und wollte uns beim Aufspüren eines Verräters helfen.«

Jiao schien nicht überrascht, sondern senkte nachdenklich den Kopf und setzte ihren Weg in beschleunigtem Tempo fort. Kaum traten sie aus der schäbigen Holztür kam ihnen ein dunkelhäutiger Mann mit orangefarbenem Turban entgegen. Vom Hals abwärts war er in hellbraune Tücher gehüllt, die er mit der rechten Hand verschlossen hielt. Er wirkte unruhig und blickte immer wieder über seine Schultern.

»Na endlich«, beschwerte er sich und trat nah an Jiao heran. »Sind das deine Freunde?«

»Die wissen Bescheid!«, antwortete sie ihm, ohne auf seine Frage zu antworten. »Wir holen deine Informationen und bringen dich anschließend hier raus!«

Auch Nadim zeigte keinerlei erstaunte Reaktionen, zog sich nun aber seine Robe bis vor die Nase. Er nickte Jiao zu und führte sie an der Arena vorbei, über die große Hauptstraße und durch eine Vielzahl enger Gassen, die von brennenden Stahlfässern in ein schummrig flackerndes Licht getaucht wurden. Die Anti-Sicarii Graffitis nahmen in den Nebenstraßen zu und zeugten von der wahren Einstellung der eroberten Menschen gegenüber dem Imperium. Die Bewohner von Arnac standen zwischen ihren Häusern und tuschelten mit Blick auf die rasch an ihnen vorbeiziehenden Fremden.

Es kam Angel vor, als beobachtete sie die ganze Stadt. Ein paar Leute schienen sogar direkt auf Nadim zu zeigen, weshalb sie den vermeintlichen Gewürzhändler zur Eile antrieb. Die Informationen lägen in seinem Haus, berichtete er hinter vorgehaltener Hand. Unter seinem Bett im zweiten Stock. Angel spürte, wie sich jeder Muskel in ihrem leidgeprüften Körper zusammenzog. Sie fühlte sich gefangen in einem Tunnel, dessen Wände langsam aber unaufhörlich näherkamen.

Häufig stieß Nadim auf seinem hastigen Weg mit anderen Menschen auf den dicht besiedelten Straßen zusammen; und die meisten schien das nicht zu kümmern. Plötzlich warf jedoch irgendwer eine Decke über das brennende Fass zehn Meter vor ihnen, woraufhin es augenblicklich stockdunkel wurde. Angel zog mit der rechten Hand ihre Pistole und griff mit der linken nach Jiaos Schulter, um sie zum Umkehren zu bewegen. Da hörte sie Nadim gereizt stöhnen, wie er es bei jedem heftigeren Zusammenstoß getan hatte, doch kurz darauf sackte er zu Boden, obwohl rings um ihn herum niemand mehr zu sehen war. Nur aus den Augenwinkeln erkannte Angel einen Schatten, der schnellen Schrittes von einer Seitengasse verschlungen wurde. Eine oberflächliche Abtastung von Nadims Brust bestätigte ihren Verdacht. Blut trat aus einem Loch in seiner Robe aus.

»Holt euch die Informationen!«, befahl sie und zog anschließend Dog am Kragen zu sich herunter. »Du bringst die beiden hier lebendig raus, klar?«

Bevor Jiao oder er etwas entgegnen konnten, verschwand sie bereits in der Dunkelheit und hetzte dem vermeintlichen Angreifer nach.

***

»Angel? Angel!«, knisterte es aus ihrem Ohrstöpsel, doch sie durfte nicht antworten. Ihre Nackenhaare standen hoch wie die Nadeln auf dem Rücken eines Stachelschweins, wenn es angegriffen wird. Sie fühlte die Präsenz des Attentäters ganz in ihrer Nähe. Zu allen Seiten der Kreuzung loderten brennende Fässer, an denen sich der Mörder nicht ungesehen vorbeischleichen konnte. Er musste noch hier sein.

Angel verharrte regungslos in einem Türrahmen entlang der Gasse. Die Menschen hatten den Vorfall inzwischen bemerkt. Frauen kreischten, Männer riefen nach den Wachen. Die Bewohner im Umkreis der Tat waren in ihren Häusern verschwunden. Angel blieb mit dem Angreifer allein. All ihre Sinne warteten auf ein Signal. Den Geruch von Angstschweiß, den Windhauch eines heranzischenden Messers, das Geräusch einer entsichernden Pistole oder ein Schatten, der plötzlich lebendig wurde.

Auf einmal geschah es. Im Fensterrahmen im zweiten Stockwerk auf der gegenüberliegenden Straßenseite blitze das Mündungsfeuer einer schallgedämpften Pistole auf, dessen Geschoss das Holz der Tür neben Angels Kopf zersplitterte. Sofort erwiderte sie das Feuer. Ungezielt, aber der Attentäter zog sich fluchtartig zurück und sprang in die hell erleuchtete Gasse zu ihrer linken. Bei der Verfolgung fiel Angel Jades Amulett auf, das aus ihrer Uniform herausgerutscht war und nun an ihrem Hals hin und her baumelte. Durch dessen Reflexion musste der Schütze sie entdeckt haben.

Nach zwei weiteren Hausblöcken schien Angel ihr Ziel endlich in einer Sackgasse gestellt zu haben. Sie hielt ihre Pistole mit beiden Händen fest und zielte auf den nervösen Schatten, der aufgeregt hin und her zappelte und nach einem Ausweg suchte.

»Die Waffe runter!«, rief Angel keuchend. Aber anstatt ihrem Befehl folge zu leisten, wirbelte der Attentäter seinen Arm herum und drückte ab. Im letzten Moment sprang Angel hinter eine Hausecke, um dem Beschuss zu entgehen. Sie vernahm das vertraute Klicken eines ausgeworfenen Magazins und zögerte keine Sekunde, drehte sich um die Ecke und schoss. Zwei Mal, drei Mal, vier Mal. Ihre ungezielten Kugeln prallten in der Dunkelheit funkenschlagend von den Wänden ab, doch der Schatten verschwand auf einmal direkt zwischen zwei Häusern. Sofort setzte Angel nach und sah, dass die beiden Gebäude weniger als dreißig Zentimeter voneinander entfernt standen und sich der unbekannte Schütze zwischen ihnen hindurchquetschte. Bevor sie abzudrücken vermochte, kam ihr der verhüllte Angreifer bereits zuvor. Die mausgrauen Wände blitzten bei den schallgedämpften Schüssen taghell auf und Angel musste sich erneut in Sicherheit bringen. Sie hielt ihre Waffe in den Spalt und drückte blind ab, doch ihre Pistole war leer. Das Ersatzmagazin hing griffbereit an ihrem Gürtel, aber ehe sie es benutzen konnte, vernahm sie das Klicken eines halben Dutzends Kalaschnikows um sie herum. Eine grelle Taschenlampe leuchtete ihr direkt ins Gesicht und eine grunzende Männerstimme forderte sie auf, die Waffe fallenzulassen.

Geblendet und desorientiert leistete sie dem Befehl folge. Der Anführer trat näher, hob die Pistole auf und musterte Angel genauer. Dabei fiel sein Blick auf das glänzende Amulett um ihren Hals und von einem Augenblick zum anderen änderte sich sein überheblicher Gesichtsausdruck zu dem eines hilflosen Knaben, der wusste, dass sein letztes Stündlein geschlagen hatte.

»V-verzeihung Herrin«, stammelte er hervor, reichte Angel die Pistole und sank zusammen mit seinen Männern auf die Knie.

»Wo führt dieser Spalt hin?«, brüllte sie ihn wütend an, was ihren unerwarteten Status als Bacchae des Imperiums glaubhaft widerspiegelte.

»Zur Stadtmauer, Herrin«, erwiderte der Soldat reflexartig. Dann erinnerte er sich an das vorherige Feuergefecht, bei dem er Angel unterbrochen hatte, und hob reumütig den Kopf. »Und zur alten Kanalisation!«

»Verdammt!«, fluchte sie und hätte dem Sicarii am liebsten mit der Pistole den Schädel eingeschlagen. Der Mann senkte sofort demütig sein Haupt und rechnete offenbar mit genau dieser Bestrafung. Für einen Moment fühlte sich Angel in ihre Vergangenheit bei den Vultures zurückversetzt. Auf einmal wurde ihr bewusst, wie sehr sie diese Art des Gehorsams und der

Unterwürfigkeit bei den Rangern vermisst hatte. Sie musste weder Befehle erklären noch Handlungen rechtfertigen. Sie konnte den Sicarii vermutlich auf der Stelle exekutieren und keiner seiner Kameraden würde sich einmischen.

Ein euphorisches Kribbeln erfasste sie, als plötzlich eine gewaltige Explosion vom anderen Ende der Stadt die Nacht erschütterte. Die Soldaten im Hintergrund erwachten aus ihrer Trance und einige wagten sogar, sich aufzurichten und nach der Herkunft zu suchen.

»Was war das?«, fuhr Angel sie an und deutete auf die in den Himmel schießenden Flammen. »Was liegt da hinten?«

»Hauptsächlich Wohnhäuser. Das Händlerviertel«, erwiderte der Anführer gehorsam. Es überraschte ihn nicht im geringsten, dass die vermeintliche Bacchae keine genaue Ortskenntnis besaß. Er freute sich regelrecht, ihr zumindest in dieser Sache behilflich sein zu können. Vielleicht würde sie zum Dank sein Leben verschonen.

»Wir stehen euch zur Verfügung, Herrin!«, fügte er demütig hinzu. Anstatt auf sein Angebot einzugehen, trat Angel dem noch immer knienden Sicarii gegen die Schulter und schmetterte ihn damit rückwärts zu Boden.

»Ihr habt mir genug geholfen!«, giftete sie, riss seine Pistole an sich und stürmte an den anderen Soldaten vorbei. »Aus dem Weg!«

Kaum war Angel außer Hörweite der Patrouille rief sie nach Dog, doch sie erhielt nur statisches Rauschen als Antwort. Sie glaubte nicht an Zufälle, schon gar nicht, wenn es die Sicarii betraf. Mit einem schweren Stein im Magen hetzte sie die engen Gassen entlang, durch die sie zuvor den Attentäter verfolgt hatte. Die Explosion lockte die Einwohner zurück auf die Straßen, was unweigerlich in immer häufiger werdenden Rempeleien endete. Angel hoffte inständig, nicht noch weitere Wachen anzulocken, obwohl ihr die Reaktion der Soldaten mehr gefallen hatte, als sie zuzugeben bereit war.

Als sie einen Block vor dem zerstörten Gebäude eintraf, konnte sie das zerstörerische Ausmaß der Detonation erkennen. Das zweistöckige Haus bestand hauptsächlich aus Lehm und Holzbalken, die von der Sprengladung regelrecht pulverisiert worden waren. Angel vermochte weder Etagen noch einzelne

Räume auszumachen. Lediglich das verbogene Metallbettgestell und ein paar intakte Schranktüren wiesen auf den geringen Komfort des Besitzers hin. Eine große Menschenmenge hatte sich vor den brennenden Holz- und Strohresten versammelt, die als Dämmmaterial genutzt wurden, und versuchte, das Feuer mit Decken und Schaufeln zu ersticken. Wasser war viel zu wertvoll, um es einfach auf die Flammen zu schütten; selbst bei der unmittelbaren Bedrohung der angrenzenden Lehmbauten, von denen einige arg in Mitleidenschaft gezogen worden waren.

Angel zog sich hinter eine Hausecke zurück und wollte gerade Funkkontakt mit den anderen herstellen, da kreischten die Menschen plötzlich auf, als um das Gebäude herum Schüsse fielen.

»Dog. Dog! Seid ihr das?«, rief Angel.

»Nadim ... tot!«, rauschte es extrem verzerrt aus ihrem Ohrstöpsel. Sie konnte nicht einmal erkennen, ob es sich um Cassidy oder Jiaos Stimme handelte. »... Hölle los ... raus!«

Angel spähte um die Ecke und sah, wie die Leute panisch in alle Himmelsrichtungen flüchteten. Im Flammenschein der brennenden Ruine erblickte sie eine einzelne, verhüllte Silhouette, die sich mit einer Pistole gegen Angreifer zur Wehr setzte, die von den Hausresten verborgen wurden. Es konnte nicht der Mörder von Nadim sein. Selbst mit einem Vorsprung dank der übereifrigen Sicariipatrouille war es unmöglich, dass er sich bis zum Haus des Gewürzhändlers durchgeschlagen und einen Sprengsatz gezündet hatte, ohne Angel dabei über den Weg gelaufen zu sein. Trotzdem war der flüchtende Schatten ihre beste Chance auf ein paar Antworten, zumal der Unbekannte seine Angreifer erfolgreich auszuschalten vermochte.

»Dog, wenn du mich hörst: Schaff die beiden hier raus! Sofort!«, befahl Angel beinahe flüsternd, überprüfte ihre zwei Pistolen und folgte dem Schützen in die Dunkelheit.

Anders als Nadims Mörder wusste ihr Ziel nichts von der Verfolgerin auf seinen Fersen. Er schien auch ganz andere Sorgen zu haben; lief vergleichsweise ziellos durch die engen Gassen und versuchte nahezu jede Tür zu öffnen. Im Licht eines größeren Lagerfeuers konnte Angel Blutspuren auf dem Boden erkennen und bei genauerer Betrachtung fiel ihr auf, wie die verhüllte Gestalt ihren linken Arm eng am Körper gepresst hielt. Er war verletzt und brauchte dringend einen Verband. Damit lieferte er

Angel einen erstklassigen Verhörvorteil wie auf dem Silbertablett. Jetzt musste sie ihm nur noch in ein verlassenes Haus folgen, wo sie ungestört sein würden.

Die Schüsse in der Umgebung hatten nicht nachgelassen. Die halbe Stadt schien plötzlich aufeinander loszugehen. Von der Hauptstraße hörte Angel die aufheulenden Motorengeräusche bewaffneter Pick-ups, die eilig Schlüsselpositionen von Arnac besetzten. Lautsprecherdurchsagen forderten die Bewohner auf, sich in ihre Häuser zurückzuziehen. Die Ausgangssperre wurde aufgrund des Chaos vorgezogen. Mit jeder Minute verringerte sich die Chance, ungeschoren aus der Sicariistadt herauszukommen, doch Angel durfte nicht mit leeren Händen zurückkehren.

Als sich ihr Ziel eine kurze Verschnaufpause gönnte, betrachtete sie das silberne Amulett im Mondschein, dass ihr an nur einem Tag zwei Mal das Leben gerettet hatte. Sie verstand noch immer nicht, warum ihr von Jade eine derartige Macht über die Todfeinde der Ranger anvertraut worden war. Allmählich dämmerte ihr jedoch, dass die Pläne der Bacchae weit jenseits der Freien Enklaven liegen mussten.

Plötzlich vernahm Angel Geräusche von den Dächern der zweistöckigen Wohnhäuser. Auch dem verletzten Schützen waren die herabfallenden Steinchen nicht entgangen. Sein Kopf zuckte nach oben und beäugte misstrauisch die feine Staubwolke, die langsam hinter den Steinen zu Boden sank. Dann nahm er wieder die Beine in die Hand und rannte so schnell es sein geschwächter Zustand zuließ.

Kurz darauf bog er in eine etwas breitere Straße ab und Angel befürchtete bereits, dass sie sich dem Ende der engen Gassen näherten. Kaum steckte sie jedoch den Kopf um die Ecke, erblickte sie vier sicariianische Soldaten, die, noch bevor sie reagieren konnte, ihr Ziel mit einer Gewehrsalve niederstreckten. Instinktiv faltete sie die Arme über den Ohren zusammen, um dem Donnern zu entgehen, und rollte sich an der Wand zurück in den schmalen Weg, aus dem sie gekommen war. Dann erinnerte sie sich an ihre vermeintliche Tarnung als Bacchae und entschied, diesmal offensiv vorzugehen.

Mit erhobenem Haupt und den beiden Pistolen in den Händen marschierte sie auf den getöteten Schützen zu und ließ die Soldaten dabei keinen Moment aus den Augen. Ihr Plan schien zu funktionieren. Die Männer senkten ihre Gewehre und entspannten sich, traten auf sie zu und untersuchten gleichermaßen die Leiche auf dem Boden. Angel überlegte, ob sie die Sicarii nach der Identität des verhüllten Flüchtlings fragen sollte, vermutete dann aber, dass sie aller Voraussicht nach mehr wissen dürfte, als eine einfache Patrouille, und eine derart offenkundige Unkenntnis ihre Tarnung gefährden würde.

Die Soldaten musterten sie ohnehin bereits mit zunehmender Neugier und raunten einander unüberhörbar argwöhnische Verdächtigungen zu. Als Angels Nackenhaare wieder stachelschweinartig Alarm schlugen, befahl sie den Männern, die Umgebung zu sichern, um ungestört arbeiten zu können. Anstatt ihrer Anweisung im Handumdrehen folge zu leisten, kam der Anführer auf sie zu und verlangte, das Amulett zu sehen. Angel hielt ihm die Silberplakette grimmig ins Gesicht und überlegte, ob sich eine wahre Bacchae für sein gesundes Misstrauen erkenntlich zeigen oder ihn für seinen Ungehorsam bestrafen würde.

Entgegen aller Erwartung trat der verschwitzte Mann zurück, brüllte seinen Leuten laut »JADE!« zu und befahl Angel mit angelegtem Gewehr, die Waffen fallenzulassen und sich auf den Boden zu legen. Ihr Griff um die beiden Pistolen verkrampfte sich, als sie die Grenzen ihrer angeblich unbegrenzten Macht zu spüren bekam. In Zeitlupe ging sie in die Knie und suchte fieberhaft nach einem Ausweg, da hörte sie erneut das Geräusch von den Dächern fallender Kieselsteine.

Doch diesmal waren es keine Steinchen, die vom Himmel auf die Sicarii hinabstürzten. Angel traute ihren Augen kaum, als sie den Hirschledertrenchcoat und das im Mondlicht blitzende Katana ihrer Erzfeindin erkannte, das sich beinahe lautlos durch einen Soldaten nach dem anderen bohrte. Der Anführer wirbelte mit seinem Gewehr herum und nahm Jade unter Feuer, die sich hinter dem Körper ihres letzten Opfers verschanzte, aus dessen Brust noch immer das Schwert ragte. In selben Moment durchschlugen zwei Kugeln aus Angels Pistolen den Schädel des nur wenige Meter von ihr entfernt stehenden Sicarii, der daraufhin leblos zusammenbrach.

Jade riss die blutige Klinge aus der Leiche heraus und starrte Angel mit demselben manischen Blick an, den sie ihr während des Duells zugeworfen hatte, als sie wie ein hungriger Wolf um die

Reste des Betonbunkers geschlichen war. Ihre smaragdgrünen Augen funkelten angriffslustig und Angel war davon überzeugt, dass sich die verrückte Bacchae jeden Augenblick auf sie stürzen würde. Fast schon aus Gewohnheit verstaute sie ihre Pistolen und holte den silbergrauen Kampfstab hervor. Plötzlich starrte Jade jedoch überrascht an ihr vorbei, stürmte auf sie zu und stieß sie in einen verschlossenen Torbogen hinein.

»Nicht bewegen!«, befahl sie eindringlich und drückte sich mit aller Kraft gegen Angel. Im selben Moment eröffneten zwei Gewehre das Feuer auf sie, deren Kugeln funkenschlagend von den Wänden abprallten. Angel vergrub gemeinsam mit Jade den Kopf zwischen ihren Schultern und hoffte, dass die weiche Bausubstanz tödliche Querschläger verhindern würde.

Dann hörte der Beschuss ebenso schnell auf, wie er begonnen hatte. Stattdessen vernahm Angel dumpfe Befehle und Schritte entlang der staubigen Straße. Die unbekannten Angreifer kamen auf sie zu. Jade verharrte noch immer beinahe erstarrt vor ihr, so dass Angel sich kaum bewegen konnte. Sie versuchte nach ihren Pistolen zu greifen, doch die Bacchae schüttelte mit strengem Blick den Kopf.

Als sie bereits den ersten Gewehrlauf um die Ecke ragen sah und ihr Vertrauen in Jade einen neuen Tiefpunkt erreichte, explodierte plötzlich eine Handgranate mitten auf der Straße. Die Wucht der Detonation schleuderte die Sicarii zusammen mit einer Unmenge an Staub und Geröll an ihrem Versteck vorbei. Erst jetzt ließ Jade von ihr ab und trat hustend mit einer Hand vor dem Mund aus dem Eingang heraus.

»Flanken sichern!«

Ihre Leibgarde aus Brackwood war an beiden Enden der Gasse in Stellung gegangen. Gelegentlich hetzten Einwohner oder Legionäre an ihnen vorbei, die der schwerbewaffneten Truppe zwar verunsicherte Blicke zuwarfen, aber unbehelligt passieren durften.

»Was verdammt nochmal geht hier vor?«, rief Angel ihr zu. Sie hielt ihren Kampfstab noch immer fest in den Händen.

»Bürgerkrieg. Rebellion. Verrat. Such dir was aus«, erwiderte Jade hektisch, während sie die Hinterlassenschaften der eben getöteten Soldaten durchsuchte. Als nach einer halben Minute eine zweite Explosion die Stadt erschütterte, gab sie erfolglos auf.

»Uns bleibt nicht viel Zeit«, sagte sie mürrisch.

»Zeit wofür verdammt?«

»Ich kann dich hier rausbringen, aber wir müssen sofort verschwinden.«

»Warum ich? Wozu dieser ganze Aufstand mit dem Amulett und Sharon?«

»Ich weiß, dass du eine Menge Fragen hast, aber dafür haben wir jetzt keine Zeit!«

Kurz darauf rauschte es aus Angels Ohrstöpsel. Irgendjemand aus ihrem Team versuchte, Kontakt mit ihr aufzunehmen. Die Kampfgeräusche hatten sich nach Osten verlagert, wo Dog vermutlich gerade die Flucht vorbereitete. Angel wollte ihnen antworten, da stieß Jade sie zurück in den Torbogen.

»Wir können nicht länger warten! Ich brauche deine Hilfe um diesen Krieg zu führen! Nur deswegen habe ich euch am Leben gelassen und hierher geführt!«

»Welcher Krieg? Warum ich?«

»Angel! ... sitzen fest!«, zischte es aus dem Funkgerät.

»Wir müssen sie da rausholen!«

»Nein!«, fauchte Jade. »Ich brauche dich und nicht die!«

»Wofür verdammt nochmal?«

»Wenn ich scheitere, gehen alle deine Freunde drauf! Auch die in eurem Kloster!«

»Hast du Shawn so davon überzeugt, uns zu verraten!?«, giftete Angel.

Jade zog die Mundwinkel zu einem verächtlichen Grinsen nach oben.

»Nein«, säuselte sie. »Das war viel leichter!«

Angel riss sich aus Jades Umklammerung.

»Wirst du mir helfen?«, wiederholte Jade ihre Forderung.

»... Stadt ... aufeinander los ... bleibst du?«, rauschte es erneut aus dem Funkgerät.

»Ohne sie gehe ich nirgendwo hin!«, rief Angel entschieden.

Jade ließ mit geballten Fäusten und knirschenden Zähnen von ihr ab.

»Wenn ich deine Freunde hier raushole, wirst du dann tun, was ich von dir verlange?«

»Was verdammt nochmal erwartest du von mir?«

»Wirst du mir dann helfen?«, brüllte Jade sie an.

»Ja! Verdammt ja! Ich helfe dir, deinen verfluchten Krieg zu führen!«

Jade dachte einen kurzen Augenblick nach. Sie atmete schwer und starrte Angel mit einem Blick an, den die erfahrene Kriegerin am ehesten als unschlüssig bezeichnen würde. Sie deutete mit dem blutigen Schwert in Richtung Westen.

»Drei Blocks geradeaus, dann links. Dort findest du einen offenen Kanalisationsdeckel. Folge den Tunneln weiter nach Westen. Anschließend schlag dich nach Süden durch, bis du auf das Arbeitslager triffst, das dein Freund Johnny übernommen hat. Da treffen wir uns wieder!«

»Was hat Johnny damit zu tun?«, erwiderte Angel kopfschüttelnd.

»Los jetzt!«, schrie Jade sie förmlich an. Mit einem Pfiff versammelte sie ihre Männer und verschwand ebenso plötzlich in den staubigen Gassen, wie sie aufgetaucht war.

13 - IM AUGE DES STURMS

»Angel! Die ganze Stadt geht aufeinander los! Wir müssen hier raus!«

Angst und Sorge schwangen in Cassidys Stimme mit, sowohl um ihre Ausbilderin als auch sich selbst. Dog hatte sich mit ihr und Jiao in einem verlassenen Wohnhaus verbarrikadiert, wo sie auf die verloren gegangene Scharfschützin warteten.

»Ich krieg keine Antwort!«

»Verdammt«, fluchte Dog mit Blick auf das tosende Gefecht nur einen Block von ihrem Versteck entfernt. »Scheint, als wäre die Bevölkerung wie auf Kommando durchgedreht.«

»Aber warum?«

»Und auf wessen Kommando?«, fügte Jiao hinzu. Seit sie der Explosion von Nadims Haus nur knapp entgehen konnten, waren sie ziellos nach Osten gerannt, in der Hoffnung, dass ihnen die Flucht gelingen würde, bevor ihnen die aufkommende Volksunruhe den Weg zu den Stadttoren abschnitt.

»Was ist mit deinem Vater? Kann der uns nicht irgendwie helfen?«, fragte Cassidy.

»Hab ich bereits versucht. Er verfolgt mit Sicherheit alles, was hier vorgeht, aber die Batterien der Funkgeräte sind wohl schon zu schwach, um die Drohne über uns zu erreichen.«

»Wird er von sich aus Hilfe schicken?«

»Das hoff ich doch!«, erwiderte Jiao überzeugt. Dabei sah Cassidy, wie sie ihre Hand in der Innentasche unter ihrem Poncho vergrub und vermutlich das Foto ihrer Mutter festhielt. »Aber Arnac liegt drei Flugstunden von der Biosphäre entfernt. Außerdem können Danny und Gordon nicht mitten in einem Gefecht landen und selbst wenn, würde der Treibstoff nicht mehr für den Rückflug reichen. Wir müssen die Stadt auf jeden Fall verlassen und wenigstens bis zur Farm von Charles kommen.«

»Wie sieht's da draußen aus?«

»Die sind mit ihrem Aufstand beschäftigt. Wo hast du den Wagen geparkt?«, antwortete Dog zuversichtlich.

»In der Nähe der Stadtmauer am Nordausgang. Ich hielt es für das Beste, nicht zwei Mal hintereinander das gleiche Tor zu benutzen.«

Dog nickte Jiao anerkennend zu und holte seinen Kompass hervor.

»Die verlagern sich immer weiter nach Osten. Mit etwas Glück ...«

In diesem Moment traten plötzlich zwei schwerbewaffnete Soldaten die Hintertür ihres Verstecks ein. Sofort riss der Hüne seine Pistole aus der Hose und durchsiebte die bröckelige Lehmmauer mit einem Kugelhagel.

»Feuer einstellen!«, brüllten die Männer von draußen.

»Wer zum Henker seid ihr?«, schmetterte Dog zurück. Jiao zog ihre Hand aus der Tasche und ging links von der Tür mit ihrer Pistole in Deckung. Cassidy versteckte sich in einem Nebenraum und behielt die andere Seite des Hauses im Auge. Sie erhielten keine Antwort. Als Dog bereits kurz davor war, die Initiative zu übernehmen, erschien ein Schatten im Türrahmen, der einem alten Westernroman hätte entsprungen sein können; wäre da nicht das blitzende Schwert in der rechten Hand.

»Hallo mein Großer«, säuselte Jade in den Raum hinein. Ihr leichter Ledertrenchcoat wehte im schwachen Nachtwind hin und her. Ab und an warfen Explosionen und Mündungsfeuer unterschiedlich große Schatten ihres athletischen Körpers an die Decke und Wände des einsturzgefährdeten Hauses. Andächtig wie eine Adelsdame trat sie über die Türschwelle und warf Jiao einen amüsierten Blick zu.

»Violetta mein Engel«, hauchte sie ihr zu. »Hab ich dir gefehlt?«

Dog schnaufte wütend wie in Brackwood, wo Jade ihn als Köder für Angel missbraucht hatte. Mit der Pistole im Anschlag stampfte er auf sie zu.

»Du ...!«

»Was geht hier vor? Warum bekriegen sich eure Leute plötzlich untereinander?«, fiel ihm Jiao ins Wort. Sie ließ die vernickelte Handfeuerwaffe unter ihrem schneeweißen Poncho verschwinden und deutete Dog mit ernstem Blick, dasselbe zu tun.

»Was für eine Rolle spielt das?«, grollte der Hüne, ohne das geringste Anzeichen, dass er ihrer Weisung folge leisten würde.

»Das ist meine Mission, klar?«, erwiderte Jiao angespannt. Sie stellte sich demonstrativ zwischen Jade und Dogs Pistole. »Nimm die Waffe runter, sofort!«

Zähneknirschend gab er klein bei und überzeugte sich selbst davon, dass der Zeitpunkt der Rache nicht mitten in Feindesland und während eines Volksaufstands gekommen sei.

»Also? Was geht da draußen vor?«, wiederholte sich Jiao etwas entspannter.

»Scarlet hat in ein Wespennest gestochen. Sie war sich wohl nicht im Klaren darüber, was die Sprengung eines Hauses in Arnac für Folgen nach sich ziehen würde.«

»Moment, Moment«, unterbrach Jiao sie verwirrt. »Scarlet ist tot!«

»Das hat dir dein Vater erzählt«, erwiderte Jade und lächelte dabei mitleidig.

Cassidy war inzwischen aus dem Nebenraum dazugekommen und sah fassungslos mit an, wie die manische Schwertkämpferin Jiao sanft mit ihren Fingerrücken über die linke Wange strich. Jiao zeigte zu Beginn keinerlei Anzeichen für Widerstand und schloss sogar einen Moment lang die Augen, als wäre sie in einer Trance gefangen. Dog grollte zornig und selbst Cassidy war kurz davor, die traute Zweisamkeit zu beenden, da ergriff Jiao Jades Handgelenk und hielt sie mit einem entschlossenen Blick von weiteren Zärtlichkeiten ab.

»Warum bist du hier?«

»Dachtest du vielleicht, ich würde dich in diesem Rattenloch allein lassen?«, erwiderte Jade in einem Tonfall tiefster Kränkung. Ohne auf eine Antwort zu warten, wendete sie sich den beiden anderen zu. »Ihr könnt entweder mitkommen oder hier verrecken!«

Mit diesen Worten trat sie aus der Tür und beorderte ihre Kommandoeinheit herbei. Cassidy und Dog blickten Jiao fragend an.

»Können wir ihr trauen?«

Jiao schien sich unsicher zu sein, wie an der Schlucht, als sie von Angel eine Lektion über die Barbaren der Steppe erhalten hatte. Sie nickte verlegen und folgte Jade in die Nacht hinaus.

***

Jades sechsköpfige Leibgarde hatte sich in zwei Gruppen aufgeteilt. Vier von ihnen übernahmen die Vorhut und sicherten routiniert jeden Winkel, jeden Türrahmen und jedes offene Fenster auf dem Weg nach Norden. Zwei Männer blieben so lange verschanzt, bis die anderen ihnen durch leise Zurufe das Signal zum Aufrücken gaben. Die übrigen beiden Soldaten wechselten sich regelmäßig bei der Nachhut ab. Cassidy erinnerte das professionelle Vorgehen mittels lautloser Zeichensprache und der Einsatz von Spiegeln und Schalldämpfern sehr an das militärische Training der Ranger von Silver Valley. Die ganze Zeit spürte sie Jades abschätzende Blicke auf ihrem Rücken, die sie vor sich herzutreiben schien. Am liebsten hätte sie Jiao auf der Stelle nach den Einzelheiten ihrer Bekanntschaft mit ihr befragt, doch momentan stellte Jades Leibgarde den einzigen Schutz vor der aufeinander losgehenden Stadt dar.

Dog sah unterdessen überhaupt nicht ein, warum er Jade den Rücken zukehren sollte und hatte zu Beginn versucht, sich der Nachhut anzuschließen. Nachdem Jade ihn jedoch nie aus den Augen gelassen hatte, einigten sich die beiden wortlos darauf, nebeneinander zu laufen.

Auf dem Weg zum Nordausgang trafen sie wiederholt auf provisorisch errichtete Straßensperren aus verbeulten Autos, Steinen von zusammengestürzten Gebäuden und allem möglichen Schrott, den die Legion auf die Schnelle herbeigeschafft hatte. Jade vermied dabei jede Art von Konfrontation und dirigierte ihren Trupp lautlos durch enge Häuserschluchten und verwaiste Wohnhäuser. Wann immer sie auf Legionäre trafen, ging einer von Jades Männern mit gesenktem Gewehr auf sie zu und klärte die Lage diplomatisch, ganz ohne Drohgebärden oder gar Feuergefechte. Anschließend folgte dasselbe Spiel wie bei Angels Einlass in die Stadt. Die Soldaten gaben umgehend den Weg frei, drängten aber zur Eile, um die Straße hinter ihnen wieder sperren zu können. Dabei blieben Cassidy die fragenden Blicke darüber, mit wem die Bacchae durch Arnac schlich, nicht verborgen, doch niemand wagte es, sie aufzuhalten, um zu fragen.

»Wo ist sie?«, fragte Dog auf halbem Weg.

»Wer?«, säuselte Jade unschuldig.

»Du weißt verdammt genau wer!«

»Uhh ...«, erwiderte sie und schlug mit gespielter Angst die Hände über dem Kopf zusammen. »Meinst du nicht, dass jetzt ein unpassender Moment für deine primitiven Rachegelüste ist?«

Als Antwort zog Dog mit einem Ruck seine Pistole und hielt sie Jade vor die Stirn.

»Glaubst du vielleicht, ich lass mich von den paar Pfeifen einschüchtern!?«, donnerte er zurück. »Na los! Zieh dein Schwert und zeig mir, was du drauf hast! Angeblich fährst du da doch voll drauf ab!«

Jiao sah Jade verlegen an und war bereits im Begriff dazwischenzugehen.

»Violetta, mein Engel«, säuselte Jade. »Was hast du nur wieder für Gerüchte über mich in die Welt gesetzt?«

»Ich hab nur gesagt ...«

Weiter kam sie nicht. Jade riss ihr Katana vom Rücken, trat einen Schritt zur Seite und schlug Dog mit voller Kraft die Pistole aus der Hand. Sein einziger Schuss echote zwar bedrohlich von den Hauswänden, vergrub sich aber harmlos in der sandigen Straße. Anschließend musste er sofort in Deckung gehen, um nicht von ihr geköpft zu werden.

»Aufhören!«, rief Jiao entsetzt und wendete sich an Jades Elitekommando. »Tut doch was!« Aber keiner von ihnen mischte sich ein. Sie bildeten lediglich einen Kreis um die Gruppe.

»Was ist denn, mein Großer? Du schlägst wohl keine Frauen?«

Dog suchte den Boden nach einer Waffe ab. Auch er war als Vulture im Stabkampf nicht unerfahren, obwohl seine Stäbe die Auseinandersetzung selten überlebt hatten. Mit purer Muskelkraft konnte er den Gegner viel leichter zu Fall bringen als durch technische Überlegenheit. Leider war es völlig ausgeschlossen, Jades rasiermesserscharfes Schwert mit Händen oder Armen aufzuhalten, so dass er zumindest ein Schild dagegen benötigte.

»Hier!«, rief auf einmal einer der Soldaten und warf ihm einen polizeilichen Schlagstock mit charakteristischem Quergriff zu. Dog traute seinen Augen nicht. Machten sich Jades Leute über ihn lustig? Bevor er jedoch lange darüber nachdenken konnte, musste er schon den ersten Angriff damit abwehren. Zu seiner Überraschung hielt das Material stand und sein rechter Unterarm blieb unverletzt. Nun war die Zeit des Gegenangriffs gekommen!

Mit einem zornigen Grollen begann er um sich zu schlagen und versuchte, Jade irgendwie zu fassen zu bekommen, die wie eine Katze um ihn herumtänzelte. Dennoch erwischte er sie ein paar Mal mit geübten Drehschlägen aus dem Handgelenk. Die konnten zwar keinen bleibenden Schaden anrichten, ließen Jade aber nach einigen Treffern fürs Erste auf Abstand bleiben.

»Hört auf verdammt nochmal!«, brüllte Jiao. »Wir müssen hier raus!«

»David, bringt sie zu ihrem Wagen«, keuchte Jade ihren Männern aus der Hocke zu. »Ich regel das hier. Allein!«

»Verstanden Herrin«, erwiderte der Soldat, der Dog seinen Schlagstock geliehen hatte.

»Wartet!«, rief Cassidy. Dog und Jade waren in einen nahezu bewegungslosen Zustand verfallen; so als warteten sie darauf, endlich unter sich zu sein. »Angel hat gesagt, dass *du* uns sicher aus der Stadt bringen sollst!«

»Und Jade befielt ihm jetzt, hierzubleiben!«, säuselte sie in der dritten Person. »Welcher Frau wirst du aufs Wort gehorchen, hm?«

Dog schmetterte ihr wütend den Schlagstock entgegen und brüllte dabei aus vollem Hals. Jade wich ihm im letzten Moment aus, so dass er polternd in einer Hausruine landete. Sie lachte leise und steckte ihr Schwert zurück in die Scheide auf ihrem Rücken.

»Ganz wie du wünscht, mein Großer!«, hauchte sie ihm zu und befahl ihren Männern, den Weg fortzusetzen. »Ein andermal ...«

Widerwillig hob Dog seine Pistole auf und suchte nach Schäden. Eine kleine Kerbe auf dem Schlitten würde ihn nun auf ewig an dieses Unentschieden erinnern, aber er wusste, dass Cassidy Recht hatte. Zu allem Überfluss kehrte Jade ihm nun auch noch den Rücken zu. Sie legte es förmlich darauf an, ihn zu provozieren. Doch je häufiger sie das tat, desto geringer wurde der Effekt auf ihn. Zumindest erklärte sich Dog auf diese Weise, dass er ihr nicht augenblicklich eine Kugel in den Hintern jagte.

Fünfzehn Minuten später war es endlich geschafft und das Nordtor erreicht. Der klapprige Pick-up stand nur ein paar Meter daneben im Speisesaal eines Feinschmeckerlokals, das seit dreiundzwanzig Jahren keine Gäste mehr bewirtete. Jade ließ die Wachen am Stadtausgang von ihren Soldaten vertreiben. Ihr Name allein genügte, um die völlig überrumpelten Legionäre zurückweichen zu lassen.

Bevor Jiao in den Wagen stieg, zog sie Jade beiseite. Cassidy beobachtete die beiden gespannt aus dem kaputten Seitenfenster, konnte aber nicht hören, was Jiao der einen Kopf größeren Bacchae entgegen fauchte. Sie holte das verblichene Foto von Sharon heraus, dass sie neben der Schlucht gefunden hatte. Jade schien zum ersten Mal sprachlos und zuckte mit den Schultern. Die Abwehrhaltung ihrer Hände vor der Brust machte aber deutlich, dass sie sich offenbar keiner Schuld bewusst sein wollte.

Dog hatte von alldem nichts mitbekommen. Er war auf der Ladefläche des Pick-ups beschäftigt gewesen, sprang gerade davon herunter und landete dabei mit einem lauten Krachen auf einer Holzpalette, deren Bretter unter seinem Gewicht kapitulierten. Mürrisch rief er Jiao zu, dass sie sich beeilen sollten. Jetzt, wo ihnen die Aufmerksamkeit der anderen gewiss war, trennten sich Jade und Jiao voneinander. Jade kehrte zu ihren Männern zurück und winkte dem klapprigen Wagen zu, dass der Weg frei sei.

»Ihr beide kommt doch nun sicher allein klar, oder?«, brummte Dog und schulterte sowohl sein MG als auch Angels Scharfschützengewehr.

»Wieso? Was ...«, erwiderte Cassidy verdutzt.

»Angel ist irgendwo da draußen und da vorn ist die Stadt zu Ende«, dabei zeigte er auf das Nordtor. »Erzählt den anderen, was hier los ist.«

»Und was dann?«

Dog lehnte sich nah an das Seitenfenster des Pick-ups, um sicherzugehen, dass Jade ihn nicht hören konnte.

»Schickt Verstärkung«, erwiderte er brummig. »So wie ich Angel kenne, wird sie sich zu dem Gefangenenlager durchschlagen, das Johnny angeblich übernommen hat. Nach allem, was hier abgegangen ist, werden die Sicarii eine Weile brauchen, um die Lage unter Kontrolle zu bringen. Die Zeit müssen wir nutzen.«

»Wofür? Was habt ihr denn vor?«, fragte Cassidy. Sie zeigte sich ein wenig überrascht von der strategischen Weitsicht des Hünen. Das hätte sie dem Muskelpaket gar nicht zugetraut.

»Was weiß ich«, erwiderte er schulterzuckend. »Krieg zu führen ist Angels Aufgabe. Darum muss ich sie finden.«

»Allein wirst du hier draufgehen. Jade wird dich nicht schützen«, warnte Jiao ihn ernst.

»Bah! Die soll froh sein, dass ich ihr nicht den Arsch weggeblasen hab!«, entgegnete Dog zornig. »Ich werde hier wohl kaum auffallen. Ein paar Runden mit diesen Pfeifen in der Arena und ich kann mir meine eigene Armee kaufen!«

Jiao blickte Cassidy fragend an, doch die konnte nur schulterzuckend nicken. Der Hüne war in der Taverne tatsächlich binnen weniger Minuten in der Menge untergegangen und vermochte wohlmöglich Wochen oder gar Monate bei den Sicarii zuzubringen, ohne auch nur die geringste Aufmerksamkeit zu erregen. Außerdem standen ihnen ohnehin keine Möglichkeiten zur Verfügung, ihn von seinem Plan abzuhalten.

»Sollen wir irgendwem etwas ausrichten?«, fragte Cassidy stattdessen.

Dog dachte einen Moment lang nach. Es gab tausend Dinge, die er Cole an den Kopf werfen wollte, aber das machte nur Spaß, wenn er es persönlich tat. Zu Butch oder Kim hatte er keinen Kontakt aufgebaut, und einer von beiden würde schon von selbst die Führung übernehmen.

»Sag deinem Bruder, er und Faith sollen ihre Ärsche hierher bewegen!«, grunzte er hervor. Jiao setzte bereits dazu an, ihm die Sicherheitsprotokolle der Biosphäre ins Gedächtnis zu rufen, doch der Hüne winkte ab. »Mir egal, wie ihr das anstellt! Macht es einfach!«

Ohne ihr die Möglichkeit zur Widerrede zu geben, wendete er sich ab und verschwand durch die Küche des alten Restaurants in der Dunkelheit, so dass Jade ihm nicht folgen konnte. Jiao startete den Motor und verließ schnellstmöglich die Stadt in Richtung Osten, wo ihnen Danny und Gordon hoffentlich bereits mit den Hubschraubern entgegeneilten.

14 - ESKALATION

»Was ist?«, platzte es aus Jiao heraus.

Cassidy hockte seit einer halben Stunde auf dem Beifahrersitz und blickte sie schweigend an. Als Antwort auf ihre Frage strich sie sich selbst zärtlich mit den Fingerrücken der rechten Hand über ihre Wangen und schloss dabei verführerisch die Augen. Jiao krallte sich am Lenkrad fest und starrte mürrisch auf die Straße.

»Das hat nichts mit euch zu tun«, presste sie schließlich zwischen ihren Lippen hervor. Cassidy ließ die Sache vorerst ruhen und drehte sich zurück nach vorn.

»Hat dein Vater das denn nicht mitbekommen, wenn er uns die ganze Zeit beobachtet?«

»Innerhalb von Gebäuden ist er höchstens imstande, ungenaue Wärmesignaturen zu erkennen«, antwortete Jiao mit einem leichten Seufzen, bis sie Cassidys verständnislosen Blick bemerkte und hinzufügte, »Nein. Unsere Drohnen können nicht durch Wände schauen. Und ich wäre dir dankbar, wenn du für dich behalten würdest, was du gesehen hast.«

Cassidy nickte zustimmend und kniff die Augen zusammen. Die Farm von Charles, auf der sie den Luxusgeländewagen zurückgelassen hatten, erschien inzwischen am Horizont.

»Kannst du überhaupt noch was sehen?«, fragte sie. Jiao fuhr ohne Scheinwerfer bei einer Sichtweite von höchstens zwanzig Metern.

»Ich sehe alles«, raunte Jiao. Sie drosselte für einen Moment die Geschwindigkeit und reichte Cassidy ihre Einsatzbrille. Sie kannte Nachtsichtgeräte bereits aus dem unterirdischen Forschungskomplex, doch diese Sichthilfe konnte viel mehr. Sie zeigte unter anderem Jiaos Blutdruck und Puls sowie ihre geografische Position auf einer digitalen Karte an.

»Scarlet ... Scarlet. Das kann einfach nicht sein«, murmelte Jiao und überprüfte ihr Funkgerät. »Violet an Basis!«

Sie steckte den Kopf aus dem Fenster und blickte hoffnungsvoll auf die Sterne über ihr. Vielleicht würde sie unter freiem Himmel Empfang haben.

»Basis - Violet! Vater? Hört mich jemand?«

»Scarlet ...«, wiederholte Cassidy flüsternd und reichte Jiao ihre Brille.

»Scarlet war die erste Sicarii, mit der wir Kontakt hatten«, erklärte sie und setzte sich mit einem resignierten Seufzen die Brille wieder auf. »Sie gab vor, Handelsbeziehungen zwischen uns und dem Imperium aufbauen zu wollen. Es dauerte nicht lange, bis wir erkannten, dass sie uns als Vorbereitung für einen Angriff ausspionierte, und versuchte, unsere Verteidigungsanlagen zu sabotieren.«

»Ich weiß«, flüsterte Cassidy und zog dabei ihre Oberschenkel eng an den Bauch.

»Du weißt davon?«, fragte Jiao überrascht. »Woher? Hast du uns belauscht?«

Die vielen Geheimnisse sorgten bei Cassidy zunehmend für Kopfschmerzen. Angel war verschwunden, Dog ihr ins Ungewisse gefolgt. Die Sicarii lagen im Bürgerkrieg miteinander. Ranger, die andere Ranger für die Sicarii jagten. Todfeinde eskortierten sie plötzlich ins Freie und ließen sie bedingungslos laufen. Das alles ergab für Cassidy keinen Sinn mehr. Auf einmal fühlte sie sich wieder wie das junge, unerfahrene Mädchen vom Lande, das Angel vor gut zwei Monaten in einem Erdloch gefunden hatte. Sie war überzeugt, dass ihr bald der Kopf platzen würde, wenn sie sich nicht jemandem anvertrauen und ein paar Antworten erhalten könnte.

»Faith ist eine Bacchae der Sicarii.«

Kaum hatte sie den Satz beendet, blockierten die Vorderreifen des Pick-ups und ließen den Wagen quietschend zum Stillstand kommen. Nur der Sicherheitsgurt, dessen Benutzung Jiao zum Glück bei jeder Fahrt vorschrieb, bewahrte Cassidy davor, durch die zersplitterte Frontscheibe zu stürzen.

»WAS!?«

Die Fassungslosigkeit stand Jiao ins Gesicht geschrieben.

»Sie ist wegen meines Bruders zu uns übergelaufen«, keuchte Cassidy hervor, doch Jiao schüttelte entsetzt mit dem Kopf. Ohne ein weiteres Wort schaltete sie die beiden Funkgeräte ab. Es hatte seit Stunden keinen Kontakt mehr mit der Basis gegeben, aber sie wollte dennoch kein Risiko eingehen.

»Die wechseln nicht einfach die Seiten!«

Minutenlang herrschte bedrückende Stille. Nur der alte Motor des Pick-ups vibrierte durch den ganzen Wagen und ließ die notdürftig zusammengeflickte Karosserie klappern.

»Ihr habt eine Bacchae mitten in unsere Biosphäre geführt«, hauchte Jiao ungläubig. »Und ihr wusstet es!« Sie zog ihr rechtes Bein auf den Sitz hoch und drehte sich zu Cassidy um. »Was ist mit dem Rest eurer Geschichte? Entspricht irgendetwas davon der Wahrheit?«

»Nur Caiden und ich wissen, woher sie kommt. Hätten wir es Angel oder irgendwem von den anderen gesagt, wäre sie längst tot.«

Jiao blickte sie fragend an und wartete auf weitere Erklärungen. Diesmal ließ Cassidy nichts aus. Die Rettung aus Brackwood, bei der Faith ihre eigenen Leute umbrachte, der Mord an Victor und die Sabotage der Verteidigungsanlagen, die Sprengung des Fluchttores, das Zusammentreffen mit Jade, bei der sie Faith absichtlich hatte ziehen lassen, das Tattoo auf ihrem Rücken, die Erzählungen über den Werdegang der Bacchae. Cassidy wollte Antworten und mittlerweile war es ihr ziemlich egal, von wem sie sie erhalten würde.

»Unglaublich«, fasste Jiao kopfschüttelnd zusammen. »Warum hast du mir das nicht früher gesagt? Ich dachte, wir wären Freunde!«

»Du vertraust mir doch auch nicht!«, fuhr es aus Cassidy heraus. »Was läuft zwischen dir und Jade?«

»Das ... ist etwas anderes«, antwortete Jiao zurückhaltend. Sie suchte nach den richtigen Worten und ließ ihr rechtes Bein zurück auf die Pedale rutschten, da wurde es plötzlich taghell um sie herum, gefolgt von einem ohrenbetäubenden Reifenquietschen. Mit lautem Gehupe rauschten drei riesige LKW und ein offener Jeep an ihnen vorbei. Es waren sicariianische Truppentransporter, die Cassidy schon in Brackwood und Sienna gesehen hatte.

»Greifen die jetzt etwa euch an?«, fragte sie, nachdem der Schock vorüber war. Auch Jiao musste erst einmal tief durchatmen, bevor sie wieder sprechen konnte. Sie verfolgte den Kurs der Laster, die nach knapp zwei Kilometern von der Straße abbogen.

»Die wollen zu Charles!«, erwiderte sie entsetzt und trat auf das Gaspedal. Der klapprige Pick-up war kaum in der Lage, mit den

Truppentransportern schritt zuhalten und entsprechend verspätet trafen sie an dem Feldweg zur Farm ein. Mit einem mulmigen Gefühl im Bauch steuerte Jiao den Wagen über die holprige Auffahrt und schaltete das orangefarbene Glimmen ihrer Brille aus, als die LKW vor dem antiken Herrenhaus in Sicht kamen. Sie drückte auf ein paar Knöpfe auf dem Brillenrahmen und zoomte das Bild heran.

Gut zwei Dutzend sicariianische Soldaten hatten die Arbeiter und Sklaven aus ihren Unterkünften zusammengetrieben. Kräftige Scheinwerfer von den Dächern der Truppentransporter erhellten den ganzen Platz. Charles saß in seinem Rollstuhl direkt zwischen ihnen und wurde offenbar vom Anführer verhört. Dem schienen die Antworten nicht zu gefallen, denn er versetzte dem alten Mann einen solchen Schlag ins Gesicht, dass der Rollstuhl auf den staubigen Boden kippte. Charles hob die Arme, um weiteren Schmerzen zu entgehen, und zeigte auf die Scheune, in der Jiao ihren Luxusgeländewagen versteckt hatte. Sofort rannten ein paar der Soldaten zu der Holzhütte, traten die Türen ein und gaben den Blick auf den schwarzen Straßenkreuzer preis. Der Anführer holte zornig seine Pistole hervor und wollte den alten Mann bestrafen, da ergriff Sam plötzlich das Gewehr eines der Sicarii, schlug ihm den Ellenbogen ins Gesicht und feuerte auf den Offizier. Er traf ihn zwei Mal am rechten Arm und in die Brust, bevor er von den umstehenden Soldaten überwältigt und zu Boden getreten wurde.

Jiao zischte durch ihre schneeweißen Zähne, als sie mit ansah, wie die Männer ihren Freund zusammenschlugen, bis der Anführer ihnen befahl, aufzuhören. Er humpelte gekrümmt auf den dunkelhäutigen Sklaven zu und drückte mit der Hand auf das Loch in seinem rechten Arm. Die Brustverletzung schien ebenfalls zu schmerzen, bedurfte aber dank einer schusssicheren Weste keines Verbandes.

»Was machen wir jetzt?«, flüsterte Cassidy nervös. Sie hatte das Schauspiel mit zusammengekniffenen Augen verfolgt und dabei ihr Sturmgewehr fest umklammert. Jiao antwortete ihr nicht, bis der Offizier seine Pistole auf Sam richtete und ohne Vorwarnung zwei Mal abdrückte.

Sie biss sich selbst auf die Unterlippe, um nicht vor Entsetzen aufzuschreien, da strahlte plötzlich einer der Scheinwerfer direkt auf den Pick-up, der mit seiner hellen Lackierung bei Nacht nicht lange unentdeckt geblieben war. Sofort sprang ein Zug Soldaten auf die Ladefläche des hinteren Truppentransporters.

»Vi ...!«, stammelte Cassidy. »Weg hier!

Jiao startete den Motor und hoffte innerlich, dass sie bei ihrem gewagten Wendemanöver nicht im feinen Sand abseits des Feldwegs steckenbleiben würden. Der sicariianische Laster war ihnen schon bedrohlich nähergekommen und der Suchscheinwerfer ließ sie keinen Moment aus den Augen. Nach weniger als einer Minute erreichten sie die asphaltierte Landstraße, aber die rettende Schlucht war mehrere Stunden Fahrtzeit entfernt. Cassidy entsicherte ihr Gewehr und kletterte auf die Rückbank.

»Darf ich überhaupt auf die schießen?«, rief sie Jiao zu, doch im selben Augenblick schlugen die ersten Kugeln funkenschlagend auf der Ladefläche ein. Cassidy zertrümmerte kurzerhand das Heckfenster mit ihrem Gewehrkolben und wollte auf den Fahrer des Trucks hinter ihnen zielen, da zwang sie erneuter Beschuss in Deckung. Anders als die Fahrzeuge der Ranger war der klapprige Pick-up nirgendwo gepanzert. Die Kugeln zischten quer durch den Innenraum hindurch und wurden höchstens von der Karosserie abgelenkt, aber nicht aufgehalten. Querschläger konnten sie überall erwischen, bis sie nach einer Minute endlich außer Schussweite waren.

»Sind das Scarlets Leute?«, fragte Cassidy aufgeregt, während sie sich zurück auf den Beifahrersitz zwängte. Jiao blickte kopfschüttelnd in den Rückspiegel.

»Unwahrscheinlich. Die hatten in Arnac alle Zeit der Welt sich unseren Wagen zu merken und wären nicht einfach an uns vorbeigerauscht.«

Cassidy steckte ihren Kopf aus dem Seitenfenster. Beim Anblick der kaum kleiner werdenden Scheinwerfer des Truppentransporters lief ihr ein kalter Schauer den Rücken hinunter. In solchen Situationen hatte sie sich bisher immer an Angel orientiert, die besonders unter Stress äußerst selbstbewusst reagierte. Jiao hingegen wischte sich mindestens ebenso geschockt wie Cassidy über die verschwitzte Stirn und behielt die Verfolger ständig im Auge. Die Lichter verkleinerten sich kaum noch. Wie eine Katze im Dunklen blieben sie ihnen auf den Fersen und allmählich erschienen sie sogar wieder größer zu werden.

»Vi? Was tust du?«, fragte Cassidy nervös und holte ihren Kopf zurück in den Wagen. Jiao drückte mit aller Kraft auf das Gaspedal, doch der alte Pick-up verlor zusehends an Geschwindigkeit.

»Wir sind wieder in den Keltenhügeln«, erwiderte sie frustriert. »Der verdammte Schrotthaufen kommt den Berg nicht rauf!«

Kaum hatte sie den Satz beendet, pfiffen erneut Geschosse an ihnen vorbei. Cassidy rollte sich zurück auf den Rücksitz und feuerte blind auf die feindlichen Scheinwerfer. In der Hoffnung, einen der Vorderreifen zu erwischen, leerte sie ihr gesamtes Magazin auf einmal, doch bis auf ein paar Funken schien der Laster unbeschädigt geblieben zu sein.

»Der muss gepanzert sein!«, rief sie während des Nachladens nach vorn.

»Verdammt«, fluchte Jiao. »Halt dich fest!«

Sie versuchte dem Beschuss mit waghalsigen Ausweichmanövern um größere Felsbrocken zu entgehen, verlor dadurch aber nur noch mehr an Geschwindigkeit. Es dauerte nicht lang, da konnte Cassidy die Silhouetten der Verfolger erkennen, die auf der Ladefläche standen und sie jeden Moment einzuholen drohten. Sie hatte sogar das Gefühl, als könne sie die lauten Motorengeräusche des Truppentransporters hören. Doch irgendetwas stimmte nicht. Der Lärm kam nicht von dem einzelnen Lastwagen hinter ihnen, sondern vom Himmel darüber. Plötzlich schalteten sich zwei grelle Scheinwerfer ein, die beide direkt auf den Fahrer des Lasters strahlten und ihn zu blenden versuchten.

»Das sind Danny und Gordon!«, rief Jiao mit einem erleichterten Blick in den Rückspiegel, aber die sicariianischen Truppen zeigten sich vom Auftauchen der Hubschrauber völlig unbeeindruckt. Auf einmal knallte es am Heck des alten Kleintransporters, gefolgt von einem metallischen Scheppern.

»Wir wurden getroffen!«, schrie Jiao und riss das Steuer herum, als der Wagen auszubrechen drohte. Trotz ihres beherzten Eingreifens verlor sie binnen weniger Sekunden die Kontrolle über das Fahrzeug, das sich kurz darauf überschlug. Cassidy wurde mit voller Wucht gegen das Dach geschleudert, bis der Wagen auf der linken Seite liegenblieb. Im selben Moment eröffneten beide Hubschrauber das Feuer auf den verfolgenden Truppentransporter und zerstörten dabei dessen Motorblock. Der Laster drohte ebenfalls umzukippen, prallte jedoch zuvor frontal an eine Steilwand und kam abrupt zum Stehen.

Cassidy quälte sich gerade ächzend aus dem verbeulten Autowrack, als bereits sicariianische Kugeln an ihr vorbeizischten und von der dünnen Metallkarosserie abgelenkt wurden. Sie rief nach Jiao und wollte sie hinter dem Lenkrad hervorziehen, da fiel plötzlich ein dickes Seilende direkt neben ihr vom Himmel. Kurz darauf stampfte ein Paar Armeestiefel im staubigen Boden vor der zerstörten Frontscheibe auf. Es war Leon, der seinen Arm ins Wageninnere hielt und Cassidy herauszerrte.

Um sie herum hatten sich fünf weitere bis an die Zähne bewaffnete Soldaten aus der Biosphäre abgeseilt, die Jiao und ihr aus dem Pick-up halfen. Doch keiner von ihnen schoss auf die sich nähernden Sicarii.

Auf einmal hörten sie markerschütternde Schreie aus Richtung des LKW-Wracks. Die Verfolger krümmten sich auf offener Straße, schlugen die Hände über den Köpfen zusammen. Manche rollten sich auf dem Boden entlang, andere nahmen panisch Reißaus. Der Schmerz war so groß, dass sie ihre Waffen liegenließen und ihre Kameraden vollkommen ignorierten. Nur die Flucht vor dem über ihnen schwebenden Hubschrauber, an dessen Seiten sich zwei satellitenschüsselähnliche Mikrowellenemitter drehten, war für sie von Bedeutung.

»Sergej!«, rief Leon lautstark, worauf sein russischer Kamerad ihm zu Hilfe eilte. Der klapprige Wagen hatte angefangen zu brennen und Jiao lag noch immer eingeklemmt unter dem Armaturenbrett. Leon reichte Cassidy sein Sturmgewehr, um beide Hände benutzen zu können. Mit vereinten Kräften schafften es die Männer, das Lenkrad aus seiner Verankerung zu reißen und Jiao zu befreien, bevor das Feuer den Wageninnenraum erreichte.

»Leon - Danny. Die ziehen sich zurück«, knisterte es ruhig und ausgeglichen aus den Ohrstöpseln der Soldaten.

»Verstanden«, keuchte Leon als Antwort. »Lasst sie laufen! Sucht euch eine Landezone und kommt runter!«

Der Pilot bestätigte den Befehl und die Hubschrauber drehten nach Westen ab, um vor der Hügelkette zur Landung anzusetzen. Jiao war inzwischen befreit worden und hustete sich mit ein paar Metern Abstand zum lichterloh brennenden Pick-up die Seele aus dem Leib.

»Danke. Das war ...«, weiter kam sie aufgrund ihrer kratzenden Luftröhre nicht, aber Leon und sein Rettungskommando verstanden sie auch ohne Worte. Bevor sie jedoch zu Fuß zu den Hubschraubern aufbrachen, richteten die Soldaten ihre Waffen auf Cassidy, die noch immer Leons hochmodernes Sturmgewehr in den Händen hielt.

»Was soll das? Sie ... sie gehört doch zu mir!«, protestierte Jiao krächzend.

»Zwei von denen sind aus der Biosphäre geflohen. Dabei haben sie Darrow und Frost ermordet«, entgegnete Leon, zeigte seinen Männern aber gleichzeitig durch beschwichtigende Handgesten, dass ihr Vorgehen übertrieben wäre. »Der Befehl deines Vaters lautet, sie festzunehmen.«

Er entwaffnete Cassidy und nickte Sergej zu, der sie zu den Hubschraubern bringen sollte. Als der Russe ihr Handfesseln aus Kunststoff anlegen wollte, hielt er ihn abermals zurück.

»Das wird nicht nötig sein«, sagte er ruhig. Cassidy blickte Jiao hilflos an, als sie mit einer kräftigen Männerhand auf ihrer Schulter abgeführt wurde, doch Jiao war sich bewusst, dass sie diesmal den Anweisungen ihres Vaters gehorchen musste.

15 - REBELLION

»Faith, ich halte das für eine wirklich miese Idee!«

»Ich lass mich von diesen Typen nicht einfach wegsperren!«, erwiderte sie zornig. »Wenn es dir hier so gut gefällt, dann geh doch wieder zurück in deine Zelle!«

»Die *Zelle* hatte bequeme Betten und aus der Wand kam klares Wasser!«

Caiden und Faith lagen hintereinander in einem Wartungsschacht unter den Gängen der Biosphäre. Sie befanden sich im Wohn- und Erholungssegment. Zumindest behauptete Faith das, denn sehen konnten sie die Räume nicht. In den von Kabeln und Rohren durchzogenen Schächten gab es kein Licht, doch zum Glück hatten sie ihre Taschenlampen behalten dürfen.

»Und was willst du machen, wenn wir draußen sind? Die Schlucht ist sicher hunderte Kilometer entfernt!«

»Genau dreiundachtzig, die Straße entlang.«

»Woher weißt du das nun wieder?«

»Shhh!«, zischte Faith plötzlich und schaltete das Licht aus. Über ihnen vernahmen sie die schnellen Fußtritte mehrerer Männer sowie deren Gebrüll. Eine Alarmsirene heulte auf.

»Na toll!«, grollte Caiden im Flüsterton. »Jetzt sitzen wir hier fest!«

Faith verharrte völlig regungslos und würdigte ihn keiner Antwort. Erst als die Wachen weitergezogen waren, schaltete sie die Taschenlampe wieder ein und riss einen der Knöpfe von ihrem Lederkorsett. Der hatte offensichtlich keine tragende Funktion, besaß dafür aber rasiermesserscharfe Kanten, mit denen sie eins der fingerdicken Kabel durchschnitt. Sie wickelte es sich um die Hüften und robbte davon.

Zwei Minuten lang krochen sie den engen Wartungsschacht entlang, was einer Strecke von etwa zwanzig Metern entsprach. Die Biosphärenbewohner schienen fieberhaft nach ihnen zu suchen, denn die Fußtritte auf den Laufgittern nahmen zu. Glücklicherweise sorgte die Alarmsirene dafür, dass Caidens Fluchen und erschöpftes Stöhnen niemandem auffielen.

Als Faith endlich stoppte, war er kurz davor aufzugeben und nach Hilfe zu rufen. Die Klimaanlage war nicht an die Wartungsschächte angeschlossen und die Luft darin trotz der kalten Nacht ungeheuer stickig.

»Was jetzt ...?«, keuchte er und leuchtete Faith hinterher.

»Jetzt verschwinden wir von hier«, erwiderte sie und legte einen Hebel an der Wand um. Im selben Moment öffnete sich eine Klappe im Boden direkt unter Caidens Kopf und Schultern.

»Woah! Vorsicht!«, rief er entsetzt und klammerte sich an den seitlichen Rohren fest. »Was ist das?«

»Ein Wartungszugang«, antwortete Faith. Sie zerrte das Kabel aus dem Schacht und ließ es durch die Luke fallen.

»Woher wusstest du davon?«, fragte Caiden und blickte dabei auf die dunkle Steppe unter ihm. Ein mäßiger Sandsturm fegte an der Biosphäre entlang und ließ das improvisierte Seil im Wind herumwehen.

»Das ist nicht mein erster Militärkomplex«, entgegnete sie schulterzuckend. »Außerdem stand es auf den Schildern hinter uns.«

Faith nahm die kleine Stabtaschenlampe zwischen ihre Zähne, klammerte sich an dem Kabel fest und rutschte in die Tiefe. Die Verankerungen der Datenverbindung sprangen dabei aus ihren Halterungen und ließen das improvisierte Seil schubweise nachgeben. Kurz bevor Faith hart auf dem sandigen Boden aufschlug, riss der äußere Schutzmantel.

»Beeil dich!«, hörte Caiden sie von unten rufen. Mit geschlossenen Augen verkrampften sich seine Hände um das Kabel, bis er bereits zwischen Biosphäre und rettender Erde merkte, wie ein Draht nach dem anderen zerriss. Ehe er sich versah, stürzte er zu Boden und landete in Faiths Armen. Die konnte ihn zwar nicht auffangen, aber zumindest seinen Fall verlangsamen, so dass er nach einigen Flüchen unverletzt aufzustehen vermochte.

»Und was jetzt?«, rief er ihr mit zusammengekniffenen Augen zu. Der Sandsturm beschränkte die Sicht auf weniger als zehn Meter. »Die werden nicht lange brauchen, um darauf zu kommen, wo wir sind!«

Kaum hatte er den Satz beendet, öffneten sich die massiven Fahrstuhltore des Zugangsturms. Faith ignorierte Caidens frustrierten Ausbruch ging seitlich des Aufzugs in Deckung.

»Die können nur aus dem Wohnsegment kommen«, hörten sie eine Männerstimme rufen. »Du übernimmst A ...«

Weiter kam der Soldat nicht. Faith hatte kurzerhand um die Ecke gegriffen und die völlig überrumpelte Wache mit einem gezielten Handkantenschlag auf das Nasenbein außer Gefecht gesetzt. Sein Kamerad war nun vorbereitet und schlich sich mit angelegtem Gewehr und heruntergeklapptem Nachtsichtgerät heran, fand jedoch nur seinen bewusstlos am Boden liegenden Partner vor.

Caiden kannte Faiths Vorgehensweise inzwischen und sprintete geistesgegenwärtig einmal um den Zugangsturm. Mit einem kräftigen Tritt in die Kniekehlen brachte er den zweiten Soldaten zu Fall und riss ihm dabei das Gewehr aus den Händen.

»Keine Bewegung!«, rief er den beiden Männern zu. Faiths Opfer war mittlerweile wieder zu sich gekommen.

»Aufstehen und dann her mit eurer Ausrüstung!«, befahl Caiden, als Faith hinter dem Zugangsturm hervorgetreten kam. Die Soldaten erhoben sich und begannen widerwillig, ihre Nachtsichtgeräte und Waffen abzulegen. Faith blieb die ganze Zeit in ihrem Rücken und bückte sich erst, als die militärischen Kampfdolche der Wachen auf dem Boden lagen. Sie ergriff die Klingen mit beiden Händen und rammte sie blitzschnell in die Nieren der Soldaten. Faith wusste genau, wo sie die Männer treffen musste, um sie ohne Aufschrei tot auf die Erde fallen zu lassen.

»Was verdammt nochmal soll das?«, fuhr Caiden sie an.

»Keine Zeugen«, erwiderte sie kalt. »Die hätten sich bemerkbar gemacht und uns verraten.«

»Du bist doch verrückt! Jetzt werden die uns mit allem jagen, was sie haben!«

»So wie Scarlet?«, giftete Faith zurück und zeigte ihm dabei den schwarzen Ring an ihrem Finger. Gemeinsam mit Caiden ergriff sie die Ausrüstung und verschwand in der stürmischen Nacht.

***

»Ende der Aufzeichnung«, drang es aus den Lautsprechern in Cassidys Gefängniszelle und das Bild blieb stehen. Sie war nach ihrer Ankunft sofort hierher gebracht worden und hatte seit Stunden nur Amy als Gesprächspartnerin gehabt. Drei Mal hatte sie sich die Flucht ihres Bruders inzwischen angesehen und verstand immer noch nicht, warum Faith plötzlich zustach. Es stand außer Frage, dass sie eine ebenso kaltblütige Mörderin wie Jade war, doch es machte einfach keinen Sinn, die Biosphärenbewohner ohne Grund derart gegen sich aufzubringen. Schon gar nicht, während sie mit Jiao unterwegs und ihr Team versorgt war.

»Wo ist Caiden jetzt?«, fragte Cassidy und vergrub dabei ihr Gesicht beschämt unter ihren Handflächen.

»Unbekannt.«

»Was meinst du mit unbekannt? Ist ihnen die Flucht gelungen?«

»Diese Information ist für dich nicht zugänglich.«

Cassidy nahm die Hände von ihrem Gesicht und rollte mit den Augen.

»Und wo sind die anderen? Butch und Kim?«

»Diese Information ist für dich nicht zugänglich.«

Cassidy knirschte mit den Zähnen und ballte die Fäuste.

»Was ist mit Sharon?«

»Die Vitalzeichen der Patientin liegen innerhalb normaler Parameter. Sie befindet sich auf Anweisung von Doktor Karen Webb auf der Krankenstation und ist seit ihrer Einlieferung bewusstlos.«

Cassidy seufzte erleichtert. Wenigstens eine gute Nachricht. Sie nahm ihren Plastikbecher vom Tisch und lief zum Wasserspender. Noch vor ein paar Tagen hätte sie diesen Raum für ein Paradies gehalten. Frische, saubere Luft und klares Wasser, das schier unaufhörlich aus der Wand zu kommen schien. Und doch blieb es eine Gefängniszelle, wenn auch ohne Gitter, ohne Gestank, ohne die Aussicht auf eine baldige Hinrichtung oder ein Leben in Sklaverei. Stattdessen umgab sie lähmende Ungewissheit. Durch die schwere Stahltür drangen kaum Geräusche von draußen herein. Es gab keine Fenster oder sonstigen Öffnungen, nur den Lüftungsschacht der Klimaanlage an der Decke, in den nicht einmal ihr Kopf passen würde.

Sie fühlte sich einsamer als je zuvor in ihrem Leben. Warum holte Jiao sie hier nicht raus? Warum waren Caiden und Faith so überstürzt geflüchtet, obwohl Angel und Cassidy bereits einen hervorragenden Kontakt zu den Bewohnern aufgebaut hatten? Wie waren sie überhaupt in den Zugangsschacht gelangt? Was war mit den anderen geschehen? Bis auf Sharons unveränderten Zustand verweigerte Amy eisern die Auskunft.

Plötzlich wurde es stockdunkel. Die Deckenbeleuchtung schaltete sich zusammen mit dem Bildschirm ab.

»Was ist los? Was soll das?«, fragte Cassidy verwirrt. Sie stand noch immer am Wasserspender und tastete sich vorsichtig zurück zum Bett.

»Es ist zweiundzwanzig Uhr«, antwortete Amy »Ich wünsche dir eine gute Nacht.«

Zehn Uhr abends. Sie hatte bereits den ganzen Tag in der klaustrophobischen Zelle verbracht und bis auf einen Wärter mit einer kargen Essensration keinen Menschen zu Gesicht bekommen. Seufzend hockte sich Cassidy auf das Bett. Angel hatte ihr nach der Gefangennahme durch die Sicarii ein paar Überlebenstipps für vergleichbare Situationen beigebracht. Seit Stunden kaute sie auf einem Knopf herum, den sie vom Bettbezug abgerissen hatte. Dazu versuchte sie, ihre Kopfrechenkünste aufzufrischen, und plante in Gedanken die unterschiedlichsten Expeditionen in die Steppe. Batterien, Munition, Treibstoff, Wasser; das alles musste berechnet werden, wenn man erfolgreich sein wollte. Eine Weile hatte sie gezögert, ihre Nahkampfübungen fortzusetzen, da ihr garantiert ein Wachsoldat an irgendeinem Monitor zusah, bis ihr Stolz nach ein paar Stunden kapitulierte. Am Ende wünschte sie sich sogar ihre staubigen Bücher zurück, um sich die Zeit vertreiben zu können. Aber auch ohne sie hatte Angel mit ihren Tipps Recht behalten und Cassidy den Tag überstanden. Nun war sie zum Glück so müde, dass sie binnen weniger Minuten einschlief.

***

Cassidy wusste nicht, wie lange sie schon im Halbschlaf auf ihrer Liege verbracht hatte, als sich plötzlich die Zellentür einen Spalt breit öffnete. In der tiefen Dunkelheit überkamen sie Erinnerungen an die verfluchte Militärbasis. Die Stahlwände und das kalte, eiserne Bettgestell trugen ihr übriges dazu bei, um das Schreckensbild zu vervollständigen. Sie wollte fliehen, doch wohin?

»Cassidy?«, flüsterte eine Stimme. »Bist du wach?«

Eine kleine Taschenlampe suchte die Zelle ab und entdeckte das verängstigte Mädchen zusammengekauert in der Ecke hocken. Mit einem amüsierten Kichern leuchtete sich Jiao in ihr eigenes Gesicht und schloss die Tür.

»Ich bin's!«

Cassidy hatte die ganze Zeit die Luft angehalten und atmete erleichtert aus.

»Wozu dieser Aufstand?«, fragte sie. »Wieso machst du nicht einfach das Licht an?«

»Um Amy zu deaktivieren, ohne Aufmerksamkeit zu erregen, musste ich alle umliegenden Systeme abklemmen.« Jiao blickte lächelnd auf die unverkleideten Kabelschächte vor der Tür, so als würde sie sich an eine Anekdote aus ihrer Vergangenheit erinnern. »Der Computer wird von so vielen notdürftig geflickten Kabeln zusammengehalten, dass Amy einige Stunden mit der Fehlersuche beschäftigt sein dürfte«, fügte sie hinzu.

»Und warum hast du sie abgeschaltet?«

Jiaos unbeschwertes Lächeln war aus ihrem Gesicht verschwunden. Ernst half sie Cassidy zurück auf die Beine und setzte sich mit ihr auf das Bett.

»Weil ich ein paar ehrliche Antworten brauche«, erwiderte sie nachdenklich und reichte ihr einen Schokomuffin vom Vortag zur Stärkung. »Deine Freunde sind weg. Nach der Flucht von Faith und deinem Bruder hat sie mein Vater den Sicarii übergeben.«

Cassidy schluckte schwer. Sowohl an dem leckeren Muffin, den sie nach Brot und Wasser zum Abendbrot sofort zu verschlingen begonnen hatte, als auch aufgrund der schockierenden Neuigkeiten.

»Sharon etwa auch?«, fragte sie besorgt. Eventuell war Amy ja darauf programmiert worden, sie zu belügen.

»Die ist noch hier«, antwortete Jiao kopfschüttelnd. »Karen hat sich mit Händen und Füßen gegen ihre Auslieferung gewehrt und nicht mal mein Vater kann es sich leisten, sie einfach so zu übergehen.«

»Was ist mit Caiden und Faith? Habt ihr sie gefasst?«

Jiao schüttelte erneut den Kopf.

»Ich weiß nicht wie, aber sie sind offenbar tatsächlich entkommen. Unsere Drohnen haben das Gebiet bis zur Schlucht den ganzen Tag über abgesucht, ohne das geringste Lebenszeichen zu entdecken. Wir sind noch nicht mal sicher, wie sie überhaupt unbemerkt in den Wartungsschacht gelangen konnten.«

»Hast du deinem Vater von Faith erzählt?«, fragte Cassidy vorsichtig.

»Ich wollte, aber irgendwie ...«

Jiao verschränkte die Arme und schien einen Augenblick lang in Gedanken zu versinken, ehe sie antwortete.

»Ich hab versucht ihn davon abzuhalten, deine Freunde an die Sicarii zu übergeben. Karen und ein paar andere teilen meine Meinung und argumentierten, dass wir sie nicht einfach wegschicken sollten, ohne zu wissen, was da drüben eigentlich vorgeht.«

Jiao rollte die Taschenlampe angespannt zwischen ihren verschwitzten Handflächen entlang.

»Er ist davon überzeugt, dass unser Abkommen mit den Sicarii wichtiger sei, als einer Horde Barbaren aus der Wüste zu helfen, die sich nicht mit ihrer Niederlage abfinden könnten. Die Vereinbarung besagt, dass wir uns in keine ihrer sogenannten Feldzüge einmischen dürfen. Einige eurer Namen, allen voran Angel, lösten bei den Sicarii geradezu Begeisterungsstürme aus. Sie verlangten die sofortige Auslieferung, und als mein Vater zögerte, boten sie großzügige Geschenke an, anstatt uns wie üblich zu drohen.«

»Geschenke? Für uns?«

»Kostenlose Getreidelieferungen oder Fleisch und Öl. Waren, die wir normalerweise gegen Medikamente oder Technik tauschen.«

Cassidy rieb sich niedergeschlagen über ihr Gesicht. Ihr Wert wurde also inzwischen in Steaks bemessen.

»Das war noch nicht alles«, fuhr Jiao fort. »Ich war kurz davor ihm von Jades Hinterhalt und Faiths Identität zu berichten, weil ich dachte, das würde ihn vielleicht davon überzeugen, dass mehr hinter eurem plötzlichen Auftauchen steckt.«

»Und warum hast du es nicht getan?«

»Ich hab ihn zunächst nach Scarlet gefragt, die sich angeblich in genau dieser Gefängniszelle das Leben genommen hat«, antwortete Jiao und zeigte mit dem Finger an die Zellendecke. »Er wurde zornig und behauptete, dass mich euer Einfluss bereits korrumpiert hätte. Dann bekräftigte er seine Befehle und beendete die Diskussion.«

Sie vergrub ihre Stirn unter ihren Handflächen und massierte sich frustriert die Kopfhaut.

»Das ergibt für mich alles keinen Sinn mehr. Seit sechs Monaten hat sich unser Drohneneinsatz vervierfacht. Angeblich aufgrund von Unruhen jenseits der Schlucht, die sicariianische Handelskonvois auf dem Weg zu uns bedrohen würden, die ebenfalls stark zugenommen haben. Als Angel mir von den Aufklärungsdrohnen über euren zerstörten Siedlungen erzählt hat, hab ich noch gehofft, dass es sich um einen Zufall handeln würde. Auch wenn sich meine Leute gern das Gegenteil einreden, sind wir bestimmt nicht die einzigen mit Zugang zu hochentwickelter Technologie. Ich bin mir ziemlich sicher, dass im Jahr 2048 nicht alle Nationen untergegangen sind und da draußen noch andere selbsternannte Imperien existieren. Und inzwischen bin ich davon überzeugt, dass mir mein Vater etwas verschweigt.«

Jiao blickte Cassidy ernst an.

»Wenn es noch irgendetwas gibt, was du mir sagen willst, dann ist jetzt der richtige Zeitpunkt.«

»Was meinst du damit? Ich hab dir alles gesagt, was ich über Faith weiß!«

»Was ist mit Angel? Ist sie auch eine von denen?«

Cassidy starrte sie verdutzt an.

»Wie kommst du darauf?«

»Sie benimmt sich wie eine typische Bacchae!«, sagte Jiao und sprang dabei mit erhobenen Armen vom Bett auf. »Sie hat zum Beispiel Jades Hinterhalt nach ein paar Minuten durchschaut gehabt. In Arnac wusste sie genau, wie sie das Amulett einsetzen musste. Anschließend erteilt sie plötzlich Befehle und verfolgt Nadims Mörder allein in einer angeblich für sie völlig fremden Stadt!«

Cassidy hörte ihr aufmerksam zu und nickte instinktiv. Wüsste sie es nicht besser, hätte sie Jiao vermutlich sogar zugestimmt.

»Sie war jahrelang eine Kommandeurin der Vultures«, sagte Cassidy etwas zögerlich. »Jade hat behauptet, die stünden jetzt auf Seiten der Sicarii.«

»Das würde zumindest deren gesteigertes Interesse an ihr begründen«, antwortete Jiao. »Die waren völlig aus dem Häuschen, als sie von Angel erfahren haben. Und das ist wirklich alles?«

Cassidy nickte erneut und zuckte hilflos mit den Schultern.

»Hat dir Jade etwas anderes erzählt?«

Jiao zog einen kleinen Zettel hervor, auf dem nichts als eine Zahlenreihe geschrieben stand.

»Das sind die Koordinaten einer Stelle gut hundert Kilometer nordwestlich von Arnac, wo ich sie treffen soll. Mehr hat sie mir nicht gesagt.«

»Was ist da?«

»Nichts als vertrocknetes Farmland«, erwiderte Jiao. »Seit Jahren haben wir keine Drohne mehr so weit in ihr Gebiet geschickt und ich hielt es für besser, meinen Vater nicht darüber zu informieren.«

»Und wie willst du dorthin kommen?«

»Da gibt es nur eine Möglichkeit. Fliegen. Ich glaube kaum, dass uns die Sicarii nochmal durch ihr Territorium fahren lassen würden, zumal ich wohl nicht länger auf die Hilfe von Charles zählen kann.«

Cassidy zog die Beine an ihre Brust und starrte auf den dunklen Metallfußboden.

»Mein Vater würde mir jedoch niemals die Erlaubnis dazu geben. Nach all meinen Fragen würde es mich nicht mal wundern, wenn er bereits einen Grund sucht, mir Flugverbot zu erteilen«, fuhr Jiao mit hochgerissenen Armen fort und drehte sich dabei zu Cassidy um. »Außerdem will er dich morgen ebenfalls von den Sicarii abholen lassen.«

Cassidy schluckte wie zuvor, als sie vom Schicksal ihrer Freunde erfahren hatte, und starrte Jiaos dunkle Silhouette erschrocken an. Sie erinnerte sich noch lebhaft an ihre erste Gefangenschaft und bekam furchtbare Angst, da sie diesmal wohl kaum innerhalb weniger Tage auf Rettung hoffen konnte.

»Es scheint, als bleibt uns beiden keine andere Wahl, als meinem Vater zuvorzukommen«, sagte Jiao, hockte sich vor

Cassidy auf den Boden und blickte sie mit zusammengekniffenen Augenlidern an. »Sieh mir in die Augen und sag mir, dass ihr keine feindlichen Absichten gegen uns hegt.«

»Wir sind hier, weil Jade uns östlich der Schlucht Hilfe versprochen hat. Bis auf Sharons Aufeinandertreffen mit dir wussten wir nichts von euch!«, schwor Cassidy mit erhobenen Händen. Jiao blinzelte einen Augenblick lang und stand wieder auf.

»Ich glaube dir«, antwortete sie knapp, holte ein kleines Gerät hervor, das wie eine Heißklebepistole aussah, und hielt es Cassidy an die rechte Schulter. »Keine Sorge, das tut nicht weh.«

Bevor sie protestieren konnte, klickte das Gerät und Cassidy verspürte einen stechenden Schmerz auf der Haut, der aber schon nach einer Sekunde nachließ.

»Was war das?«, fragte sie erschrocken und rieb sich über den Oberarm.

»Ein Mikrochip, mit dem wir dich überall wiederfinden können, falls du uns verloren gehst. Jeder von uns trägt einen. Außerdem ...« Jiao holte eine ihrer taktischen Einsatzbrillen hervor und reichte sie Cassidy. »... funktioniert die jetzt mit deinen Biowerten.«

Tatsächlich zeigte die Brille nun Cassidys Blutdruck, Puls und Position an. Auf der Karte erkannte sie zudem gut einhundert Punkte um sie herum, da sie sich mitten in der Biosphäre befand.

Jiao zückte unterdessen ein kleines Funkgerät und flüsterte hinein. »Karen, Leon - grünes Licht! Ich wiederhole, grünes Licht!«

Cassidy atmete unglaublich erleichtert auf und ließ ihre Füße zurück auf den Boden sinken.

»Und was nun?«

Im selben Moment öffnete sich die Zellentür. Leon trat zusammen mit Sergej ein.

»Uns bleibt nicht viel Zeit. Die beiden werden dich zum Hubschrauber bringen«, erklärte Jiao und drehte sich zu den Soldaten um. »Ihr wisst, was zu tun ist. Ich muss noch ein paar Dinge aus meinem Quartier holen.«

»Und du bist dir absolut sicher?«, fragte Leon.

Jiao nickte ihm entschlossen zu und verließ die Zelle, ohne ihm eine verbale Antwort zu geben.

»Also los. Bringen wir‘s hinter uns. Aber setz die Brille wieder ab!«, brummte Sergej und reichte Cassidy die Hand.

Leon ging mit schnellen Schritten voraus und schien den Augen der Biosphärenbewohner auszuweichen, denen sie über den Weg liefen. Cassidy spürte die neugierigen Blicke, die sie bis vor den zentralen Zugangsturm verfolgten, wo die drei von einem Wachposten aufgehalten wurden.

»Wir sollen sie für die Übergabe vorbereiten, damit unsere Viola morgen keinen Aufstand machen kann«, bluffte Leon mit einem sarkastischen Grinsen. Der Wachsoldat schaute ihn argwöhnisch an, gab sich aber mit der Erklärung zufrieden und ließ sie mit einem ebenso zynischen Gesichtsausdruck passieren. Der Weg führte sie an dem großen Fahrstuhlschacht vorbei in die nördlichen Segmente der Biosphäre, in denen die Gewächshäuser lagen. Nach einer kurzen Odyssee durch ein Labyrinth von Zugangsröhren stoppten sie vor einem massiven Stahlschott.

»Karen«, hauchte Leon in sein Funkgerät. »Wir sind vor dem Tor.«

Einen Augenblick später öffneten sich die schweren Türen und gaben den Blick auf die riesige Halle frei, in der beide Etagen zu einem gigantischen Gewächshaus vereint worden waren.

»Da seid ihr ja endlich!«, rief ihnen Doktor Webb zu. Sie beugte sich zusammen mit Sergejs Bruder Jurij über das Geländer eines Servicegangs in der Mitte der Halle und wirkte ausgesprochen nervös.

»Jiao wollte wohl auf Nummer sicher gehen«, erwiderte Leon und schloss die Schotten hinter sich mit einem kräftigen Schlag auf den angrenzenden Schalter. Anschließend eskortierten sie Cassidy über eine eiserne Treppe auf den Wartungsgang bis zu einer Leiter, die zu einer Luke in der Decke der Biosphäre führte.

»Alles bereit?«, rief ihnen Jiao entgegen, die zur selben Zeit aus einem Nebengang auftauchte. Sie war inzwischen in ihre Fliegermontur geschlüpft und hielt das Foto ihrer Mutter in der rechten Hand.

»Und du bist dir absolut sicher, dass das der einzige Weg ist?«, fragte Doktor Webb besorgt.

»Ihr habt meinen Vater doch erlebt«, erwiderte Jiao entschlossen und zog ihren Reißverschluss zu. »Irgendetwas stimmt hier nicht und wir werden herausfinden, was es ist.«

Die hochgewachsene Ärztin nahm Jiao in die Arme und drückte sie fürsorglich an ihre Brust.

»Pass auf dich auf, meine Kleine!«

Kaum hatte sie den Satz beendet, ertönte plötzlich eine Alarmsirene aus den Lautsprechern, die von roten Rundumleuchten an den Wänden unterstützt wurde.

»Das hat ja nicht lange gedauert«, brummte Leon frustriert und legte mit Sergej seine Einsatzmontur an. Gemeinsam setzten sie die schwarzen Panzersegmente an Schultern, Brust und Beinen mit Klickverschlüssen zusammen. Nach nicht einmal dreißig Sekunden hatten sie mehr Ähnlichkeit mit Eishockeyspielern als den uniformierten Rangern, die Cassidy aus Silver Valley kannte. Trotzdem schien ihre Bewegungsfreiheit dank der federleichten und teilweise elastischen Module kaum eingeschränkt zu sein. Kaum waren sie abmarschbereit, echote Amys künstliche Stimme aus den Lautsprechern:

»Alarm! Gefangenenausbruch in Segment Gamma, Sektion eins. Sicherheitsprotokoll Rot aktiviert.«

Mit einem metallischen Krachen verschlossen sich sämtliche Türen des Gewächshauses.

»Damit haben wir gerechnet«, raunte Jiao und kletterte die Leiter hinauf. »Dafür hab ich Adam schließlich auf dem Dach geparkt, nachdem Gordon wieder alles verstellt hatte!«

Sie begann an dem Rad in der Mitte des Deckenschotts zu drehen, das als Notausgang nicht vom automatischen Verschluss aller anderen Ausgänge betroffen war. Jurij gab seinem Bruder zum Abschied die Hand und nahm ihn anschließend einmal kräftig in die Arme. Als Sergej ihm in die Augen sah, merkte er, wie Jurij seinem Blick auszuweichen versuchte. Bevor er jedoch nachfragen konnte, meldete sich Amy erneut zu Wort.

»Isolationsbruch in Segment Delta!«

»Jetzt wissen die, wo wir sind!«, mahnte Leon. »Beeilt euch!«

Zusammen mit Sergej half er Cassidy die Leiter hoch und reichte ihr anschließend zwei schwere Rucksäcke, die sie nur mit großer Mühe auf das Dach gewuchtet bekam. Kaum waren die beiden Männer durch die Luke gestiegen, öffneten sich die massiven Stahltore vom Haupteingang des Gewächshauses. Die eindringenden Soldaten riefen ihnen zu, sofort stehenzubleiben. Doktor Webb fiel es allerdings nicht mal im Traum ein, sich auf irgendeine Art zu fügen. Sie setzte einen selbstbewussten Gesichtsausdruck auf, verschränkte die Arme hinter ihrem Rücken und stolzierte die Treppe hinab, als wäre nichts geschehen. Jurij konnte seine Aufregung weniger gut verbergen und folgte der Ärztin so dicht wie möglich.

»Zwei Minuten!«, brüllte Leon Jiao zu, die bereits im Cockpit saß und die Turbinen angeworfen hatte. Cassidy rannte zusammen mit den beiden Männern auf den Hubschrauber zu, der von Jiao offenbar etwas umgebaut worden war. Doppelte Zusatztanks an den Außenträgern und ein paar improvisierte Kerosinkanister im Truppenabteil verdeutlichten, dass sie sich auf eine längere Reise vorbereitet hatten. Leon deutete auf den Copilotensitz und kletterte mit Sergej in die seitlichen Geschützstellungen.

»Wie sieht‘s aus?«, rief er nach vorn.

»Eine Minute«, antwortete Jiao angespannt. Sie setzte ihren Fliegerhelm auf und heftete das Foto ihrer Mutter auf das Armaturenbrett. »Macht die Türen zu!«

Leon hatte die Wachsoldaten etwas unterschätzt, denn schon in diesem Moment öffnete sich die Dachluke. Vier Männer kletterten nacheinander heraus und knieten sich mit angelegten Gewehren auf den Boden.

»Die werden nicht auf uns schießen, oder?«, fragte Cassidy unsicher. Mithilfe ihrer orangeglimmenden Brille konnte sie genau beobachten, wie die Soldaten auf sie zielten.

»Auf *uns* nicht«, antwortete Jiao. »Festhalten!«

Sie drückte den Schubregler auf das äußerste Maximum. Daraufhin heulten die Doppelturbinen auf und warfen die vier Soldaten beinahe um, als sich der riesige Hubschrauber langsam in die Luft erhob. Niemand von ihnen eröffnete das Feuer. Jiao schob den Steuerknüppel nach vorn, wodurch sich die Maschine in dieselbe Richtung neigte und an Geschwindigkeit zulegte. Es dauerte nur ein paar Sekunden, dann hatten sie die Biosphäre hinter sich gelassen.

»Violet, hier Basis!«, tönte es aus den Kopfhörern. »Du hast keine Starterlaubnis erhalten!«

Jiao antwortete nicht, sondern schien sich auf den nicht ganz ungefährlichen Streckenverlauf durch die kleine Schlucht vor der Biosphäre zu konzentrieren. Dabei brausten sie auch über den einsamen Ares hinweg, der wieder brav die Zugangsstraße bewachte.

»Jiao! Ich befehle dir, sofort umzukehren!«, hörten sie ihren Vater rufen. »Dein Hitzkopf bringt uns an den Rand eines neuen Krieges!«

Wieder schwieg die Pilotin. Cassidy konnte jedoch ein frustriertes Augenrollen unter ihrem Sichtschutz erkennen.

»Wenn du die Grenze überquerst, bist du auf dich allein gestellt!«, beschwor sie ihr Vater. »Ich werde dir keine Unterstützung mehr schicken!«

»Ich weiß«, antwortete Jiao und schaltete ihre Musik ein. »Violet, Ende.«

***

Gute zwei Stunden folgten sie dem Straßenverlauf, den der sicariianische Konvoi in der Nacht mit den Rangern genommen hatte. Es war nicht ungewöhnlich, dass sie die Dunkelheit für Truppenbewegungen nutzten. Die Gefangenen waren an der Brücke übergeben worden und auf imperialem Territorium schreckte eine Gruppe hell erleuchteter Mannschaftstransporter jeden dahergelaufenen Straßenräuber ab.

Jiao und ihre Kameraden verließen sich auf ihren unerschütterlichen Glauben an die eigene technische Überlegenheit und erklärten Cassidy während eines Tankstopps, bei dem sie die leeren Kerosinkanister aus dem Truppenabteil herauswarfen um Platz für Kim, Butch und Cole zu machen, ein paar Details des Hubschraubers. Angefangen mit der schusssicheren Bodenpanzerung bis hin zu den 1500 PS starken Doppelturbinen, die das fliegende Schlachtschiff auf nahezu dreihundert Stundenkilometer beschleunigen konnten. Aufgrund des extremen Treibstoffverbrauchs verzichteten sie jedoch auf eine Demonstration und begnügten sich mit einer Reisegeschwindigkeit von zweihundert. Der Gefangenenkonvoi war nicht in Eile und würde ebenso sparsam unterwegs sein. Laut Jiaos letzten

Berechnungen sollten sie die Truppentransporter im Morgengrauen fünfzig Kilometer vor Arnac einholen.

»Was meinte dein Vater mit einem neuen Krieg?«, fragte Cassidy, während sie über die schier endlose, nächtliche Steppe hinwegfegten. »Werden euch die Sicarii angreifen, weil du uns hilfst?«

Jiao starrte ausdruckslos auf die Armaturen und suchte nach den passenden Worten. Die Unsicherheit über ihre eigene Rebellion konnte selbst ein Blinder sehen.

»Ach was«, raunte Sergejs russischer Akzent aus den Kopfhörern der Flughelme. »Nach dem Chaos in Arnac werden die ganz andere Sorgen haben!«

Leon löste sich von seinem Bordgeschütz und lehnte sich an die Wand zum Cockpit.

»Yuen hat nicht von den Sicarii gesprochen.«

»Nicht? Von wem denn dann?«, wunderte sich Cassidy.

»Das Imperium hat mehr als einen Feind«, erklärte Jiao. »Einige davon würden nur zu gern eine Destabilisierung der Sicarii sehen. Allen voran die Ragnars im Norden. Auch die Neces könnten binnen kurzer Zeit ganze Provinzen im Chaos versinken lassen, wenn die Legionen die Kontrolle verlieren.«

»Aber was hat das mit euch zu tun?«, fragte Cassidy. »Das hört sich ja fast an, als würdet ihr euch Sorgen um die Sicarii machen!«

»Denk doch nur mal an Charles!«, fuhr Jiao sie beinahe zornig an. »Vor den Sicarii musste er jeden Tag ums Überleben kämpfen. Jetzt genügen ein paar Patrouillen an seinen Zäunen.«

»Das hat ihm gestern aber nicht geholfen.«

»Daran sind wir ... bin ich schuld«, sagte Jiao bedrückt. »Hätte ich ihn nicht ständig in meine Missionen hineingezogen ...«

»Charles kannte das Risiko«, unterbrach sie Leon. »Genauso wie Sam und jeder andere auf der Farm. Wie vielen von denen hat Karen im Gegenzug das Leben gerettet? Wie oft haben wir ihnen mit Gas und Medikamenten ausgeholfen? Direkt an den Sicarii vorbei!«

»Trotzdem sollten wir die Sache klären und dafür sorgen, dass die Legion ihn in Zukunft in Ruhe lässt!«, mahnte Sergej.

»Jade wird diesen Offizier zur Rechenschaft ziehen«, versprach Jiao eisern. »Das schuldet sie mir.«

***

Als die Sonne den neuen Tag einläutete, kam ihr Ziel wie geplant in Sichtweite. Der Konvoi aus zwei Truppentransportern und einem Geländewagen als Eskorte verriet sich schon aus weiter Ferne durch eine hohe Staubwolke.

»Und was nun?«, rief Cassidy nervös. Die lauten Motorengeräusche machten ihr seit dem Aufbruch schwer zu schaffen und dank der Brillenanzeigen konnte sie genau sehen, dass ihr Herz mehr als hundertzwanzig Mal pro Minute schlug. »Halten die einfach für dich an?«

»Das werden wir gleich herausfinden«, antwortete Jiao und überflog die drei Fahrzeuge so tief, dass sie die Frisuren der beiden Männer im etwas vorausfahrenden Jeep durcheinanderwirbelte. Anschließend ließ sie den Hubschrauber einen Meter über der Straße schweben und zwang den Konvoi damit zum Anhalten. Sie schwenkte die Maschine so herum, dass die Steuerbordseite auf die Wagenkolonne zeigte und Leon sie am Maschinengewehr sofort unter Feuer nehmen konnte.

»Ihr habt zwei Minuten Zeit eure Gefangenen freizulassen und zu verschwinden!«, befahl Jiao den Sicarii über die Sprechfunkanlage des Hubschraubers.

Gebannt verfolgte Cassidy, wie die Soldaten ausstiegen und tatsächlich ihre Freunde von der Ladefläche des mittleren Lasters holten. Butch trug noch immer einen Verband an der rechten Hand. Cole und Kim wirkten den Umständen entsprechend gesund. Besonders die widerspenstige Wüstenprinzessin wehrte sich standhaft gegen die grobe Behandlung ihrer Wächter, die sie in einer Reihe vor dem Geländewagen aufstellten.

»Lasst sie laufen!«, schallte Jiaos Stimme aus dem Lautsprecher.

Cassidy zitterte vor Freude am ganzen Leib. Sie hatten es geschafft, ihr Team vor der Gefangenschaft zu bewahren! Der Kommandeur drehte sich zu seinen Männern um und schien ihnen den erhofften Befehl zu erteilen. Dabei fiel Jiao der blutgetränkte Verband an seinem rechten Oberarm auf.

»Das ist doch ...«, hauchte sie mit bebender Stimme. Plötzlich zog der Offizier ohne Vorwarnung seine Pistole und schoss Butch von hinten in den Kopf. Der breitschultrige Mechaniker brach leblos vor Cassidys Augen zusammen und ließ sie entsetzt aufschreien. Schockiert starrte sie auf die Leiche ihres Freundes, der sie vor zwei Monaten so herzlich in seinem orangefarbenen Pick-up aufgenommen hatte.

Der sicariianische Kommandeur trat einen Schritt auf die anderen beiden zu. Er drückte die rauchende Mündung seiner Pistole in Kims Nacken und winkte mit dem verletzten Arm in die Richtung des Hubschraubers. Die Botschaft war eindeutig. Würden sie die Straße nicht sofort freigeben, wäre der Rotschopf sein nächstes Opfer.

Jiao überlegte fieberhaft, wie sie darauf reagieren sollte. Sie durfte die Sicarii nicht damit durchkommen lassen, aber sie hatte auch keinerlei Zweifel daran, dass die Soldaten Kim und Cole vor ihren Augen exekutieren würden, wenn sie der Aufforderung nicht Folge leistete. Leon wartete nur auf ihren Befehl, das Feuer aus dem Bordgeschütz zu eröffnen. Für ihn und Sergej war die Sache klar. Sie hatten nichts zu verlieren. Cassidy starrte nach wie vor apathisch auf Butchs Leiche. Es erschien ihr so unwirklich, wie schnell sich die schon erfolgreich geglaubte Rettung in ein solches Trauma verwandeln konnte. Obwohl sie wie versteinert wirkte, zeigte die Pulsanzeige in ihrer Brille beinahe hundertfünfzig Herzschläge pro Minute an.

Dem Kommandeur dauerten die Überlegungen viel zu lang. Er streckte seinen linken Arm aus, um Jiao zu verdeutlichen, dass er jeden Moment abdrücken würde. Sie griff bereits nach dem Schubregler, da kam ihr Kim zuvor. Blitzschnell ließ sie sich gemeinsam mit Cole auf den Boden fallen und trat dem Anführer dabei die Pistole aus der Hand.

»Feuer! Feuer frei!«, brüllte Jiao, als sie die ungehinderte Schussbahn erkannte, doch Leon hatte die rotierende Minigun schon längst hochfahren lassen. Mit dem gefürchteten, ohrenbetäubenden Dröhnen sägte er eine Schneise quer durch die überraschten Soldaten, angefangen mit dem Kommandeur, der von den Geschossen buchstäblich zerfetzt wurde. Die Schockstarre der Sicarii dauerte jedoch nicht lange und Jiao musste sich beeilen, um an Höhe zu gewinnen und dem feindlichen Beschuss kein stationäres Ziel zu bieten.

»Wo willst du hin?«, rief Cassidy, die von dem lauten Bordgeschütz aus ihrer Trance gerissen worden war. »Wieder runter! Wieder runter! Wir müssen ihnen helfen!«

Jiao war viel zu beschäftigt, um ihrer unerfahrenen Freundin zu antworten. Sie ließ die starken Doppelturbinen aufheulen und blies dabei den Legionären tonnenweise Staub ins Gesicht. Anschließend kreiste sie um den Konvoi herum, wobei sie die Nase des Hubschraubers direkt auf das Ziel richtete, damit beide Geschütze gleichzeitig feuern konnten. Die Sicarii suchten hinter ihren Truppentransportern Deckung, aber weder vermochten sie die dünnen Panzerplatten vor dem Dauerbeschuss der beiden Miniguns zu schützen, noch brachte ihnen der Stellungswechsel irgendeinen Vorteil, denn Jiao hatte sich schon nach wenigen Sekunden wieder hinter ihre Rücken manövriert. Die Bodenpanzerung ihres Hubschraubers hielt dem unkontrollierten Abwehrfeuer hingegen problemlos stand.

»Sergej! Mikrowellenemitter!«, befahl Jiao. »Da unten sind immer noch Leute von uns!«

»Verstanden!«, bestätigte der Russe und ließ von seinem Geschütz ab, um stattdessen die Satellitenschüssel zu bedienen. Leon stellte seinen Dauerbeschuss ein und wählte seine Ziele nun mit Bedacht. Cassidy versuchte Kim und Cole in dem Chaos zu entdecken, doch inzwischen hatten die Geschosse und der Rotor so viel Staub aufgewirbelt, dass man nur noch aufrecht stehende Menschen erkennen konnte.

»Violet - Fletcher«, knisterte es plötzlich aus den Lautsprechern. Seine Stimme klang anders als die üblichen Funkmeldungen. Beinahe flüsternd, so als hätte er Angst, von jemandem in seiner Nähe abgehört zu werden. »Euch bleibt nicht viel Zeit. Eine zweite Kampfgruppe nähert sich aus Richtung Südwesten. Entfernung etwa dreißig Klicks. ETA zehn Minuten.«

»Fletcher? Fletcher!«, antwortete Jiao, doch die Kopfhörer schwiegen. In diesem Moment schlugen plötzlich ein paar Geschosse im und über dem Cockpit ein, gefolgt von lauten Warnsignalen des Bordcomputers. Jiao hatte sich von der Funkmeldung ablenken lassen und war einen Augenblick lang beinahe zum Stillstand gekommen. Außerdem fehlte ihr die gewohnte Deckung des zweiten Hubschraubers, der sie bisher in jedem Gefecht unterstützt hatte.

»Verdammt!«, fluchte sie. »Backbordturbine getroffen. Sie brennt!«

Cassidy hatte keine Ahnung, dass backbord links bedeutete, aber sie konnte den schwarzen Rauch über ihrem Fenster deutlich sehen.

»Sergej!«, brüllte Leon. Der russische Schütze rutschte an der Bordwand zusammen und drückte mit beiden Händen auf eine blutende Wunde am Hals.

»Sergej hat's erwischt! Bring uns endlich hier weg!«, rief Leon nach vorn.

»Was ist mit Kim und Cole?«, entgegnete Cassidy erschrocken. »Wir können sie nicht einfach zurücklassen!«

»Die hatten ihre Chance abzuhauen!«, erwiderte Leon gereizt.

»Er hat Recht«, stimmte Jiao nach einem verstörten Blick auf ihren schwerverletzten Kameraden zu. »Die beiden haben zu Fuß bessere Aussichten als mit uns.«

Sie hatte die Treibstoffzufuhr der zerstörten Turbine getrennt und versuchte nun mit halbem Schub so viel Abstand wie möglich zwischen sich und die herannahenden Sicarii zu bringen. Zurück zur Biosphäre würden sie es nie im Leben schaffen, daher gab es nur noch eine Richtung: Jades Koordinaten. Und damit tiefer in feindliches Territorium hinein. Als Leon erkannte, was Jiao vorhatte, kniete er sich hinter den Pilotensitz und starrte misstrauisch auf die Armaturen.

»Hält die Kiste bis dahin?«

»Vielleicht«, antwortete sie und studierte unschlüssig die Cockpitanzeigen. »Treibstoff sieht okay aus, aber der Öldruck fällt gewaltig. Die müssen auch die zweite Turbine getroffen haben.«

Ein paar Minuten lang vermochte sie den angeschlagenen Hubschrauber auf Kurs zu halten, doch dann blinkten auf einmal zwei weitere Warnleuchten zusammen mit einem Konzert von durcheinander schrillenden Sirenen auf. Das stählerne Ungetüm begann zu rütteln und neigte sich gefährlich zur Seite.

»Es hilft nichts. Wir müssen runter. Sofort!«, übersetzte Jiao. »Haltet euch irgendwo fest!«

Cassidy krallte sich an ihre Kopflehne, als sie die vertrockneten Bäume des Ödlands auf sich zukommen sah. Die Gegend war übersät mit aufgesprengten Felsbrocken und widerspenstigen Sträuchern. Vor ihnen nahm eine kleine Gruppe von Antilopen

Reißaus, die vermutlich gerade den Schock ihres Lebens erfuhren, als das qualmende Himmelsschlachtschiff dröhnend auf sie herabstürzte. Jiao gelang es im letzten Moment, die Nase vor dem Aufprall hochzuziehen, so dass sie ein paar Meter auf der Erde entlangschlitterten, bevor sie der Hauptrotor zur Seite warf und sich in den staubigen Boden grub. Ein Rotorblatt nach dem anderen zersplitterte und zischte als tödliches Geschoss davon, ehe die verbliebene Turbine endgültig den Dienst einstellte. Das Hubschrauberwrack neigte sich nach backbord und Jiao war bei der Bruchlandung nur durch ihre Gurte im Sitz gehalten worden.

»Leon!«, rief sie nach hinten, während sie sich zu befreien versuchte. »Seid ihr noch da?«

»Sergej. Sergej!«, brüllte er und schüttelte an seinem russischen Kameraden, doch der Bordschütze hatte den Absturz nicht überlebt. Schnaufend rieb sich Leon den Schweiß aus dem Gesicht und riss die Steuerbordluke auf. »Wir müssen hier weg. Wie weit sind wir gekommen?«

Jiao antwortete ihm nicht, sondern starrte fassungslos auf ihren toten Freund. Selbst während des Krieges mit den Sicarii gehörten Verluste unter den Biosphärenbewohnern zur absoluten Ausnahme - und diesen Tod hatte sie allein zu verantworten.

»Komm wieder zu dir!«, rief ihr Leon zu. »Wie weit sind wir gekommen!«

»Vielleicht zehn ... fünfzehn Kilometer«, sagte Jiao apathisch, aber dann schüttelte sie innerlich den Kopf und löste ihren Sicherheitsgurt. Eigentlich hatte sie sich mit den Füßen am Boden abstützen wollen, doch ein stechender Schmerz im linken Knöchel ließ sie laut aufschreien und im freien Fall auf Cassidy hinabstürzen.

»Mein Fuß!«, heulte sie und zog ihr linkes Bein an die Brust.

»Auch das noch«, erwiderte Leon. Er schnappte sich sein Gewehr und spähte aus dem geöffneten Hubschrauber hinaus. »Alles ruhig. Kommt raus!«

Er schleuderte seine Waffe auf den Boden und reichte Jiao die Hand. Erst zog er sie aus dem Cockpit, dann kletterte er mit ihr auf dem Rücken aus dem Wrack heraus. Dabei riss sie das Foto ihrer Mutter vom Armaturenbrett und versteckte es in einer Innentasche ihrer Fliegermontur. Cassidy war bis auf ein paar Kratzer unverletzt geblieben, stand aufgrund des Absturzes jedoch unter Schock und folgte den beiden völlig stumm.

»Die werden nicht lange brauchen«, brummte Leon, während er Jiaos Knöchel untersuchte. Er war nicht gebrochen, schien aber bereits anzuschwellen und war vermutlich beim Aufprall verstaucht oder gezerrt worden. »Hast du einen Plan B?«

»Nein!«, zischte Jiao, als ihr der Schuh vom Fuß gezogen wurde. »Jade. Wir müssen zu Jade!«

Mit ein paar Handgriffen holte Leon das Gepäck mitsamt Sergejs Ausrüstung aus dem Hubschrauber und drückte Cassidy einen der Rucksäcke in die Hand.

»Dann folgen wir dem alten Plan«, entschied er widerwillig. »Zurück schaffen wir es ohnehin nicht.«

»Und was wird aus Kim und Cole?«, versuchte Cassidy leise zu protestieren. Nach der misslungenen Rettungsaktion fühlte sie sich mehr als je zuvor für das Schicksal ihrer Freunde verantwortlich.

»Du hörst dich an wie eine kaputte Schallplatte!«, erwiderte Leon. »Sieht das für dich etwa so aus, als wären wir in der Lage eine Rettungsmission durchzuführen?« Er schulterte seinen eigenen Rucksack und tippte ein paar Mal auf einem glänzenden E-Paper herum, bis er mit der Nase nach Norden zeigte. »Da vorn verläuft eine Straße. Etwa fünf Klicks. Von da aus reisen wir per Anhalter weiter!« Er atmete einmal tief durch und fügte hinzu, »Und nimm endlich die verdammte Brille ab. Du verbrauchst nur unnötig Strom!«

Anschließend half er Jiao beim Aufstehen, legte ihren linken Arm um seine Schultern und lief los, ohne sich weiter um Cassidy zu kümmern. Nach gut einhundert Metern stoppte er und drehte sich zusammen mit der ächzenden Asiatin zu dem Hubschrauberwrack um.

»Willst du? Oder soll ich?«

Jiao funkelte ihn erbost aus den Augenwinkeln an und griff nach einer kleinen Fernbedienung in seinen Händen. Ehe Cassidy verstand, worum es den beiden ging, drückte sie auf einen der Knöpfe und einen Sekundenbruchteil später explodierte der abgestürzte Hubschrauber plötzlich.

»Verzeih mir«, hauchte Jiao.

Cassidy war sich nicht sicher, ob sie Sergej oder ihr zerstörtes Himmelsschlachtschiff Adam meinte, das ihr über viele Jahre wie ein geliebtes Haustier ans Herz gewachsen war. Wahrscheinlich galten ihre Worte beiden zugleich.

***

Fünf Kilometer hatten nach einem gemütlichen Spaziergang geklungen, aber fünf Kilometer durch die unebene Steppe mit ihren verholzten Sträuchern und scharfkantigen Steinen dauerten gleich viermal so lang. Fünf Kilometer durch die unwirtliche Landschaft mit einem verstauchten Fuß und es wurden schnell ein paar Stunden daraus, ehe Cassidy erschöpft neben der aufgeplatzten Landstraße zusammenbrach. Leon hatte mittlerweile seinen Rucksack um den Bauch gehängt und trug Jiao auf dem Rücken, um zügiger voranzukommen. Als auch er endlich die Straße erreichte, folgte er Cassidys Beispiel, ließ seine Passagierin im Straßengraben absteigen und legte sich anschließend keuchend neben den heißen Asphalt.

»Und jetzt?«, ächzte Cassidy, während sie blind in ihrem Rucksack nach den Wasserflaschen suchte.

»Wir warten ...«, antwortete Leon hechelnd. »... bis uns ... mitnimmt.«

»Einfach so?«, erwiderte Cassidy ungläubig.

Die abgehackten Sätze machten deutlich, wie entbehrungsreich die vergleichsweise kurze Wanderung durch die heiße Steppe gewesen war. Jedes Wort schmerzte in ihren ausgetrockneten Kehlen.

»Einfach so«, bestätigte Leon. Er löste die Träger seines Rucksacks und stieß das schwere Gepäck von seiner Brust. »Wie geht‘s dem Fuß?«

»Eis. Ich brauch Eis!«, hörte er Jiao aus dem Straßengraben rufen. Leon begann leise zu lachen.

»Ich auch!«, rief er zurück. »Maxwell! Drei Mal Erdbeereis, bitte!«

Es dauerte nicht lange, da lachten Jiao und Leon lauthals und zeigten gen Himmel, wo mit Sicherheit eine Aufklärungsdrohne über ihnen kreiste, die ihre Bestellung aufnehmen sollte.

Sie wussten nicht, ob sie erst Minuten oder bereits Stunden regungslos in der heißen Sonne lagen, als Cassidy verträumt den Kopf zur Seite legte und mit den Augen blinzelte.

»Hey«, hauchte sie heiser aus ihrer trockenen Kehle. »Da kommt was auf uns zu!«

Leon kniff die Augenlider zusammen und versuchte, die verschwommenen Bilder der spiegelnden Straßenoberfläche zu deuten. Sie hatte Recht! Es näherte sich tatsächlich ein Auto. Stöhnend kniete er sich auf den Boden, griff nach seinem Gewehr und zwang sich aufzustehen.

»Du gibst mir Deckung!«, befahl er Cassidy und zeigte auf einen Strauch im Straßengraben.

»Warte mal!«, warf sie protestierend ein. »Wolltest du die nicht einfach nur fragen?«

»Deckung!«, wiederholte Leon grollend seine Anweisung. Der uralte Pritschenwagen hatte sie beinahe erreicht und Cassidy versteckte sich widerwillig hinter dem Gebüsch. Leon stellte sich unterdessen mitten auf die zweispurige Straße. Er entsicherte sein Sturmgewehr, gab drei Schüsse in die Luft ab und zielte anschließend auf den langsamer werdenden Transporter. Durch die Frontscheibe konnte er zwei aufgeregt miteinander gestikulierende Passagiere erkennen, die sich schließlich darauf einigten, mit erhobenen Händen auszusteigen. Im Freien wirkten sie wie ein altes Ehepaar, so als hätte Leon Paul und Martha gestoppt. Selbst der Gewehrlauf vor ihnen schien die beiden nicht von ihren Streitereien abhalten zu können.

»Du und deine Abkürzungen!«, giftete die ältere Dame. »Ich hab dir gesagt, du sollst die Hauptstraße nehmen!«

»Damit diese Halsabschneider uns auch noch die letzten Sicar bei ihren sogenannten Zollkontrollen abnehmen können? Niemals!«, fluchte der Fahrer zurück.

»Die lassen uns wenigstens den Wagen! Wie sollen wir jetzt über den Winter kommen?«

»Genauso wie über den Sommer! Da gibt's doch gar keinen Unterschied mehr!«

Während Leon den beiden zuhörte, rollte er zunächst mit den Augen und senkte kurz darauf sein Gewehr. Von diesen Rentnern ging zumindest keine körperliche Gefahr aus, auch wenn ihm das Gezeter bereits Kopfschmerzen bereitete. Er winkte Cassidy zu, die daraufhin Jiao aus dem Graben half und sie zur Beifahrertür des klapprigen Lasters führte. Die beiden ließen es sich nicht nehmen, Leon für seinen großen Fang hinter vorgehaltener Hand auszulachen.

»RUHE JETZT!«, brüllte er die Alten an, die nicht mal mit Streiten aufhörten, als Cassidy und Jiao schon abfahrbereit im Führerhaus saßen. »Wohin sollen wir den Wagen zurückbringen?«

Schlagartig kehrte Ruhe ein. Verdutzt schaute ihn das alte Ehepaar an.

»Zurückbringen?«, fragte der Mann nach einer kurzen Atempause. »Aber wir dachten, ihr ...«

»Halt doch deinen Rand, Arthur!«, fauchte seine Frau dazwischen. Anschließend setzte sie ein gespieltes Lächeln auf und wendete sich Leon zu. »Zum alten Bergwerk in Guntherville, bitte!«

»Hey!«, rief Jiao aus dem Wageninneren und winkte Leon heran. »Du lässt die beiden hier nicht stehen!«

Zähneknirschend warf er einen Blick auf die leere Ladefläche und beorderte anschließend Cassidy auf den Fahrersitz.

»Du fährst!«

Er befahl der alten Frau wieder einzusteigen und half Arthur auf das Heck des Lasters. Die schwarzen Armeerucksäcke dienten als Sitzpolster und so konnte er den Rentner im Auge behalten. Außerdem hielt er es für eine gute Idee, den beiden etwas Abstand voneinander zu gönnen.

»Wo kommt ihr drei eigentlich her? Ihr seht ja furchtbar aus!«, fragte die Großmutter neugierig, als Cassidy den alten Motor nach ein paar Fehlversuchen in Gang gesetzt bekam und davonrollte. Sie entschied sich, Jiao das Reden zu überlassen.

»Wir sind von den Neces überfallen worden«, antwortete diese geistesgegenwärtig. Wahrscheinlich war das ihre Standardausrede für den Kontakt mit der einfachen Bevölkerung, dachte Cassidy im Stillen.

»Dann seid ihr also gar keine ...?«, erwiderte die alte Frau mit einer Mischung aus Erleichterung und Überraschung. »Als Arthur und ich euren Freund breitbeinig auf der Straße stehen sahen, waren wir sicher, unser letztes Stündlein hätte geschlagen!«

Jiao versuchte sich in der Mitte der Sitzbank halbwegs bequem hinzusetzen, doch ihr Fuß schmerzte, sobald sie ihn länger als ein paar Sekunden aufliegen ließ. Die redselige Alte hatte sich scheinbar nur oberflächlich für ihr Schicksal interessiert und plauderte unentwegt über sich selbst. Ihr Name war Michelle und eigentlich war sie nur mit ihrem Mann durch die Wüste gefahren, da ihr Sohn Robert, dem das Bergwerk gehörte, krank im Bett lag. Die Ärzte aus Alexandria hatten sich für den morgigen Tag angekündigt, um nach seinem Bein zu sehen, das Robert sich während der Arbeit aufgeschlitzt hatte und seitdem an einer schweren Entzündung litt.

Mit jedem Satz regte sich die alte Frau mehr auf, bezeichnete ihren Sohn als ewigen Dummkopf und Arthur als nutzlosen Taugenichts, der einfach nur die Hauptstraße hätte nehmen sollen. Cassidy und Jiao sahen einander fassungslos über die Belanglosigkeiten an, an denen sich Michelle offenbar ununterbrochen hochziehen konnte. Die beiden überlegten, ob sie ihr einen Einblick in ihre eigene Welt mit echten Problemen gönnen sollten, entschieden aber, dass sie der Alten dadurch höchstens zu einem Herzanfall verhelfen würden.

Auf der Ladefläche blieb es unterdessen die ganze Zeit still. Leon und Arthur wechselten nicht ein Wort miteinander. Der Rentner schien die eintönige Ruhe unglaublich zu genießen, schloss die Augen und lehnte sich auf seinem Rucksack bequem zurück. Durch die Gesprächsfetzen, die hin und wieder aus der Fahrerkabine drangen, konnte sich Leon gut vorstellen, wie selten dem bemitleidenswerten Mann mit dieser Ehefrau etwas Frieden vergönnt war. Cassidy hatte inzwischen das Gaspedal bis aufs Bodenblech durchgetreten, um Michelle möglichst schnell zu entkommen. Jiao nahm die starken Erschütterungen der Schlaglöcher dabei billigend in Kauf.

Geschlagene zwei Stunden mussten die beiden Michelle zuhören, bis endlich die rettenden Koordinaten in Sichtweite kamen. Am Horizont tauchten die Ruinen einer Siedlung auf; nicht mehr als drei oder vier langgezogene, einstöckige Einfamilienhäuser mit längst davongewehten Heudächern, ein paar verfallene Scheunen, verrottete Traktoren, Erntemaschinen und Lastenanhänger. Das Farmland um sie herum war offenbar noch nicht vom Imperium erschlossen und vorerst dem Wildwuchs überlassen worden. Die Landstraße war vor einigen Kilometern abgebogen und der alte Feldweg, dem Cassidy langsam folgte, hatte schon jahrzehntelang kein Fahrzeug mehr gesehen. Niemand verlief sich zufällig an diesen Ort und zum ersten Mal seit ihrem Aufbruch schwieg Michelle.

»Bist du sicher, dass wir hier richtig sind?«, fragte Cassidy nervös.

»Nein«, antwortete Jiao, während sie geistesabwesend auf einem glänzenden E-Paper herumtippte. »Ohne die Satelliten haben wir nur Schätzwerte. Wir sind zumindest in der Nähe und andere Häuser seh ich nirgendwo.«

Die alte Frau schwieg noch immer, doch nun spitzte sie ihre Ohren. Worte wie *Satellit* hatte sie schon dreiundzwanzig Jahre lang nicht mehr gehört und hochentwickelte Technik wie Jiaos Zauberkarte kannte sie noch aus ihrer Jugend. Auf einmal erschienen ihr die einfachen Wegelagerer interessant genug, um ihrer Aufmerksamkeit würdig zu sein. Bevor sie jedoch die Frage nach ihrer Herkunft wiederholen konnte, stoppte Cassidy den Pritschenwagen vor einem Baumstamm, der ihnen mitten auf der Straße den Weg versperrte.

»Endstation«, murmelte sie und blickte argwöhnisch aus dem Seitenfenster. »Leon!«

»Ja ja«, brummte es von der Ladefläche.

Leon hatte seit ihrer Einfahrt in das verfallene Dorf aufrecht hinter der Fahrerkabine gestanden und war bereits im Bilde. Zusammen mit Arthur kletterte er vom Laster. Gemeinsam wuchteten sie den Baum von der Straße und nutzten die Chance, sich zu Fuß umzusehen. Dabei entdeckte Leon etwas, das er für ein Ortseingangsschild hielt, und das von verholzten Sträuchern verdeckt worden war. Zum Vorschein kam jedoch das Symbol einer Frau mit Augenbinde, das Cassidy bereits von Jades Amulett kannte. Als er es freilegte, stockte Michelle im Führerhaus der Atem.

»Wir müssen sofort umkehren!«, stammelte sie.

»Warum? Was bedeutet das?«, fragte Cassidy.

»Das hier ist eine verbotene Zone der Bacchae!«, raunte die alte Frau. »Wer sie betritt, wird vom Erdboden verschluckt!«

»Großartig!«, erwiderte Jiao. »Dann sind wir hier ja goldrichtig.«

Michelle starrte sie kreidebleich an. Arthur hingegen rollte Leon gegenüber mit den Augen und machte deutlich, dass er nichts von solchem Aberglauben hielt. Trotzdem blickte er misstrauisch auf die verfallenen Gebäude vor ihnen, während er mit Leon zu Fuß die Siedlung betrat. Cassidy folgte den beiden mit einigen Metern Abstand.

Die Fensterscheiben lagen zerbrochen im Inneren der Häuser und alle bis auf eines waren bei einem Brand zerstört worden. Nirgendwo ein Lebenszeichen. Der gesamte Ort schien seit vielen Jahren unangetastet geblieben zu sein. Auf ihrem Weg entdeckten sie drei weitere Bacchaesymbole, die Michelle das Blut in den Adern gefrieren ließen. Seit ihrer Ankunft hatte sie kein Wort mehr hervorgebracht, was inzwischen auch den anderen Sorgen bereitete.

»Oh ... verdammt!«, rief Leon beim Betreten einer Scheune plötzlich. »Was zum Henker haben die hier gemacht?«

Auf dem Boden stapelten sich ungefähr zwanzig Leichen, die nur noch anhand der verwesenden Knochen als Menschen identifiziert werden konnten. Ehe sie den Haufen jedoch genauer zu untersuchen vermochten, knackten überall um sie herum trockene Äste, klickten Gewehrsicherungen und raschelten schwerbewaffnete Kämpfer aus dem hohen Steppengras. Leon fühlte seine Kopfschmerzen zurückkehren und knurrte gereizt, während er sein Gewehr vom Hals nahm und an zwei Fingern zu Boden sinken ließ. Cassidy und Jiao folgten seinem Beispiel und stiegen vorsichtig aus dem Laster aus. Arthur stellte sich schützend vor seine Frau, die sich im Angesicht der sicariianischen Truppen zum Atmen zwingen musste, um nicht ohnmächtig zu werden.

»Dein Hubschrauber hat aber abgenommen!«, rief plötzlich eine bekannt hochnäsig klingende Frauenstimme. Kurz darauf trat Jade zwischen ihren Männern hervor, was bei Jiao einen Seufzer der Erleichterung auslöste. Arthur und Michelle hingegen wirkten nun noch eingeschüchterter als zuvor. Die Soldaten senkten die Gewehre und Jade blickte die Neuankömmlinge argwöhnisch an.

»Was ist passiert?«

»Die haben Butch ermordet!«, platzte es aus Cassidy heraus. Sie hatte inzwischen von Angel und Faith gelernt, dass die Bacchae auch nur Menschen waren und den direkten Kontakt langen Reden vorzogen. Jade zog misstrauisch die Augenbrauen hoch und nickte Jiao zu, die daraufhin erzählte, was seit ihrer Flucht aus Arnac geschehen war. Sie ließ kein Detail aus. Nicht mal den Mord an den beiden Soldaten durch Faith, für den sie Jade verantwortlich machte.

»Wieso? Wieso hast du sie zu uns geschickt?«, fuhr Jiao sie an. »Wir hatten ein Abkommen mit euch, verdammt nochmal!«

»Das Abkommen ist schon lange hinfällig. Dein Vater hat es selbst beendet, als er Scarlet für tot erklärt und dann weiterhin als Kriegsgefangene festgehalten hat. Es war das Papier nicht wert, auf dem er es unterzeichnet hat!«

»Ich hab die Aufzeichnungen der Überwachungskamera doch mit eigenen Augen gesehen!«, erwiderte Jiao erzürnt. »Sie hat sich selbst in ihrer Zelle umgebracht!«

»Und wer sorgt dann in ihrem Namen für Chaos!?« Jade schüttelte mit dem Kopf. »Du weißt genauso gut wie ich, dass da was nicht mit rechten Dingen zugeht. Warum bist du sonst hier?«

Jiao ballte die Fäuste und hätte am liebsten gegen den Pritschenwagen getreten. Da sie aber die ganze Zeit nur auf einem Bein zu stehen vermochte, biss sie sich notgedrungen auf die Unterlippe und schwieg.

»Der Wagen ist nicht gerade das, was ich erwartet habe«, philosophierte Jade unberührt und rümpfte angesichts des klapprigen Vehikels die Nase.

»Was hast du denn erwartet?«, giftete Jiao zurück.

»Na deinen Hubschrauber! Waffenstarrend und bestückt mit ein paar strammen Kerlen wie Leon hier!«

Dabei tänzelte Jade um den verschwitzten Soldaten herum wie bei einer Fleischbeschauung. Er runzelte die Stirn und rieb sich die schmerzenden Schläfen, bis Jade auf einmal das glänzende E-Paper aus Jiaos Händen riss. Dann wechselte sie plötzlich von einem Moment auf den anderen die Stimmlage, so als hätte sie einen Funkspruch bekommen und müsste ganz dringend aufbrechen.

»Ihr könnt mir hier nicht mehr helfen«, stellte sie ausdruckslos fest und tippte auf der Folie herum. »Da liegt das Gefangenenlager, das euer Freund Johnny übernommen hat.« Sie zeigte auf einen unscheinbaren Punkt fünfzig Kilometer südlich von Arnac. »Helft stattdessen ihm, aus dem Sauhaufen eine Armee zu machen, denn wir werden sie sehr bald brauchen.«

»Und was wird aus Kim und Cole? Die sitzen immer noch mitten in der Steppe fest!«, warf Cassidy ein. Sie kam sich wirklich langsam vor wie eine kaputte Schallplatte und blickte Jade an, als sei sie ihr letzter Strohhalm in einem vergifteten See. Die Bacchae zog die Mundwinkel hoch und blinzelte sie amüsiert an.

»Diese zweite Kampfgruppe, über die Fletcher euch auf einem *ungesicherten* Kanal informiert hat ...«, begann sie schmunzelnd. »Das waren keine Sicarii. Das war Johnnys zusammengewürfeltes Rettungskommando. Ich hab sie dem Konvoi entgegengeschickt, damit er sie noch vor Arnac abfangen kann.«

»Was!?«, platzte es aus Cassidy heraus. »Johnny arbeitet für dich?«

»Soweit würde ich nicht gehen«, antwortete Jade ausweichend. »Er ... hasst mich, seit ich mich zwischen ihn und sein Essen gestellt habe. Er weiß nicht, dass die Informationen von mir stammen, die ich ihm ab und an zukommen lasse.«

»Dann hätten wir uns diese ganze Rettungsaktion mit dem Hubschrauber sparen können?«, fuhr Jiao sie fassungslos an. »Sergej ist tot, nur, weil du wiedermal meintest, Gott spielen zu müssen?«

»Beruhig dich!«, erwiderte Jade mit zornig zusammengekniffenen Augen. Sie besaß einen großzügigen Sinn für Humor, verstand aber keinen Spaß, wenn jemand ihre Autorität vor ihren Untergebenen in Frage stellte. »Ich habe den Begriff Sauhaufen bewusst gewählt. Ohne euch wäre Johnnys Bande aus Kriegsgefangenen und Sträflingen bei einem Angriff auf die Legion kläglich gescheitert.«

»Hätten wir nur ein paar Minuten länger gewartet, wäre Butch vielleicht noch am Leben?«, fragte Cassidy apathisch. Ihre Worte waren eher an sie selbst als an Jade gerichtet.

»Daran kannst du jetzt nichts mehr ändern«, entgegnete sie ihr schroff. »Aber du kannst davon ausgehen, dass sich deine Freunde inzwischen auf dem Weg in Johnnys Lager befinden. Und dahin solltet ihr auch aufbrechen, wenn ihr heute noch ankommen wollt.«

Mit diesen Worten wendete sie sich zum ersten Mal an Arthur und Michelle.

»Da bleibt nur noch ein Problem.«

Ohne, dass sie einen Befehl dazu erteilt hätte, versammelte sich Jades sechsköpfiges Team eng um ihre Anführerin. Die beiden Alten klammerten sich eingeschüchtert aneinander.

»Das hier ist verbotenes Gebiet der Bacchae. Ihr habt unsere Warnungen missachtet«, sprach Jade langsam und deutlich, als ob sie sicher gehen wollte, dass die Alten sie verstanden. »Das können wir nicht dulden.«

»Du willst sie doch nicht etwa einfach so umbringen?«, fauchte Jiao, diesmal etwas leiser.

»Mir bleibt überhaupt keine andere Wahl«, antwortete Jade in einer Stimmlage, die nur als Grabesstille beschrieben werden konnte und Cassidy kalt den Rücken runterlief.

»Was ist mit uns? Wir gehören nicht zu den Bacchae! Uns bringst du auch nicht um!«

»Ihr arbeitet für mich.«

Bevor Jiao und Leon dagegen protestieren konnten, in Jades Diensten zu stehen, schien die Adelsdame bereits die Erleuchtung zu treffen.

»Es gibt da eine Möglichkeit«, murmelte sie und rieb sich das Kinn. »Ihr zwei sorgt dafür, dass meine Freunde ihren Bestimmungsort erreichen. Wenn ihr in dem Gefangenenlager eintrefft, verlangt mit Celine zu sprechen und sagt ihr, dass Jade euch den Auftrag gegeben hat, die beiden zu ihr zu bringen. Anschließend seid ihr frei, unter der Bedingung, bis zu eurem Tod Stillschweigen über diesen Ort und alles, was ihr hier gesehen oder gehört habt, zu bewahren.«

»Jawohl Herrin«, erwiderten Arthur und Michelle mit gesenktem Haupt im Chor, bevor die anderen überhaupt die Gelegenheit dazu bekamen, Einspruch zu erheben. Als sie den Laster bestiegen, war ihnen die Erleichterung deutlich anzusehen. Sie waren dem sicheren Tode entronnen und hatten dazu noch einen Auftrag von einer Bacchae höchstpersönlich erhalten. Es schien kaum eine größere Ehre für einen sicariianischen Bürger zu geben.

»Hättest du sie wirklich einfach erschossen?«, wollte Jiao flüsternd wissen, als die beiden Alten außer Hörweite waren.

»Nein«, wiegelte Jade fast schon beiläufig ab. »Das hier ist kein Lager oder geheimer Versammlungsort. Eher ... ein Familiengrab.« Anschließend wurde sie wieder ernst. »Aber etwas Furcht macht die Menschen gefügig. Nun triff dich mit Celine, kurier deinen Fuß und hilf Johnny beim Aufbau seiner Truppen.«

»Und was wirst du tun?«

»Cassidy und ich müssen eine gewisse Scharfschützin aufsammeln, bevor sie in die falschen Hände gerät«, antwortete Jade und blinzelte die Teenagerin dabei herausfordernd an.

»Angel! Was ist mit ihr passiert?«, fuhr es aus Cassidy heraus.

»Nachdem in Arnac alles Drunter und Drüber gegangen ist, musste ich sie allein ziehen lassen. Wie es scheint, hat sie meine Anweisungen ignoriert und ist damit weiter gekommen, als ihr lieb sein dürfte.«

Jiao hüpfte auf einem Bein zum Pritschenwagen und raufte sich vor dem Einsteigen die Haare. Ihr ganzes Leben hatte sich binnen weniger Tage in Luft aufgelöst. Nichts schien mehr einen Sinn zu ergeben. Ihr Vater hatte sie jahrelang belogen und war sicher nicht der einzige gewesen. Der Verrat innerhalb der Biosphäre musste viel tiefer sitzen, als Doktor Webb und sie es bei ihrer Flucht für möglich gehalten hatten. Leon half ihr stumm in das Führerhaus hinein. In seinen Augen spiegelte sich dasselbe Unbehagen, das tief im Inneren an Jiao nagte. Jade nickte ihr bei der Abfahrt zuversichtlich zu, doch Jiao begann zu verstehen, dass sie gerade erst die Oberfläche der Wahrheit über Geschehnisse der letzten Jahre angekratzt hatte.

Celine. Sie kannte diesen Namen. Während ihrer kurzen Zeit in Jades Gesellschaft hatte sie das stumme Mädchen als hilfsbereit und naturbedingt schweigsam kennengelernt. Angeblich fehlten ihr die Stimmbänder. Etwas jünger als Cassidy war sie nie von Jades Seite gewichen. Jiao hielt sie für eine Sklavin, die ihrer Herrin als stilles Gedächtnis diente. Sie musste Jades Verbindung zu Johnny darstellen. Aber warum ausgerechnet eine Sklavin, die nicht sprechen konnte?

Cassidy blickte ihrer neuen Freundin unterdessen sehnsüchtig hinterher. Nun befand sie sich allein unter Feinden, umstellt von Jades Elitekommando. Der enigmatischen Bacchae blieb ihr Unwohlsein nicht verborgen, doch anstelle aufmunternder Worte befahl sie ihren Untergebenen, die Fahrzeuge aus den Verstecken zu holen. Das hatte denselben Effekt und verschaffte Cassidy Raum zum Atmen.

»Ich hab es Angel gesagt, kurz nachdem dich die fünfte Legion entführt hatte«, hauchte Jade ihr zur.

»Was hast du ihr gesagt?«

»Dass ihr keine Ahnung habt, was hier begonnen hat ...«

FORTSETZUNG FOLGT

ÜBER DEN AUTOR

Carsten Fischer, Jahrgang 1980, lebt und arbeitet in der Hansestadt Rostock. Er hat ursprünglich eine Ausbildung zum IT-Techniker absolviert, sich dann aber mit dem Schreiben seinen Traum erfüllt.

DANKSAGUNG

(in alphabetischer Reihenfolge)

Mein Dank geht an
Claudia Braun,
Stefanie Fischer,
Gisela Mehrfort,
Michael Metzner,
„Red“,
Steffen Schreiber
und an meine Mutter, Margitta Fischer, für ihre ununterbrochene Unterstützung.

2333478R00186

Printed in Germany
by Amazon Distribution
GmbH, Leipzig